A Duke Never Yields
by Juliana Gray

はじめての恋は公爵と

ジュリアナ・グレイ
如月 有[訳]

ライムブックス

A DUKE NEVER YIELDS
by Juliana Gray

Japanese translation rights arranged with
Janklow & Nesbit Associates
through Japan UNI Agency, Inc., Tokyo

主要登場人物

アビゲイル・ヘアウッド……侯爵未亡人の妹
ウォリングフォード……公爵。アーサー・ペンハロー
アレクサンドラ・モーリー……アビゲイルの姉。侯爵未亡人
リリベット・ソマートン……アビゲイルのいとこ。伯爵夫人
フィニアス・バーク……ウォリングフォードの友人。科学者。愛称フィン
ローランド・ペンハロー……ウォリングフォードの弟
フィリップ……リリベットの息子
オリンピア公爵……ウォリングフォードの祖父
モリーニ……城の家政婦
ジャコモ……城の管理人

はじめての恋は公爵と

「すぐさまお払い箱にしてやる」

返事の代わりに、オリンピア公爵が部屋の向こう側へ行く足音が聞こえ、最後の砦だったカーテンがさっと引き開けられた。「ほら！　いい天気だ。まばゆく輝く冬の朝をその目で見てみろ、ウォリングフォード。こんな晴れやかな陽気を見逃すなんてもったいないぞ」

ウォリングフォードは片腕で顔を覆った。「勘弁してくださいよ、おじいさま」

ため息が聞こえる。「おい、頼むからローブを羽織ってくれんか。こんな朝っぱらから、下半身のことを話題にする習慣はないんだ。いや、朝にかぎらず、わたしにはそういう趣味はない」

ウォリングフォード公爵ことアーサー・ペンハローは、当然もう子どもではない。彼は反対側の腕をひと振りして、衣装部屋の扉を指し示した。「目障りだったら、ご自分であそこから取ってきたらいいでしょう。ローブは確か右側にかかっているはずです。冬場はインド産のカシミヤがいいんですよ」

「遠慮しておくよ。その代わり、ベルを鳴らして従者を呼んでやろう。だいたい、寝間着を着ようとは思わんのか？」

「ぼくが六五歳になって、ご婦人方がしおれた下半身に愛情を示してくれなくなったら、そのときは考えます」言いがかりをつけているようなものだった。しおれているかどうかという問題はさておき、レディ・ヘンリエッタ・ペンブロークが祖父の下半身にご執心なのは事実のようだし、あのご婦人は単なる気まぐれで恋人を選んだりはしないのだから。

プロローグ

一八九〇年二月
ロンドン

ウォリングフォードはもともと、人に起こされるのが好きではない。相手が従者であろうと愛人であろうといやなのだから——もっとも、彼は女性と一夜を明かすことなど絶対にないが——こんな耳障りな声で起こされたら、たまったものではなかった。

「さあ、さあ」オリンピア公爵が、うつ伏せに寝ている一番目の孫に向かって声を張りあげた。「その仰天ぶりからすると、まったく反省しておらんようだな」

目を開ける気にもなれなかった。ただでさえ頭が割れそうに痛いうえに、まぶたを閉じていても、朝の光が容赦なく脳に襲いかかってくる。

それに祖父の言われるままにするぐらいなら、死んだほうがましだ。

「誰に通されたんです？」ウォリングフォードは目を閉じたまま問いかけた。

「おまえの従者が快く案内してくれたよ」

ウォリングフォードはようやくむっくりと身を起こした。「どのご婦人だ？」情け容赦なく差し込んでくる光がまぶしくて、思わず目を覆う。あれは夢ではなかったのか？　だとしたら、この気の抜けたシャンパンのようなにおいは……。「デリケートな問題？」そう口にしたとたん、ぞっとして体が震えた。

「ラ・フォンテーヌ夫人に決まっているではありませんか」シェルマーストーンが鹿毛色のカシミヤのローブを持って、衣装部屋の奥から姿を現した。有無を言わせぬ威厳と杉の香りを漂わせて。

「ほう」ウォリングフォードはベッドから起きあがると、シェルマーストーンの手を借りてローブの袖に腕を通した。

オリンピア公爵は粋なツイードのモーニングコートにブーツを身につけている。あいかわらず一分の隙もない服装だ。祖父は体のうしろで手を組み、これ見よがしにため息をついた。

「とぼけても無駄だ。昨夜のばかげた茶番はすでに街じゅうの噂になっている。おい、ローブのベルトを締めんのか？　わたしぐらいの年になると、すぐに腹具合が悪くなるものだが」

ウォリングフォードは荒々しい手つきでベルトを締めた。「茶番なんか演じていませんよ、おじいさま。ウォリングフォード公爵ともあろう者が、世間の物笑いの種になるはずがないでしょう」

「シェルマーストーン」オリンピア公爵は鮮やかなブルーの目で、ウォリングフォードの顔別の見方をすれば、彼女にとっては逃すには惜しいほどの好機到来だったということだろう。

「何を言っておる、ウォリングフォード、ご婦人方がおまえの下半身に愛情を示してくれたためしなどないだろうが」オリンピア公爵がひと呼吸置いて言う。「むしろその逆だろう」

「ぼくのことは放っておいてくださいよ」

「まったく、近頃の若い者ときたら。ああ、シェルマーストーン、公爵閣下がローブをご所望だぞ。取り急ぎ伝えたからな」

従者が部屋に入って扉を閉め、東洋製の毛足の長い絨毯を横切り、衣装部屋へ向かう静かな足音が聞こえた。「シェルマーストーン」ウォリングフォードは呼びかけた。「ぼくの着替えとひげ剃りがすんだら、荷物をまとめて出ていってかまわないぞ。朝九時までは睡眠の邪魔をされたくないと伝えてあるはずだ。はっきり言って、祖父に起こされるなどもってのほかだ」

「かしこまりました、閣下」シェルマーストーンが応えた。彼にとっては、解雇を言い渡されるのが日常茶飯事になっている。それも、一日に何度も。「僭越ながら、外出用のグレーのお召し物と、一番上等なビーバー・ハットをご用意しておきました」

「なぜだ？　今朝は教会に行くつもりはないぞ」

「ご婦人のもとを訪ねるのにふさわしい服装をお選びしたんです。何しろ、ことのほかデリケートな問題ですから」

をじっと見つめたまま言った。「すまないが、孫とふたりきりで話をさせてもらえるかな?」

「もちろんでございます、閣下」シェルマーストーンはひげ剃り用の石けんを置くと、音もたてずに部屋を出ていった。

ウォリングフォードは無理やり笑みを浮かべようとした。「お説教ですか?」

祖父は窓辺に近寄ると指でカーテンをずらし、ベルグレイヴ・スクエアに立ち並ぶ屋敷の白い三角形の切妻壁(ペディメント)に目を向けた。日の光が降り注ぎ、祖父の姿がぼやけて見える。白髪が輝いていなかったら、実際より二〇歳は若いと勘違いしてしまいそうだ。「あの夫人をベッドに誘ったことをとやかく言うつもりはない」不気味なほど落ち着き払った声だった。獰猛(どうもう)な獣が暴れだす前触れだ。「フランス人の夫というのはそういうことには寛容なものだし、ムッシュー・ラ・フォンテーヌも外交官だ。妻の浮気によって何かしらの恩恵が得られるという計算もあっただろう。あの手の男が魅力的な女性を妻にするのは、そういう思惑もあってのことだろうから」

ウォリングフォードは肩をすくめた。「彼は何もかも承知していたわけですか」

「ああ、当然だ。その代わり、おまえにはある程度の敬意は表してもらいたいと思っていたはずだ。最低限のな」オリンピア公爵の語調がいきなり強くなった。攻撃の瞬間が目前に迫っていた。「最低限の礼儀をわきまえていれば、セシル・ド・ラ・フォンテーヌの愛人という立場にありながら、戯れに別の女性を誘惑することなどできないはずだ」祖父は振り返った。目が怒りに燃えている。「それも彼女の屋敷の中で、彼女が催しているパーティの最中にだ。夫人の面目が丸つぶれになるとは思わなかったのか？」

「ぼくはセシルに約束するようなことは、ひとことも言っていませんよ」痛烈な攻撃から身を守るため、とっさに腹に力をこめた。そのことは自覚していた。もちろん自分に非があるのはわかっている。情事にふけっているときでさえ、優雅な温室で——夫人が大切にしている蘭の香りにむせ返りそうになったが、あたたかくてちょうどいい場所だったのだ——問題となっている女性（それはそうと、彼女の名前はなんだったか？）を壁に押しつけ、前戯もそこそこに行為に及ぶのは、愚の骨頂としか言いようがなかった。パーティの女主人が大切にしている温室で、目の前の男が彼女の愛人だと知りながら立ったまま交わるような女性は、たいがい前戯など求めてこないものだ。

それにしても、あの女性があられもない姿のまま人前もはばからず目の前に立ちはだかり、フランス製の上等なシャンパンを頭に浴びせてくるなど、誰が予想できただろう？　髪がまだべとついている。

「それはそうだろう。あたりまえだ」オリンピア公爵が冷ややかに言った。「ラ・フォンテーヌ夫人のような立場の女性をベッドに誘うなら、暗黙のルールというものがあるはず。いや、どんな女性に対してもそうだ。おまえは騎士道の精神さえ持ちあわせていないのか」

人を罵倒することにかけては、オリンピア公爵の右に出る者はいない。弱点を探るように、かたい石で何度も内臓を打たれているみたいな気分になるのは、これがはじめてではない。ウォリングフォードは次なる攻撃に備えて、さらに腹に力をこめた。心の準備ができたところでベッドに近づくと、彫刻の施されたベッドの支柱に寄りかかり、腕組みをした。

「ご自分のことは棚にあげて、よくそんなことが言えますね」

「おまえとは違い、わたしはちゃんと相手を選んできた。それに二股をかけるような無礼なまねをしたことはない」

「妻だけが例外だったわけですね」

朝の淡い光の中、その言葉がぱちんと弾けて、ぐるぐると渦を巻きはじめた。ウォリングフォードは自分の発言をすぐに後悔した。

オリンピア公爵がベストの上でこぶしを握りしめた。懐中時計の金の鎖が日の光を受けてきらりと光る。「以後——」感情を抑えた声だった。「下品な会話の中で公爵夫人の名を口にするのは慎むように。わかったかね？」

「承知しました」

「つねづね思っているんだが」オリンピア公爵は握ったこぶしをゆるめ、話を続けた。「妻を娶ったからといっておまえがまともになるとは思えんが、少なくとも始末に負えない体の欲求はいくらか静まるんじゃないのか」

「ぼくはいたってまともです。こう見えて、なかなか優秀な公爵なんですよ。領地はきちんと管理していますし、借地人は豊かな生活を送って……」これでは、どうにか認めてもらおうと必死になっている学生みたいじゃないか。ウォリングフォードは腹立ちを覚えた。

「ああ、その点に関しては信頼している。もっとも、おまえの父親は役立たずの能なしだったがな。まったく、わたしの娘はなぜあんな男と結婚したんだか。あの公爵が美男だったことは認めるが……」オリンピア公爵はこれ見よがしに肩をすくめた。

「役立たずの能なしだったその男が、ぼくの父だということをどうかお忘れなく」

オリンピア公爵が懐中時計を持ちあげて、蓋をぱっと開いた。「おまえには公爵としてじゅうぶんな資質が備わっているんだぞ、ウォリングフォード。それなのに、せっかくの可能性を無駄にしているのが残念でならない」

「お話の途中に失礼しますが」彼はうんざりした口調で言った。「用事がおありなのでは？　堅苦しい話はもうやめにしませんか」

「ここからが本題だ。フィニアス・バークがおまえにある提案をしたそうだな」

ウォリングフォードは目をぐるりとまわしてみせると、ベッドの支柱を離れて肘掛け椅子にどすんと座った。「ああ、イタリアに一年間も引きこもって禁欲生活を送るという、あのとんでもない計画のことですか？」

「さては、自分にはそんな自制心はないと思っているんだな？」

ウォリングフォードは深緑色のダマスク織の生地に頭をもたせかけ、笑い声をあげた。「やめてくださいよ、おじいさま。なぜぼくがそんなことを？　いったいなんの役に立つというんです？　それにしてもバークのやつは、やたらと自己犠牲の精神を重んじたがる。ぼくにはさっぱり理解できません」

「わからんのか？　あいつがどれほど困難な人生を歩んできたのか、一度でも考えてみたことはないのか？」

「おじいさまの婚外子としての人生を？」ウォリングフォードは思わず口にした。

ふたたび沈黙が部屋じゅうにこだまする。すぐさま前言を撤回したくなった。なんだかんだ言っても、フィニアス・バークは優秀な男なのだ。少々背が高すぎるし、赤毛で、口数が少ないが、彼は正真正銘の天才科学者であり、押しも押されもせぬ発明家だ。時計をいじくるようにいともたやすく、電気式のバッテリーやら〝馬のいらない馬車〟やらを開発してしまう偉大な人物なのだ。そのうえ、血筋のいい婚外子にありがちな気難しさもなければ、やたらとかんしゃくを起こしたり、気取った態度を取ったりすることもない。ひたすら自分の仕事に打ち込み、超然としているから、行く先々で歓迎されていた。ウォリングフォードも内心では、バークを親友だと思っている。もっとも、彼が実のおじだと公言することは絶対にないが。

実際のところ、バークは誠実で、頭の回転が速く、いざというときに頼れる男だ。オリンピア公爵が目に入れても痛くないほどかわいがっていることを大目に見てもいいくらいだった。

「ああ」祖父が穏やかな口調になって言った。「わかっているとも。おまえは公爵家に生まれ、公爵領が手に入ることがはじめから約束されていた。端整な顔立ちと立派な体格にも恵まれた。そのすべてをあたりまえだと思っているんだろう。こういう環境を自力で手に入れた気になっている――」オリンピア公爵は腕をひと振りした。豪華な家具類や、壁の向こうで黙々と働いている使用人たち、窓の外の高級感漂うベルグレイヴ・スクエアを示すように。「現実には、熟れすぎた桃がひょっこり転がり込んできただけだというのに。そんなだから、自分の愛人が大切にしている温室で、よく知りもしない相手と情事にふけっても許されるなどという考えが浮かぶのだ。自分がウォリングフォード公爵閣下であるというだけの理由で」

「自分が幸運だということは承知していますよ。でも、ちょっとぐらい恵み(フルーツ)を味わったってかまわないでしょう」

「フルーツだと？　あの女性は家柄がよくて、ちゃんと感情もあるご婦人なのに、おまえにかかると単なる果実になりさがってしまうのか？」

ウォリングフォードはなめらかなカシミヤのローブの袖に注意を向けた。糸くずでも払いながら、話を聞く気がないことを無言のうちに示そうと思ったのだ。けれどもシェルマーストーンはすこぶる有能な従者なので、公爵閣下の上品なローブの袖に糸くずをつけておくようなへまはしていなかった。結局、ウォリングフォードはありもしない糸くずを、ちりひとつない空中に向かって払いのけるはめになった。「ぼくの記憶では、相手の女性も存分に楽しんでいましたよ」

「なんだと？」オリンピア公爵の声は冷ややかだった。「いずれにせよ、おまえが相手の気持ちに配慮したとは思えんがな。ともかく、こんな自堕落な生活はもうおしまいだ。おまえももう三〇代になったのだし、公爵という立場ある人間なんだ。そこでだ、今回のバークの提案は断れ。そして今度こそ心を入れ替えて、結婚について真剣に考えろ」

ウォリングフォードはとっさに顔をあげた。聞き間違いかと思ったのだ。「結婚？」彼はきいた。「今、結婚と言いましたか？」

「ああ、言ったとも」

「気は確かですか？」

オリンピア公爵が両腕を広げた。「必要なことだとわかっているはずだ」

「まったくわかりませんね。わが家にはローランドがいるじゃないですか。あいつなら、きっととびきり華やかな公爵になりますよ。なんならぼくは今夜の夕食で不運に見舞われて、鶏肉の骨を喉に詰まらせたほうがいいですか？」

「おまえの弟は爵位にまるで関心がないだろう」

水差しをひっくり返したようにいきなり我慢の限界に達し、ウォリングフォードは椅子からすっくと立ちあがった。「ようやく本題に入ったわけですね？　ぼくを種馬にするために、こんな朝早くわざわざ訪ねてきたんですか？　そんな話をするために？　おじいさまにとって、ぼくは新たな公爵を作るぐらいしか利用価値がないってことですか？」

「おいおい」オリンピア公爵が言う。「おまえのようにふしだらな生活を送っている人間が、ほかになんの役に立つというんだ？」

ウォリングフォードはトレイの上に置かれたコーヒーのほうに向き直ると、自分でカップに注いだ。ミルクも砂糖もいらない。ブラックで飲みたい気分だ。まさか結婚の話だとは。

「ご存じないかもしれませんが、こう見えても大勢の借地人を抱える身なんですよ」

その言葉を一蹴するように、オリンピア公爵が手を振った。「子どもじみたことを言うな、ウォリングフォード。どのみち、おまえは面倒な妻選びの問題にかかずらわなくていい。わたしが代わりにやっておいたからな。おまえのためを思って、理想的な花嫁を見つけておいた」

口元に運びかけたコーヒーカップが手から滑り、鈍い音とともに絨毯の上に落ちた。驚きのあまり、カップを拾うのも忘れた。「おじいさまが、ぼ、ぼ、ぼくの花嫁を見つけた？」動揺して聞き返した。救命ブイをつかむようにソーサーを握りしめて。

「ああ、そうだ。魅力的なお嬢さんだぞ。おまえもきっと気に入るはずだ」

「ちょっと待ってください。ぼくは目覚めたら、二〇〇年前に逆戻りしていたんでしょうか？」

オリンピア公爵がコートのポケットを探り、革製の薄い手帳を取り出した。「いや」ページをぱらぱらとめくりながら答える。「あいかわらず一八九〇年の二月のままだよ。そうそう、今日は人に会う予定がぎっしり詰まっているんだ。急がないと予定をすべてこなせなくなってしまう。おまえがよければ、三月末にそのお嬢さんとご家族をお招きしようと思っている。内輪だけの夕食会がいいだろう。そこで互いのことをよく知りあえばいい」祖父はさらにページをめくった。「結婚式は盛夏の頃がいいと思わんかね？　その時期は薔薇なんかも花盛りだろう？」

「正気ですか？」

「あたりまえだ。さて、わたしはもう行かないと。ついでにシェルマーストーンを呼んでおこう。どうせ扉の前で手ぐすね引いて待っているんだろう。ああ、それとウォリングフォード」

「はい？」衝撃のあまり、そう答えるのがやっとだった。

「もうこれ以上、不祥事にまみれたりしないように心して生活するんだぞ。わかったか？女王陛下はそういうことを快く思われないんだ。ああ、そうだった！　蘭だ」

「蘭？」

「ラ・フォンテーヌ夫人に蘭を贈っておきなさい。彼女の一番好きな花だろう」

次の瞬間には、ツイードのコートと白髪が視界から消え去っていた。ウォリングフォードは呆然（ぼうぜん）と扉を見つめた。地獄の門のように思えた。

いったいどうしたというんだ？　これまで結婚なんて言葉を一度も口にしたことのない祖父が、やぶからぼうに花嫁だの結婚式だのと言いだすなんて。おまけに薔薇だと！

視線を落とすと、青と白の磁器のソーサーを持つ手が震えていた。

きちんと油が差してある蝶番（ちょうつがい）のかすかな音とともに、扉が静かに開いた。

「ひげ剃りのご用意ができました、閣下」シェルマーストーンはそう言ったあと、高価な絨毯にできたコーヒーの水たまりに気づいて小さく息をのんだ。茶色い水たまりのまわりには長い筋状の染みが四方八方に伸びていて、したたり落ちた小さなしずくが詰まった布目の上できらめいている。

従者はすぐさまコーヒーのトレイの上のナプキンをつかみ取ると床に膝をつき、こぼれたコーヒーを吸い取りはじめた。悲嘆に暮れながら、とがめるような口調で〝ああ、閣下！〟とつぶやきながら。

ウォリングフォードはソーサーを置いた。「すまない、シェルマーストーン。祖父の話にすっかり動揺してしまったんだ」

「どんなお話ですか？」すすり泣きを隠しながら、シェルマーストーンが尋ねた。

「結婚の話だよ」そう言ったあと、説明をつけ加えた。「ぼくの」

気詰まりな一瞬の沈黙。「閣下の、でございますか」

「そうだ。これは恐るべき事態だよ。おじいさまは、花嫁と結婚の日取りはおろか、飾る花まで選んでいた。この分だとウエディングドレスもすでに決まっていて、自ら真珠を縫いつけているかもしれない。まったくなんてことだ」

シェルマーストーンが咳払い（せき）をした。顔から血の気が引いているのはコーヒーの染みのせいか、花嫁の話のせいか、あるいはその両方だろうか。とにかく沈痛な口調だった。

「お相手はどなたですか？」

ウォリングフォードは目を細めた。「それは……ええと……おい、シェルマーストーン、ぼくは相手の名前さえ教えてもらっていないぞ」

「閣下」

「いや、それはどうでもいいんだ。どのみちそんな気はないんだから。それより、おじいさまは自分の花嫁までどこかに隠しているかもしれないぞ。問いつめてやろうか」自分の言葉が、洞窟のような広い寝室の中にうつろに響く。コーヒーの染みに覆いかぶさるように身をかがめているシェルマーストーンの心の声が聞こえてきそうだった。

〝ふん、できるものならやってみるがいい。あのオリンピア公爵閣下が一度こうと決めたことに、誰がそむけるものか〟

「重曹を取ってまいりましょう」消え入りそうな声でそう言うと、シェルマーストーンは立ちあがった。

ウォリングフォードは肘掛け椅子に倒れ込み、ぼんやりと室内を眺めた。慣れ親しんだ部屋は豪華な作りだが、古めかしい雰囲気もあって居心地がよかった。余計な装飾も花もいっさいなく、ナイトテーブルにはお気に入りの本が積んであり、年代物のシングルモルト・スコッチウイスキーがいつでも飲めるようになっている。この私室に女性が住みつくと考えただけで、頭の中に不協和音が鳴り響いた。

だめだ、ありえない。いくら祖父でも、そんなことをさせてなるものか。

けれども実際、オリンピア公爵はこの半世紀のあいだに、幾人かの首相を選出したことがあるという。そのうえ頑固なことで悪名高き女王陛下が、彼と一時間ばかり密談したあとに意見を変えたのも一度や二度ではないらしい。自家用の蒸気船でロシアを訪れた際には、皇帝に向かって歯に衣着せぬ物言いをしたとか……。

なんてことだ。

ウォリングフォードは前かがみになって膝に肘をつき、両手で顔を覆った。

いや、何か逃げ道があるはずだ。

広げた指の隙間からのぞいてみる。髪に浴びせられたシャンパンのにおいが鼻をつき、胃のあたりがまだむかむかしていた。シャンパン。蘭。昨夜の記憶が波のように打ち寄せてくる。衝動的な交わりは下劣で味気なく、ものの数分で終わった。ことがすんでハンカチで後始末をしていると、ひどい嫌悪感に襲われた。相手の女性は頬を上気させ、胸が汗ばんでいた。どうしてもあの女性の名前が思い出せない。

コーヒーがもう一杯欲しい。今すぐに……。

そのとき、何かが目に留まった。何やら本とは異質なものに。ナイトテーブルに置いてあるコーヒーのトレイのかたわらに積まれた本のほうに。

指でつつかれたように、頭の中がむずむずしはじめた。この感じは……まるで……。

ひらめきだ。

立ちあがってナイトテーブルに近づくと、上から三冊ほど手に取った。

それはディケンズとカーライルのあいだに挟まっていた。折りたたまれたその新聞はひと月前に手渡されたもので、端のほうが黄ばみかけている。

手にとってしわを伸ばした。例の部分は、太い黒のインクで丸く囲んであった。階下の朝食室でフィニアス・バークから渡されたときのまま、手が切れそうなほどぱりっとしている。

広告にはこう書かれていた。

〝趣味のよい英国貴族並びに紳士諸兄へ。太陽の沈まぬ楽園、トスカーナののどかな丘に立つ古城とその周辺の領地を、期間限定でお貸しします。この貴重な機会をぜひお見逃しなく。所有者は、メディチ家統治時代よりこの地を侵略者の手から守ってきた申し分のない一族の末裔(まつえい)で、火急の商用にて長期不在にするため、この比類なき城を破格の家賃にて、確かな審美眼をお持ちの旅行者に一年間提供いたします。希望者はロンドンの下記斡旋(あっせん)業者を通じてお問いあわせください〟

一年間、とバークは提案していた。一年のあいだ、日頃の乱れた生活環境から離れ、女性との接触もいっさい断ち、心静かに学問に打ち込むのだと。最初に聞いたときは、心身ともに健康で精力旺盛な男がよくそんな提案を思いつくものだと驚くと同時に、一笑に付したのだった。

しかし考えようによっては、一年間はオリンピア公爵やら花嫁やら六月の結婚式といったものから自由になれる。一年という期間は長すぎるとはいえ、セシル・ド・ラ・フォンテーヌの皮肉と、いかにもフランス人らしいヒステリーからも逃れられるということだ。

さらには、悪習からも義務からも一年にわたって解放される。のどかなイタリアの古城では、自分を知る者は誰もいない。ウォリングフォード公爵という名前さえ、誰ひとり聞いたこともないだろう。

手にしていた新聞を本の山に無造作に戻すと、何冊かが床に崩れ落ちた。ふたたびカップにコーヒーを注いで一気に飲み干し、天井に向かって両腕をあげて伸びをする。なんだ、渡りに船とはこのことじゃないか。陰気で単調なロンドンから離れる。変化を逆手に取ればいいのだ。どのみち昨夜の大失態や、今朝の祖父の迷惑な訪問がなくても、このところ鬱屈した気分にさいなまれていたのだから。

一年間、弟と親友とともに過ごす。いらぬ干渉をしてこない気楽な連中だ。太陽の沈まぬ楽園、トスカーナ。豊富なワインとおいしい食事。それにどうしても辛抱できなくなったら、控えめで口のかたい村娘でも見つければいい。

悪いことになるはずがないだろう？

1

一八九〇年三月
フィレンツェの南五〇キロ

アビゲイル・ヘアウッドは一五歳で母を亡くすと、若くて魅力的な姉のアレクサンドラ・モーリー侯爵夫人が年老いた夫とともに暮らすロンドンの屋敷に身を寄せた。

それから一週間も経たないうちに、自分は一生結婚するまいと心に誓った。

「わたしは結婚なんてする気はないの」アビゲイルは雨に濡れた馬の体を毛布でこすってやりながら、厩番(うまやばん)の男に向かって言った。「でも恋人は欲しいわ。だって、もう二三歳よ。恋人ぐらい、いたっていいでしょう」

厩番の男はトスカーナの方言しか話せないらしく、肩をすくめて微笑んだだけだった。

「問題はね、ふさわしい相手が見つからないってことなの。あなたにはわからないでしょうね。わたしのような身分にある未婚女性が恋人を見つけるのが、どれほど難しいか。それはつまり、ベッドをともにする相手ってことなんだけど。パブで知りあったハリー・スタッブズなら、喜んで応じてくれるとは思うの。でも、ほら、あの人には歯がないのよ。自前の歯が一本もないみたいなの」

厩番の男がまた笑みを浮かべた。ランタンの薄明かりの中で、彼の自前の白い歯がこれ見よがしにきらりと光った。

アビゲイルは首をかしげた。「とってもすてきな歯ね。でも、わたしたちがそういう関係になるのは難しいと思うわ。わたしは、せめて一、二カ月間は恋人同士でいられる相手が欲しいのよ。だけど、なかなかうまくいかないものね。姉とわたしは明日、雨がやんだらすぐに、この居心地のいい宿を出ることになっているんですもの」

厩番の男は最後に馬の背中を軽く叩くと、毛布を干すために屋根の垂木に手を伸ばした。もちろんイタリア語で話しかけることもできるが、彼が使う方言は、アビゲイルがすらすら話せる古典的なイタリア語とは相性が悪いような気がしたし、こちらの言うことを理解できない相手に話しかけるほうが気が楽だった。

「メイドや家政婦たちの話によれば――ええ、もちろん全員女性だけど、キスが決め手になるってことで意見がほぼ一致したのよ」

厩番の男が眉根を寄せた。耕されたばかりの畑のような深いしわが眉間に刻まれている。

「だから、キスで相手の技量を見きわめるのよ。やさしさ、忍耐力、繊細さ、相手に対する感受性とか、そういった類のことを。わたしの友人たちは、最初のキスでわかるって言うの。ねえ、あなたはどう思う？」アビゲイルは身を乗り出した。

「なんですか、シニョリーナ？」

アビゲイルはイタリア語に切り替えた。「さて、こっちの馬はアンジェリカという名前よ。いい馬なんだけれど、噛まれないように気をつけて。オート麦をたっぷりあげてちょうだいね」

「オート麦？」完璧ではないものの、イタリア語が聞こえてきたことで、彼はほっとしているようだった。

アビゲイルはショールを拾って肩にかけた。馬小屋の屋根に雨が容赦なく叩きつける音が響いている。話し声も聞き取りにくいほどだ。

「寂しいけれど、もう行かなければならないの。姉といとこをもう三〇分も待たせているし、馬小屋のにおいをぷんぷんさせていたら、姉にあれこれ言われそうだから。姉はとっても上品な女性なのよ」

「あの……高貴なレディが……あなたのお姉さん？」

「ええ、わたしだって驚いているくらいよ。姉は侯爵夫人なの。もっとも、ご主人の侯爵は二年前に他界しているけれどね。ご冥福をお祈りするわ。それに、いとこのリリベットを見たかもしれないけど、彼女は伯爵夫人よ。幼い男の子と一緒にいたでしょう。とてもきれいで貞淑な女性なの。とにかく、もう行かなくちゃ」

アビゲイルは馬小屋の奥の隅に視線を向けた。何やらごつごつした巨大な物体が、分厚いウールの毛布に覆われている。「ねえ、あれはいったい何？」彼女は英語で尋ねた。

「これですか?」意気消沈した様子で、廏番の男がイタリア語で答える。「ああ、英国の紳士が置いている、ただの機械ですよ」

「英国の紳士ですって? この宿に?」

「ええ、そうです。あなたたちがおいでになる一時間ほど前に到着されたんです。なんでも英国の貴族だとか。その方たちが、この……これを……」なんと呼べばいいのかわからないらしい。男の身ぶりが大きくなる。

アビゲイルは大きな物体のほうに歩み寄った。

「まあ」彼女は英語でささやいた。「いったいこれは何?」

ウォリングフォード公爵は従順と言えるような性格ではない。現に今もまた、寝ているところを叩き起こされたテリア犬のように低い声でうなりだしそうだった。いや、テリアではない。ドラゴンだ。火を吐く立派なドラゴンのほうが、よほど公爵にふさわしい。

パリからミラノへ向かう列車では自分専用の個室が確保されておらず、三人で通常の一等車に乗り込み、見るからにがさつな連中とまずいシェリー酒とともに移動することとなった。フィレンツェのホテルでは、古い屋根が雨もりしたせいで、往来の激しい通りに近いほうの部屋へ真夜中に移動させられた。フィレンツェからセント・アガタ城に向かう旅の最後の行程では、雨に降られて橋が水浸しになったため、こんな宿に泊まるはめになった。粗野な客と気の抜けたビールでいっぱいのひなびた宿に。そしてとどめを刺すかのように——慈悲深い神がわざわざこんな仕打ちをするものだろうか——いまいましいモーリー侯爵未亡人とその一行が、目の前に現れたのだ。

ウォリングフォードが今夜泊まることになっている個室を、彼女とその一行に譲ってほしいと言って。

モーリー侯爵未亡人。そういえば、かつてロンドンのどこかの屋敷のテラスで、彼女と一度だけキスをしたことがある。当時の彼女はまだ社交界にデビューしたばかりで、薄暗い場所で悪名高き公爵とふたりきりになるほどうぶな娘だった。いや、うぶではなかったのかもしれない。こちらを見あげてきた目は、一九歳の小娘にしては意味ありげだった気もする。

そして今もまた、レディ・モーリーはこちらを見あげていた。目尻がつりあがった猫のような目と、あたたかみのあるブラウンの瞳はあのときのままだ。彼女はいかにも哀れっぽいまなざしで、染みひとつないドレスのウエストの前で両手を揉みあわせていた。

「ねえ、ウォリングフォード、こうなったらもうあなたの善意にすがるしかないの。わたしたちが困っているのがわかるでしょう？　あなたたちの部屋はずっと広くて……続き部屋まであるじゃない！　もし心ある人なら……」彼女はいったん口をつぐむと、懇願するような笑みを浮かべて、ウォリングフォードの弟をちらりと見た。「ローランド卿、かわいそうなリリベットのことを考えてあげて。彼女は今夜、椅子で寝ることになるかもしれないのよ！　見ず知らずの男性たちと一緒に」

どうやらレディ・モーリーは、哀れなローランドのリリベットに対する恋心につけ込もうとしているらしい。今ではソマートン伯爵夫人となったリリベットは、桃色の頬をした絶世の美女だ。レディ・モーリーにとって、これほどの幸運があるだろうか。ローランド・ペンハローのはるか昔の恋心が、イタリアのこんなひなびた宿に身をひそめていたとは。リリベットが戻ってくるのを待ちわびる、心やさしい彼が。

本当に、これが単なる幸運だとすればだが。

ウォリングフォードの隣に立っているバークも不穏な空気を感じ取ったらしい。ローランドが答えるより早く、わざとらしく咳払いをした。「レディ・モーリー、前もって宿の予約をしておこうとは思わなかったのですか?」

レディ・モーリーがバークのほうを向き、猫のような目で鋭くにらみつけた。バークと顔を合わせるためには、はるか上のほうを見あげなければならなかった。

「まあ。そのことでしたら、ミスター……」ロンドン社交界さえ破壊してしまいそうなほどの威圧感を漂わせて、レディ・モーリーが眉をつりあげた。「ごめんあそばせ。あなたのお名前をうかがいそびれましたわ」

ウォリングフォードは思わず笑みを浮かべた。「これは失礼、レディ・モーリー。まったくうっかりしていた。紹介させていただくよ。おそらくきみもどこかで彼の名前を聞いたことがあるだろう。王立協会のミスター・フィニアス・フィッツウィリアム・バークだよ」

「お初にお目にかかります、マダム」バークが軽く会釈をした。まったく動じていない声だった。それでこそバークだ。人目を引く赤毛と並外れた長身という見かけとは裏腹に、腹の据わった男なのだ。宿の騒々しい歓談室に立っているというのに、いまだに自分の作業場で機械の部品に囲まれているように、その場を支配している。

　さすがはオリンピア公爵の血を分けた子だ。ウォリングフォードは誇らしく思った。

「バーク」そうつぶやいた次の瞬間、レディ・モーリーは目を丸くした。「フィニアス・バーク。王立協会の。ええ、もちろん存じあげているわ！　ミスター・バークの名前を知らない人なんていないもの。ええと……先月の『タイムズ』だったかしら……何かについて発言していらしたわね。確か、電気による新しい……」彼女は気を取り直したようだ。「もちろん予約はしましたのよ。何日も前に電報を打ったと記憶しています。でも、ミラノの滞在が思いのほか長引いてしまって。坊やの子守が急に体調を崩してしまったんですの。どうやら連絡が間に合わなかったようだわ」レディ・モーリーはすぐうしろで縮こまっている宿の主人に不平がましい視線を投げた。

　ウォリングフォードはいかにも公爵らしく彼女を一喝しようと口を開きかけたが、皮肉と威厳のこもった適当な言葉を思いつく前に、弟のローランドのやさしい声が割り込んできた。子犬みたいな人懐っこさを丸出しにし、レディ・モーリーがまだ戦いを挑んでもいないのに、嬉々として要塞を明け渡すような口調で。

「まあまあ」ローランドは自分のつややかな金茶色の髪に負けないほど明るい口調で言った。「もういいじゃありませんか。われわれは、あなたとお連れの女性たちに不自由をさせようなんて夢にも思っていませんよ。そうだろう、兄上？」

ウォリングフォードは胸の前で腕を組んだ。「ああ、残念ながら」

「バークは？」

「もちろんだ」バークがぼそりと言った。彼も承知したようだ。

ローランドのはしばみ色の瞳がいたずらっぽくきらめいた。人類の半数を占める愚かな女性たちが、たまらなく魅力的だと感じる表情だ。「ほうらね、ぼくの言ったとおりでしょう、レディ・モーリー。これで万事解決だ。バークには上階の小さな部屋で寝てもらいます。人間嫌いの退屈な男だからちょうどいい。ぼくと兄は……」ローランドが手をさっと動かし、薄暗い歓談室の奥を指した。「下の歓談室でかまわない。それでご満足でしょう？」

レディ・モーリーが手袋をはめた両手を優雅に組みあわせた。「ああ、ローランド卿。あなたならそうしてくれるとわかっていたわ。本当にありがとう。わたしがあなたのご親切をどれほどありがたく感じているか、きっとわからないでしょうね」彼女は宿の主人のほうを振り返った。「今の話でわかった？　理解(コンプレンド)できた？　上の階にある公爵の荷物を下におろして、代わりにわたしたちの旅行鞄をすぐに運んでちょうだい。ああ、リリベット！　やっと来たのね。荷物は全部そろった？」

ウォリングフォードは振り向いた。

戸口に問題の人物が立っていた。しとやかで慎み深く、目をみはるほど美しいソマートン伯爵夫人が。彼女があのけだもののようなソマートン伯爵と結婚していようと、それがどうしたというのだ？　彼女の手にしがみついている幼い息子が、彼女が夫と愛を交わした動かぬ証拠だとしても、それが問題なのか？　そんなのはどうでもいいことだ。

ローランドがすっかりのぼせあがった顔でレディ・ソマートンのほうを見た。その瞬間、すべてが台なしになった。これから一年間、世間の噂もオリンピア公爵の手も届かないのどかなトスカーナの丘で、ひっそり暮らすという計画そのものが。ローランドが愚かなまねをしでかし、その噂がロンドンにまで知れ渡れば、一週間もしないうちにオリンピア公爵がセント・アガタ城の扉をけたたましく叩くだろう。もちろん、ウォリングフォードの未来の花嫁を伴って。

レディ・ソマートンは息子が着ているコートのボタンをはずしてやりながら、レディ・モーリーに向かって荷物について何やら伝えると、しなやかな動きで立ちあがり、今度は自分のコートのボタンをはずしはじめた。

ローランドはあいかわらず、その場に釘づけになっている。肩であえぐほど荒い息をして。

「まったく、しようがないな」ウォリングフォードは低くつぶやいた。

「あのふたりは知りあいと考えていいのか？」バークがいつものそっけない口調で尋ねた。

ウォリングフォードはローランドの脇腹を肘で鋭く突いた。「その口を閉じてろ」それから歩きだそうとして、思わず立ちどまった。レディ・ソマートンの上品な黒いウールの生地の背後から、幻のように人影が現れたからだ。

なぜその若い女性に目を引かれたのだろう？　美人かどうかもわからなかった。突然視界に飛び込んできたのは、雨粒できらめく華奢な体と、生き生きとした瞳と顔の表情だった。

妖精を思わせるその女性は神秘的な活気に満ちていた。

ウォリングフォードはその場に立ちすくんだ。周囲の話し声がうつろに響いている。女性はレディ・ソマートンの隣にやってくると、小さく頭を振った。帽子のつばについた水滴が飛び散る。それからきょろきょろと視線をさまよわせた。なぜかはわからないが、無限にも思えるその一瞬のあいだ、彼女は自分を探しているのではないかとウォリングフォードは思った。不思議な妖精みたいなこの女性は、彼の魂と出会うために、イタリアの片田舎にある宿に入ってきたのではないか、と。

しかし、彼女の視線がウォリングフォードに向けられることはなかった。その代わりに、彼の左側に探していた人物を見つけると、ただでさえ明るい顔をさらに輝かせた。彼女はレディ・モーリーのもとに駆け寄り、興奮した声で言った。「アレックス、さっきわたしが馬小屋で何を見つけたと思う?」

アレックス?

その言葉でウォリングフォードはわれに返った。目を凝らしてみる。レディ・モーリーをじっと見つめ、次にその女性をまじまじと眺めた。レディ・モーリーが鼻にしわを寄せ、馬小屋がどうとか言いながら、女性のコートのボタンをはずしはじめる。彼女は遠慮のない口調で、その女性を〝アビゲイル〟と呼んだ。ふたりはウォリングフォードに横顔を向けて立っている。暖炉の火の光に照らされて、彼女たちの顔の輪郭が写し出されていた。ウォリングフォードは、ふたりの筋の通った鼻とすっきりした顎のラインを目でたどった。顔立ちはまさに瓜ふたつだった。レディ・モーリーが女性の帽子を脱がせると、ゆるくまとめられた栗色の髪がはらりと落ちた。ふたりは髪の色合いまで似ていた。

アレックス。

バークの手が肩に置かれ、夕食の席につこうとかなんとか言われた。「ああ、そうだな」ウォリングフォードはそう応えて、椅子に腰をおろした。頭の中がかっと燃えていた。

レディ・モーリーの妹。今までに見たこともないほど繊細で愛らしい妖精のようなこの女性が、レディ・モーリーの妹だとは。

なんてことだ。

アビゲイル・ヘアウッドは、寝室の隅に置かれた肘掛け椅子に腰をおろすと両脚を折りたたんで座面にあげ、スケッチブックを凝視した。

とくに描きたいものがあるわけでもなかった。ここまで来る道中でも、高くそびえるスイスの山々や素朴な農民の顔でいっぱいの画集ができるのではないかと漠然と思い浮かべていたが、苦心したわりにはほとんど描けていない。膝の上のスケッチブックは、描きかけのミラノ大聖堂の鉛筆画――ガーゴイルの部分で挫折してしまった――を除けば、大半のページが空白のままだった。今も目の前には真新しい紙があり、そこに〝馬小屋(ラ・スタッラ)〟と書き記していた。

「フィリップ」部屋の向こうでリリベットの声がした。「パジャマのボタンをはずすのはやめて、もうベッドに入りなさい」

リリベットの声がぴりぴりしている。フィリップは一日じゅう、混雑した客車に閉じ込められていたうえに、窓を伝い落ちる雨しか見えなかったせいで、まだ眠りたい気分ではないのだろう。フィリップが勢いをつけてベッドにあがり、飛び跳ねはじめた。

「ねえ、お母さま、ぼく、曲芸師なんだ！　アビゲイルも見てよ！」ボタンをはずしたパジャマのシャツがはだけて、いかにも五歳の少年らしい薄い胸があらわになっている。

「本当ね、フィリップ」アビゲイルは声をかけた。「じゃあ、宙返りをやってみせて」

「よーし、いくぞ」とフィリップ。

「だめよ！」フィリップが膝を曲げ、大胆にも宙返りをしようとした瞬間、リリベットが手を伸ばして息子の両腕を押さえた。「もう、アビゲイルったら。知ってるでしょう、この子はあなたに言われたことはなんでもするって」

「わたしがうかつだったわ、フィリップ」アビゲイルは後悔をにおわせて言った。「宙返りをするなら、あなたのお母さまが部屋にいないときにしなさいね」

「アビゲイル！」

アビゲイルは暖炉のそばで足先を伸ばした。木炭の灰の中で、炎が赤々と燃えている。目の前にある紙に注意を戻した。

ウォリングフォード公爵。彼に会うのは今日がはじめてだった。姉のアレクサンドラが開くサロンやパーティに彼がやってきたこともなければ、アビゲイルが社交界に顔を出すこともほとんどないからだろう。もっとも、一般的な〝社交界〟には、ということだけれど。アビゲイルが一生結婚はしないと心に誓ったのはもう何年も前だが、彼女のモットーである〝初志貫徹〟に従い、これまでその信念を貫いてきた。だが、アビゲイルは結婚に見切りをつけただけで、将来を悲観しているわけではなかった。できるかぎり型破りな人生を送ろうと心に決めていた。

けれども、それは簡単ではなかった。はじめの頃は、小遣いのほとんどが従僕やら家政婦やらへの賄賂に消えていった。その損失を賭けごとで取り戻そうとして、ある程度は成功をおさめた。カードゲームについては、ほぼ絶望的だった。どんなに無表情を装っても、感情が顔に出てしまうからだ。ところがある日、信用できる胴元に出会ったことで、自分には競馬の才能があることがわかった。

それでも賄賂やら辻馬車の運賃やら、パブで地元の人たちにおごる酒代やらがかさむうえに、競馬で大損することもあったので、アビゲイルはつねに破産寸前だった。そしてときどき思い出したように、姉のアレクサンドラが買い物や内輪だけのディナーパーティといった行事への参加を求めてくると、低俗な予定をあわててキャンセルし、決められたとおりに白のドレスと真珠を身につける。肩で風を切って歩いたり、貴族を口汚く罵ったり、ニューマーケットで開催される翌日のレースの出馬表のことを話題にしたりしてはいけないと自分に言い聞かせながら。

そんなわけで、今晩のように、公爵という身分の男性が自分の右側に座り、夕食をともにするなんてまずないことだった。たいていは遠くからちらりと眺める程度で、彼らはみな一様に白髪で、顎が引っ込んでいて、小柄で猫背だった。ステッキを腕にかけ、アスコット競馬場の日差しを受けてシルクハットが光っていた。

ところが、ウォリングフォード公爵は小柄でも猫背でもなかった。厳密に言えば、彼から夕食に同席するように招かれたわけではない。彼の弟のローランド卿が誘ってくれたのだ。ローランド卿は、つややかな金茶色の髪と人懐っこいはしばみ色の瞳をしていた。彼がアビゲイルのいとこのリリベットにのぼせあがっているのは一目瞭然だった――そのことで彼を責める気はないけれど。

ウォリングフォード公爵は、アビゲイルが知っている高齢の公爵たちとはまるで違っていた。背が高く、髪は黒々として、いかにも気難しそうな荒々しい目をしている。アビゲイルが塩を取ってほしいと頼んだとき、彼は怖い顔でにらみつけてきた。まるで封建時代の領主が、いきなりメイドに呼びかけられたみたいに度肝を抜かれた表情で。

ああ、体が震える。

彼だわ。ウォリングフォード公爵こそ、間違いなくはじめての恋人にふさわしい相手だ。彼なら肉体的にもあらゆる点で恵まれている。とくに豊かな黒髪がすばらしい。愛を交わしているあいだ、好きなだけあの髪に指を絡ませることができるだろう。もちろん、たくましい肩も重宝しそうだ。たとえば逢い引きの最中、アビゲイルを抱きあげて荒れ狂う川を渡らなければならないような場合に。

それに彼ならそれなりの経験がありそうだから、一番満足できる形でことを成し遂げられるだろう。じつのところ、アビゲイルは官能小説についてかなり研究を重ね、ある結論を導き出していた。目下の課題をうまくやってのけるには経験豊富な男性のほうが好ましい、やさしいだけで未熟な若者だと、興奮しすぎてあっという間に終わってしまいそうだ、と。

ウォリングフォードが興奮しすぎるところなど、アビゲイルには想像できなかった。

物思いにふけっていると、突然、部屋の様子が一変した。フィリップが大声を張りあげたのだ。視線をあげると、フィリップがパジャマのシャツをはためかせながら部屋じゅうを走りまわっていて、リリベットが弱り果てた様子であとを追いかけている。少年は手のひらで口を叩き、ホーホーと奇声をあげていた。

アビゲイルは片脚を突き出して、走るのをやめさせた。「フィリップ、いったい何をしているの？」

「ぼくは未開の部族なんだ！」フィリップは大声で答え、彼女の脚を突破しようとした。

「まあ、そうだったの。だったら、そのまま続けていいわよ」アビゲイルが脚を引っ込めて少年を解放しようとした瞬間、リリベットがさっと腕を伸ばして息子をつかまえた。

「アビゲイルったら、もう！」リリベットが必死の面持ちで言う。

アビゲイルは鉛筆を指でもてあそんだ。「リリベット、この子は一日じゅう、客車に閉じ込められていたのよ。宿に着いたとき、庭を自由に走らせてあげればよかったのに。少し体を動かしたいだけなんだから」

「あなたが母親になったときに、その言葉をそっくりそのままお返しするわ、アビゲイル」

リリベットがあきらめてベッドに腰をおろした。ペチコートと濃紺色の厚手のドレスを脚に絡みつかせたまま、息子が自分のまわりを走るのをぼんやりと眺めている。

アビゲイルは手元の紙に視線を落とした。問題はもちろん、公爵とその一行はひと晩だけここに泊まったあと、薄暗くじめじめしたこの地を離れて、どこか楽しい場所へ行ってしまうことだ。はっきり言って、ひと晩だけでは物足りない。望みすぎかもしれないけれど、少しぐらいは求愛されてから関係を進展させたいし、ちゃんとした恋愛もしてみたい。たとえば数カ月のあいだ、情熱と歓びに満ちた秘密の関係を続けたあと、彼の浮気の現場を目撃するとか、跡取りをもうけるために彼が無理やり結婚させられるといった事態が起き、ふたりはドラマティックな結末を迎える。そして一瞬にして、情熱も歓びもすべて色あせてしまうのだ。アビゲイルが彼の頭に花瓶を投げつけると、肩をつかまれて最後に狂おしいほど情熱的に唇を奪われる。アビゲイルは彼を部屋から追い出し、数日間、いや、せめて数時間は涙に暮れるだろう。

完璧だわ。

とはいえ、これからトスカーナの丘に一年間雲隠れしようというときに、ことを進めるのは簡単ではない。

いいえ、相手の気を引くようなことをしてみなければ、何もはじまらないでしょう?

アビゲイルは鉛筆の端を噛みながら、さまざまな筋書きを検討し、裸になったウォリングフォード公爵とさまざまな形で交わるところを想像してみた。やがてイタリア語で紙にこう書きつけた。〝公爵さまは甘い誘いに応じるのなら、イタリア人のメイドよりは、モーリー侯爵未亡人の未婚の妹のほうがいいのではないかしら〟紙を折りたたんでポケットに入れる。椅子から立ちあがった瞬間、扉のほうへ突っ走ろうとしていたフィリップとぶつかりそうになった。

アビゲイルは両腕で少年をつかまえると、ほっそりしたおなかに鼻を押しつけた。「いけない子ね」笑いながら言う。「まったく困った子なんだから。いけない子」

「アビゲイル、そんなことしたら、この子、余計に興奮するわ」リリベットの表情は疲れ果てていた。

かわいそうなリリベット。自分が結婚すべきでないと思う新たな根拠が必要なら、このいとこを見るだけでじゅうぶんだった。リリベットの夫はひどい浮気者で、自分の妻よりも、夕食に出されるひと切れの肉のほうに関心を示すような男だ。彼女はそんな夫に裏切られ、見下されて、この先も何をされるかわからないという状況だった。リリベットはこんなに美しく魅力的で、気立てもよく、とても貞淑な女性だというのに。そもそも、そんなろくでなしの夫から逃れるために、リリベットはアビゲイルたちとともにはるばるイタリアまでやってきたのだった。

フィリップのおなかにもう一度鼻を押しつけ、ぶっと鼻息を吹きかける。それから上掛けのかかったベッドに、少年をぽんと落とした。「悪い子にはお話を聞かせてあげられないのよ。まあ、いずれにしても、お話はしてあげるけど」

一五分後、フィリップは眠りに落ちていた。疲れきっていたのか、胸が規則正しく上下している。リリベットも同じくらい疲労困憊（こんぱい）していて、ぐったりした様子で、寝ている息子をぼんやり見つめていた。「階下（した）に戻っていて、アビゲイル。わたしはこの子を見ているわ」

「あなたをひとりにして？」

リリベットが視線をあげて、そっと微笑んだ。「アビゲイル、階下に戻りたくてたまらないんでしょう。あなたがウォリングフォード公爵を見る目つきに、わたしが気づかなかったとでも思う？」

アビゲイルは柄にもなく弁解したくなった。「とんでもない。あの人、どこから見ても平凡な、ただの公爵よ。イタリアには皇子がいるのよ、リリベット。退屈な英国の公爵より、はるかに面白いわ」

リリベットがアビゲイルに向かって手を振った。「アビゲイル、とにかくもう行って。こっちは大丈夫だから。ね、お願いよ」

そのとき、どすんという鈍い音とともに床下から振動が伝わってきた。酔っ払いとおぼしき男性たちの陽気な歌声が、かすかに聞こえてくる。どう考えても、年頃の若い女性にはふさわしくない場所だ。責任を負うべき既婚女性が、そんな不道徳な場所に自分のいとこを送り出すべきではないだろう。けれどもリリベットはそんなことに気づきもしなければ、心配すらしていないようだ。彼女の視線はベッドの上の上掛けに注がれていた。
とにかく今は、運任せにしている場合ではないのだ。
「わかったわ」アビゲイルは嬉々として応えると、大急ぎで部屋を飛び出した。

少なくともおまえは主人の顔を見られてうれしそうだな。もっとも、それはリンゴのせいもあるだろうが。

「それにしても食いしん坊なやつだ」手袋をはめた手の中で、リンゴが次第に小さくなっていく。リンゴがすべてなくなると、ウォリングフォードは手袋をはずし、馬のたてがみを手ですいてやった。「もちろん、ここにいるべきではないとわかっているんだ。面倒なことになりそうだと」

馬が鼻を鳴らし、彼の胸に鼻先を押しつけてきた。リンゴの果汁がしたたり落ちて、コートに染みができた。

「簡単に言ってくれるなよ。おまえだって、それほど意志が強いわけでもないくせに」

馬が喉の奥で低くうめいた。

「とにかく、おまえにとってはもっけの幸いだったな」ウォリングフォードは馬の額から鼻先にかけて、丹念に手でかいていった。馬がうれしそうに首を伸ばす。「女性というのはほんの一瞬を除けば、じつに厄介な存在だ。それに今回ばかりは、わざわざ手を出す気にもなれない。おじいさまが考えているほど、ぼくは浅ましい人間ではないんだ」

屋根のタイルには雨が叩きつけていたが、馬小屋の中は湿っぽくてあたたかかった。藁と馬のにおいがどこか懐かしい。素朴な土のにおい、満ち足りた青春のにおいだ。

「それにしても、彼女はどういうつもりなんだ」ウォリングフォードは低い声で話し続けた。今度は馬の首に手をやり、厚い冬毛を撫でてやる。ランタンのほのかな明かりに照らされて、鹿毛が茶色くくすんで見えた。「馬小屋に呼び出すとは無礼じゃないか。しかも手紙はイタリア語で書いてあったんだぞ。メイドが書いたものだと、ぼくが信じ込むとでも思ったのか？」首を横に振る。「ぼくは愚か者なのか？　もう四週間も女性との接触を断っているんだ。四週間だぞ、ルシファー」

ルシファーは喜びのため息をつき、頭をさげた。

「おそらく冷静さを失っているんだろう。どこにでもいそうな平凡な娘なんだ。髪も瞳もブラウンで、いや、ちょっと違うな。もっと金色がかっている。シェリー酒みたいな深い金色だ。彼女の姉よりも明るい色合いで。それにあの顔ときたら！　顔立ちはそっくりだが、雰囲気がまるで違うんだ。なんというか、みずみずしさと繊細さが……」

「シニョーレ？」

くすんだ空気の中から陽気な声がした。

ウォリングフォードは馬の首に額を押し当て、深く息を吸い込んだ。「面倒な挨拶は抜きだ、ミス・ヘアウッド。きみだってことはわかっている」

「まあ」ミス・ヘアウッドは甘い声を出しているわけではなかった。「それじゃあ、どうしていらしたんですか？」

彼はふたたび息を吸い込み、背筋を伸ばして振り返った。

ミス・ヘアウッドは埃っぽい馬小屋の中に立っていた。頭に上質なウールのスカーフを巻いている。明るいブラウンの目を信じられないほど大きく見開き、探るようなまなざしでこちらを見ていた。目尻がややつりあがっているのは彼女の姉と同じだが、レディ・モーリーの目が警戒心の強い猫を連想させるのに対し、ミス・アビゲイル・ヘアウッドの目はいたずら好きの妖精のような愛らしさがある。頭に巻いていたスカーフをはずした瞬間、ランタンの明かりを受けて、髪が鮮やかな栗色に光った。

「閣下？」彼女が答えを促した。

思わず体がぶるっと震えた。「ここに来たのは」いかにも公爵らしく諭すような口調で言う。「見ず知らずの人間を馬小屋に呼び出すなんて、あまりに無作法だときみに教えるためだ。どうやら姉君の教育が足りないようだな」

「でも、あなたは見ず知らずの人ではありませんから」ミス・ヘアウッドがにっこりした。

「夕食のときに一時間もお話をした仲でしょう」

「ぼくを言い負かせると思ったら大間違いだ」

「まあ！」ミス・ヘアウッドが身を震わせた。「もう一度言ってください」

「だから、ぼくを言い……」そう言いかけて口をつぐみ、胸の前で腕を組んだ。「だいたい、こんなところで何をしている？　きみだって、しきたりを知らないわけではないだろう」

「ええ、人並みには知っているつもりです。完全に理解しておかなければ、しきたりを破ることはできませんもの」彼女はあいかわらず微笑んでいる。この世のものとは思えない不思議な輝きを放ちながら。

〝しきたりを破る〟

理性よりも本能が働き、ウォリングフォードの体がたちまち熱くなった。

「なんてことだ」そう口にするのがやっとだった。「まさか……」

ミス・ヘアウッドが吹き出し、片手をあげた。「いいえ！　さすがにそこまでは。なんといっても、こういうことは期待感が大切でしょう」

「期待感？」ぼんやりした頭で聞き返した。

「ええ、期待感です。あなたは女性経験が豊富なのでしょうけれど、今夜はキスまでにしておきませんか？」

「キスまで？」ウォリングフォードはよろめきながら、うしろに一歩さがった。「それはつまり……」

「それより、それはあなたの馬ですか？　とてもきれいな子じゃありません？」ミス・ヘアウッドはウォリングフォードの横をすり抜け、ルシファーの顔を両手で挟んだ。「ああ、やっぱり。なんて美しい馬なんでしょう。あなた、すごく愛らしい顔立ちをしているのね」

ルシファーがうっとりした顔で彼女の胸に鼻面を押しつけ、低くいなないた。

でた。ミス・ヘアウッドが笑い声をあげる。ウォリングフォードはルシファーの頬のあたりを撫でた。馬がこちらに向かって片目をつぶった気がした。

「まあ、閣下、なんて気難しそうな表情をなさるの！　どうか、そのまま眉を動かさないで。シェイクスピアはなんと表現していたかしら？　〝その目の上に眉毛を覆いかぶせるがいい、そそり立つ崖が、荒々しい大洋の波にむしばまれ削り取られた土台の上に、見るも恐ろしく突き出てのしかかるように……〟」

「きみは頭がどうかしているのか？」

「いいえ、そうでもないと思いますけど。わたしは見境なく馬小屋で男性とキスをしているわけではありません。これも、ある実験のうちなんです。わたしは家柄も悪くないし、ひと月ほど前に二三歳の誕生日を迎えて……」

「二三歳！」

「ええ」ミス・ヘアウッドがため息をもらした。「この子どもっぽい顔のせいなのはわかっています。でも、わたしはもう二三歳で、とにかく絶望的な状況なんです。だからなんとしても、今年じゅうに恋人を見つけようと思って」

「恋人？　なぜ夫ではないんだ？」

「あら、わたしは結婚なんてする気はないですもの。もっとも、一文なしの腹黒いおじが無理やりに、わたしを鼻持ちならない大金持ちの銀行家と結婚させようというのなら話は別ですけれど。おじはわたしを従わせるために姉のアレクサンドラを誘拐して、姉は毒マムシの上につるされて……」

「毒マムシ？」

「コブラでもいいわ。どちらも猛毒を持っているはずですから。あるいはオーストラリア原産のヘビでもいい。ご存じかしら？　以前にどこかで読んだのだけれど、世界じゅうの有毒な爬虫類のうち、約六割がオーストラリアで発見されているんですって。どうしてそんな場所で暮らそうと思うのかしら。でも、たいていの人は選択の余地がないんでしょうね」

つかのまの沈黙が流れた。

ウォリングフォードは咳払いをした。

「そんな手荒な策略は架空の話だとすれば、きみは自ら進んで恥ずべき生活を送っているわけか。そんなふうに自分の品位を落とすようなまねを――」

「ねえ、今度はあなたの話を聞きたいわ！」ミス・ヘアウッドがルシファーの耳を撫でながら、またにっこりした。今度は少し物欲しげにも見える表情で。「はじめて女性とキスをしたのは何歳のときだったんですか、閣下？」

一五歳。思わずそう答えそうになったが、ふとわれに返って言葉をのみ込んだ。一五歳のとき、北にある海辺の別荘で夏を過ごした。母は流産から徐々に快方へ向かっていて、父のウォリングフォード公爵は息も絶え絶えの状態で古びた寝室に伏せっていた。長年の深酒と不摂生によって弱っていた肝臓が、ひどい落馬が原因で破裂してしまったのだ。一五歳だった彼は、ひとり置き去りにされたような気分だった。姉はすでに結婚していたし、弟はおばの屋敷に滞在していた。自分が公爵になる日が目前に迫っているという大きな不安と、思春期ならではの孤独と欲求不満を抱えながら、毎日敷地の中をうろついていた。そんなとき、乳しぼりの女にいともたやすく誘惑されたのだった。

ことがすんだ直後は、自分の品位を落としたなどとはまったく思わなかった。そういう感情に襲われたのは、しばらく経ってからのことだ。

「ぼくに議論をふっかけるのはやめるんだな、ミス・ヘアウッド」ウォリングフォードは言った。「男女の違いを議論するために、ぼくたちはここにいるわけではない」

「まったく同感です。だってそんな議論をしたら、ひと晩じゅうここにいるはめになりそうですもの。あなたみたいに頭がかたくて強情な男性ははじめてだわ。とにかく、メイドから教わったんです。満足のいく恋人を見つけたければ、自分の好みを知るためにも複数の男性とキスをしてみたほうがいいって。だから、まずは手はじめに……」

「なるほど」

ウォリングフォードは彼女のほっそりした体と妖精のように繊細な顔を見おろし、馬小屋の木製の柱にこぶしを叩きつけた。「だが、危ないじゃないか！　なんてことだ！　キスだけで終わりにしたい男なんて、いるはずがない」

「なぜです？」

「そこで終わっても意味がないからだ。キスなんて、ただの前戯でしかないんだよ。だから良家のお嬢さま方は、そんなことに首を突っ込んだりしないんだ」

「そんなのおかしいわ。ちゃんとしたキスなら、それだけでじゅうぶんすてきなのに。じゃあ、あなたはただキスがしたくて、唇を重ねたことはないんですか？」

「ない」思わず答えたが、それは嘘だった。もちろんウォリングフォードも、キスだけでとろけそうな歓びに満たされたことはある。はじめて経験したあの純粋な時間は、キスをしているだけでじゅうぶんだった。あの頃はキスがすべてだったのだ。

「ああ、ない」ウォリングフォードは繰り返した。「説得のうえだろうが力ずくだろうが、欲望に駆られた悪い男がキスだけで満足するわけがないんだ。そんなことを知りもしないで、これまでよく貞操を奪われずにすんだものだな、ミス・ヘアウッド」

「その点については、ハリー・スタッブズから、一瞬で男性を気絶させる方法を教わったから大丈夫なんです。こう見えてもわたしは……」

「そのハリー・スタッブズというのは？」

「パブで知りあった男性です。親切な老人で、彼のおかげで競馬にも詳しくなれました。以前は鍛冶職人をしていたとか。つまり、胴元になる前は、ということですけれど」

　息が苦しくなってきた。ウォリングフォードは柱を握りしめ、彼女を見おろした。シェリー酒のような深い金色の瞳を見るかぎり、嘘をついているわけではないようだ。ぽってりとした唇にかすかな笑みが浮かび、肌は日に照らされたクリームのようにつややかだった。

「ミス・ヘアウッド」ほとんどささやくような声で言った。「きみのように強烈な個性の人に会うのははじめてだ」

彼女の眉があがり、瞳がきらりと輝いた。「まあ、ありがとうございます！　褒め言葉として受け取っておきます。あなたほどの地位にある方なら、ありとあらゆる面白い方にお会いになっているでしょうから」

「褒めたつもりはない」

「あら、閣下」ミス・ヘアウッドが向きを変え、ルシファーの幅広い鼻にキスをした。「女性について、まだまだ勉強が足りないようですね」

小ばかにされたような気がした。「あいにくだが、必要なことはすべて知っている。たとえば外国で真夜中に付き添いもなく、こそこそと馬小屋をうろつく資格はきみにはないし、今すぐ自分の部屋に戻るべきだということは」

「そういうわけにはいかないんです」ミス・ヘアウッドが小首をかしげ、横目で彼を見あげてきた。ウォリングフォードは途方に暮れた。言葉に詰まり、目の前の魅力的な女性に思わず見入った。シェリー酒のような深い金色の瞳に、胸のうちを見透かされているような気がする。

「なぜだ？」息を詰まらせながら言った。

「まだキスをしてもらっていないからです」ミス・ヘアウッドがゆっくりと彼のほうに顔を向ける。「わたしとキスをする気がないのなら、仕方がありませんけど」

雨が屋根に激しく叩きつけ、遠くで雷鳴がとどろいた。ランタンが揺れ、馬小屋全体がきしんだような気がした。ルシファーが足の位置を変えて長い首をめぐらせ、先のとがった耳をウォリングフォードのほうに向けた。

〝さあ、どうする？〟とでも言いたげに。

そんなの決まっているだろう？　ほかにどうすればいい？　ミス・アビゲイル・ヘアウッドが宿に飛び込んできて、帽子についた雨粒を払い落とした瞬間から、自分には選択の余地などなかったのだ。

ウォリングフォードは一歩前に進み出た。「誰も教えてくれなかったのか、ミス・ヘアウッド？」うめくように言う。「願いごとは、ことのほか慎重にするようにと」

彼女が首をそらした。「まあ」どことなくうっとりした表情でそう言って、ウォリングフォードの胸に手のひらを当てる。「ベルガモットね」

「ベルガモット？」

「あなたはベルガモットの香りがするわ。わたしの大好きな香りよ」

ほんの一瞬、ミス・ヘアウッドの顔を見おろすと、喜びと期待に満ちた目がこちらを見あげた。めまいがしそうだった。

こんなふうに素直で自然な表情で女性に見つめられたのは、いつ以来だろう？　ウォリングフォードはミス・ヘアウッドの顔と表情にすっかり魅了された。彼女の頭を両手でそっと包み、手のひらで顎を支える。髪に指が触れた。

彼は身を乗り出して唇を重ねた。すると次の瞬間、威厳のあるウォリングフォード公爵が一五歳の若者に戻った。日差しが彼の後頭部をあたためため、生い茂った牧草が顔をくすぐる。

若い娘の厚い唇が、彼の唇をむさぼっている。大切なものを愛おしむように甘く、抑えがきかなくなったかのように激しく。まるでこの世にはキスしか存在しないかのように。

だが、今重ねている唇はワインとデザートの味がした。鼻をくすぐるのはウールと石けんの香り。これはアビゲイル・ヘアウッドの唇なのだ。若さと生命力と豊かな想像力にあふれた魅惑的な妖精。彼女がふたりの隙間を埋めようとするかのように、つま先立ちになって身をすり寄せてきた。

ウォリングフォードは頭をあげ、かすれた声で言った。「ミス・ヘアウッド」

「アビゲイルよ」

彼は相手のウエストに手をやって抱きあげると、よろめきながら何歩か歩いて、ルシファーの馬房のそばの壁まで連れていった。アビゲイルの体は軽くて腕によくなじんだ。コートとドレスとペチコートの上からでも、しなやかな体つきだとわかる。ふたたび唇を重ねながら、彼女をそっと壁際におろした。キスはいよいよ熱を帯び、ウォリングフォードは彼女の唇に舌を這わせた。

「ああ」アビゲイルは熱い息をこぼすと、唇を開いてさらに濃厚なキスを求めた。

彼女は壁に背を押しつけて立っていた。ウォリングフォードは唇を重ねたまま、アビゲイルの顔を挟むように壁に両腕をついた。情熱的なまなざしを向けられ、ちゃんと立っていられなかったのだ。彼女が首に両腕を巻きつけてくる。唇を開いて舌を滑り込ませると、アビゲイルが身を震わせた。ウォリングフォードの両脚が彼女の両脚を挟み込んでいる。アビゲイルがブーツを履いた片足を彼のふくらはぎに絡みつけると、ふたりの脚はぴったりと密着した。

ルシファーがいまいましげに鼻を鳴らしたのが、ぼんやりとわかった。

「うるさい」ウォリングフォードは口の端から吐き出すように言った。

「どうかした？」アビゲイルが息を切らしながら尋ねる。

ルシファーが鼻先でウォリングフォードの腕を小突いてきた。

「うるさいと言ってるだろう」彼は不機嫌な声でそう言い、アビゲイルの顔を見た。「いや、なんでもない」気を取り直し、ふたたび彼女の甘い唇に酔いしれて、舌をそっと絡めあった。

頭の中で警報が鳴りはじめていた。ミス・アビゲイル・ヘアウッドは乳しぼりの女でもなければ、身持ちの悪い外交官の妻でもない。馬の賢明な助言に従い、こんなばかげたことはただちにやめたほうがいい、と。

しかし警報が鳴っているのは、頭の奥のはるか遠い場所だった。

「ああ」アビゲイルがささやき、唇を引き離した。「ああ、ウォリングフォード」彼女の言葉が唇をかすめ、肌に染み通っていく。「なんてすてきなんでしょう。本当にありがとう」

ブーツを履いた足が、彼のふくらはぎから離れた。

「ありがとう？」ウォリングフォードは放心したように繰り返した。欲望と快感が体じゅうを駆けめぐり、頭がくらくらしている。

「最高のキスだったわ」アビゲイルは彼の首にまわした手をはずし、頬をぽんぽんと叩いた。

まるで小さな愛犬に言い聞かせるように。「あなたなら、うまくやってくれそうね」

「うまくやってくれそう……？」

ウォリングフォードはまだ壁に手をついていた。アビゲイルは優雅な身のこなしで彼の腕をくぐり抜け、頭にスカーフを巻いた。揺れ動くランタンの明かりを受けて瞳がきらめくさまを、彼は呆然と見つめた。

「ええ。でも、わたしがいないことをみんなが不審に思う前に急いで戻らないと。放浪癖があると思われているのは便利だけれど、姉の我慢にも限度があるわ」彼女はもう一度、ウォリングフォードの頬を軽く叩いた。「まあ、ずいぶん驚いた顔をしているのね」

「いや……ぼくは……いったいなんだったんだ？」なすすべもなく尋ねる。

ミス・ヘアウッドが微笑んだ。「大丈夫。すぐにまた出会えるはずよ。わたしは運命を心から信じているし、そうでなければこうして偶然に出会っていないはずでしょう？　あなたはきっとわたしのはじめての恋人になるわ。そう確信したの。まあ！　もう一〇時半だわ！すぐに戻らなくちゃ」

「おい、ちょっと……」

ところがアビゲイルはすでに彼の頬にキスをして、コートの襟を直していた。彼女はルシファーの鼻にも軽くキスをすると、戸口で身をかがめて何かを手に取った。飾り気のない大きな傘だった。

「ミス・ヘアウッド！」

彼女が振り返り、人差し指を口に当てた。「あとを追ってこないで！　誰かに見られたらどうするの？」

次の瞬間、彼女の姿はもう消えていた。

ウォリングフォードは壁にもたれかかった。全身から力が抜け、頭がぼうっとしている。ルシファーに腕を小突かれた。さっきよりもやさしい触れ方だった。こちらを見つめてくる大きなブラウンの目が、同情するように潤んでいる。

「同情なんかやめてくれ」彼は話しかけた。「進歩がないよな。罠にはまって若い娘の新たな犠牲者になるために、わざわざ一六〇〇キロも旅をしてきたわけじゃないのに」

ルシファーが大きな目をしばたたいた。

「まあ、どのみち彼女は公爵夫人には向いていない」

ルシファーが首を伸ばし、干し草の入った網からさっと何本か引き抜いた。ウォリングフォードは木の壁にもたれかかり、ランタンの左側のあたりをじっと見つめた。

「しかし、いったい何が起こったんだろう。あんなに夢中になってしまうなんて」

馬は何も答えない。干し草にすっかり心を奪われている。

ウォリングフォードは背筋を伸ばし、深く息を吸い込んだ。「いずれにせよ、これで終わりだ。彼女とはもう会うこともない。まあ、数年後にロンドンで再会することもあるかもしれないが、そのときはふたりとも既婚者になっているだろう。ふん、はじめての恋人か。勝手なことを」いつの間にか帽子が脱げていた。足元に目をやって見つけると、頭にのせてひさしを目深にさげた。「彼女は頭がどうかしているんだ」

ルシファーは思案顔で干し草を食んでいる。

「これで終わりだ」もう一度言うと、出入り口に向かって歩きだした。なぜか筋肉が妙な具合になっていて、体にうまく力が入らない。唇も熱くほてり、ありえないほど敏感になっていた。

雨が背中を叩きつけてくる。前庭の向こうに宿がぬっと姿を現した。両手をポケットに突っ込み、水たまりを避けるためにうつむきながら早足で歩いていたら、いきなり何かにぶつかった。目をあげると、見覚えのある茶色いウールの胸元があった。

「おっと」弟のローランドが声をあげた。「散歩かい？」

ウォリングフォードは腫れぼったい唇を開いてから、また閉じた。「ああ、散歩だ。ちょっと新鮮な空気をな」

「なるほど、新鮮な空気をね」ローランドが言った。帽子のつばから雨粒が流れ落ちている。

ふたりはしばし見つめあった。

「じゃあ、行くよ」ウォリングフォードはそう言うと右によけた。

「それじゃあ」ローランドが左によける。

歓談室にアビゲイルの姿はなかった。といっても、わざわざ探したわけではない。部屋に足を踏み入れるとき、無意識に室内を見渡しただけだ。人の話し声がするほうに、なんとなく注意を向けたにすぎない。目と耳を使うのは、別に誰かを探すためだけではない。

宿の主人と彼の妻が部屋の隅でせわしく動きまわっていた。藁の寝床を用意し、ウールの毛布を広げている。いやな予感がした。

ウォリングフォードのための寝床と毛布だ。

数人の男がテーブルに居残って談笑している。別のテーブルの前にはフィニアス・バークがひとりで座っていた。輝く赤毛の頭を抱え込み、蒸留酒(グラッパ)の入ったグラスを見つめながら、グラスが倒れそうなほど激しく頭を振っている。ウォリングフォードは雨のしずくをしたたらせながら、彼の隣に腰をおろした。

「びしょ濡れじゃないか」うつむいたままで、バークが言った。

「そのようだ」

バークの左肘のかたわらにボトルが置いてあった。手に取って振ってみる。ほとんど残っていない。ウォリングフォードはボトルを傾け、ワインの残りを飲み干した。キスで腫れた唇がひりひりする。

「女性たちは今頃、階上(うえ)でくつろいでいるんだろうな」ウォリングフォードは言った。

「ああ、たぶん」

「レディたちの大事なヒップを藁の寝床で休ませるわけにはいかない」

「そのとおりだ」

ウォリングフォードはびしょ濡れの帽子をテーブルに置き、千鳥格子の柄を見つめた。

「まあ、ひと晩だけのことだ。明日になって出発してしまえば、彼女たちとはもう関わらなくてすむ。ありがたいことに」

「だが、賭けの件がある」バークがグラスを空け、無駄のない動きでそっとテーブルに戻した。「デザートの最中に、きみがレディ・モーリーと賭けをしただろう」

バークの口調には、どこか非難がましい響きがあった。なぜか胸騒ぎがした。ウォリングフォードはデザートの時間を思い返してみた。ほんの数時間前に、まさにこのテーブルで起きたことだ。ミス・アビゲイル・ヘアウッドとレディ・ソマートンが幼い男の子を連れて階上に引きあげたときは、なぜかいらいらした。レディ・モーリーが例によって突っかかってきたものだから、つい餌に食いついてしまったのだ。今となっては、ずいぶん前にもうひとりの自分の身に起きた出来事のように思える。「そういうきみだって、話に乗ってきたじゃないか。何を賭けるのかを提案したのはきみだぞ」なぜか弁解めいた口ぶりになった。

「そうだったな」バークがすっくと立ちあがった。長い脚で椅子をまたぎ、自分の帽子を手に取る。

「どこへ行くんだ?」ウォリングフォードは問いかけた。

バークは帽子を目深にかぶった。顔つきが険しく、何かを決意したように、グリーンの目が深みを増している。彼が機械をいじくる実験をしている最中に、愚かにも邪魔してしまったときに見せる表情だ。

「外だ」彼の声も表情と同じくらい険しかった。「ちょっと散歩をしてくる」

ウォリングフォードは長いため息をついた。「それなら傘を持っていったほうがいい」

3

人間は馬にそっくりだ。ぬかるんだ重馬場に強い人もいれば、そうでない人もいる。姉のアレクサンドラは明らかに後者だ。

反対に、アビゲイルはどんな天候のときでも元気に歩き続けられる自信があった。ところが今日は、やまない雨と姉がこぼす不満から現実逃避するために考えごとにふけっていた。具体的に言えば、前の晩の馬小屋でのウォリングフォード公爵とのキスを思い返していた。

彼はわたしが動揺していたことに気づいていただろうか？　動揺？　いいえ、実際には唇を重ねただけですっかり夢中になり、全身を駆けめぐる快感に流されてしまいそうになったのだ。壁に押しつけられたときに感じた体の重み。肌から立ちのぼるベルガモットの香り。彼の唇に残るワインの味。アビゲイルは前夜の出来事を正確に思い出そうとした――体のどの部分が痛いほどうずき、甘くとろけそうになったかを。けれど、あの快感は言葉では言い表せそうにない。

生きているという実感だけがあった。

い、生きている。

それにひきかえ、今はどうだろう？

頭がぼうっとして、すっかり気が抜けたような心境だ。

今朝はトスカーナの湿っぽい空気の中を、のろのろと歩みを進めていた。ブーツに泥がたっぷりと染み込んでいる。降り続いた雨はようやく霧雨になったものの、道はまだぬかるんでいて、一歩進むごとに粘り気の強い泥に足を取られそうになる。先を行く荷馬車の速度が落ちた。気の毒な馬たちが馬具（ハーネス）を突っぱらせている。前途にはセント・アガタ城が待ち構えているはずだった。人里離れた岩だらけの丘に立つその城が、この先一年間の自分たちの隠れ家となり、安らぎの場所になる。思いどおりにことが運べば、訪問客とはいっさい縁のない生活を送ることになるのだ。恋人は言うまでもなく。

さて、どうしたものだろう。昨夜は頬を赤らめ、体を震わせながらも、間一髪のところでどうにか逃げ出した。あわてて頭にスカーフを巻いたから、キスをされただけで完全にわれを忘れてしまったことには気づかれなかっただろう。とはいえ、ウォリングフォード公爵のような人なら、これまでにも数えきれないほど多くの女性と唇を重ねてきたはずで、経験不足なアビゲイルの唇がどんなふうになったのかを知ったら大笑いしたに違いない。そんな目に遭うくらいなら、逃げ出したほうがずっとましだった。あの手の男性に主導権を取らせるわけにはいかないのだ。

アビゲイルは、どんな男性にも主導権を握らせるつもりはなかった。

でも逃げ出したからといって、せっかくの機会をふいにしたわけではないわよね？　昨夜は公爵があまりにあたたかくて生々しく感じられたから、必ず再会できると信じて疑わなかった。必然性があれば運命によって引きあわされるだろう、と。ところがこんな状況――濡れた石と冷たい泥、降り続く霧雨、苦労している馬たち――の中にいると、ウォリングフォード公爵のたくましい腕の中で情熱的に唇を重ねたことが、まるで別世界の出来事のように思えた。

太陽みたいに遠い存在に。

あんなふうに逃げ出すなんて、いったい何を考えていたのかしら？　わたしは何を期待していたの？　来週、彼がセント・アガタ城を訪ねてきてくれるとでも？　突然けたたましく扉がノックされたかと思うと、タペストリーが飾ってある手近な寝室に連れ込まれ、ついに結ばれるという展開を期待していたの？

ああ、なんてばかだったのだろう。わたしはまぬけで臆病な愚か者だ。あれほどの好機がふたたび訪れるのは、一年以上も先になるかもしれないのに。

なじみのない感覚が胸に押し寄せてきた。なんと呼べばいいのかわからない。寒々とした虚しさと心細さが胸に忍び寄り、鍛冶屋の鉄敷のように心に重くのしかかってくる。足取りまで重くなり、ブーツがぬかるみに沈み込んでしまいそうだ。この気持ちは……いいえ、そんなはずないわ。こんなのはわたしらしくない。こんな感情に屈するような人間ではないし、今さら屈するつもりもない。でも、この気持ちをほかになんと呼べば……。

憂鬱。

ああ、それどころか……。

絶望。

しっかりしなさい、アビゲイル・ヘアウッド。きっと解決策があるはずよ。必死に知恵を絞って見つけるの。この無気力から抜け出す方法を……。

「もう、なんてことなの」アレクサンドラの声がした。隣を見ると、姉が深いぬかるみからブーツを履いた足を引き抜いている。

アビゲイルは飛びあがった。「あら、お姉さま！」

「いやだ。ほかに誰がいるのよ？」アレクサンドラは悲しげな表情でどろどろになったブーツを見つめると、また歩きだした。

「ごめんなさい、ちょっと考えごとをしていたものだから」

「ええ、そのようね。今朝はわたしもいらいらしているのよ。何しろ、ひどい頭痛がするの」アレクサンドラは大きなため息をつき、荷馬車のほうをちらりと振り返った。リリベットとフィリップが旅行鞄の山に埋もれるように座り、ひもを使って何やら遊んでいる。「とんでもない時間にリリベットに起こされたせいね。ずいぶん常識はずれな時間ではあったけど、これでよかったのかもしれないわ。城にたどり着くのが早ければ早いほどいいもの。ただ、わたしたちも馬車に乗れればいいんだけど」

「どうせ最初の曲がり角でぬかるみにはまってしまうわ」アビゲイルは言った。「それに、そんな無茶なまねはできないわよ。馬車は轍（わだち）を踏みやすいんだから」

「このままでは、わたしたちのほうがぬかるみにはまってしまうわよ。ああ、もう、そのほうがずっと厄介だわ。あのいまいましいウォリングフォードたちに追いつかれてしまうかもしれない」

「あの三人はなかなか親切だったわ」アビゲイルは思いきって言うと、水たまりを飛び越えた。

「あなたはデザートのとき、席をはずしていたじゃない」アレクサンドラの声が暗くなった。一行は短い坂道をのぼっていた。ぬかるみがなくなり、とがった石だらけになっている。アレクサンドラが小石を蹴ると、ころころと道を転がっていった。「リリベットとフィリップと一緒に階上へ引きあげていたから」

「デザートのときに何があったの？」アビゲイルはきいた。

「別にたいしたことじゃないのよ」またしても小石が転がっていく。「そうね、ウォリングフォードはあいかわらず不愉快だったし、かわいそうなローランド卿はわたしたちのいとこにすっかり夢中でぼんやりしていたわ」

「ミスター・バークは？」

「ああ、あの赤毛の人？　彼がいることさえ、ほとんど気づかなかったわね」アレクサンドラがアビゲイルに腕を絡ませた。「ねえ、知っていた？　あの人たちも、わたしたちとまったく同じ目的で英国を出てきたそうよ。これまでの放蕩生活に終止符を打って、一年間、落ち着いた環境で学問をきわめるんですって。取りたてて言うことがあるとすれば、それぐらいかしら」

アビゲイルは厚手のコートを着た姉の肘が絡みついた腕に力をこめた。「嘘でしょう？」

「それが本当なのよ」アレクサンドラが力強くうなずく。「彼らもこのあたりに別荘か何かを借りてあるんじゃないかしら。ウォリングフォードときたら、わたしたちには目的を達成する力がないと言ったのよ。早々にしっぽを巻いて英国に帰るだろうって」

「まあ、そうなの？」アビゲイルはわきあがる興奮をどうにか抑えると、絶望という黒い鉄敷を持ちあげ、泥だらけの道にひょいと投げ捨てた。

「まったく、失礼にもほどがあるわ。もちろんすぐに言い返してやったわよ。わたしたちのほうが、彼らよりも長く続けられるって」アレクサンドラは小さく咳払いをした。「だから、その……賭けに応じることにしたのよ」

「まあ！　お金を賭けたの？　一〇〇ポンド？　それとも一〇〇〇ポンド？」

「まさか！　レディはそんな下品なことはしないものよ」むっとした口調だった。「いったいどこからそんな考えが出てきたの？　いいえ、お金を賭けるなんてことは頭をかすめもしなかったわ」アレクサンドラは片手でコートのしわを伸ばしながら、もう一方の手でアビゲイルの腕を握りしめた。

「じゃあ、何を賭けたの？」

「それがね、ミスター・バークからある提案があったのよ。確か、負けたほうが相手の優位性を認める広告記事を新聞に出すとか、そういうことだったはずよ。でも、そんなことはどうでもいいの。大切なのはわたしたちの主張を通すことなんだから」

「主張？」

「学問をきわめるのに、女性は男性に負けないぐらい有能だってことよ」

まもなく、ぬかるみに差しかかった。アビゲイルは足を止めずに、姉の腕を引いてよけた。

憂鬱な気分はどこかへ吹き飛び、さまざまな考えが頭の中を駆けめぐった。アイデアと可能性と期待でぞくぞくする。ああ、胸が躍るわ。ウォリングフォードと賭けをするなんて！

なるほど、そういうことだったのね！　賭博台の上でふたつのさいころがぶつかりあうように、運命に導かれてふたたび引きあわされたんだわ。あまりしっくりこないたとえだけれど、まあ、よしとしましょう。

「でも学問をきわめるという点においては、女性のほうが優れているのはわかりきったことでしょう。だからこそ、男性は大学にまで行かなければ研究を続けることができないのに、女性のほうは数冊の本と部屋さえあればできてしまうのよ」

「あなたにも彼の顔を見せてあげたかったわ」アレクサンドラが言う。

「公爵閣下はさぞかしご立腹だったでしょうね」アビゲイルは残念そうにため息をついた。

「ウォリングフォードの話をしているんじゃないわ。ミスター・バークのことよ。彼は自分の考えを表には出さなかったけれど、内心ではかんかんに怒っているように見えたわ。完全に取り乱した様子で席を立ったのよ」

「ウォリングフォード公爵は？　彼はなんと言っていたの？」

「ああ、公爵？　さあ、よく覚えていないわ。わたしもすぐにその場を離れたから」

アビゲイルは声をあげて笑った。

「ちょっと、なんなの？」アレクサンドラが顔をしかめる。

「いえ、ちょっと想像してみたの。あの人たちもわたしたちとまったく同じ城に向かっているとしたら、すごく愉快じゃない？　思いもよらない事態でしょう？」

「そんなことはありえないわ。このポケットに城の持ち主から送られてきた手紙と詳しい案内が入っているんだから」アレクサンドラがコートの胸ポケットを得意げに叩いた。「すべてに署名がされているし、透明な蠟でしっかり封までしてあったのよ。だから、ミスター・バークを城の敷地に一歩たりとも立ち入らせるつもりはないわ。それに」姉は言い添えた。「このあたりには、お城なんてほかにもたくさんあるでしょう。そんな偶然の一致が起こる確率は……」

「確率は？」アビゲイルは勢い込んで尋ねた。

アレクサンドラがもう一度ポケットを叩いた。「計算できないわ」

数時間後

ウォリングフォードは霧雨の中に立ち、それぞれの手に持った二通の手紙をまじまじと見つめていた。彼の視線は両方の手紙を行ったり来たりしている。さらなる確証を求めて石だらけの地面を踏みしめているうちに、背中が鉄のようにこわばっていた。

　英国でも屈指の高貴な一族の長としての務めを果たすあいだに、これまでにも揉めごとを解決してほしいとさんざん頼まれてきた。しかしウォリングフォードにとって、それは何よりも困惑を覚える役目だった。真剣さと不安の入りまじった顔がいっせいに自分に向けられる。敬意に満ちた重々しい沈黙が流れ、その場の空気が期待感でいっぱいになる。アーサー・ペンハローは余人の及ばぬ知恵に恵まれていると誰もが信じきっていた。たまたま運よく公爵家の長男に生まれついたというだけなのに。

　もちろんウォリングフォードとしても、まじめに責任を果たしてきたつもりだった。貴族院で同僚を裁くときだろうが、村にある畑の正当な所有者を決めるときだろうが、与えられた責任の重みをじゅうぶんに理解していた。できるだけ公平であろうと努め、問題のさまざまな側面とあらゆる証拠を考慮した。細心の注意を払い、ありったけの知恵を絞って、公正な決断を下してきたのだ。

　ところが、これはなんだ？　今回の件は、彼の経験の範疇（はんちゅう）をはるかに超えていた。

　ウォリングフォードは賃貸契約の書類に事前に目を通していなかった。セント・アガタ城を一年契約で借りるための法的な手続きについては、すべてバークに任せきりにしていた。バークは頭の切れる有能な男で、莫大（ばくだい）な財産を所有しているのだから、いくらでも弁護士を雇えるだろうと思っていたのだ。ウォリングフォードはこの件について、注意深く考えてみたことさえなかった。まさか、雨に濡れた丘にそびえ立つ、あちこちはげ落ちた城壁と赤い屋根の尖塔を持つセント・アガタ城に到着したその日に、一通ではなく二通の手紙を両手に持つはめになろうとは夢にも思わなかった。しかもそれらの手紙はまったく同じ内容で、公証人によってきちんと署名まで されているのだ。

ただひとつ違うのは、借り手の名前だけだった。

一通には、王立協会会員ミスター・フィニアス・フィッツウィリアム・バークに城を貸し出す旨の内容が記載されている。そして同じ内容のもう一通には、黒いインクでアレクサンドラ・モーリー侯爵未亡人と記されている。

冷たい風が頬に吹きつけ、両手に持った二通の手紙をはためかせた。ウォリングフォードは、手紙の文面にはもう目を向けていなかった。問題の性質を正確に把握していた。冷たい雨に濡れながら、ぬかるんだ道を一〇キロあまりも歩いたせいでいらいらしている。そのあいだも、女性陣はウォリングフォードたちの馬に乗ってのうのうとしていた。

それでもどうにか我慢して歩き続けられたのは、いっときだけのことだとわかっていたからだ。城に到着し、彼女たちが自分たちの目的地に向かって出発してしまえば、ミス・ヘアウッドの魅惑的な笑い声や、灰色の岩場と茶色の冬草の中に浮かびあがる優雅な姿に二度と悩まされずにすむと思っていたからだった。

このまま何も知らずに城に到着していたら、おぞましい事実にあとから気づくはめになっただろう――宿で彼女たちの姿を目にした瞬間から薄々感づいていて、もしかすると無意識のうちに期待していた事実に。

城がひとつ。正式な借り主がふた組。

隣にいたローランドが軽く咳払いをした。馬がしびれを切らしたように身動きをはじめ、小石だらけの道に蹄を踏み鳴らした。ウォリングフォードも咳払いをして顔をあげた。右側を見ると、ミス・ヘアウッドがローランドの馬に乗ったまま、まっすぐこちらを見おろしていた。はやる心を抑えきれないらしく、ウォリングフォードの顔を熱心に見つめている。左側には、雲の切れ間に城がどんよりとした空に向かってそびえ立っていた。現実離れした奇妙な感覚に襲われ、ウォリングフォードは思わず首のうしろに手をやった。

そしてようやく口を開いた。「さて、妙なことになった。どうやらこのシニョール・ロセッティという男はとんだもうろくじいさんか、たちの悪い詐欺師のようだ」

冷たい突風が今度は背中に吹きつけた。レディ・ソマートンと幼い息子を乗せたルシファーが勢いよく首を振り、馬具の金属がぶつかりあう音があたりに響いた。

ウォリングフォードは左右それぞれの手紙を持ちあげてみせると、精いっぱい威厳のこもった声で続けた。「どちらもほぼそっくり同じ内容だよ。ただし、賃貸料については女性たちのほうがきみより有利に交渉を進めたようだがね、バーク」

バークがむっとした表情で応えた。「先方の話では、家賃について交渉の余地はないとのことだった」

アレクサンドラが小さな笑い声をたてた。「いやだわ、ミスター・バーク。そんな言葉をうのみにするなんて」

「ぼくは一年分の賃貸料をすでに支払っている。だから当然の権利を主張させてもらいます」バークが腕組みをして彼女を鋭くにらみつけた。

ウォリングフォードはふたりを見て眉をひそめた。まもなく夕暮れだ。ただでさえ薄暗い景色が、すでに色あせはじめている。ミス・アビゲイル・ヘアウッドが寒さと空腹に耐えながら、夜道をとぼとぼ歩いて避難できる場所を探す姿がふと頭に浮かんだ。ぞっとするような恐怖に胸が締めつけられそうになる。

すぐに解決策を見つけなければならない。このあたりに彼女たちが泊まれる場所はないだろうか？　村か何かは？　そもそも城というのは、村を見渡せる場所に造られるはずだ。村人たちなら、ロセッティなる人物の居場所を知っているだろうから、それで一件落着じゃないか。場合によってはこの城は彼女たちに譲ってやり、われわれが別の場所を探してもいい。古城に目を向けると、城を取り囲んでいる鬱蒼とした糸杉の森が冷たい風に吹かれて大きくそよいでいた。ここなんかより、もう少し快適そうな場所があるだろう。

なんだかんだ言っても、ぼくは公平な男なのだ。相手がルールに従って行動しているかぎりは、寛大な心でことに当たろう。そのほうが最善の結果をもたらすに違いない。

ウォリングフォードが口を開きかけたとき、レディ・モーリーがいらだたしげな声とともに何やら決意めいた言葉をつぶやき、すばやく馬の向きを変えた。

「いったいなんのまねだ？」彼の言葉は、城に向かって猛然と駆けだす馬の蹄の音にかき消された。

取り残された全員が——馬までもが——その場に凍りつき、バークの馬のうしろ姿が遠ざかるさまをぽかんと見つめていた。馬は次第に小さくなり、霧に包まれておぼろになったかと思うと、やがて馬も乗り手も薄暗がりの中に姿を消した。

「なんてことだ！」われに返ったバークが叫んだ。「おい、戻ってこい！」

「なんのまねだ？」ウォリングフォードは畏敬の念さえ覚えつつ繰り返した。ミス・ヘアウッドのほうを見ると、面白がるように顔を輝かせている。青白い顔の中で、妖精のような目が大きく見開かれていた。「いったい彼女は何をする気なんだ？」彼は問いかけた。

ミス・ヘアウッドがこちらを見おろして微笑んだ。そして手綱をしっかりと握り直し、馬の脇腹を軽く蹴った。「所有権を得ようとしているんだわ」肩越しに答えた次の瞬間、彼女を乗せたローランドの栗毛の馬も、城へ向かって軽快に駆けていった。

4

大広間に足を踏み入れた瞬間に、アビゲイルは何かの気配を察知した。

じつを言えば、それより前から感じていた。霧雨の中からセント・アガタ城のぼんやりとした輪郭がついに現れたとき、垂れこめる雲の中で、城そのものがこの世のものとは思えない生き物のようにぐらぐら揺れている気がしたのだ。さらに金属の格子戸の前でも、水が涸れて苔の生えた噴水のそばでも、空気が揺らいでいる奇妙な感覚に襲われていた。目に見えないものが息をひそめているという予感めいたものだった。

アビゲイルは大広間の中にゆっくりと視線を走らせた。むき出しの石壁、弧を描きながら通路に続く大きな階段、天井に渡された巨大な梁。視界をさえぎる家具もなければ、石の床には敷物も敷かれていない。なんとも想像力をかきたてられる眺めだ。殺風景だが重厚感があり、長い歴史を感じさせる。そして生命も。

アビゲイルは部屋を横切ると、かびの生えた長いカーテンのかかった窓に近づいた。片手でカーテンを引き開け、外をのぞいてみる。「なんてわくわくするのかしら！　すてき。煤だらけだわ。もう何年も手入れをしていないみたい。ここには幽霊が出ると思う？」

「出るわけがないでしょう」アレクサンドラがぴしゃりと言う。「変なことを言わないで」

「わたしは山ほど出ると思うわ。こんなに古い建物なのよ。しかもイタリアの！　ここでしょっちゅう毒を盛りあったりして人がたくさん殺されたはずよ。どの廊下にも幽霊が出るくらいじゃないとがっかりだわ」窓から向き直ると、目の前にフィリップが立っていた。しかつめらしい顔で室内を見まわしている。そのうしろを、リリベットがウールのスカーフを首にしっかりと巻きつけ、眉間に深いしわを寄せて歩いていた。

「まったく、そんなに好奇心が旺盛なのに、どうして夫を自分で探そうとしないのかしら」アレクサンドラが言った。

「夫なんて全然欲しくないわ。フィリップ、おいで。探検に行きましょうね」アビゲイルは少年の手を取ると、大広間をすたすた歩いて通路のあるほうへ向かった。

「待って、待って！」フィリップが笑い声をあげながら、遅れまいと必死についてくる。

「早く、早く！」けしかけると、フィリップは小走りになった。くすくすという笑い声が大広間に響き渡る。リリベットが背後から〝ちょっと、危ないわよ！〟と呼びかける声が聞こえたが無視した。喜びと期待で胸がいっぱいだった。湿気を帯びたかびくさい空気を吸い込んでみる。古びた石と木でできたこの城のすばらしさに、すっかり気分が舞いあがっていた。

「アビゲイル！」リリベットの声がした。

アビゲイルは顔をあげ、立ちどまった。

通路の暗がりから人影が現れた。大広間のかすかな明かりを受けて、真っ白なエプロンが異様なほど輝いて見える。

「あら、こんにちは！」アビゲイルはフィリップの手をしっかりと握ったまま挨拶した。

「ボンジョールノ」女性は前に進み出ると、挨拶を返してきた。手織りとおぼしきウールのドレスの上に真っ白なエプロンをつけ、頭には白いスカーフを巻いている。彫りの深い整った顔立ちをしていて、黒い目で用心深くこちらを見つめていた。

アレクサンドラが隣にやってきて、きびきびした口調で尋ねた。「ボンジョールノ。あなたがここの持ち主ですか？」

女性は微笑みながら首を横に振った。一日じゅうパンを焼いていたのか、焼きたての香ばしい香りがする。「いえいえ。わたしは……なんと言うのでしょうね？ ここの管理をしている者です。英国から来られた方々ですか？」

「ええ」アレクサンドラが答える。「そうよ。ご存じだったの？」

リリベットが近寄ってきて、アビゲイルの手からフィリップの手をそっと引き取ると、自分の腕に抱き寄せた。

「もちろんです。お会いできてうれしいですわ。でも、ご到着が一日早くありませんか？ 明日見えると思っていました。お城はお気に召しましたか？」女性は腕を大きく広げ、がらんとした大広間と大きな弧を描く石の階段を示した。肌の内側でろうそくの火がともされたように、誇らしげに顔を輝かせて。

「ええ、これほど歓迎の雰囲気に満ちた場所もないわ」アレクサンドラが言った。

「誰も住まなくなって久しいですから」女性はいかにもイタリア人らしく、表情豊かに肩をすくめた。「今住んでいるのはわたしだけです」

「ほかに手伝ってくれる人はいないの？」アレクサンドラが驚いた口調できいた。

「通いの使用人がいます。持ち主が不在なのでここに住み込みはしていません。とても静かなものですよ。あとはジャコモが……」女性は指をこすりあわせながら言葉を探した。「土の管理、と言うのでしょうか？」

「敷地の管理」アレクサンドラが答えた。「外まわりの仕事をする人がいるのね。よくわかったわ。ところであなたのお名前は？」

女性は軽く膝を曲げてお辞儀をした。「シニョリーナ・モリーニと呼ばれています」

シニョリーナ・モリーニ。その名前を耳にした瞬間、なぜか背筋がぞくっとした。女性は友好的で、歌うような声で話し、肌も黒い瞳も健康的に輝いている。ひっそりと静まり返った大広間に彼女が現れただけで、その場が明るくなった。

これだわ。あの不思議な感覚は、焼きたてのパンの香りがする、見るからに穏やかそうなこの女性と何か関係がありそうだ。

アビゲイルは思わず口を開いた。「まあ、なんて美しい名前なの。イタリアの名前は本当にすてきだわ。わたしはミス・ヘアウッドよ、シニョリーナ。このお城はとてもすばらしいわ。案内してもらえますか？」奥に見える階段に向けて手を振ってみせた。「わたしたちが泊まる部屋は上階かしら？」

「ええ、そうですが……」モリーニが少し戸惑ったようにあたりを見まわした。「男の方たちはどちらにいらっしゃいます？」

アレクサンドラが涼しい顔で言った。「男の方たち？　なんのことかしら」

「まさかあの人たちも来ることになっていたの？」アビゲイルは興奮して尋ねた。ますます楽しくなってきたわ。「シニョール・ロセッティがわざとそうしたのかしら？」

モリーニは両手を広げ、肩をすくめた。「わたしは女性三人と男性三人が来ると聞いているだけです。あなた方のご主人ではないのですか？」

「とんでもない！」アレクサンドラがぴしゃりと言う。

「ではご兄弟？」

アビゲイルは思わず吹き出した。「いいえ、まさか！」

リリベットも会話に加わった。「何かの手違いよ。わたしたちはこのお城を丸ごと一年間借りあげたと思っていたの。でも、別の男性三人も同じような契約をしたらしくて……だからあなたにシニョール・ロセッティを見つけてもらって、どういうことなのか説明を……」

モリーニが額にしわを寄せて考え込んだ。首をかしげ、垂れ落ちた数本の黒い髪をスカーフの中に押し込む。難解なパズルを解こうとするかのような表情になっていた。

「ああ、わかりました。妙なことですね。この城の主人はとても慎重で、何事にも几帳面(きちょうめん)です。そんな手違いは考えられないのですけど」背筋を伸ばして手を叩く。「でも、いいことですよ！　英国人のお客さまが六人もいらっしゃるなんて！　さぞかし会話が弾むことでしょう。きっとこの城も生まれ変わりますよ。さあ、お部屋にご案内します」

モリーニはスカートをひるがえして向きを変え、いそいそと階段に向かった。ついてくるよう手招きをしている。

アビゲイルはあわててあとを追った。

「でも、ちょっと待って！」アレクサンドラが必死に食いさがる。「使用人たちはどうなっているの？　わたしたちを迎える準備はできているのかしら？　夕食はどうするの？」

モリーニは答えるそぶりも見せずにきびきびと大広間を横切ると、振り向いて言った。

「ご到着は明日だと思っていました。使用人たちは明日の朝やってきますよ。村からね」

「明日の朝？」アレクサンドラが聞き返す。「つまり、今日の夕食はないということ？　部屋の準備もできていないの？」

「シニョール・ロセッティはどこ？」アビゲイルは尋ねた。

「ここにはいません。今はわたしがすべて取り仕切っています。さあ、早く。暗くなってしまいますよ！」モリーニは脇目も振らずに石の階段をどんどんのぼっていく。

ここにはいないのね。アビゲイルはわくわくしながら、モリーニのあとについて軽快な足取りで階段をあがった。

それじゃあ、シニョール・ロセッティはどこにいるのかしら？

馬小屋の出入り口のあたりでランタンの明かりが揺らめき、壁の石がひとりでに震えだした。

　少なくともアビゲイルにはそう見えた。

　一瞬とはいえ、アビゲイルが尻込みするのははじめてのことだった。真夜中に勝手のよくわからない城をひとりで抜け出し、中庭を通って、まだ足を踏み入れたことのない建物に向かうのは賢明とは言えない。あの奇妙な感覚にまた襲われるかもしれないし、建物の中に幽霊や化け物がひそんでいる可能性もある。

　けれど、ほかにどうすればいい？　ランタンの明かりがちらちらと揺れながら中庭を横切り、馬小屋に入っていくのを、寝室の窓からこの目で見たのだ。あの不思議な感覚の原因を突きとめるなら、すぐにでも取りかかったほうがいい。危険な目に遭うかもしれないとは考えもしなかった。この謎は悪意のこもった性質のものではないと確信していた。悲劇的な要素をはらんでいるとしても、それほど深刻なものではないだろう。

　それでも体が震えていた。体は正直だ。

　手を伸ばして馬小屋の扉を押し開けてみた。

「誰だ？」有無を言わせぬ声が響いた。

　アビゲイルはほっとして肩の力を抜いた。「まあ、あなただったんですね。真夜中に馬小屋に忍び込む習慣があるなんて知らなかったわ」

「きみも同じのようだな、ミス・ヘアウッド」

　アビゲイルは馬小屋の奥の隅にさがっているランタンの明かりに近づいた。馬たちが歓迎するように小さくいないた。

「わたしたち、どうやら気が合いそうですね。その子はもう落ち着いたんですか？」

「ああ」

丈の長いマントに身を包んだ黒っぽい長身が目に入った。ルシファーの額にある長い白斑が、かすかな光を受けてつややかに輝いている。彼の顔は馬の頭の陰になって見えない。

「今日はとってもよく頑張ったわね」アビゲイルは彼とルシファーの前に立つと、馬と干し草の心地よいにおいを吸い込んだ。「軍馬さながらの活躍ぶりだったわ」

「こんなところで何をしているんだ、ミス・ヘアウッド？」ウォリングフォードがため息まじりの声で言った。

「ランタンの明かりが馬小屋に向かうのが見えたものだから。なんだろうと思って」

「それを確かめるために？　こんな真夜中に？」彼がようやくこちらに顔を向けた。「ナイトガウン姿で？」

アビゲイルは微笑み、肩をすくめてみせた。「コルセットとペチコートをつけてきたほうがよかったかしら？」

「なんてばかなまねを。ほかの誰かだったらどうするつもりだったんだ？」

「でも、あなただったわ。あなたはわたしを傷つけたりしないでしょう」

ウォリングフォードは片手をルシファーの首にまわした。「どうしてわかる？」

アビゲイルはまた肩をすくめると、自分が持ってきたランタンを彼のランタンの隣につるるした。「わたしの勘は当たるのよ。あなたは気難しいかもしれないけれど、やさしい心の持ち主だわ」

「やさしい心？」耳を疑うという顔で、ウォリングフォードが聞き返す。「だって、こんな真夜中に馬の様子を見に来ているんですもの」

彼女は前に進み出ると、ルシファーの首の反対側をそっと撫でた。

「馬と人間は別物だ」苦々しげな口調だった。

湿った空気の中に、その言葉だけが消えずに漂った。ごわごわしたルシファーのたてがみが手の甲をかすめたので、指でとかしてやった。「ねえ、あなたも感じません？」アビゲイルは声をひそめてきいた。

「感じるって何を？」

「まわりの空気よ」

ウォリングフォードが黙り込んだ。彼の息遣いを耳元に感じる。あたたかくて力強い。夕食のときに飲んだ古いワインのほのかな香りもする。「どういうことだ？」

彼に事実を告げるべきだろうか？　一瞬の沈黙が流れた。「このお城は何かおかしいと思いませんか？」思いきって口にした。

「ああ、おかしいなんてもんじゃない。そもそも、きみたち三人がここにいること自体どうかしている」

「たぶんそういう運命なんです。みんなで何かものすごいことを成し遂げるんじゃないかしら」

「〝みんなで〟だなんてありえない」

アビゲイルは彼に向かって微笑んだ。「まさか、例のくだらない賭けにまだこだわっているんですか？　禁欲生活を守るとかいう？　わたしたちはれっきとした文明人なんですから、互いに協力してうまくやっていけるはずです。実際、夕食のときにそういうことで話がまとまったでしょう」

「あれはあくまでも一時的な取り決めだ、ミス・ヘアウッド。ロセッティが見つかって、今回のことに決着がつくまでだ」

「あら、そうかしら。女性が東の翼棟に、男性が西の翼棟に別々に暮らす。言葉遣いに気をつけて、洗濯物を別にしてさえいれば、そんな生活を一年も続ける必要はどこにもないと思いますけど」

ウォリングフォードの語気が強くなった。「無理に決まっている。男女が三人ずつ、同じ屋根の下に暮らしていたら……」

「暮らしていたら？」

「互いに妙な関心を抱くからだ！」彼は吐き出すように言うと、あとずさりしてくるりと背を向けた。

「まあ！　肉体的な欲求についておっしゃっているの？　それならわたしは……」

「ミス・ヘアウッド」ウォリングフォードがうつむいたまま口を開く。「今は肉体的な欲求に関するきみの意見など聞く気にはなれない」帽子を脱ぎ、指で黒い髪をかきあげると、乱暴にかぶり直した。

「それにしても、なぜそんなことを思い悩むのかしら。本能にあらがう必要がどこにあるんです?」アビゲイルは問いかけた。「そうまでして、あのくだらない賭けに勝ちたいんですか? わたしはどうでもいいわ」

「賭けなど知るものか! こんな計画自体がばかげているんだ! ぼくがどうかしていた」ウォリングフォードは壁に額を預けた。

ルシファーが同情するようにいななく。

「だったら、荷物をまとめてロンドンにお戻りになれば?」

「それはできない」壁際から彼の声が聞こえてくる。「もう手遅れなんだ」

「手遅れって何が?」アビゲイルはルシファーのたてがみをかいてやりながら、壁の前の暗がりに立っている公爵に目を向けた。奇妙にも、彼は絶望したように頭を垂れている。返事がないので、彼女は何事もなかったように話を続けた。『だいたい、なぜこんなところにいるんです? ここはあなたが絶対にいそうもない場所だわ。居心地がいいわけでも、社交行事があるわけでもない。従者さえいないのに」

ウォリングフォードは無言のままだ。

アビゲイルはやさしく語りかけた。「閣下は何から身を隠していらっしゃるの?」

彼は壁についた手をかたく握りしめた。

「祖父からだ」とても低い声だった。「それに自分自身からも」

聞き間違えたのかと思った。公爵は木の壁に向かってぼそりと答えた。そんな言い方は彼らしくない。アビゲイルが予想していた彼とは似ても似つかない。

「さっぱりわからないわ」

「そうだろうな。きみは純真な人だから」

「嘘よ。わたしは純真なんかじゃありません。そんなふうに思うのは、わたしが姉の目を盗んでしていることを半分も知らないからよ。競馬はするし、屋敷を抜け出してパブには飲みに行くし、かなりきわどい小説まで読むのよ、それに……」

ウォリングフォードが笑いながら向きを変え、壁に寄りかかって腕組みをした。

「それは罪深いな」

「青年の格好をして競馬場に行くんです。いつか逮捕されるかも」

彼が頭を振った。「ロンドンに帰るんだ、ミス・ヘアウッド。そして、きみにふさわしい男と結婚したほうがいい。立派な家柄で、若さあふれる感じのいい青年ならいくらでもいる。きみが手玉に取ってしまえば、その男はほかの女性に目を向けることもないだろう」

「ご自分で言うようにあなたが本当に悪い人間なら、そんなふうにうしろめたさを感じたりしないはずよ。わたしはあなたの好きなように遊ばれて、とっくに捨てられているでしょう」

「ぼくを誘惑するんじゃない」

「なぜだめなの?」

「純真すぎるからだ。きみは信じられないほど純真な人だよ。きみのような女性には、これまで会ったことがない。だからこんな……いや、つまり……」ウォリングフォードは手で打ち消すような仕草をすると、壁を離れて通路に歩み出た。ポケットに両手を突っ込み、暗がりを見つめている。「もう行くんだ」

アビゲイルはルシファーの鼻面を撫でてから、首に腕をまわした。馬は満足げに頭をさげ、肩にもたれかかってきた。「行きたくないと言ったら?」

ウォリングフォードが長い腕を伸ばし、ランタンをフックからはずした。こちらを見ようともせずに。「それなら、こちらが自制心を保たなければならない。まあ、これも自業自得なんだろう」

公爵が立ち去ったあとも、アビゲイルはルシファーの頭を撫でながら、しばらくその場にたたずんでいた。目を閉じて、すべてを体に取り込む——馬が動くたびに聞こえる、さわさわという藁の音。木のきしむ音。冷たく湿った空気のかすかな流れ。ルシファーの黒い毛から漂ってくる濃厚な馬のにおい。そして、うなじの毛が逆立つむずむずした感覚。

「もう出てきてもいいわよ」アビゲイルは口を開いた。「そこにいるのはわかっているわ」

あたりは静まり返っていた。息をひそめているように。

「あなたは誰なの? ジャコモといったかしら? 敷地の管理をしているのよね。モリーニから聞いたわ。あなたは幽霊なんでしょう？」

ランタンの光が揺らめいた。

「わたしは怖くないわ。ほら、ルシファーを見て。うとうとしてる。わたしを傷つけるつもりはないんでしょう。それとも、傷つけたくてもできないのかしら。馬を怒らせてしまうから」

肩にもたれていたルシファーがこっくりとうなずき、襟に口を押し当ててきた。

「姿を見せてちょうだい。誰にも言わないから」ひと呼吸置いて、さらに言った。「英語は話せるの？」反応はない。「なぜここにいるの？　この城でいったい何が起きているの？あなたがわたしたちをこの城に呼び寄せたの？」

ランタンの光が届かない薄暗い片隅で、馬が小さくいななないた。アビゲイルはじっとしたまま待った。息を詰め、あらゆる感覚を研ぎ澄ます。肌に触れる空気の粒子さえ感じるほどに。

しばらくしてアビゲイルは、ルシファーの体をぽんぽんと叩いた。馬から身を離し、ランタンをフックからはずして、最後にもう一度あたりをくまなく照らした。クモの巣のあいだから、馬たちが目をぱちくりさせてこちらを見ている。藁の中を何かがごそごそと動きまわる音がした。

「あきらめないわよ。必ず見つけてみせるわ。わたしは手ごわいのよ、ミスター・ジャコモか誰か知らないけれど」

馬小屋を出て、扉をそっと閉めた。目の前に、黒い城が濃灰色の空に向かってそびえている。窓明かりらしきものが、いくつかぼんやりと見えた。城の裏口にマントを着た人影が立っていた。片手にさげたランタンの光を受け、彼の顔に暗い影が走った。待っていてくれたのだ。

アビゲイルはじっとりと濡れた中庭を横切った。霧雨はやんでいるものの、どんよりとした靄(もや)が地面に垂れこめていた。ウォリングフォードが扉を開け、アビゲイルを通してから自分も静かに城へ入った。ふたりで大広間を抜けて階段をのぼる。踊り場まで来ると、彼はアビゲイルと別れて西の翼棟へ向かった。

男性たちの寝室がある翼棟へ。

5

一八九〇年四月

放蕩者で知られているわりに、ウォリングフォード公爵を誘惑するのは至難の業だった。

経験の乏しいアビゲイルは、いったん相手さえ決めてしまえば、恋愛をはじめること自体はそれほど難しくないだろうと思っていた。何しろこちらは準備万全で、やる気もじゅうぶんだ。えり好みをしない男性ならば、誘惑されて悪い気はしないだろう、と。すでに完璧な場所も見つけてあった。湖のそばのボート小屋に、情熱的に処女を奪われるのに必要なものをすべて持ち込んでおいたのだ。クッションと上質なウールの毛布は食器棚にしまってあるし、ワインとグラスは古びた平底ボートに隠してある。上等なろうそくも豊富に用意してあった。アビゲイルは誰にも気づかれないように少しずつことを進めておき、いよいよ四月になると、肌の露出の多いドレスを着て、来るべき夜に備えていた——いくら温暖なイタリアとはいえ、三月に戸外で逢い引きをするのはさすがに寒すぎたから。

問題は、公爵のほうにまったくその気がないことだった。

すべてはあのくだらない賭けのせいだわ。山羊につないだロープを引きながら、アビゲイルは内心で不機嫌につぶやいた。今朝は朝食の前に山羊を囲いに入れておく必要があった。山羊もウォリングフォードと同様にひと筋縄ではいかない相手だったが、頑固さにかけてはアビゲイル・ヘアウッドの右に出る者はいない。それにしても、お姉さまはいったいどういうつもりだったのかしら？ あんなふうに男性たちの対抗心をあおって、よりによって賭けをするなんて。賭けなんかしたって、男性の古くさいプライドとずる賢さと頑固さを刺激するだけなのに。

それに、女性に手が早いと思っていたウォリングフォード公爵が、あのくだらない賭けを真に受けるだなんて誰が思うだろう。彼がアビゲイルの胸の谷間にうっとり見とれる代わりに、怖い目でにらみつけてくるなんて。あたたかな春のたそがれどきに庭で顔を合わせても、情熱的に抱きしめるどころか、くるりときびすを返して屋敷に引き返してしまうとは。

何か彼の気に障ることでも言ってしまったのだろうか？

馬小屋の角を曲がると木の囲いが見えてきた。山羊が土埃の舞う地面に蹄を食い込ませ、おびえた声で鳴いた。メェー、メェェー。

「あのね、ここは快適な場所なのよ。オリーブの木をひとりじめできるし、ガチョウに悩まされる心配もないと約束するわ」

山羊がアビゲイルのヒップに頭突きを食らわせた。

「まあ、すごい感激ぶりだこと」彼女はロープをぐいと引っぱった。「さあ、一緒に来なさい。わたしに勝てっこないのはわかっているはずよ。それに午前中だけのことだから。朝食がすんだら、マリアとフランチェスカと一緒に部屋の掃除をしなければならないの。シーツなんかが干してあるところを走りまわられたら困るのよ」

メエー、メエエーと山羊がまた鳴く。

アビゲイルはもう一度、力任せにロープを引いた。「明日は神父さまがイースター祭の儀式に来られるから、屋敷じゅうを掃除しなければならないことぐらい、あなたにもわかるでしょう？　何も準備ができていなかったら、罰当たりだと思わない？　あなただって地獄で永久に焼かれて、恐ろしい囲いの中に閉じ込められるんだから。あの怒りっぽいガチョウたちに四六時中つつかれるはめになるわよ」

そよ風が吹いてきて、山羊の顎ひげがそよいだ。

「そんなみじめな顔をしても無駄よ、パーシヴァル。聞き分けの悪い山羊にやさしくできるほど、わたしは思いやりのある人間じゃないの」アビゲイルは顔をあげ、手を目の上にかざしてまばゆい朝の光をさえぎった。「あっ、あそこにクローバーが！」

山羊が勢いよく頭をあげる。

「すぐそこよ！　ほら急いで！」

パーシヴァルがついに囲いの中へ入り、ふてくされた様子でオリーブの木の下へ行くと、アビゲイルはつかのまの勝利感に酔いしれた。柵の支柱に寄りかかって伸びをし、朝の陽気を全身に浴びる。

目の前に丘の斜面が広がり、段々畑では春の緑が青々と茂っていた。ずらりと植えられた節だらけの葡萄が淡い緑色の葉をいっぱいに広げている。隣接する畑では、じきにトウモロコシがすくすくと茎を伸ばすだろう。右手の桃畑では花が咲き乱れ、その先の斜面を下った先にはオリーブとリンゴの木に囲まれた湖がある。左手を見ると、野菜畑で男性たちが土を耕していた。白いシャツが太陽の光を反射してきらめいている。台地の下に広がる集落は見えなかったが、アビゲイルにはしっかりと感じ取れた。黄砂色の建物が寄り集まるように密集し、赤い屋根が緑色の丘の斜面によく映えているだろう。

どれもこれも気に入っていた。セント・アガタ城のすべてが大好きだった。三月下旬に、湿った灰褐色の土の中からいっせいに若芽が芽吹く光景もなかなかすてきだったけれど、こうしてここに立ち、あらゆるものを体に取り込むのは最高の気分だ――桃の花も、新たに耕された土の香りも、農作業中の男たちがかけあう妙に間延びした声も。

楽しみにしているのはそれだけではない。毎朝ちょうど七時に――念のためポケットから懐中時計を取り出して確認してあった――馬小屋の角を曲がってくるウォリングフォード公爵を眺めるのが、すっかり日課になっていた。

「おはようございます」アビゲイルは陽気に呼びかけた。

「おはよう」彼からの返事はそれほど陽気ではなかった。こちらを見ようともしない。

アビゲイルは柵にもたれかかった。やわらかな春の日差しが帽子に降り注ぐ。ウォリングフォードは五、六メートルほど離れた場所にじっと立ったままだ。明るい陽光を受け、全身が黄金色に輝いて見えた。仕立てのよいツイードのスーツに乗馬靴、ウールの縁なし帽という格好で、眼前の柵を鋭くにらみつけている。周囲の美しさなど目にも耳にも入ってこないかのように。

「どうかなさった？」彼女はかしこまって尋ねた。

公爵がようやく顔をこちらに向けた。「ぼくの馬はどこへ行った？」

「たぶん牧草地でしょう」

「牧草地？」ウォリングフォードが繰り返した。「いったいなぜだ？」

「口を開けば〝いったい（デビル）〟ばかりね。でもルシファーは今頃、悪魔（デビル）などとは無縁の場所でのんびり草を食んでいるはずよ。ずいぶん両極端な状況ね、ふふ」

「何がおかしい」彼は正気を失った人を見るような目でアビゲイルを見た。

「悪魔に魔王（ルシファー）。その手のものがお好みなのね？　職業柄、親近感を持つのかしら」

ウォリングフォードが乗馬用の鞭（むち）を靴に打ちつけた。「馬に鞍（くら）と頭絡をつけた状態で、毎朝七時にこの場所に待たせておくことになっているんだ。なぜ今日はその約束が守られていないのだろう？」

アビゲイルは手を目の上にかざし、畑を見渡した。「たぶん今朝はみんなが夜明けとともに種まきをしているからでしょうね」

「種まき？」

「もちろん畑に種をまく、あの〝種まき〟のことよ。わたしたちの食卓などで出される食べ物を作るために。何しろ、もう春ですもの。もしかして、それさえ気づいていなかったの？」

「そのことと馬の支度ができていないことにどんな関係があるんだ？」

アビゲイルは彼のほうを振り返り、微笑みかけた。「厩番の男性たちも畑を耕す仕事に駆り出されているということよ」

「耕す？」畑で農作業にいそしむ男性たちに目を向け、公爵は驚いた表情になった。

「ええと、あなたをばかにするつもりはないのだけれど、もしかして今朝はコーヒーを飲んでこなかったのかしら？」

ウォリングフォードがむっとした。「あいにくだが、ちゃんと飲んできたよ。今日は村で人に会う予定があるんだ。どうしてもはずせない用事だというのに……馬がいないとはどういうことだ！」最後のほうは、大勢の使用人がいっせいに動きだしそうなほど高圧的な口調だった。

ただし、ここは公爵に仕える使用人などひとりもいないトスカーナの丘の上だ。

アビゲイルはもう一度微笑んだ。「どうやら自分でルシファーに鞍をつけなければならないようね」

「自分で鞍を？」

アビゲイルは柵から身を離した。「そんなに驚かないで、閣下。幸い、わたしが手を貸してあげられるわ。あなたは馬を連れてきてくださいな。わたしは馬具部屋から、あなたの鞍を見つけてきますから」

「馬を連れてくるだと？」ウォリングフォードが声を張りあげたが、アビゲイルはすでに馬小屋のほうへ歩きだしていた。馬具部屋は馬小屋の奥にある。室内は薄暗く、革のにおいが鼻をついた。以前にも用事があって何度か足を運んだことがあるので、ウォリングフォードの馬具がどこに置かれているのかはわかっていた。アビゲイルは頭絡を肩にかつぎ、鞍と鞍敷を腕に抱えると、ブラシ類の入った木箱を手に取った。

ふとあることを思いつき、戸口で立ちどまる。「今さらあとには引けないわ」そうつぶやくと木箱を下におろし、コルセットを少し押しさげた。

ルシファーが若草を口いっぱいに頬張りながら、黒い目に困惑の表情を浮かべて主人を見た。

「お楽しみの邪魔をするつもりはないんだが」ウォリングフォードは声をかけた。「村まで行くのにおまえの助けが必要なんだ」

ルシファーが頭をさげて、また草を食みはじめた。

「まったく生意気なやつめ」すり切れた引き綱をつかみ、馬を動かそうとした。

やはり最初から用心しておくべきだった。城の管理人にも忠告されていたのだ。

「若い娘だ、あの女がまた待っているぞ」ジャコモは馬小屋の壁に寄りかかり、首を横に振った。「あの女は厄介だ。間違いない」

ウォリングフォードもそのとおりだと思ったが、ジャコモに言われるのは面白くなかった。

「別に厄介でもなんでもないさ」いらだちを覚え、ブーツに鞭を打ちつける。「彼女は自分の仕事をしているだけだ。山羊の世話でもしているんだろう」

「山羊を見ているふりだ。実際はあんたを見ている」

「ばかばかしい。失礼するよ、ジャコモ」憤然と馬小屋を出て足早に歩いていたら、ミス・アビゲイル・ヘアウッドがにこやかに声をかけてきたのだった。

ジャコモの言っていたとおりに。

ルシファーは珍しく抵抗を見せ、なかなか散歩をやめようとしなかった。それでもどうにか牧草地の柵の扉までたどり着くと、アビゲイルはすでに待っていた。輝くばかりの笑みを浮かべ、豊かな胸のふくらみが今にもコルセットからこぼれそうになっている。日差しを受けて、栗色の髪がつややかに輝いていた。馬具を抱えたほっそりした腕が、苦痛のうめきをあげている。

「やはり徒歩で行くべきだったか」ウォリングフォードはぼそりとつぶやいた。

アビゲイルが笑いかけてきた。「まあ、すばらしいわ」ようやく心を入れ替えることにしたんですね」

「いいから鞍をよこしてくれ、ミス・ヘアウッド。さっさと終わらせてしまおう」

彼女は木箱を下に置くと、鞍を柵の上にひょいとのせた。「あら、そうはいかないんですよ、閣下。まずは馬にブラシをかけてやらないと」

「ブラシをかける。当然だ」

アビゲイルが木箱からブラシを選んだ。「両側から手分けしてやったほうが早く終わるわ。いくらなんでも、毛の生えている方向ぐらいご存じですよね」

「ブラシのかけ方ぐらい知っている」ブラシをひったくるように取り、さっそく仕事にかかった。

「何をそんなに不機嫌になっているのかしら。ここでの生活は、公爵の虚飾とかそういったものから抜け出す絶好の機会になるでしょうに。自分の馬に鞍をつけるのは、手はじめとしては上々だと思うわ」

「鞍のつけ方なんぞを学ぶために、はるばるイタリアまでやってきたわけではない。それぐらいのことは、ロンドンにいたって難なくやれるはずだ」

「でも、やってみようとは思わなかったんでしょう？　ロンドンの悪しき習慣——お酒とか女性とか、そういったものに魂をむしばまれていて。違います？」

「ばかばかしい」ルシファーの脇腹に一心不乱にブラシをかけた。黒い毛が太陽の光を浴びてつややかに輝きだすと、心ならずも喜びがわいてくる。馬の腰の上あたりでアビゲイルの髪が誘うように揺れているのが視界の隅に入った。彼女に顔を見られていなくて幸いだ。すべてを見透かすような率直な物言いをされたのが面白くなかった。

「そんなに身構えないで」あいかわらず穏やかな口調だった。「わたしはあなたのことをずっと見てきたのよ。ほら、あのひなびた宿に着いたときからずっと。案外わたしたちは似た者同士のような気がしているの。わたしのほうが物事がはっきり見えているというだけで。

まあ、わたしの場合は、無限の権力と富にさんざん甘やかされてきたわけではないから」

「ぼくだって甘やかされてなどいない」ウォリングフォードは一心にブラシをかけ続けた。単調な作業を繰り返すと、なぜか気分が落ち着いた。

「さあ、これを鞍の下に」アビゲイルがルシファーの首の下から顔をのぞかせ、鞍敷を手渡してくる。「これを広げて……いえ、そっちじゃなくて……そうそう、それでいいわ。しわを伸ばしておかないと、この子がいらいらしだすから。いえ、わたしもあなたと同じ意見よ。ロンドン社交界の期待だとか、そういうくだらないものから逃げ出したくなる気持ちもわかるわ。わたし自身、結婚とかそういったことは考えただけで虫唾が走るもの」

ウォリングフォードは馬の背に慎重な手つきで鞍敷をのせ、しわを伸ばした。

「ああ。あの宿ではじめて会った夜も、きみはそう言っていたな」

「でも、理由まではきかれなかったわ」

「個人的なことを詮索したくなかったからだ。もちろん、きみにとってはたいしたことではないんだろう。どうせ、きみの結婚観はロンドン社交界の半数の人間の耳に入っているんだろうから」ルシファーの背中の向こう側に目をやると、アビゲイルが両手で黙々と鞍敷のしわを伸ばしていた。

「それは違うわ。この話をするのは、あの宿の厩番の男性を除けば、あなたがはじめてだもの。しかも彼は英語がわからないから、伝わらなかったはずよ」そう言うと、鞍がかけてある柵のほうへ移動した。顔は見えなかった。あえて隠しているのだろうか？　彼女は柵の前で立ちどまり、鞍の座面に手を添えて自分のほうに引き寄せた。

「理由はこういうことなのよ。わたしはロンドンに移り住んで姉の結婚生活をこの目で見て、一生結婚しないと心に誓ったの。気ままで茶目っ気たっぷりだった姉が、すっかり変わってしまって……魅力的ではあるのだけれど、高貴な男性の〝面白味のない妻〟になってしまった。そんなことが自分の身にも起きるぐらいなら、いっそ死んだほうがましだと思ったのよ」

ウォリングフォードは困惑しつつ彼女を見つめた。虚しさと親しみという、相反する感情が一気に胸にこみあげていた。

アビゲイルは持ちあげた鞍をこちらには手渡さずに、自らルシファーの背中に置いた。落ち着いた口調で先を続ける。「姉には、これといった人生の目的がないの。サロンとパーティに明け暮れ、おしゃべりと男性の気を引くことばかりにとらわれて。とくに何かするわけでもなく、もっと楽しいことはないかと探しまわっているだけなのよ。ええ、もちろんたまには慈善パーティを開くこともあるわ。姉はそこまで薄っぺらな人間ではないから。でもわたしには姉が幸せそうには見えないし、実際に幸せではないはずよ。不満を抱えて人生に退屈しているの。もっとも、本人は楽しんでいるふりをしているけれど。それにリリベットのこともあるわ！　ソマートン卿の噂はあなたも耳にしたことがあるでしょう。彼女の結婚は試練としか言いようがないわ」

「彼女の場合は、おそらく選択を誤ったんだろう」気づけば、そんな言葉を口にしていた。

アビゲイルにすっかり心を奪われていた。鞍をつけて腹帯の位置を直す器用な手つきに、やさしく素直な声に、恐れずに自分をさらけ出すその姿に。

「そうね。でも、結婚という制度そのものが問題なのよ！　反対側にまわって腹帯を受け取ってくださる、閣下？」

言われるままにウォリングフォードは馬の向こうへまわり、彼女がいる側の鞍からぶらさがっている腹帯のひもを見つけた。手に取って、留め金のほうへ引きあげる。

「たとえば、あなたは英国でも一、二を争う高貴な身の男性だわ。そんなあなたと結婚すれば――これはもちろん仮定の話だけれど、わたしは礼儀作法の手本にならなければならない。社交界の中心人物になるなんて！　そのせいで姉は輝きを失ってしまったのに」

ウォリングフォードは腹帯のひもを留め金に通してきつく締めた。「ぼくがきみに結婚を申し込むときは――これはあくまでも議論を進めるための仮定の話だが、ありのままのきみが好きだからそうするのであって、きみに変わってほしいだなんて思うはずがない」考えるより先に、軽はずみな言葉が口をついて出た。

「でも、変わらざるをえない。お互いに避けては通れないことなのよ。こういうすばらしい自由は味わえなくなるんだわ。今みたいに気ままな言動をしたり、すてきな古城に暮らして、朝に山羊の乳しぼりをしたりするなんてまねは……」

「ぼくらはあくまで仮定の話をしているんだ。ミス・ヘアウッド、頭絡をくれないか」胸のあたりがすっと軽くなり、つらい空虚感が埋まったような気がした。首がどくどくと脈打っている。手を伸ばして頭絡を受け取ろうとしたとき、自分の指が震えているのに気づいて、ウォリングフォードは愕然とした。

「ええ、もちろんあなたの妻になる気なんてないわ。前にもそう言ったはずよ」頭絡を差し出され、ウォリングフォードは呆けたようにアビゲイルの顔を見つめた。彼女は目尻のきゅっとあがった目を輝かせ、明るい笑みを浮かべている。

「それに結婚そのものの精神的な重圧はさておき、あなたの性格については考慮する必要があるもの」

　彼はひったくるようにして頭絡を取った。せっかくの軽やかな気分が台なしだった。

「ぼくの性格には問題など何もない」

「ええ、おっしゃるとおりよ。あなたはわたしが知るかぎりでもっとも興味をそそられる放蕩者だわ。放蕩生活に終止符を打ち、まじめに学問に打ち込もうと決意するなんて。あなたはすごく頭のいい人なのね。いつも虚勢を張っているけれど、本当は……」彼女はそこでひと呼吸置いた。「生まれながらに力のある人なんだわ。爵位とは関係なく、自然に備わっている品位があるのよ」

「なぜきみにそんなことがわかる?」ウォリングフォードは指でぎこちなく革ひもをいじくりまわし、手の中のパズルに意識を集中させた。目の前に立っている難解なパズルには、とうてい太刀打ちできそうになかった。

「この目でずっとあなたを見てきたから。馬のそばにいるときや、友人と過ごしているとき、夕食の席で一緒になったときに。さっきも言ったように、あなたは最高の放蕩者よ」アビゲイルはため息をもらし、首を横に振った。「でも、やっぱり放蕩者であることに変わりないわ」

ルシファーがウォリングフォードの手袋に湿っぽい鼻息を吐いた。

「ぼくは放蕩者ではない」

「それに遊び人というのは、一生治らないものなのよ」彼の言葉など耳に入っていないように、アビゲイルが先を続ける。「受け入れがたい残酷な事実ではあるけれど、女性なら誰もが直感と経験でわかっていることだわ。激しい恋に落ちようが、愛のある結婚をしようが、放蕩ぶりは一生変わらない。妻にどれほど愛と忠誠を感じていようと、遅かれ早かれ本能が別の女性の体を求めだすものなの。あなたのお父さまもそうではないかしら」

「そうでなかったことを願うよ」ウォリングフォードはぼそりと言った。「父は一五年前に他界しているし、存命中もあまり一緒に過ごしたことはないのでね」

「でも、身に覚えがあるでしょう？　公爵なら、指をぱちんと鳴らすだけでいつでも好みの女性が手に入るって。人柄がよくても、貞操を守ることだけはどうしてもできないのよ。理解不能なことなんでしょうね。立派な公爵の種をまき散らすことは、単なる権利というだけでなく、人間としての義務なのかしら。あら、どうかした？」

「今、なんと言った？」ウォリングフォードは咳き込み、あえぎ声をもらした。

「未婚の女性がこんなことを口にしてはいけなかったわね」そう言いながらも、後悔している様子はまったくない。

彼は目を閉じて、静かに深呼吸をした。

「落ち着いた？」アビゲイルが屈託のない顔で尋ねてきた。

ウォリングフォードは頭絡を少し持ちあげてみせた。「これはどうすればいい？」

「あら、あとはルシファーのほうに差し出せばいいのよ。どこに首を入れればいいか、この子は自分でわかっているから」笑いながら言う。

公爵の種。彼女は確かにそう言ったよな？

ウォリングフォードは戸惑いながら革と金属でできた馬具を見つめ、どうにか気持ちを静めようとした。これは馬銜(はみ)のようだから、最後にはここにつけるんだろう。鼻がここに入るはずだ。彼はおずおずとルシファーのほうに差し出した。

ルシファーがけげんそうに、差し出された馬銜を見つめる。

アビゲイルがため息をもらし、ウォリングフォードの背後にまわった。その瞬間、レモンと花の香りが漂ってきた。彼女の肌には春が染み込んでいるかのようだ。息を吸い込まないようにしても無駄だった。あたたかくしなやかな体がすぐ近くにあり、女性らしい華奢な手が彼の無骨な手に重ねられている。長らく禁欲を守ってきた体がにわかに活気を取り戻し、公爵の種を解き放ちたいと騒ぎたてていた。

「こうするのよ、ウォリングフォード」アビゲイルがささやいた。「おもがいをあげて……そうそう。それから頬のうしろで留め金を締めるの。さあ、これでいいわ」

おぼつかない手つきで、どうにか留め金を締めた。足元の地面がわずかに傾いた気がする。アビゲイルの髪がやさしく愛撫するように彼の頬を撫でた。

「どうか気を悪くしないでね。あなたを侮辱したわけではないのよ。生まれ持った性質は変えられないんだから。だって、ライオンに生まれたことをライオンのせいにするわけにはいかないでしょう」

「それはそうだ」

「それに実際のところ、あなたに変わってもらおうだなんて思っていないのよ。わたしにはあなたがぴったりなの」

耳の奥で血がどくどくと脈打っていた。「ミス・ヘアウッド」彼女のほうに向き直る。予想以上に顔が近くにあった。思わずむせ返りそうになる。

「何かしら、ウォリングフォード?」かすかに息を弾ませ、アビゲイルが応えた。

彼は口を開きかけて、また閉じた。彼女は小首をかしげてこちらを見あげ、辛抱強く次の言葉を待っている。日差しを受けて、肌が黄金色に輝いていた。

ウォリングフォードは目をぎゅっとつぶり、彼女の姿を視界から追い出した。

「手綱を渡してもらえるかな、ミス・ヘアウッド」

ウォリングフォードは優雅に馬を乗りこなしていた。自分の馬を隅々まで知り尽くしている人の乗り方だ。アビゲイルは彼のそんなところも気に入っていた。馬小屋でルシファーと一緒にいるところを見ていたから、乗馬がうまいだろうとは予想していたが、あの宿を発った朝、早朝の光の中から半人半馬（ケンタウロス）のように颯爽（さっそう）と姿を現したときに感じたときめきはいまだに忘れられなかった。そして今もまた、彼が村での用事に——どんな用事であれ——向かう姿をじっと眺めていた。喜んで彼を迎え入れてくれる未亡人のもとでも訪ねるのだろうか？

そのとき、手にくすぐったさを感じた。視線を落とすと、パーシヴァルが空腹と好奇心の入りまじった表情で袖にかじりついていた。「ねえ、パーシヴァル、彼はとてもきれいな顔立ちをしていると思わない？　でも、本人はそのことに気づいてもいないようなの。みんなが弟のほうを絶賛するから。ええ、もちろんローランド卿はほれぼれするほどの美男子よ。だけど……」アビゲイルは山羊の頭をかいてやりながら、オリーブの木々のあいだに見え隠れする彼の姿を見送った。「ウォリングフォードは石の彫刻のようだわ。石の中に身をひそめている美しい彫刻。わたしの言いたいことがわかる？」

見おろすと、パーシヴァルは袖に噛みつくのをやめ、目を閉じてじっと立っていた。耳のあいだをかいてもらって気持ちがよさそうだ。

「あなたならわかるはずよ。何しろ、山羊と公爵は共通点が多いんだから」

アビゲイルの目が確実に届かない場所にやってくるまで、ウォリングフォードはずっと胸を張り、まっすぐ前を見据えていた。

馬小屋の向こうにアビゲイルが姿を消してしまっても、彼女の特徴をひとつ残らず感じられた。朝の光を浴びてつややかに輝く髪――午前中に帽子をかぶっているのを見たことがない――や、ほっそりした体を包む黄色のドレス、遠ざかる彼を追う強いまなざし。重ねられた手の感触も、鼻をくすぐる香りもしっかりと覚えている。

〝あの女は厄介だ〟とジャコモは言っていた。

「おじいさまがぼくの意志の強さを試すために、彼女を送り込んできたみたいだ」日当たりのいい道に出たところで、ルシファーに話しかけた。「ぼくは試されているのかもしれないな。恥ずべきふるまいをせずに、どれだけ持ちこたえられるのかを。ぼくには自制心がないことを思い知らせようとしているんだ」

現に、体はアビゲイルのもとへ戻りたくてうずうずしている。

〝そんなだから、自分の愛人が大切にしている温室で、よく知りもしない相手と情事にふけっても許されるなどという考えが浮かぶのだ。自分がウォリングフォード公爵閣下であるというだけの理由で〟

小さな実をつけはじめたオリーブの木を通り過ぎるたび、肌に影がよぎった。アビゲイルのイメージを頭から締め出すのは容易ではなかったが、まもなく自分を取り戻した。そのうち、あれほど欲望を覚えたことさえ気にならなくなった。あれはあくまで一時的な苦痛であり、また不自由な暮らしが続くだけなのだと自らを納得させた。

「彼女のことがなかなか頭から離れないのはそのためだ」ウォリングフォードは話し続けた。「彼女の誘惑に乗るわけにいかないからだよ。これが人間として自然な反応なんだ。まったく、なかなか滑稽な状況じゃないか。純真な生娘が、ぼくと男女の関係になりたいと言い寄ってくるとは。おい、ルシファー、このぼくが彼女の貞操を守っているんだぞ。こんなつらい試練がほかにあるか。もっとも……」

木立を過ぎてカーブを曲がった瞬間に、アビゲイルの姿も頭から消え去った。

もっとも、彼女の誘いを断ったこと自体は満足なんだろう？　ウォリングフォードは内心で自分に問いかけた。口に出して言うほど考えがまとまっていなかった。こうしてイタリアの人里離れた不便な城にやってきたのは、祖父が勝手に決めた結婚から逃れるためだ。しかし、誘惑そのものからも逃れようと思っていた。本当に祖父の言うとおりなのか確かめてみたくなったのだ。こんな自分が一年ものあいだ禁欲生活を送れるものなのか。心の奥にしつこく居座っている不満をどうにかして解消できないか。自分の中にもまじめで誠実な心と、強い精神力がひそんでいるのか。フィンやローランドみたいな人間になれるのか――ただ敬意を払われるだけでなく、誰からも好かれる人間に。アビゲイル・ヘアウッドのような女性に戦利品のごとく扱われるのではなく、心から愛される男に。

最後の考えがなんの前触れもなく胸に浮かびあがってきた。驚きのあまり、馬に乗ったまままびくんと飛びあがる。

「ああ、気が変になりそうだ」思わず声に出して言った。

ウォリングフォードはルシファーを走らせた。

すべてはあの賭けだ。あのときは、このうえなくばかげた取り決めにしか思えなかった。

プライドにとらわれて公爵にあるまじき愚行に走ってしまった、と。いまいましいレディ・モーリーと、そのからかうような口ぶりに腹が立って仕方がなかったのだ。小ばかにした口調が祖父とよく似ていたから。

だが、今となっては感謝したいくらいだ。つい魔が差しそうになったとき——アビゲイルの豊かな胸のふくらみに誘惑され、ただでさえぐらつく意志がなぎ倒されそうになったときは、あの賭けを思い出した。

ひそかに心に誓っていたことが、公然の誓いになった。

人前ではっきりと宣言したのだ。

ルシファーが駆け足でカーブを曲がると、眼下にいきなり村が見えた。赤褐色の屋根がひしめきあい、花畑のようにも見える。

〝おまえのようにふしだらな生活を送っている人間が、ほかになんの役に立つというんだ?〟

「絶対にやり遂げてみせるぞ」馬に語りかけているのか、自分に言い聞かせているのかわからなかった。ルシファーの歩調をゆるめさせ、岩だらけの坂道を下っていく。

何がなんでも、おじいさまをぎゃふんと言わせてやる。

6

アビゲイルはセント・アガタ城での生活のあらゆる面を気に入っていたが、何より楽しみにしているのが朝食だった。

「たいしたものよね、わたしたちのために腎臓(キドニー)とニシンを用意してくれたんだもの」ウォリングフォードを見送ってから三〇分後、朝食に並べられた臓物料理を嬉々として頬張りながら、アビゲイルは言った。「どうやって調達したのか、わからないけれど」

リリベットは灰をまぶした屋根板でも口にしているような顔つきでトーストをかじっている。今、食堂にいるのは三人だけだ。アビゲイルとリリベットとフィリップは、長大な古いテーブルの端のほうにひっそりと座っていた。男性陣は朝食を先にすませることにしていたし、アレクサンドラは必ず遅れて来るからだ。リリベットが言った。「注文すれば届けてくれるんじゃないかしら。フィレンツェには何百人と英国人がいるんだもの」

「そうかもしれないわね。でも、ここの人たちがどうしてそれを知っているの？」アビゲイルは皿の上にナイフとフォークを置くと、少し間を置いて改まったように切り出した。「この城、どこか妙なところがあると思わない？」

「どういう意味かわからないわ。古い城だってこと以外に?」リリベットはティーカップを手に取り、目を閉じた。

アビゲイルは首をかしげ、いとこの顔を観察した。血の気がなく、彼女自身が幽霊みたいだ。どうして誰も気づかないのだろう、このセント・アガタ城のただならぬ気配に。アビゲイルにしてみれば、朝の光に負けないぐらいはっきりと感じられるのに。

「本当にそう思う? あなた、感じない? ありとあらゆる隅に幽霊がいるみたいじゃない?」

「幽霊!」フィリップが椅子の上で跳ねた。「ほんとの、生きてる幽霊?」

「いいえ、幽霊っていうのは普通、死んでいるの」アビゲイルは答えた。「でも、本物の、死んだ幽霊よ」

リリベットが顔をしかめ、鋭い視線を向けてくる。「ばかなこと言わないで。幽霊なんて」

こうして話しているあいだも、首のうしろを空気の塊がかすめ、背筋がぞくぞくしていた。

ふと戸口のほうを見ると、シニョリーナ・モリーニがじっと立っていた。トーストと紅茶をのせたトレイを持ち、頭に巻いた赤いスカーフがひときわ鮮やかだ。薄暗い階段を背にしているので、考え込むような表情でリリベットを見つめている。

「トースト、まだありますよ。シニョーラ・ソマートン、お茶のお代わりはいかがです?」

「ありがとう、モリーニ。殿方たちはお食事はまだ? レディ・モーリーは?」

男性たちとは朝食をともにしたことは一度もなかった。それどころか、昼食でもめったに顔を合わせることはない。一緒に食事をするのは夕食だけで、それは時間をずらすのがひどく面倒だからだ。リリベットの口調は、そんな周知の事実などまるで知らないかのようだった。

モリーニは食堂に入ってきても、アビゲイルのほうを見ようともしなかった。別に驚くことではない。もう何週間ものあいだ、この城を取り仕切っている黒髪の家政婦とふたりきりで話をしようと試みているが、いまだに実現していないのだ。アビゲイルが厨房に立ち寄ると、そのたびにモリーニは何か急用を思い出し、スカートをひるがえして出ていってしまう。焼きたてのパンのかすかな香りだけを残して。まるで生霊みたいに。アビゲイルは少し腹立たしい気分だった。この屋敷で生霊と話をするのにふさわしい人間がいるとすれば――そしてその真相を突きとめるとすれば――このアビゲイル・ヘアウッドをおいてほかにはいないのに。

モリーニは今もまた、気遣うような表情でリリベットだけに注意を向けている。焼きたてのトーストをのせたトレイをリリベットの皿のそばに置くと、カップに紅茶を注ぎながら、秘密めかした口調で答えた。「シニョール・バークとシニョール・ペンハローは朝食をすまされました。一時間ほど前に。公爵に関しては存じません」

アビゲイルはフォークを置いた。もうたくさんだ。

「モリーニ」アビゲイルは大きな声で呼びかけた。「幽霊のこと、ちょっとききたいんだけど」

ポットに添えられていたモリーニの手がぴたりと止まった。

「モリーニ！　お茶が！」リリベットが声をあげた。

家政婦はぎりぎりのところでポットを起こした。両手でポットを持ったまま、しばらくその場に立ち尽くしていたが、やがてアビゲイルに目を向けた。

モリーニは小さな雷に打たれたようにちらりとこちらに視線を向け、すぐにまたリリベットに戻した。

一瞬だけとはいえ、ようやく一歩前進ね。

「幽霊」モリーニが口を開いた。「幽霊なんてものはいません」

アビゲイルは微笑んだ。「じゃあ、ほかのもの？　空気がざわつくのを感じるのよ、わたし」

「気のせいです、シニョリーナ。古い建物に古い壁。風が抜け、音がするのでしょう。お茶のお代わりはいかがです？」モリーニがポットを差し出し、今度は自分のほうから視線を合わせてきた。覚悟を決めたように、黒い瞳が意味ありげに光っている。

アビゲイルは指先でテーブルを叩き、家政婦をじっと見つめ返した。モリーニは顔の筋肉ひとつ動かさない。両手で持ったポットも、彼女の身を包んでいる服も、何もかもが動きを止め、アビゲイルだけに注意を向けていた。

またしても、首のうしろがぞくぞくしはじめた。

「そうかしらね」アビゲイルは答えた。「ええ、お代わりをお願い。あなたがブレンドした紅茶、とてもおいしいわ」

「でも、幽霊はどうなったの？」フィリップが興味津々で口を挟み、母親の食べかけのトーストに手を伸ばした。

「ダーリン、人の前に手を出さないで。幽霊はいないって、モリーニが言ったじゃないの」リリベットは息子の手から取りあげたトーストにバターをたっぷり塗ってやり、また彼の手に戻した。

「幽霊はいません」モリーニはそう言うと、アビゲイルを一瞥してから、すっと食堂を出ていった。

アビゲイルはティーカップを手に取って口元に運んだ。扉の向こうの暗い通路は謎めいた雰囲気に満ちている。「絶対あれは嘘よ。彼女の表情、見た？」

「何を言ってるの。フィリップ、お願いだからトーストのバターを舐めないで。お行儀が悪いわよ」

アビゲイルは椅子の背にもたれ、ティーカップの端を指で叩いた。「面白いわね」

「言っておくけれど、この子、普段は――」

「バターの話じゃないの、リリベット。モリーニのことよ」

「どうして？　彼女が何か隠しているとでもいうの？」

リリベットはごわついたナプキンで手を拭いた。

「そのとおり」アビゲイルは答えると、ティーカップを置いて席を立った。「見ていて。何を隠しているか、そのうち探り当ててみせるわ」

ウォリングフォードは城に戻る途中で、生まれてはじめて自分で馬の鞍をはずさなければいけないことに気づいた。

体を動かすのは案外楽しいものだった。ロンドンの社交クラブの連中には決して見せたことのない姿だ。

たとえば、馬の腹帯をゆるめて背中から鞍と鞍敷をはずしてやった瞬間、ルシファーが小さく吐息をもらしたのがうれしかったこと。

ブラシをかけてやると、毛が細かく揺れながら輝きだすのに喜びを感じたこと。

気に入ったものはほかにもある。馬小屋の静けさ、ハエがゆっくりと飛びまわる羽音、馬房に補充した干し草のにおい。ルシファーをふたたび放牧場に放し、日光と新鮮な空気、やわらかな若草と春の息吹を味わわせてやれたこと。

「なかなかいい休暇だろう？」ウォリングフォードは柵の扉の掛け金をかけ、その上に両肘をついた。ルシファーが頭を振り、うしろ脚をわずかに蹴りあげて駆けだした。澄み渡る朝の空気の中を、子馬のようにはしゃぎまわっている。草地を踏みしめる蹄の音が心地よく耳に響いた。思わず唇がゆっくり左右に伸びて……おや、これはなんだ？

笑みだ。

「シニョール・公爵(ドゥーカ)」背後から不機嫌な声がした。

ウォリングフォードはあきらめのため息をついた。ひとりの平和な時間はもはやこれまでだ。

「今度は何事だ、ジャコモ？」振り返らずにきいた。ルシファーは木陰に身を落ち着け、みずみずしい草にかじりついている。

「女どもだ、シニョーレ」

「きみはいつも女性の文句ばかり言っているな、ジャコモ。さすがに女性たちが気の毒に思えてくるよ。なぜそんなに毛嫌いするんだ？」

ジャコモが哀れっぽい口調になった。「あいつらが面倒だからだよ、シニョーレ。いつだって面倒ばかり起こす。あのシニョリーナなんとか……若いほうの……」

「もういい。そんな話は聞きたくない」

「彼女が言いふらしているんだ、シニョーレ。おれたちが……ええと、なんて言うんだ……城に……幽霊（スピリッツ）がどうとか……」

またあの感覚だ。首の付け根がぞくっとする。ウォリングフォードは柵の一番下の横木に足をのせ、気づかなかったことにしてやり過ごした。

「スピリッツなんかあるわけないだろう」彼は言った。「ここに着いたその日に、書斎で飲み尽くしてしまった。残っているのは、もうシェリー酒だけだ」

「その蒸留酒（スピリッツ）じゃない、シニョーレ！　幽霊（スピリッツ）、亡霊（ソウル）……本当にわからないのか？」

「ああ、そっちのことか。ある筋から聞いた話によれば、ぼくにはどうやら情熱（ソウル）がないらしか！」

「シニョーレ！」ジャコモがとがめるような口調で言う。「あんた、おれをからかってるのか！」

ウォリングフォードはため息をもらし、ようやくジャコモに向き直った。

「からかったりなどするものか。ぼくのような立場の人間には、ユーモアなんてくだらないものは必要ないんだ。きみが言いたいのは、この城が幽霊に取りつかれているということだろう？」

ジャコモが力強くうなずいた。「取りつかれている。それだ。それが言いたかった」

またしても寒けが走った。

ウォリングフォードは腕組みをした。太陽の光がジャコモの骨張った体を純金のように輝かせ、着ている服の繊維までくっきりと照らし出していた。洪水に流されまいとするかのように両足を踏ん張って立ち、腰に手を当てている。ざっくりしたウールの上着は妙に時代遅れだ。いつもかぶっている縁なし帽が髪と額をほとんど覆い隠し、今にも空に飛び立ちそうな大きな耳だけが目立っていた。見るからに頑丈そうで存在感がある。とても幽霊には見えない。

「実際のところはどうなんだ？」ウォリングフォードはにこりともせずにきいた。「この城は取りつかれているのか？」

ジャコモがごくりと唾をのみ込んだ。「もちろんありえない！　単なる噂だ。たちの悪い噂を、あの悪魔みたいな女が言いふらして……」

「悪魔みたいな女だって！　なあ、ジャコモ、確かにミス・ヘアウッドはいたずら好きの妖精みたいな女性だが、そんな言い方は……」

「あの若い娘じゃない！　ほら、あれだ……厨房……家……家事をする……」ジャコモがもどかしげに指を鳴らす。

「家政婦か？　誰のことだ？」

「シニョリーナ・モリーニだ。あんたは会ったことないはずだ。いつも厨房にいる。彼女が若い娘にしゃべって、あの娘が今度は……」

「今度は？」

「みんなに言いふらすんだ！」

「ぼくは何も聞いてないぞ」背中に何かが触れた。振り返ると、ルシファーが鼻先で小突いていた。牧草地に放した馬が自分のもとに戻ってきたことに驚きを覚えた。「彼女がそういう話をしていたのは、せいぜい最初の晩だけだ」

ジャコモが眉をひそめる。「そのときはなんと言っていた？」

「何か妙な感じがするとか言っていただけだ。いかにも女性が言いそうなことさ。なあ、くだらないことを大げさに騒ぎたてるのはやめたらどうだ？　女たちのことなんか気にしなければいい。ぼくはいつもそうしている」

ジャコモが地面に視線を落とした。「あの女が面倒ばかり起こすんだ」

ウォリングフォードは胸の前で組んでいた腕をほどくと、相手の言葉を振り払うように手を振った。「幽霊の話が出たからって、どうだというんだ？　ちょっとした娯楽のひとつじゃないか。どうせ誰も真に受けていないさ。ぼく自身、幽霊などこれっぽっちも信じていないし、信じるつもりもない」

「本当か、シニョーレ？」ジャコモが不安げに顔をあげた。「あんたは信じていないんだな？」

「ああ、もちろんだ。女のくだらない戯言だよ」ルシファーが背中を小突いてきた。その勢いで、ウォリングフォードは前につんのめりそうになった。「おい、こら」馬のほうに向き直って言う。

「それじゃあ、あんたは噂話を信じる気はないんだな、シニョーレ？」ジャコモが背後から念を押した。

ウォリングフォードはルシファーの眉間にある稲妻のような白斑を撫でた。

「ああ、ない。女性の話には耳を貸さない主義なんだ」

ジャコモが大きく息を吐いた。「それならよかった。どうやらあんたは分別のある人らしいな、シニョール・ドゥーカ。さすがは公爵さまだ。利口で優秀で、すごく……すごく分別がある」

ウォリングフォードは目を閉じて、ルシファーの長い鼻に額を押し当てた。どっしりとしてあたたかい。背筋の寒けがやわらいでくるようだ。

「ああ」彼は応えた。「よくそう言われるよ」

城の管理人を追い払おうと、身を起こして振り返った。しかし、ジャコモの姿はもう消えていた。

「シニョリーナ、また部屋を出ていく気なら、わたしが疑っていることをみんなに話すわよ。全員に。このお城は隅から隅まで幽霊に取りつかれているって」

スカートをひるがえして厨房の奥の出入り口から出ていこうとしたシニョリーナ・モリーニが、ぴたりと動きを止めた。「なんですか?(ケ・コザ)」

「わかっているはずよ。あなたは英語を完璧に理解できるんだから」どのように幽霊に接するべきかわからなかったが、冷静に話したほうがいいような気がした。なんといっても、こちらは生身の人間なのだ。

もっとも、その肉体は目下、みっともないほどに震えていた。

モリーニがこちらに向き直った。その瞬間、不安が胸をよぎった。家政婦が生き生きとして見えたからだ。頭に巻いたスカーフは燃えるような赤で、そこからこぼれる巻き毛は、白い肌に映えて黒々と輝いている。「疑っていること？　いったい……何を疑っていらっしゃるんです？」

「あら、あなたが幽霊だってことに決まっているでしょう。この呼び方で合っているかわからないけれど」

モリーニが首を横に振った。「わたしは幽霊なんかじゃありません、シニョリーナ」

「でも、普通の人間ではないのよね。死んではいなくても」

モリーニはびくっと肩を動かすと、顔をそむけて巨大な炉に目を向けた。そこでは残り火が燃え、小さな炎が揺らめいている。かたわらには火かき棒やスコップといった道具類が置かれ、黒くて長い柄のついた調理器具もぶらさがっていた。

「ごめんなさいね。どうやって言い表せばいいのかわからなくて。神秘学はあまり学んだことがないものだから。パブで知りあった霊能者のトム・トマソンは、あちこちで霊が見えるんですって。それこそ手洗い場でも。さすがにそれは落ち着かないでしょうね。だって、いざ――」

「どうしてそんなお話をなさるんです、シニョリーナ?」

「それにかなり不衛生だわ。でも、霊の世界では細菌の心配なんて――」

「言っていることが支離滅裂ですよ、シニョリーナ」

「ああ、そうね」アビゲイルは一歩前に進み出た。「お願いよ、モリーニ。何が起きているのか教えてちょうだい。確かに感じるの。最初からそうだった。何か秘密があるはずよ」

モリーニは厨房の奥に立ったままだった。こざっぱりした手織りのドレスに真っ白なエプロンをつけ、胸の前で腕を組んでいる。ゆったりとした袖の下で胸が上下していた。かすかだけれども、速いリズムを刻みながら。

幽霊も呼吸をするのだろうか? それとも人間の動きをまねているだけ? 体が覚えてい

て、勝手に動いているとか？

そもそも、この女性は生きていたのかしら？

モリーニが観念したような表情を浮かべた。同情なのか、それとも敗北感からか、黒い目の光もやわらいだように見える。彼女はため息をつき、組んだ両腕を上下に動かすと、炉に近づいた。「シニョリーナ、お茶をいかがですか？」肩越しに尋ねてきた。

アビゲイルは知らないうちに止めていた息をふうっと吐き出した。厨房の真ん中にある簡素なテーブルの前までよろよろと歩いていき、椅子に身を沈める。「ええ、シニョリーナ。ぜひいただくわ」

「遠い昔のことです」黒いやかんを手に持ち、火の前でせわしなく動きながら、モリーニが口を開いた。

「いわゆるあれね。〝昔々あるところに〟っていう」アビゲイルはテーブルに両肘をつき、手で顎を支えた。モリーニの動きにはいっさい無駄がなかった。まるでずっと昔から、英国人の訪問者のために英国の紅茶をいれ続けてきたような……どれくらい前からだろう？

「遠い昔って、どれくらいなの？」アビゲイルは尋ねた。

モリーニがため息をつき、ちらりと振り返る。「正直にお話ししても、信じてもらえないでしょうね」

「あら、あなたの言うことはすべて信じるわ。これでも偏見のない開かれた心を持っているつもりよ。どうぞ話して」

「三……」モリーニがいったん言葉を切り、天井を見あげる。あたかも頑丈な木の梁に答えが記してあるかのように。「三〇〇年前です」

「三〇〇年前ですって！」

「はるか遠い昔ですよ。お城もまだ新しくて。高貴なシニョール・モンテヴェルディが建てた……」

「シニョール・モンテヴェルディ！　このお城の持ち主はロセッティという人ではなかったの？」

モリーニが茶葉をスプーンですくってポットに入れた。「今はそうです。でも、当時はモンテヴェルディ卿のお城だったんです。彼はフィレンツェのメディチ家の王子さまと仲よしで、一緒にたくさんの金貨を作ったんです。このお城をはじめたのはシニョーレの父上で、終わらせたのはシニョーレ自身です。あるとき、彼は花嫁を連れてきました。メディチ家の娘で……」

「王女さまね！」

「違います。王女さまじゃありません。王様の恋人……いいえ、愛人の娘です。だけど彼女は……ええと、なんて言うんでしたっけ？　口の中に入れても痛くない？」

「ああ、目の中に入れても痛くない、ね？」

「そう、それです。一番かわいがっている娘です。だから仲よしのシニョール・モンテヴェルディと結婚させることにしたんです。娘が遠くへ行かなくてすむように」やかんの湯が沸く音がした。モリーニは布巾でやかんの持ち手をつかむと、青と黄色の配色の丸みを帯びたポットに熱湯を注いだ。「美しい娘です。魅力的でやさしくて分別もある。誰もが好感を持ちます。シニョール・モンテヴェルディも夢中です。すっかり心を奪われて、彼女が足を置いた石まで称賛するほどに。九カ月後、彼女はきれいな男の子を産みます」

「当然のなりゆきね」

モリーニがせかせかと動きだし、クリームの入ったポットと砂糖と銀のスプーンを手に戻ってきた。いい香りの漂うあたたかな厨房の中で、彼女のまわりの空気だけが渦を巻いているようだ。厨房は古い石と木でできていた。その昔、シニョール・モンテヴェルディと彼の妻も、この石と木を見ていたのだろうか。彼らの食事も、この炉で調理されていたのかもしれないのだ。アビゲイルはテーブルに触れ、天板の木目を指でなぞった。

「シニョーレは最高に幸せです。赤ん坊は健康そのもので、母親も無事でしたから。妻に宝石とドレスをたくさん買ってやります。妻への愛情は深まるばかりで、城の中も葡萄畑も眼下の村も愛で満たされていて。それから一年も経たないうちに、シニョーラのおなかがまたふくらみはじめて……赤ん坊がもうひとり生まれるんです」

「まあ、けだものみたいな男性ね！」

モリーニは肩をすくめると、アビゲイルのティーカップの上に茶こしを置き、紅茶を注いだ。「愛しているからです。若くて美しい妻。それが自然な流れというものでしょう。夏になると、おなかはますます大きくなって、いよいよ出産のときが来ます。シニョーレは書斎でひと晩じゅう待つんです」

　アビゲイルはティーカップを持ちあげて口に運んだ。いつの間にか手が震えだしていた。

「出産は順調に進まなかったのね？」

「ええ、シニョリーナ。そうなんです」モリーニの声が険しくなった。「美しいシニョーラは痛みにもがき苦しみます。彼女の苦痛の叫びが城じゅうに響いて。シニョーレは書斎でひたすら待ち続けます。彼女の叫び声を夜通し聞きながら。扉に鍵をかけて引きこもって」

「なんて恐ろしいの！」

　モリーニが有無を言わせぬ視線を投げてきた。「朝になって、とても小さな赤ん坊が生まれたんです。小さな女の子が。でも母親のほうは……かわいそうなシニョーラ……」家政婦は声を詰まらせて黙り込んだ。

「たくさん出血したのね。お気の毒に」アビゲイルは頭を垂れた。「小さな子どもたちは、まだ母親の顔も覚えていなかったでしょうに」

「彼女の亡骸（なきがら）はフィレンツェに運ばれたんです。メディチ家の一族と父親がいる場所に。大聖堂（ドゥオーモ）の棺（ひつぎ）におさめられ、あの大きな……ええと、大理石の……」手ぶりで形を伝えようとする。

「彫像？」

「そうです！　彼女の棺のための彫像。とっても美しいそうですよ。そして小さな娘のほうは……」

「生き延びたの？」

モリーニがアビゲイルの向かい側の椅子に身を落ち着けた。「ええ、生き延びたんですよ」

「シニョール・モンテヴェルディは娘を憎んだでしょうね。立派な貴族なんて、しょせんはそんなものよ。誰彼かまわず人のせいにして、恨みに思ったりするの。〝わが過失なり〟と考えるだけで命取りになるとでも……」

「いいえ、娘を憎んだりしません。愛しています。亡き妻への愛をすべて娘に与えるのです。妻が命がけで産んでくれた娘は、まるで妻の生まれ変わりのようだと言って」

アビゲイルは眉根を寄せた。「それはいわゆるあれね……ええと……」これ見よがしに指をくるくるまわしてみせる。

「娘は母親に――レオノーラに生き写しです。彼は娘に妻と同じ名前をつけたんですよ。美しいレオノーラは、いつも笑顔でよく笑う子です。彼女の毎日は幸せと喜びに満ちています。父親は娘から片時も離れようとしません」

「なんだか先を聞くのが怖くなってきたわ」アビゲイルは紅茶を口に含んだ。

モリーニがアビゲイルの背後の壁に目を向けた。この城の大昔の住人たちがせわしなく動きまわる様子を透かし見るように。

「それから年月が経ち、シニョリーナ・レオノーラは若い娘に成長します。トスカーナで一番美しい娘になったんです。一六歳になると、父親は娘を連れてフィレンツェに行き、メデイチ家の友人の屋敷に滞在します」

「あら、そのふたりは仲たがいして、いがみあったりはしなかったの？」アビゲイルはそっけなく言った。

「いいえ、神の恵みによって、まだ仲よしだったんです」モリーニが大まじめに答える。

「そのときメディチ家の邸宅には、若い男性も滞在していました。旅行中の英国人が。なんでも高貴な身分の方だとか。ええと……お名前を忘れてしまいました……確か、コッパーブリッジ卿といったような……」

「聞いたことのない名前だわ」

「とにかく高貴な方です。ハンサムで背が高くて、たくましくて勇敢です。勉強するためにイタリアに来ているんです。芸術を学ぶために」

「ルネサンス時代の理想の王子さまというわけね。レオノーラの目にどれだけ魅力的に映ったことか！　一瞬にして恋に落ちてしまったんでしょうね」

モリーニが壁から視線を戻し、瞳を輝かせてアビゲイルを見た。「そうです、恋です！　一瞬の出来事です。まさにこんなふうに」ぱちんと指を鳴らす。「恋に落ちたふたりは、ひと晩じゅう踊り明かします。ずっと見つめあったまま。見ているみんなも幸せな気分になるほどです。ただし……」

「問題はモンテヴェルディ卿ね、いやらしい男（レッチ）だわ」アビゲイルはため息をついた。「まったく、男性には困ったものね」

モリーニが眉をつりあげた。「なんですか？　そのレッチというのは？」

「一般的には、いやな男性のことを……いえ、気にしないで。先を続けてちょうだい。シニョール・モンテヴェルディが気の毒な英国人男性に、娘に二度と近づくなと命じる。そして愛するレオノーラを修道院に閉じ込めて……」

モリーニが目を丸くした。「この話を聞いたことがあるんですか？」

「いいえ、直感とでも言うのかしら」

「でも、修道院ではありません」モリーニはゆったりと椅子にもたれた。「お城に閉じ込めただけです。石に囲まれた、このセント・アガタ城に」壁に向かって片手を振る。「とはいえ、レオノーラにとっては牢獄みたいなものです。外に出ることはおろか、自分の部屋から出ることさえ禁じられていますから。シニョール・モンテヴェルディはすべての扉に鍵をかけ、自分は書斎にこもりきりで、ワインやらグラッパやらを……」

「ちょっと待って」アビゲイルは耳障りな音をたてて、ティーカップをソーサーに戻した。「彼には息子もいたはずでしょう？　息子のことはまったく気にかけなかったの？」

モリーニが手元に視線を落とした。使い込まれた木製のテーブルに、扇のように両手を広げている。「シニョール・モンテヴェルディのご子息は、たくましくて勇敢なごく普通の青年です。彼はフィレンツェにやられて、家庭教師のもとで学んでいるんです。妹をとても愛しています」

「それじゃあ、気が気ではなかったでしょうね」

「口には出しません。ただ、ふたりの結婚を許してほしいと父親を説得します。何しろ彼は、その英国人の男性ととても仲よしですから」

「まあ！　それはややこしい立場ね」

「それでも見込みはありません。レオノーラがとらわれの身になると、若き英国紳士はますます彼女に夢中になります。狂おしいほどに。彼は村に家を借り、農夫の格好をして四六時中、城を見張るようになります。そしてあるとき外出中のメイドを見つけ、力を貸してほしいと頼むんです」モリーニはポットを手に取り、アビゲイルのティーカップにお代わりを注いだ。「メイドは協力すると言って、レオノーラに宛てた手紙を預かるのです」

「勇気あるメイドだわ！　人目を忍んで手紙のやり取りをするなんて、なんてすてきなのかしら。それでレオノーラは手紙を受け取ったの？　それともモンテヴェルディ卿がメイドを待ち伏せしていたとか？」

「手紙を受け取ります。それはうれしそうに！　彼女は涙をぬぐい、愛する英国紳士に返事を書きます。メイドの姿に変装して行くので、城が眠りにつく夜に逢いましょう、と」

「まあ、なんてこと！　その先は言わなくていいわ、モリーニ。まだ清らかなわたしの耳に入れないでちょうだい」アビゲイルはひと呼吸置いてから尋ねた。「それでふたりは？　無事に会えたの？」

「はい、シニョリーナ。若いふたりが愛しあえば、そうなるのが当然です。春のあいだ、ふたりは甘い逢瀬（おうせ）を重ね、やがて六月になります。そしてシニョリーナは――かわいそうなレオノーラはあるとき気づいてしまうのです……」モリーニが言いよどみ、手元に視線を落とした。

「コッパーブリッジ卿が別の女性を誘惑していたの？　それとも村の酒場で飲んだくれて、賭けごとで財産を失ったとか？」

モリーニが声をひそめて言う。「彼女は身ごもったんです」

「まあ」普段は赤面することのないアビゲイルだが、いつになく頬が熱くなった。「ああ、そうね。真夜中に逢い引きをすれば、そういう影響が出てくるのも当然だわ」

「レオノーラは身ごもったことを恋人に知らせるつもりはありません」モリーニは先を続けた。「でもメイドが気を揉んで、手紙で知らせます。英国紳士は手紙に目を通して、こう言ったんです。〝こんなのはもうたくさんだ。なんとしてもレオノーラを取り戻し、ふたりで駆け落ちする〟と。彼は夏至の夜の午前零時に城へ行き、お祭りの騒ぎに乗じて彼女を連れ去ることにしたんです」

「夏至の前夜ですって！　なんてわくわくするのかしら」

モリーニは立ちあがると、火かき棒を手に取って火を突いた。「レオノーラはメイドの格好をして仮面をつけています。例のメイドが鍵を盗んできて、午前零時にレオノーラを部屋から出したんです。春のあいだ、ずっとそうしていたように。レオノーラは中庭で英国紳士を待っています。彼女はうれしくもあり悲しくもあるのです。英国人を心から愛しているけれど、自分を愛してくれる父親を傷つけることにもなるから。父親の名誉を汚してしまうからです。彼女は情にもろくてやさしい女性なのです」

「わたしなんかよりずっと立派だわ」アビゲイルは言った。

「とうとう英国紳士が中庭にやってきます。けれども彼女は、待ってほしいと言うのです。ちゃんとさよならを言わなければならない、と。英国紳士は反対します。そんなことをすればモンテヴェルディ卿に邪魔されるに決まっている、と。そのときメイドが――レオノーラのメイドが駆け寄ってきて、ふたりをせかします。シニョール・モンテヴェルディがこっちに向かっています！　急いで！　早く！　でも……」モリーニは火かき棒をもとに戻し、石炭をじっと見つめた。「手遅れだったんです」

「ああ、哀れな結末になりそう」

「駆け込んできたシニョール・モンテヴェルディがふたりを見つけます。そして英国紳士に罵声を浴びせたのです。このろくでなしの卑怯者め！　門番を呼んで監獄送りにしてやる。英国人も黙ってはいません。犯罪者でもないのに、誰が監獄になど行くものか。自分は名誉を重んじる人間だ。決闘を申し込むというなら受けて立とう」

「いかにも中世らしいやり方ね」

「レオノーラが言います。だめよ、やめて。恋人と父親の決闘など見るにたえません。ところがシニョール・モンテヴェルディは娘のほうを向くと、今度は彼女を口汚く罵ったのです。娘の名を汚すようなひどい言葉で。それで英国紳士は……彼は……ああ、善良な方なのに」モリーニは頭を振った。「彼はシニョール・モンテヴェルディにこう言います。レオノーラは純真で天使のような女性だ。だから悪いのはすべてこの自分なのだ。彼は拳銃を取り出し、シニョール・モンテヴェルディに向かって宣言します。ほら、この拳銃を差し出そう。やれるものならやってみろ。そして拳銃を地面に放り出したのです」手で放るまねをする。「こうやって中庭の敷石に」

「まあ、なんて愚かなことを」アビゲイルは言った。「拳銃を自ら手放して、どうやってレオノーラを守れるというの？」

「彼は名誉ある行動を取ろうとしたのです。レディのために自分が犠牲になろうと。そのあと何が起こったと思いますか？」

「何か恐ろしいことが起きたのね」

「拳銃です。暴発したんです。地面に落ちた勢いで発射された弾が、シニョール・モンテヴェルディの胸を撃ち抜いたのです」モリーニは指を突き出し、壁に向けて発砲するまねをした。

「なんですって？　まさかそんな！」アビゲイルは思わず立ちあがった。

「いいえ、シニョリーナ。そのまさかです。実際に起こったんですよ。シニョール・モンテヴェルディは地面に倒れ込んで叫びます。この人殺し！　彼は死にかけています。死の間際、彼は呪いの言葉を吐いたのです。かわいそうなシニョリーナ——不運なレオノーラに向かって。彼女の父親は英国紳士のことも罵ります。この無念を晴らすまで、おまえたちは二度と真実の愛を知ることはない。一生とらわれの身でいるがいい、と」

モリーニの顔はピンク色に染まり、瞳が潤んできらめいていた。おろした両手を握りしめている。彼女の背後で、同情するように炎がぱちんと音をたてた。

「なんてこと」アビゲイルは絶句した。

「彼は娘を呪ったのです」声がかすれていた。「若いふたりは夜の闇の中に姿を消したきり、行方がわからなくなります。若きシニョール・モンテヴェルディが——彼女の兄が必死で探しまわります。そして、この城は……」

アビゲイルは頬をぬぐった。「このお城がどうかしたの？」

「それ以来、この城は息を殺して待ち続けているのです。呪いが解けるのを」

「呪い？　モンテヴェルディ卿の呪いということ？」アビゲイルは家政婦をじっと見つめ返した。

モリーニはアビゲイルの向かいの椅子にふたたび腰をおろし、テーブルに片手をついた。

「使用人たちはみな、この城を去ります。彼女の兄も二度と戻りません。残されたふたりだけが、ずっと待ち続けるのです。呪いが解けるのを」

「残されたふたり？」アビゲイルは手を伸ばし、モリーニの指先に触れた。疑いようもなく、生身の人間の感触だった。「それがあなたとジャコモなのね？」

「ええ、シニョリーナ」モリーニが答えた。彼女はまだ涙ぐんでいた。「わたしとジャコモです。わたしが城の中を、彼が城の外を受け持っています。わたしが女性を、彼が男性を見ているんです」

「どういうこと？」

「呪いが解けるまで。若いふたりの血塗られた罪が償われるまで」

「罪って？　何を償わなければならないの？」

「シニョリーナ、とうてい無理な話なんですよ。だから聞くだけ無駄です。わたしたちは三〇〇年ものあいだ、あらゆる手を尽くし、ひたすら待ち続けています。それでもだめなんですから」

アビゲイルは身を乗り出し、家政婦のもう一方の手も取った。「お願いよ、モリーニ。どうか話して。わたしにできることはなんでもするから。あなたたちに正義をもたらすと誓うわ」

つながれた指先を撫でながら、モリーニがアビゲイルの目をのぞき込んだ。そしてため息をついた。心の奥底からこみあげてくるような深いため息だった。

「英国紳士ですよ、シニョリーナ」モリーニが穏やかに言う。「英国人の男性が命をかけて真実の愛を誓うのです。この城に暮らすレディへの愛を」

心臓の鼓動が今にも止まりそうなほど鈍くなった。「どの英国人なの、シニョリーナ・モリーニ？」声をひそめて尋ねる。

モリーニは目を閉じ、静かに口を開いた。耳に届く前に消えてしまいそうなほど小さな声だった。

「誰かというのは、ことが成し遂げられるまでわかりません。つまり呪いが解けるまでは。

わたしに言えるのはただひとつ、その英国紳士とレディは、夏至のあとの最初の満月までに誠実な愛を誓わなければならないということです。シニョール・モンテヴェルディの魂をよみがえらせ、今度こそ永遠の安らぎを与えるために」

7

馬小屋の前から引き返しながら、アビゲイルは呆然としていた。

厨房をあとにしてから、ずっとこんな調子だった。リリベットとアレクサンドラと日課にしている午前の勉強会——一応サロンと呼ぶことになっている——は、山羊が邪魔に入って完全な失敗に終わった。やる気の出ないアビゲイルにとってはありがたいことに、パーシヴァルが昼食を求めて漆喰(しっくい)の壁の隙間から入ってきたのだった。

〝英国紳士とレディは、夏至のあとの最初の満月までに誠実な愛を誓わなければならない〟

アビゲイルは自分のドレスに視線を落とした。食欲旺盛なパーシヴァルが口に詰め込んだものがくっついて、染みになっていた。靴にも馬小屋の地面で踏んだと思われるものがこびりついている。爪は割れているし、右手の人差し指にいたっては泥の指輪をはめているかのようだ。

〝とうてい無理な話なんですよ〟あたたかな厨房で、モリーニは首を横に振りながら、そう言っていた。

そのとき、桃畑のそばで何かが動くのが目に入った。青いものが丘を下りながら、湖のほうへ向かうのがちらりと見える。アビゲイルは額に手をかざして目を細めた。木立の中に姿を現した輪郭は間違いなく姉のものだった。

いいえ、無理ではないかもしれない。確か、あの湖のほとりのオリーブの木立の中に、ミスター・バークの作業小屋があったはずよね?

それにリリベットのこともある。ローランドが彼女にすっかりのぼせあがっているのは、どんなに鈍い人間の目にも明らかだ。そして彼の思いに応えるように、リリベットの頰が真っ赤に染まるということも。リリベットはいよいよ、ひどい夫から逃げ出す決意をかためたのかもしれない。まだだとしても、じきにそうなるだろう。

けれど、たとえミスター・バークが姉に恋をしたとしても、リリベットとローランドがようやく結ばれたとしても、呪いが解けるとはかぎらない。不幸な運命をたどった若いふたりの罪を贖うことができるのはどの英国紳士なのか、知るすべはないのだ。

セント・アガタ城に滞在している英国紳士といえば、残るはあとひとり。

このわたしが?

彼だなんてことがある?

ウォリングフォードに永遠の愛を誓う?

あのウォリングフォードが誠実な恋人に?

確かに彼には強く惹かれている。正直に言えば、近頃はほかのことが何も手につかないほどだ。でも肉体的な魅力なんて、しょせんは一過性のものにすぎない。今まで読んだものや観察したもの、頭で考えたことを総合的に判断して、そういう結論に達したはずだ。それに、たとえウォリングフォードに本気で恋をしているとしても、そして彼ともっと深い関係になりたいという衝動に駆られているとしても、彼には考慮すべき問題がある。

何しろ、遊び人は一生治らないのだ。

城のほうを振り返ると、戸口にモリーニが立っていた。太陽の光を受けて、彼女の姿が揺らめいて見える。彼女がひょいと頭をさげた瞬間、頰に涙がきらりと光った。モリーニはアビゲイルの視線に気づくと、くるりと向きを変えて暗がりの中に姿を消した。

ぞくっとして、うなじの毛が逆立った。

心臓がどきどきしている。モリーニのあとを追おうと足を踏み出した瞬間、何かが目に留まった。空に負けないほど真っ青なドレスを着た、メイドのフランチェスカだった。灰褐色の石壁を背にして、白いスカーフを巻いた頭がひょこひょこと動いている。大きな手押し車のようなものを押しながら、馬小屋のほうに向かっているようだ。

アビゲイルは目をぱちくりさせた。

「いったい何をしているの、フランチェスカ？」アビゲイルは手押し車に触れ、イタリア語で尋ねた。何やらどっしりと厚みがあり、ひんやりしたものがのっている。つんとしたにおいが鼻をついた。

よく見てみると、チーズだった。

フランチェスカが身を起こし、頭に巻いたスカーフを直した。「ペコリーノです、シニョリーナ。屋根裏に置いてあるチーズを馬小屋で熟成させるために、すべて運び出すようシニョリーナ・モリーニに言われたんです」

「それは大変ね。手伝いましょうか？」

「そんな、とんでもありません、シニョリーナ。チーズのほうはマリアに手伝ってもらっていますから。ただ……」フランチェスカがこちらを探るように言いよどんだ。日差しがまぶしいのか、黒い目を細めている。

「何？　喜んでお手伝いするわよ。午前中の勉強はもうすんだから」

フランチェスカが城のほうに視線を戻した。空にのぼった太陽の光に照らされ、高い屋根が輝いている。「マットレスと枕の中身を詰め直す作業をはじめたんですが、やりかけたままになっているんです。男性たちの部屋が、まだすんでいなくて」

「まあ、面白そう！　詰め直すって何を？」

「ガチョウの羽です。新しい羽は上階の寝室に置いてあるんですけど」

寝室。かつてモンテヴェルディ家の人たちが秘密を抱えながら眠りについていた場所。今は英国紳士たちが寝泊まりしている場所。

好奇心と探求心と、いかにもアビゲイルらしいいたずら心が胸にわきおこってきた。

「男性たちの寝室と言ったわね？」彼女は笑みを浮かべた。「すぐに行ってみるわ」

フランチェスカが唇を噛み、眉をひそめた。明らかに後悔している表情だ。

「いいえ、シニョリーナ！　それはいけません！　そこらじゅうに羽が散らかっているんです。ついうっかり口を滑らせたわたしがばかでした」

「フランチェスカ」アビゲイルは胸に手を当てて言った。「大丈夫よ、必ずうまくやってみせるから」


まずはこつをつかむために、ミスター・バークの部屋からはじめることにした。〝習うより慣れろ〟——アビゲイルは母にそう言われたことがあった。勉強部屋に置いてあった古いピアノの前に座ったときのことだ。それから少しして、母は出産で命を落とした——アビゲイルとアレクサンドラだけを残して。

いざやってみると、ガチョウの羽を詰める作業は、ある程度の熟練と相当な忍耐力を要することがわかった。アビゲイルはどちらも持ちあわせていなかったので、とりあえずなけなしの忍耐力だけに頼ることにした。その結果、ふわふわの白い羽をあちこちにまき散らすはめになり、ミスター・バークの部屋全体が白いまだら模様になった。

それでもどうにか枕の中身だけは詰め終えた。

散乱した羽をすべて片づけると、次はローランドの部屋に行った。今度はまずまず順調に羽を詰め直せたものの、羽を盛大に散らかしたことに変わりはなかった。アビゲイルは作業を続けながら、ローランドの部屋をすばやく探り見た。トランクには携帯用の文具箱がしまってある。引き出しのほうには本がずらりと並んでいて、その中の『数学教本』をのぞき見てみたところ、なぜか表紙と中身が違っていた。何やら暗号らしきものが書いてあるけれど、アビゲイルが知っている数学とは似ても似つかない。

興味深いわ。でも、たいした役には立ちそうもないわね。

どのみち、一番の興味は別なところにあるのだ。アビゲイルはガチョウの羽をきれいに片づけると、麻袋を手に廊下を進み、ウォリングフォードが使っている部屋へ向かった。

もちろん部屋には鍵がかかっていた。でも、フランチェスカからマスターキーを預かっている。アビゲイルは首にかけていた鎖をはずし、傷だらけの鍵を錠に差し込んだ。

ひょっとしたら、公爵が部屋にいるのではないかと予想していた。アビゲイルの姿を認め、いったいどういうつもりだと問いつめ、烈火のごとく怒りだすのではないかと。当然、あっけらかんとこう答えるつもりだった。〝偵察です、閣下。さあ、引き出しを開けるので、ちょっと脇にどいていてください〟

ところが部屋にはひとけがなかった。拍子抜けだ。さらにがっかりしたのは、室内の様子がおよそ公爵らしくなかったことだった。飾り気のない家具に、質素な灰色のベッドカバー。窓の下にトランクがふたつ並んでいる。窓から斜めに差し込む昼前の陽光を受け、窓に取りつけられた真鍮(しんちゅう)製の南京錠(なんきんじょう)が輝いている。引き出しのついた棚の上には本が何冊か積んであり、化粧台のたらいには蓋付きの箱が立てかけてある。ひげ剃り道具だろうか。なんと慎(つつ)ましく、人間らしい公爵なのだろう。毎朝、従者の手を借りることなく、自分でひげを剃っているなんて。

左側の引き出しを静かに開けてみると、首巻き(クラヴァット)や飾り襟がしまってあった。仕事熱心なフランチェスカの手によって、どれも洗濯糊がぱりぱりにきいている。ほかには公爵の紋章が刺繍された白いハンカチが何枚も入っていた。一枚を手に取り、においをかいでみる。石けんの香りの中に、棚自体の古い木の香りもかすかにまじっていた。アビゲイルはハンカチを自分のポケットにしまうと、今度は右側の引き出しを開けてみた。下着が目に入り、すぐさま閉める。

さすがにやりすぎかしら。

清潔な白いシャツとズボンと長靴下が見えた。衣類のあいだに面白そうなものが隠されていないだろうか？　ええ、必ずどこかに何かを隠しているはずよ。ウォリングフォード公爵のような人が、学問をきわめるために一年間もイタリアに滞在するなんて――慣れ親しんだ快適な生活と特権から丸一年も離れるなんて――絶対にありえない。

それに隠しごとのない男性なんて面白くもなんともないし、誘惑する甲斐もない。ましてや本当かどうかもわからない不思議な呪いのために、自分を犠牲にしてまで永遠の愛を誓うなんて。

そのことを考えた瞬間、胸にかっと熱いものがこみあげてきた。いいえ、これはきっとモリーニが気前よく用意してくれた朝食が消化不良を起こしているだけよ。

ついにトランクを開けてみた。中には本がぎっしり詰まっていた。どうやら学問の本のようだ。ギリシア語やラテン語で書かれた哲学書が多くあり、そのほとんどはアビゲイルがすでに家庭教師から学んだものだった。ロンドンにいた頃は、彼女が退屈しないように、アレクサンドラが高額を支払って家庭教師を雇ってくれていたのだ。

ウォリングフォードの持ち物には、ツイードの上着や上品なウールのスーツ、光沢のある黒いディナージャケットといった、いわゆる普通の英国紳士らしい服も含まれていた。それらの服のポケットにも手を滑り込ませてみたが、恋文や秘密の手紙とおぼしきものはいっさい見つからなかった。またしても胸がきゅんとなった。これは落胆？ それとも安堵かしら？

アビゲイルは部屋の中央に立ち、ぐるりと室内を見まわして眉をひそめた。

何かを見落としているはずよ。

もしこれが自分の部屋だとして、ヨーロッパを旅しているあいだもずっと隠しておきたいほどひそかな情熱を燃やしているものがあるとしたら、どこにしまっておくだろう？

床から窓、そして家具へと視線を走らせた。分厚い石の壁に塗られた漆喰は、あちこちがはげ落ちている。彼女は壁際に近づくと、ざらついた表面をそっと指で撫でた。

かなり古びている。急いで漆喰を塗り直した形跡もない。どのみち、ウォリングフォードが漆喰の塗り方など知っているはずがない。

最後に、窓のそばにある昔風の大きな黒っぽい化粧台を調べることにした。ひげ剃り道具が入った箱の蓋を指でずらしてみる。

ベルガモットの香り。

ああ、なんてこと。

化粧台の脇にあった椅子に座り込み、思わずため息をもらした。彼のひげ剃り用の石けん。これだわ。アビゲイルは身を乗り出し、もう一度香りを吸い込むと、椅子に身を沈めてまたため息をついた。あの宿の馬小屋での記憶が一瞬にしてよみがえってくる。屋根に雨が容赦なく叩きつける中、ウォリングフォードのベルベットのような唇で口をふさがれ、石の壁に背中を押しつけられて——もう一度においをかいだ。ああ、なんてすてきな香りなの——それからたくましい胸がわたしの胸に……。

「そこで何をしている？　ここはぼくの部屋だぞ」

アビゲイルは閉じかけていた目をぱっと開いた。

ウォリングフォード公爵が腕組みをして、扉をふさぐように立っていた。ツイードに包まれた広い肩が戸枠に触れそうになっている。乗馬服とぴかぴかに磨かれたブーツのせいで、彼は言葉で表せないほどの威厳を漂わせていた。ベルガモットの香りでぼうっとしているせいか、アビゲイルの目にはやけにハンサムに映った。黒い前髪が疑問符のようにカールしているのも愛らしい。こちらをにらみつけている目が、窓から差し込む光を受けてきらめいている。そのとき彼女は気づいた。ウォリングフォードの瞳は黒ではなく、むしろ深みのあるダークブルーだということに。真っ昼間にこれほど間近で彼の目を見るのははじめてだった。

「何をしているかって」アビゲイルは立ちあがって答えた。そうでもしなければ、彼の胸に飛び込んでしまいそうだった。「見ればわかるでしょう。あなたのベッドの羽を詰め直していただけよ」

その言葉を補うように、彼女は手を振って麻袋を示した。床の中央に置かれた麻袋のまわりにはガチョウの羽が散乱している。

ウォリングフォードが羽に目をやってからアビゲイルを見て、また羽に視線を戻した。腕を組んだままで。それからゆっくりと口を開いた。まるで頭の鈍い人間に話しかけるみたいに。「詰め直す……羽を……ぼくのベッドの？」眉をつりあげ、慎重に言葉を選ぶように問いかける。

「あなたにはわからないでしょうけれど、なかなか骨の折れる作業なのよ」アビゲイルはさらに言った。扉のところから空気が入ってきたおかげで、ようやくベルガモットの香りが頭から消えつつあった。ところが妙なことに、ウォリングフォードの腕に飛び込みたいという衝動はいまだに尾を引いている。仕方なく、羽の入った袋を持ちあげてみた。

「椅子を借りて、ちょっと休ませてもらっていただけよ」

彼が前に進み出て、疑いの目で部屋を見まわした。「そういうことをする者なら、ほかにいるだろう」

「みんな忙しいのよ、チーズ作りにかかりきりで」

「チーズ？」

「家事に関することだし、話せば長くなるわ。あなたは家事の話に興味を示すような人ではないでしょう。このマットレスを動かしたいのだけど、ちょっと手伝ってもらえる？」アビゲイルはベッドから毛布とシーツを容赦なく引きはがした。

「おい、何をしているんだ?」公爵が大声をあげた。

「だから、羽を詰め直すのよ」

「ぼくのベッドの羽を詰め直す必要などない。しかも、きみがやるなんてとんでもない」

彼の手に腕をつかまれた。大きな手だった。すっぽりと包み込まれ、守られているように感じる。肩にもたれかかりたくなったが、今はそうするのはまずい気がした。こんなふうに言い争っているときには。「もちろん詰め直す必要があるのよ。前回、神父さまが来られてから……つまり、もうずいぶん長いこと詰め直していないのだから」

「きみがぼくの寝室にいること自体、賭けの条件に反している」

「あら、そんなことないわ。わたしは家事をしているだけで、悪いことは何もしていないもの。それに、わたしの体に触れているのはあなたのほうでしょう。わたしを誘惑する気なの?」

ウォリングフォードがぱっと手を離した。「ここから出ていってもらおう」

「わたしのほうはちょっと脇へよけてもらいたいわ。ベッドの羽を詰めてしまいたいのよ」

「きみは侯爵夫人の妹だ。ベッドの羽を詰めるなんて仕事は、きみがやるべきことではない。ついでに言えば、山羊や鶏に餌をやることもだ」

アビゲイルは彼のほうに向き直った。「どういうこと? それじゃあ、あなたのやるべきことは何? 侯爵夫人も、たまには山羊に餌くらいあげたらいいのよ。それに公爵だって」

ウォリングフォードがにらみつけてくる。「きみは節度というものを知らないのか?」

「ええ、そんなの知るものですか」彼女も思いきりにらみ返した。広い肩幅と、とてつもなく大きな体がのしかかってくるようで、急に自分が弱くて小さな存在になったような気がする。大柄な男性ならいくらでも知っているけれど、ウォリングフォードはどこか違っていた。仕立てのいいツイードの下に、力強いエネルギーと煮えたぎる感情がひそんでいる。それらが渦を巻きながら、攻撃的なエネルギーで彼の体を満たそうとしているのが手に取るようにわかった。ウォリングフォードの祖先たちは、このエネルギーがあったからこそ爵位を手にすることができたのだろう。そして彼にも、こうして引き継がれている。女性たちが放っておかないのも当然だ。

ウォリングフォードはまだアビゲイルをにらんでいる。顔に息がかかりそうなほど、ふたりの距離は近づいていた。彼がダークブルーの目を細め、食い入るようにアビゲイルを見つめた。大きな手をあげ、彼女の肩をつかむ。「なぜなんだ、アビゲイル?」

「なぜって……何が?」どういうわけか息苦しかった。ベルガモットの香りが鼻をくすぐる。心のどこかから、モリーニの声が繰り返し響いていた。〝運命〟〝呪い〟〝永遠の愛の誓い〟。それらの言葉が頭の中でまじりあい、考えがうまくまとまらない。

ウォリングフォードの口調が急にやさしくなった。「なぜ節度を守らない?」

「邪魔になるだけだからよ」

「なんの邪魔になるんだ?」

答えを探してみた。「楽しい人間になることの。ドレスを着たお行儀のいい人形などではなく、生身の人間らしく生きることの」

「誰も――」彼が手の甲でアビゲイルの頬をそっと撫でた。「誰もきみを人形だなんて思いはしないよ、ミス・ヘアウッド」

アビゲイルの心がどきんと跳ねた。この際、ボート小屋もワインもろうそくもどうでもいいわ。たとえ村に愛人がいようとかまうものですか。モリーニが言っていた、くだらない呪いのことなんて気にしなければいい。これはまさに願ってもない機会だわ。今がそのときなのよ。窓から太陽の光が降り注ぎ、ハンサムなウォリングフォード公爵がわたしを見おろしている。欲望に駆られた情熱的なまなざしで。

アビゲイルは彼の胸に手を当てて、つま先立ちになった。

次の瞬間、ウォリングフォードが唇を重ねてきた。ガチョウの羽が触れるように、そっと。

「まあ」そう言った直後、今度はあえぐような声になった。顎を撫でられ、やさしく口づけされたのだ。

「アビゲイル」ウォリングフォードは低くささやくと、さらに唇を重ねながら抱きしめた。

彼女は思わずうしろによろめき、ガチョウの羽の入った麻袋の上に倒れそうになった。ウォリングフォードがすぐさま抱きとめようとして、どういうわけか一緒にかたい石の床に倒れ込んでしまった。けれどもそんなことは気にも留めず、ふたりはそのまま夢中で唇を重ねた。アビゲイルが彼の上着のボタンをむしるようにはずすと、彼のほうもドレスのボタンを引きちぎった。「ああ、ウォリングフォード」

「頼むから」喉のくぼみのあたりで、彼がうめいた。コルセットが荒々しくゆるめられる音がする。「アーサーと呼んでくれ」

「アーサー？」

「そう、アーサーだ」ウォリングフォードがついにコルセットを引き開け、肌着のレースの縁取りに熱い息を吹きかけた。そしてアビゲイルの胸元に視線を落とすと、すぐに頭を寄せてきた。指でレースをなぞりながら肌着を引きおろされ、期待感で全身に鳥肌が立つ。

「アーサー」試しに言ってみた。今度はさらに感情をこめてみる。「ああ、アーサー！」

「アビゲイル、きみはなんて美しいんだ。まるで妖精だ。ぼくの愛しい妖精。手を触れるのをためらってしまうほどだよ」彼はそうささやくと、また唇を重ねてきた。

ああ、なんて甘美な唇なのかしら。キスを返しながら、彼の肩に手を這わせる。

「アーサー」もう一度呼んでみた。なんとかして慣れようと思ったからだ。「ああ、アーサー。もう賭けなんてどうでもいいわ」

体の上で、ウォリングフォードが凍りついた。

彼の肩をそっと押し戻し、表情をうかがった。「アーサー？」

ウォリングフォードが頭をあげる。「今なんと言った？」

「アーサーって言ったのよ。そう聞こえなかった？」彼女は必死に思い出そうとした。

「賭けだ。賭けなんてどうでもいいと言っただろう」

アビゲイルは笑みを浮かべ、彼の美しい唇に触れた。不快そうにしかめた顔と裏腹に、やわらかくて厚みがある。なんて魅惑的な唇なのかしら。「ええ、言ったわ。それでいいでしょう？　賭けなんてくだらないもの」

ウォリングフォードがさっと立ちあがった。「いったいどういうつもりだ？」

彼女は目をぱちくりさせた。身を起こすと、コルセットがだらしなくウエストまでずり落ちた。いつの間にかヘアピンがはずれ、髪が肩や背中に垂れかかっている。自分が娼婦のようなしどけない姿になっていることに胸がどきどきした。「だってそうでしょう？」顔を輝かせて言う。「わたしたちは結ばれるのよ。ようやく！」

ウォリングフォードの眉間にしわが寄り、見たこともないほど怖いしかめっ面になっている。美しい唇もきっと引き結ばれていた。彼が上着に手をやる。「これは罠だったのか？誰の差し金だ？　さてはレディ・モーリーだな？」

「誰の差し金でもないわ。誰ひとり疑っていないもの。みんな、わたしがあなたを嫌っていると信じ込んでいるわ」頬にかかる髪を振り払った。「どうしたの？　なぜ上着を着ているの？」

ウォリングフォードはすでに器用な手つきで上着のボタンをはめている。「どうやら一杯食わされたようだ」

「まさか、そんなはずないでしょう」肌がまだうずいていた。コルセットに押し込められた胸の頂が痛いほど敏感になっている。アビゲイルがこれほど期待と欲求でいっぱいになっているのに、欲しくてたまらない相手は襟を直して一分の隙もない姿になっていた。ついさっきまで耳元で情熱的な言葉をささやき、〝ぼくの愛しい妖精〟と呼んでいたことなどなかったかのように。彼女はなりふりかまわず腕を広げた。

「ねえ、こっちへ来て。どうしてそんな……」

「何が羽だ。ぼくをどれだけまぬけだと思っているんだ？　さては、われわれに恥をかかせて城から追い出そうという魂胆だな」

「何を言うの。わたしはあなたに出ていってもらいたくなんてないのに」アビゲイルはよろよろと立ちあがった。

ウォリングフォードが冷たい視線を向けてきた。コルセットに触れられ、彼女ははっと息をのんだ。そのまま引きはがされて、最初からやり直すのかと思っていたら、彼がコルセットの両端を寄せあわせた。「まるで娼婦じゃないか」小さな穴にボタンをはめながら言う。アビゲイルは呆然として、止めることもできずにいた。「まったく、無茶なことをたくらんだものだ。あっぱれだよ。最後の一線まで越えるつもりだったのか？　それともきみの仲間が部屋の外で待っていて、あわやという瞬間に飛び込んでくる段取りだったのか？」

彼が荒っぽい手つきで最後のボタンをはめた。その勢いで、アビゲイルは思わず一歩うしろにさがった。胸の前で腕を組む。顔が真っ赤になっているのは、欲求ではなく怒りのせいだ。それはなじみのない感覚だった。これまで心底腹を立てたことがほとんどないからだ。怒りは嫉妬と同じくらい自分らしくない感情だと思っていた。怒りを静めようとした経験がなかったし、視界を曇らせている赤い靄と口からあふれ出す言葉を抑えるすべも知らなかった。

「あなたに恋人になってもらおうと思ったの」アビゲイルは口を開いた。「あなたに捧げるつもりだったのよ。一度しかあげられないものを。そうよ、純潔という贈り物を。あなたも大切に扱ってくれそうな気がしていたの。この瞬間を美しいものにしてくれるんじゃないかって。でも、どうやらわたしが間違っていたみたい。あなたは評判どおり、ただの冷酷な女たらしだった。こんなことになるなら、ミスター・バークかやさしいローランド卿を選んでおけばよかったわ。まあ、姉といとこを裏切る気はないけれど。ああ、もう！　わたしを泣かせるなんて最低な公爵ね。でも、わたしは泣いたりなんかしない！」彼女は羽の入った麻袋をつかんだ。

「待て、アビゲイル……」

「あなたなんて、一生誰からも愛されなければいいんだわ。天涯孤独のまま、ひとりでみじめに死んでいけばいいのよ！」アビゲイルは麻袋の底を持ち、ウォリングフォードの頭をめがけて中身をぶちまけた。「自業自得よ」

彼女は自分が生み出した作品を称賛するために立ちどまることさえしなかった。くるりと向きを変えると、そのまま公爵の寝室をあとにした。ガチョウの羽でくぐもった怒りの叫び声が聞こえてきても、気にも留めずに。

まつげに羽がついていた。髪も上着も羽まみれだ。ガチョウの羽がひっきりなしに舞い落ちてくるのに、彼女を諭そうとしてばかみたいに口を開けていたせいで、口の中まで羽だらけだった。

「アビゲイル！」ウォリングフォードは叫んだ。というより、喉の奥に羽が引っかかった状態で、できるかぎりの大声を出した。小さな羽を吐き出し、もう一度叫ぶ。「アビゲイル！」今度は、敵対する軍や反抗的な借地人を震えあがらせるために使う、いかにも公爵らしい声が出た。城の壁石までもがひれ伏しそうなほど威厳に満ちた声が。ところがアビゲイル・ヘアウッドは立ちどまるどころか、彼の声さえ耳に入っていないようだった。

きらめく春の陽気の中、彼女は忽然と姿を消してしまった。まさに妖精のごとく。

もちろん、こうなることを予想してアビゲイルを妖精と呼んだわけではない。今朝のほかの出来事と同じように、無意識のうちに口から滑り出たのだ。まるで別人になってしまったように。ここ何週間かのあいだ、必死に彼女を避け続けてきた。どうしても顔を合わせなければならないときは不機嫌な表情で声をかけ、彼女のことをどうにか頭から締め出そうとした。

今朝は不覚にも、馬小屋の前で自制心を失いそうなほど接近してしまったものの、二度とあんな事態を招くつもりはなかった。

気をゆるめてはならない。誘惑に負けてはならない。そう自分に言い聞かせて。

しかし、アビゲイルの姿を——黄色いドレスからのぞく華奢な鎖骨と、まつげの下から見あげてくる大きな瞳を見た瞬間、そんな考えは頭から消え去っていた。無邪気でいたずらっぽい、あの思わせぶりなまなざしに夢中になり、つい衝動に駆られてしまったのだ。

〝ああ、アーサー〟アビゲイルはそう言った。彼女の口から自分の名が出た瞬間、耳も心もとろけそうになった。なめらかな肌と、今にもコルセットからこぼれそうな胸のふくらみを目にしたとたん、ついに激情に突き動かされた。愛しい妖精、天使のようなアビゲイルが腕の中で背中をそらし、熱い息をこぼしていた。賭けも祖父もくそくらえだ。ほかの連中も知るものか。石造りの寝室と、愚かでこのうえなく美しい女性——彼のために作られたかのような理想的な女性——以外のことは、もう何も考えられなくなった。

そしてアビゲイルがあえぎ声とため息の合間に、あの言葉を口にした。〝もう賭けなんてどうでもいいわ〟

その瞬間、ありとあらゆるものが音をたてて倒れ込んできた。プライドも、心に芽生えていた言い表しようのない感情も、どうにか口にしようとしていた言葉も。

アビゲイルはぼくをもてあそび、だまして利用しようとしたのだ。

このウォリングフォード公爵を。

彼はがらんとした部屋の中央に立ち尽くしていた。荒い息を吐き出すたびに、羽の小さな塊がふわりと宙を舞う。すべてがきちんと整頓されていた。ベッドとガチョウの羽と、彼自身の混乱した頭を別にすれば。

しかめっ面がさらに険しくなった。扉がこちらをあざ笑っているように見えたのだ。口を大きく開けて廊下を——アビゲイルが黄色いドレスをひるがえして去っていった場所を——

わざわざ見せつけているように思える。窓の外に目を向けると、早春の緑に覆われた谷が広がっていた。

ウォリングフォードは喉の奥で低くうめいた。大股で進んで廊下に出ると大きな音をたてて扉を閉め、鍵をかけた。早足に階段をおり、玄関に向かって突き進む。乗馬用のブーツが石の床に当たって、火打ち石をこするような音をたてた。

公爵なんて身分の人間はしょせん、沈思黙考には向いていないのだ。


アビゲイルは岩の上で膝を抱えて座り、ウォリングフォードの白く長い腕が湖水をかくさまを眺めていた。

彼は裸だった。湖面の下で引きしまった背中がなめらかに動き、足が水をかいている。泳ぎ進むあいだに、さまざまな地点でヒップが見え隠れした。男性に生まれたというだけで、これほど立派で完璧な肉体と、優雅で力強い動きをわがものにできるなんて不公平だ。すぐにでもドレスのボタンをはずし、いまいましいコルセットと肌着をはぎ取りたい。ふたりを隔てている衣服という文明人の皮を脱ぎ捨てたくてたまらなかった。水に飛び込んで彼のもとへ行き、瞳を見つめて、ふたりのあいだに起こっている事実を認めさせるのだ。

けれども、アビゲイルはそうしなかった。オリーブの木立で半分ばかり影になったところに静かに座っていた。ところどころ当たる日差しが肌をあたためている。遠くから子どもの大きな声が聞こえてきた。リリベットがフィリップを連れてピクニックでもしているのだろう。ローランドの誘惑を避けるために。

あんなくだらない賭けがウォリングフォードにとって大きな意味を持つのはなぜかしら？いったい彼は何と闘っているの？

結局、たいした秘密は見つからなかった。彼は持ち物の中に妙なものを隠しているわけでも、村に愛人がいるわけでもなさそうだ。ウォリングフォードは単に自らを試そうとしているだけで、その動機は彼自身にしかわからない。

ウォリングフォードが湖の向こう岸に泳ぎ着こうとしていた。その姿はもうはっきりとは見えないけれど、太陽の光を受けて黒い髪が輝いている。一度も速度をゆるめることなく、弧を描きながらがむしゃらに泳いでいた。早春の冷たい水の中を、一日じゅうでも泳いでいられそうだ。アビゲイルは懸命に泳ぐ彼の姿を愛情のこもったまなざしで見つめた。誰かに対してこれほど独占欲を抱くようになるとは思いもよらなかった。自分のものになったわけでもないのに、彼のたくましさを誇らしく思う。

みんなが何かしら賭けの誓いを破っているはずよ。完全に破ったわけでないにしても、六人全員が。

アビゲイルは岩の上から立ちあがり、スカートの汚れを払った。すたすたと丘をのぼって、段々畑を通り抜ける。城に戻ると、モリーニが厨房の大きなテーブルで夕食のスープに使う豆をより分けていた。

家政婦は顔をあげようとしなかった。ひたすら豆に注意を向けている。頭に巻いた赤いスカーフが、くすんだ色の厨房によく映えていた。

アビゲイルは隣に腰をおろすと、豆の山に手を伸ばした。「わかったわ」彼女は言った。「あなたの話を信じる。それで、どうやって協力すればいいかしら?」

8

その計画は、アビゲイルが青年に変装してマートン・カレッジの入学試験を受けようとしたときよりは成功の見込みがありそうだった。

あのときはパディントン駅を出て三〇分もしないうちに、押しつぶされた胸の谷間を汗が伝い(姉と同様に、アビゲイルもかの有名な〝ヘアウッド家の胸〟を受け継いでいた)、そのうちひりひりする蕁麻疹(じんましん)があちこちに出はじめて、やむなくチルターンでおりて次の列車で屋敷へ戻った。予想以上に早く帰宅したアビゲイルを見て、男物の衣類を兄弟やいとこからくすねてきてくれた家政婦たちと、腕によりをかけて弁当を用意してくれた料理人は失望の色を隠そうともしなかった。

けれども今度の計画は、押しつぶされた胸もくすねたズボンも必要ない。アビゲイルとモリーニは自然のなりゆきをちょっとあと押しして、すでに愛しあっている男女をくっつけるだけでいいのだ。

アビゲイルはテーブルの向こうに座っているローランドを見た。ハンサムで愛想のいい彼の金茶色の髪がろうそくの光を受けて、さらに輝いて見える。彼は人懐っこそうなはしばみ色の瞳で、そばにあるオリーブの皿をうっとりと見つめていた。まあ、すっかりリリベットにうつつを抜かしているわ。ふたりが結ばれるように手を貸してあげたら、大いに感謝されるでしょうね。

ウォリングフォードがテーブルにこぶしを振りおろしたせいで、食器同士がぶつかって大きな音をたてた。その音でアビゲイルは空想から現実に引き戻された。

「バーク、さっきから何も聞いていないのか？」

アビゲイルはフィニアス・バークに目を向けた。姉が彼に惹かれるのも無理はない。ミスター・バークもまたハンサムだった。それにそびえるような長身と、輝く赤毛、たくましい体。まるで何かにそっくりな……。

ワイングラスをテーブルに置くと、アビゲイルはふたたびローランドに目を向けた。次いでウォリングフォード、それからミスター・バークへと視線を移す。

まあ、なんてこと。

「ああ、聞いていなかった」ミスター・バークが答える。「ずっとバッテリーの不具合について考えていたんだ。それに、きみの暴言を聞いてもなんの助けにもならないから。ローランド、悪いがオリーブを取ってもらえないか？」

ローランドがはっとした。「えっ、なんだって？　オリーブ？」

「ああ、きみの左にあるオリーブの実だ。そう、それだよ。ありがとう」

ウォリングフォードが裁判官のように、もう一度テーブルにこぶしを打ちつけた。

「バーク、きみというやつはまったくろくでもない――」

「公爵さま！」リリベットが驚いたように声をあげる。

「失礼しました、レディ・ソマートン。しかし、彼は言われて当然のことをしているんです。あの作業小屋は危険だ」

ウォリングフォードはワインをぐいと飲み干した。そのあいだもずっと、鋭い視線でミスター・バークをにらみつけている。鋭いけれども保護者のような目つきで。あのまなざしに、なぜ今まで気づかなかったのだろう？

「ぼくの作業小屋は今のところ危険でもなんでもない」ミスター・バークが言った。

アレクサンドラが皿の上にナイフとフォークを置いた。隣に座っているせいで顔はよく見えないが、姉がどんなふうに見えるのかは容易に想像がついた。なめらかな肌、つりあがった眉、自信に満ちた瞳。アレクサンドラは魅惑的なゆっくりとした口調でミスター・バークに話しかけた。「ウォリングフォードはわたしがあなたを誘惑すると思っているのよ。例のくだらない賭けに勝つために」

アビゲイルは咳払いをしてから口を開いた。「でも、そんなのおかしいわ。たとえお姉さまが首尾よくミスター・バークを誘惑したとしても、その場合、賭けは引き分けになるはずでしょう？」

全員がぽかんとした顔でいっせいにこちらを見た。みな一様に、アビゲイルの存在にはじめて気づいたような表情をしている。まるで彼女の発言によって、この世のあらゆる法則が破られたかのように。アビゲイルはひとりひとりの顔を順に見つめ返した。今まで誰も思いつかなかったのかしら？　こんなにわかりきったことなのに。

しばらくしてミスター・バークが呆然とつぶやいた。「それもそうだ。あなたの言うとおりです」

アビゲイルはウォリングフォードのほうを向き、これ見よがしに微笑んでみせた。

「これでおわかりでしょう、閣下？　誘惑うんぬんのことはきれいに忘れてくださってけっこうです。まともな人間ならそんなこと考えませんから。『タイムズ』に敗北宣言がふたつ並ぶことになるんですもの！　そんなわけのわからない話ってないでしょう」

ウォリングフォードが憤然とした表情でにらみ返してきた。顔にみるみる血がのぼっていく。さっと立ちあがってテーブルの向こう側にまわり、怒りに燃えるあの頬を両手で包んだら、彼はどうするかしら？　あのときと同じように。

「ねえ、ウォリングフォード」アレクサンドラが言った。「お願いだから少し冷静になってちょうだい。脳卒中でも起こしかねないわよ。ミスター・バーク、あなたに医学の心得はありかしら？」

「ほんの基礎なら。せいぜいクラヴァットをゆるめてやるくらいのことですが」

ウォリングフォードが語気を荒らげた。「光栄だ。そこまで入念に笑い物にしてもらえるとは。しかしきみと……」ミスター・バークの胸に向かって指を突きつける。「それからおまえは……」もう片方の手でローランドを指し示した。「ここにいる女性たちが何をたくらんでいるか、まったくわかっていない。先月ここに到着したとき以来、彼女たちはわれわれを痛めつけ、追い出し、城を自分たちだけのものにするためにあれこれ策を練っているんだ。レディ・モーリー、くれぐれも言っておくが、この期に及んでしらばくれるようなふざけたまねだけはしないように」

「あなたがしっぽを巻いて逃げていくのを見送ることができたら、さぞかし愉快でしょうね。そのことを否定する気はないわよ、ウォリングフォード」

ウォリングフォードが目を細める。アビゲイルは、姉がまんまと公爵の罠にはまった気がしてならなかった。彼の頬から赤みが消え、いつものいかめしい表情が戻った。

「いいだろう、レディ・モーリー」もったいぶった口調だ。「例の賭けについて修正を加えたい。罰を増やそう」

罰を増やす。これは面白いことになってきたわ。アビゲイルはわずかに身を乗り出した。彼のこの提案によって、綿密に立てた今夜の計画が台なしになったりしないだろうか？

「いったい何を言いだすんだ？」ミスター・バークが言った。「もう少しまともなことに時間を使えないのか、ウォリングフォード？　図書室の立派な蔵書でもひもといてみたらどうだい？　そういうことをするためにここへやってきたのだから」

アレクサンドラがワイングラスの縁を指でなぞった。「わたしたちのサロンで文学の話に加わってくれてもいいのよ。男性の意見も聞いてみたいわ。ただし傘を持ってくるのを忘れないでね。急にお天気が悪くなるかもしれないから」

「くそくらえだ！　失礼、レディ・ソマートン」

「いいえ、閣下」リリベットがアビゲイルにしか聞こえないほど小さなため息をもらした。

ウォリングフォードが身を乗り出した。たくましい肩にますます威厳が漂う。

「こういう提案はどうだ？　バークが言いだした『タイムズ』への広告記事に加え、負けたほうがただちに城を去る」そう言うと、彼は満足そうに椅子にふんぞり返った。

沈黙が流れた。ろうそくの炎が揺らめく音まで聞こえてきそうなほどの静寂に包まれた。

ローランドが口笛を吹く。「そいつは厳しいな。本気か、兄上？　われわれのほうが叩き出される側だったらどうするんだ？」

ウォリングフォードが見下すような笑みを浮かべた。「確かにおまえが一番危ない。しかし幸い、その点についてわれわれはレディ・ソマートンの道徳心を大いに当てにできる」

「いいかげんになさって、閣下」リリベットが消え入りそうな声で言う。

「ウォリングフォード」アレクサンドラが語気鋭く言った。「さっきから聞いていればわたしたちが策を練っているとかなんとか、あなたは本当にどうかしているわよ。わたしはミスター・バークを誘惑する気なんてさらさらないわ。彼もわたしに誘惑される気なんてこれっぽっちもないでしょうし、さては今朝のガチョウの羽の一件を根に持っているんじゃないの？　だから仕返ししようと……」

「レディ・モーリー、きみの言うとおりだとしたら、罰を増やすことに反対する理由はないはずだ」ウォリングフォードは近くにあったワインのボトルを取り、空になった自分のグラスに半分ほど注いだ。「違うか？」グラスを口に運び、縁越しにアレクサンドラを見る。
アビゲイルの隣に座っているアレクサンドラの体が震えているようだった。心配しなくていいと姉に伝えてあげたい。すべてがうまくいけば、誰ひとり城から放り出されることはないはずだ。今はただ、ひと癖もふた癖もある六人がいざこざを起こしているだけで、いずれはそれぞれが自分の居場所を見つけるだろう、と。

でも、なんと言えばいい？　アレクサンドラは破産寸前の状態で――本人は決して口には出さないけれど、その事実を受け入れる覚悟はアビゲイルにもできていた――経済的に困窮し、モーリー侯爵が遺してくれた寡婦給与まで失ってしまった以上、屋根や壁に穴の開いたこの古城よりほかに行く場所がないのだ。それにリリベットのこともある。彼女のほうはさらに深刻な状況で、こんな人里離れた隠れ家に身をひそめなければならない事態にまで追い込まれている。ロンドンで待ち構えているはずのけだもののようなソマートン伯爵が、こうしているあいだにも自分の取り巻きをヨーロッパじゅうに送り込み、行方をくらました妻と息子を探しまわっているかもしれないのだ。

姉がウォリングフォードの提案を受け入れたがらないのも無理はない。男性たちがこのセント・アガタ城を去ることになっても、せいぜいプライドがひどく傷つけられる程度ですむのに対し、女性たちのほうはウォリングフォードが言うところの〝罰〟がずっと重くなるのだから。

だが、ウォリングフォードは入念に全員を窮地に追い込んでいた。アレクサンドラは彼の提案を拒否するわけにはいかなくなっているようだ。アビゲイルはふたたびウォリングフォードを盗み見た。背筋を伸ばしてテーブルの上座につき、取り澄ました顔でひとり悦に入っている。

「もちろん反対する理由はないけれど」ついにアレクサンドラが口を開いた。空になったワイングラスの脚を握る指に力がこもっている。「ただ……あまりにもばかばかしくて」

ミスター・バークが咳払いをし、アレクサンドラに助け船を出した。「ウォリングフォード、そんなことをする必要はまったくないよ。今のままでいいじゃないか。少しばかりガチョウの羽をくっつけたってまったく気にしなくていい。そしてぼくも、たとえレディ・モーリーに言い寄られても彼女の魅力に屈しないと約束する」

ウォリングフォードが椅子の背にもたれながら、テーブルに集う面々を眺めた。

「ということは、この場にぼくの提案を受けるという人間はひとりもいないのか？　どうなんだ、レディ・モーリー？　いつもの負けん気はどうした？」

「あなたって本当にいやな人ね、ウォリングフォード」アレクサンドラが首を横に振った。

もうどっちだっていいわ。アビゲイルは内心で思った。誰かが呼びかけてさっさと事態を収拾させなければ、いつまで経っても夕食は終わらない。そうなれば計画は台なしになってしまう。

「いいんじゃないかしら」アビゲイルは沈黙を破って言った。

全員が目をむき、またしてもいっせいにアビゲイルを見た。実際、自分が何か発言するたびに、テーブルに集う面々が啞然とするのはじつに愉快だった。アビゲイルはウォリングフォードのほうを向くと、彼の顔をひたと見据えた。「やってみましょう。そちらのことはよく知りませんけど、わたしたち三人は、はじめに決めたとおり学問に取り組むだけのことですから。それを、罰則を増やして刺激的なゲームにしたほうが楽しいとおっしゃるなら、どうぞご自由に」屈託のない表情で肩をすくめ、姉のほうを見る。「わたしたちは痛くもかゆくもないですもの。違う、お姉さま？」

アレクサンドラが目をしばたたき、大きく息を吸い込んだ。「そうよ、もちろん。わかったわ。受けて立ちましょう、ウォリングフォード。あなたが的はずれな疑念を抱いているだけで、実際はこんなことになんの意味もないけれど。もっと言わせてもらえば、今のあなたそのものがどうかしてしまっているみたいね。おかしな妄想は忘れて、そもそもの目的に取り組むことをお勧めするわ。わたしたちはアリストパネスを学んでいるところで、アビゲイルはギリシア語で二回も読んだのよ。きっとあなたのためになる助言をくれると思うわ。困っていることについて何から何まで」

まあ、さすがお姉さまだわ！　アビゲイルはテーブルの下で手を伸ばし、励ますように姉の手首をそっとつかんだ。

「レディ・モーリー、こちらはおかげさまでまったく順調だ」ウォリングフォードは口元をナプキンで拭き、それをたたんで自分の皿の横に置いた。そして優雅に立ちあがり、軽くお辞儀をした。「ご婦人方、失礼ながらお先に。ぼくなど足元にも及ばぬくらい魅力あふれた学者をふたり残していくので、どうぞごゆっくり」

ウォリングフォードはそのまま食堂を出て、大きな音を響かせて扉を閉めた。

アビゲイルも自分のナプキンをたたみ、使い込まれたリネンのテーブルクロスの上に置いた。さあ、いよいよゲームのはじまりよ。

ウォリングフォードはセント・アガタ城のがらんとした大広間を大股で横切っていて、まさかアビゲイル・ヘアウッドの胸と衝突するとは夢にも思わなかった。

正確には、ぶつかったのは彼女の右肩だったが、体勢を立て直そうとしてとっさに伸ばした手が――偶然であれ、伝書鳩の帰巣本能のようなものであれ――シルクに包まれたやわらかな胸のど真ん中に着地したのだった。

「まあ、ウォリングフォード！」まったく動じる様子もなく、彼女が声をあげた。「夜分にこんなところで何をしているの？」

思い出せなかった。何か本に関すること。厨房。青銅製の大きな鍵が目の前に浮かんでは消えている。

「きみのほうこそ、夜分にこんなところで何をしているんだ？」ウォリングフォードは不機嫌に尋ねて時間を稼いだ。離れた窓からかすかな月明かりが差し込むだけで、あたりは薄暗い。姿ははっきりとは見えないが、言うまでもなくミス・アビゲイル・ヘアウッドだった。間違いようがない。陽気な声、レモンと花のまじったようなほのかな石けんの香り。曲線を描く胸のふくらみが、この大きな手からこぼれそうになって……。

やけどするほど熱いポットに触れてしまったように、ぱっと手を離した。

「フィリップを寝かしつけて、階下におりてきたところなの」まったく臆するふうもなく、アビゲイルが言った。「軍馬の本を読んでほしいと言われて。どうやら書斎からこっそり持ち出してきたらしいのよ。寝る前に読むには不向きな本だというのはわかっているけれど、幼い男の子はいったん言いだしたら聞きやしないでしょう。何しろ……」

書斎だ。

ようやく頭がすっきりした。

「そんな話はいい。家政婦がどこにいるか知らないか？　厨房だろうか？　書斎の扉に鍵がかかっているんだ」ウォリングフォードはひと呼吸置いて続けた。「きみの子が書斎を出るときにうっかり鍵をかけてしまったのかもしれない。明かりもついたままで危険だ」

「正確に言えば、リリベットの子よ」

「とにかく、今すぐ鍵が必要なんだ」

つかのまの沈黙が流れた。ウォリングフォードは暗がりの中でそわそわと体を動かした。

「そう」アビゲイルがおもむろに口を開いた。「そういうことなら、モリーニを探しに行きましょうか。でも、たぶん無理だと思うわ。彼女はもう寝ているはずだから」

「まだ八時半だぞ」

「田舎の生活は早寝早起きなのよ」

ウォリングフォードはしびれを切らして足の位置を変えた。「だったら叩き起こせばいい。書斎のランプの火をひと晩じゅうつけっぱなしにしておくわけにはいかないだろう。だいいち危険だ。それに欲しい本もある」

「なんの本？　わたしが探してきてあげましょうか？」

「ミス・ヘアウッド」あえてばかにしたような口調で言った。「今さら言うまでもないことだが、書斎はわれわれ男たちが暮らす翼棟にある。きみが書棚から本を取ってきたら、それこそ余計なお世話だ」

「だけど、あなたは誰かに本を取ってきてもらうのに慣れきっているでしょう？　子どもの頃から、自分が読む本を自分で取ってきたことなどないんじゃない？」

「どうやらきみは誤解しているようだな。自分で読む本ぐらい自分で見つけられる。ぼくだって……」ウォリングフォードは口をつぐんだ。銀色がかって見える薄暗い大広間、ひんやりとした石、よどんだ空気、数歩離れたところから伝わってくる、姿の見えないアビゲイルのかすかなぬくもり。彼はまたしてもそわそわと身動きした。彼女の体から発せられるエネルギーが目の前にちらついていた。「もしかして話をはぐらかしているのか。ミス・ヘアウッド？」低い声で尋ねる。

「まさか、そんなはずないでしょう」間髪をいれずに答えが返ってきた。「わたしはいつもこんな話し方をするのよ。ひとつの話題にとどまっていられないのね。なんの話だったかしら？　鍵？　本？　それとも両方？」

「厳密に言えば書斎の鍵だ」ウォリングフォードは言った。

「ああ、そうね。でも、あそこにはちょっと問題があって」ドレスのしわを伸ばす衣ずれの音がした。

「問題？　どんな問題だ？　書斎の扉に鍵がかかっている。だから家政婦を探して鍵を手に入れなければならない。差しつかえなければ道案内を頼めるかな、ミス・ヘアウッド」威厳たっぷりに言った。彼女が何かを隠しているのは明らかだ。知りたくてうずうずする。アビゲイル・ヘアウッドは一見天真爛漫(らんまん)なようでいて、実際は頭の切れる女性だ。彼女のことなら手に取るようになんでもわかる。やけに明るい態度、ためらいがちな声、無駄の多い手の動きは、何かを隠している証拠だ。

「ええと、じつは」アビゲイルが切り出す。「やっぱり閣下にも知っておいてもらったほうがいいわね。書斎にしょっちゅう出入りされるかもしれないし、そんなときに……」

「なんなんだ、ミス・ヘアウッド？」

「内側から鍵がかかっているの」

チェックメイト。

ウォリングフォードは腕組みをした。暗がりに目が慣れてくると、アビゲイルの表情が見えてきた。必死でこらえようとしているのか、口元だけにうっすら笑みが浮かんでいる。彼女がかすかな音をたててスカートの裾を払った。あの揺れるペチコートの下には、ほっそりした脚が隠れているのだ。胸のふくらみに偶然触れた右手が、いまだに熱を持っている。

「何が言いたいんだ、ミス・ヘアウッド？　書斎の扉が自分で勝手に鍵をかけたとでも？」

「そんなことがあるわけないでしょう。おそらくあなたの弟さんが鍵をかけて閉じこもっているのよ。ノックはしてみた？」

「いったいなんのために、弟は書斎なんかに閉じこもる必要があるんだ？」

「もちろん人目を避けるためよ」アビゲイルが身を乗り出してきた。甘い息がウォリングフォードの上着をあたためる。「誰にも邪魔されずにレディ・ソマートンを誘惑するため」

彼女はぼくのことを笑っているのか？

「レディ・ソマートンはそんな不道徳な女性ではないはずだ」自信たっぷりに言うと、彼もまた身を乗り出した。アビゲイルを威圧するふりをしながらも、実際には彼女の甘い息と肌のぬくもりをもう一度吸い込みたかった。「きみのほうはどうなんだ……ミス・ヘアウッド？」

「わたし？　不道徳かということ？」声をたてて笑う。「まさか。わたしはばかがつくほど正直だもの。正直者の典型みたいな人間なの。もう少しうまく立ちまわれたら、姉も喜ぶんでしょうけれど。いつも言われているわ、〝あなたも少しぐらい駆け引きを覚えなさい、アビゲイル。さもないと一生、夫なんてつかまえられないわよ〟って」

「それだけ駆け引きができれば――」ウォリングフォードは思わずささやいた。これではまるで……まったく、なんてことだ。なんの話をしているんだ？　こんなふうに彼女といちゃついている場合ではないだろう？　さっとうしろに飛びのきたかったが、靴が敷石に貼りついたように足が動かなかった。

「駆け引きができれば？」暗がりから嬉々とした声がする。「夫をつかまえられると？」

「好きなものはなんでも手に入るということだ。実際そうなんだろう、ミス・ヘアウッド？」

彼女が声をあげて笑った。「あら、本人以上にわたしの能力を買いかぶっていらっしゃるのね、閣下。どうしてかしら？」

「それはきみのやり方をこの目で見てきたからだ。さあ、ミス・ヘアウッド、きみが誇りにしている持ち前の正直さを発揮して、もったいぶらずにはっきりと言いたまえ。書斎で今まさに何が起こっているんだ？」〝書斎で〟と〝何が〟というところで語気を荒らげ、アビゲイルに詰め寄った。彼女のすぐ目の前に立ちはだかったせいで、体が密着しそうなほど近づく。

「まあ、すてき」アビゲイルが息を弾ませて言う。「そんな言い方をされたら、うっとりしてしまうわ！　まるで巨像（コロッソス）みたいに立ちはだかって！　興奮で背筋がぞくぞくしそう」

「さっさと質問に答えるんだ、ミス・ヘアウッド！」彼は一喝した。

「夕食のときと同じ口調ね――ねえ、閣下、教えてちょうだい、ウォリングフォード」アビゲイルが澄ました顔で話を続ける。「いったいどういうつもりで罰を増やしたの？　わたしたちを完全にこの城から追い出すため？　それにしては少しやりすぎではないかしら」

なんだか頭がくらくらしていて、質問に答えられそうもない。

「こう言ってはなんだけれど、とんでもない偽善だと思うのよ。正確に言えば、一番うしろめたいことをしたのはわたしたちなんですもの。そうでしょう?」アビゲイルがウォリングフォードの袖にそっと触れた。気づかないほどさりげない仕草だった。ただし相手はアビゲイルだ。ウォリングフォードは全身の機能を総動員して記憶にとどめた。彼女の動き、言葉、表情のひとつひとつを。

ところがそうすればするほど、みだらな妄想が次々と浮かんできた。いっそ食堂の大きな古いテーブルの上に押し倒して、強引に奪ってしまおうか……ウォリングフォードは生まれたての赤ん坊のように無力になってしまっていた。

「うしろめたい?」どうにか言葉を見つけてぼそりと言った。彼女が何歩かうしろにさがってくれさえしたら、なまめかしいぬくもりを感じずにすむ。そうすれば気持ちを落ち着けられるのだが。

「ええ、うしろめたいことよ。だって、あなたの寝室でわたしがあんなことを口走ったりしなければ、今頃わたしたちは……。本当に失礼なことをしたと思っているのよ、ウォリングフォード。せっかくの逢い引きをあんなふうに台なしにすべきではなかったわ。何があろうと絶対に。あのね、個人的な事情を言わせてもらえば、わたしはこんなところに突っ立っている場合ではないのよ」

「個人的な事情?」

「もちろん、わたしが今までひとりたりとも恋人を持ったことがないということよ。さっきわたしの貞操を奪ってくれたら、今頃はふたりで寝室にこもって、あなたに抱かれているはずなのに。あら、大丈夫？　さすがに正直に話しすぎたかしら？」

「ミス・ヘアウッド」ウォリングフォードはようやく口を開いたが、首を絞められたようなかすれ声になっていた。「さっさと書斎に案内したまえ。今の会話は忘れることにしよう」

「驚かせてしまった？」アビゲイルがため息をつく。「わかったでしょう？　わたしは駆け引きなんてする気はこれっぽっちもないの。あなたは評判の女たらしで、わたしは誘惑されたいと思っている。だからどうにかして……」

「ミス・ヘアウッド」必死で頭を働かせていないと、今にも爆発しそうだった。「書斎だ！」

「ああ」彼女はようやくウォリングフォードの袖から手を離した。「ええ、書斎だったわね。主階段をのぼったほうがいいかしら、それとも――」

黙らせるためにも、キスで唇をふさいでやろうか。そんな恐ろしい考えが頭に浮かんでくる。彼は力任せに敷石から靴を引きはがそうとして、勢い余ってうしろによろけた。

「危ない！」アビゲイルが叫ぶ。

体勢を立て直しながらも、ウォリングフォードは何も言い返さなかった。ゴシック様式の細長い窓から差し込む月明かりを頼りに大広間を横切ると、西の翼棟に続く通路へ向かった。書斎はその先にある。

二階建ての巨大な空間には、かびの生えた革表紙の古い書物がずらりと並んでいた。天井が高いわりにはあたたかく、午後になると窓から西日が差し込んで蒸し風呂のようになる（要するに書斎にふさわしい場所とは言えない。城の持ち主は読書家ではなかったのだろう）。

ウォリングフォードはそこでかなりの時間を過ごしていた。張りきってもっともらしく膝に本をのせるものの、すぐに居眠りをしてしまうからだ。

おおかた、ローランドもそんなことだろう。弟は怠惰なやつではあるが、もともと頭が悪いわけではない。早熟な青春時代を送ったせいで、学問的に目覚めることはなかった。それゆえに読書にもなじみがないのだろう。

石の通路を歩いてくるアビゲイルがつまずく音が聞こえた。「待って、閣下！」呼びとめる声がする。「ちょっとお話があるの！」

無視するわけにはいかなかった。頑固な性格を自認しているとはいえ、無作法なまねはどうしてもできない。ウォリングフォードは足を止め、警戒しながら振り返った。

「なんだ、ミス・ヘアウッド？」

通路は大広間よりさらに暗かった。月明かりが差し込む窓はなく、通路の両端からほの暗い光がかろうじて届くだけだ。遅れずについてこようとしたせいで、アビゲイルはかすかに息を切らしていた。すぐさま妄想が浮かんでくる。ドレスの下の豊かな胸のふくらみが――

まったく、なんてことだ、いまだに手のひらがあの感触を覚えているとは。

「まだ質問に答えてもらっていないわ、閣下。なぜ賭けの条件を変えたの？　そうまでして、わたしたちを追い出したいの？」

「きみたちの存在は精神集中の妨げにしかならないからだ、ミス・ヘアウッド。われわれの目的に相反するからだ……イタリアに来て、この城に逗留するという目的に」〝ソジャーン〟という言葉がやけに気取って聞こえ、口にしたとたんに嫌気が差した。「それに、どうせきみたちも同じことをたくらんでいるんだろう。もっとも、きみたちのほうはずいぶん過激な手段ではあるが。先制攻撃を仕掛ければいいというものでもないだろうに」

「でも、わたしはあなた方に出ていってもらいたいだなんて、これっぽっちも思っていないわ。そのことはすでに話したはずよ」

ウォリングフォードは言葉に詰まった。「確かにきみはそうだとしても、きみの姉君は違うだろう。そしてレディ・モーリーはきみの意志に従うよりも、自分の思いどおりにしなければ気がすまない人だ。違うか？」

息苦しくなるような一瞬の沈黙のあと、アビゲイルがすっと近づいてきて、彼の肘に手を添えた。そしてやさしい声で話しはじめた。「お願いよ、閣下。こんな意味のないことはやめましょう。お互いうまくやっていけるように努力すればいいだけでしょう？　わざわざいがみあう必要がどこにあるの？」

甘くささやくような声だった。アビゲイルの手がウォリングフォードの肘をそっと包んでいる。こんなふうに下手(したて)に出られては抵抗できるはずがない。優雅な曲線を描く妖精のような姿にあらがえるはずがないのだ。彼女がまとっている肌のぬくもりが伝わってきて、こわばった体に息を吹き込まれたような気がした。思わず口走りそうになる。〝きみがここを出ていったら、ぼくは目も当てられない状態になるだろう。これまで以上にみじめになってしまう。しおれて枯れてしまうかもしれない〟

む。

ウォリングフォードは一歩前に出た。片手を伸ばし、彼女の顎の曲線を手のひらで包み込
そのとき、オリンピア公爵の容赦ない言葉が耳に響いた。〝おまえのようにふしだらな生活を送っている人間が、ほかになんの役に立つというんだ？〟

「ウォリングフォード」アビゲイルが吐息まじりの声でささやいた。

彼はその場に立ち尽くした。体を縛られ、頭に金づちを打ち込まれたかのように身動きができない。アビゲイルの顔は陰になっていて細部までは見えないが、その容貌は正確にわかっている。目尻のきゅっとあがった目、耳にかかるやわらかな栗色の髪。頬の感触はあたたかく、サテンのようになめらかだ。

ウォリングフォードは手で触れていないほうの頬に唇を近づけた。「ミス・ヘアウッド」彼女よりもさらに小さな声でささやきかける。「書斎だ」

足元がおぼつかないふりをして、アビゲイルはできるだけゆっくりと石の床を歩いた。

「まあ、真っ暗で何も見えないわ。もしフィリップがおもちゃを置きっぱなしにしていたら、わたしたちは一巻の終わりね」

「いいかげんにしないか、ミス・ヘアウッド」ウォリングフォードの不機嫌な声が背後から聞こえる。「さっさと歩きたまえ」

リリベットがローランドと書斎で逢い引きをするために足音を忍ばせて階下におりてから、

どれくらい経っただろう？　暗がりの中で判読できたとしても、わざわざ時計を見る気になれなかった。三〇分ぐらいかしら？　それとも一時間？　ウォリングフォードとはどれくらい大広間に立っていたの？　極度の緊張とめまいを感じながら、通路で彼を引きとめていた時間は？　恋わずらいにかかった哀れなローランドが、同じく恋に悩む哀れなリリベットに魔法をかけるのにじゅうぶんな時間は稼げたかしら？

皮肉なのは、アビゲイルがずかずかと書斎に入り込んで彼らの不意をつくのを、じつはリリベットは待ち受けているということだ。何しろ、それこそアビゲイルがいとこに提案した計画なのだから。リリベットがローランドを誘惑して、アビゲイルがその現場を押さえる。くだらない賭けのために、わたしたちが城を出ていくことになっては困る。けだものみたいなソマートン伯爵から逃げてきているリリベットは特に。だから、男性たちを城から追い出すことに決めたのだ。

というわけで、アビゲイルとウォリングフォードが書斎の扉を激しく叩き、リリベットがローランドとソファにいるところを現行犯で押さえても、リリベットは本気で驚いたりはしないのだ。本を探していたらローランドが追いかけてきたと、すぐさま主張することになっている。心やさしきローランドは高潔な紳士として、自分に非があったと認めるだろうというわけだ。

計画どおりにことが運べば。

もっともアビゲイルとしては、本当にふたりの邪魔をする気はなかった。とりあえず自然の流れに任せてみるつもりだった。というのも、このセント・アガタ城の同じ屋根の下に暮らす面々の中で、あのふたりは確実に愛しあっているわけで、ひょっとしたら彼らが太古の呪いを解いてくれるかもしれないからだ。

ウォリングフォードが事態をややこしくしなければの話だけれど。

「あっ！」アビゲイルは渾身の演技でつまずいてみせた。「うっ、足首が！」

「なんなら、ぼくが先を歩こうか」ウォリングフォードがそっけなく言う。

「そんな……とんでもない」彼女は顔をしっかりとあげて歩きだした。足を引きずりながら、さらにのろのろした歩調で。「かろうじてなんとかなりそうよ。ちょっと筋を痛めてしまったようだけれど。でも、朝にはすっかり治っているでしょう。ただ、階段では手を貸してもらえるかしら？」

通路の突き当たりに近づいていた。角を曲がれば、書斎の扉はすぐそこだ。書斎のある翼棟の出入り口に大きな窓があり、そこから差し込む月明かりが石の壁や床を照らし出している。アビゲイルは壁に手をつき、片足を宙に浮かせたまま歩みを進めた。たとえるなら、けがをした猟犬のように。「ああ、ずきずき痛むわ！」

「抱きあげて運んでやろうか？」皮肉のこもった口調がいくらかやわらいだ。

「まあ、やさしいのね！　そうしてもらえるとうれしいわ。こうやってあなたの首に腕をまわしたほうがいい？　それともこうしなくても大丈夫？」

糊のきいた襟のすぐ上で、ウォリングフォードの肌がびくっと震えた。彼がアビゲイルの手をそっとはずす。「言っておくが、今のはほんの冗談だ、ミス・ヘアウッド。夜間に付き添いもなく、きみを抱きあげて城の中を歩くなど、あってはならない。賭けの誓いを破るだけでなく、礼儀作法にももとる行為だ」

「ええ、もちろんわかっているわ。わたしはただ……」アビゲイルは息をのみ、ヘアピンからこぼれ落ちた巻き毛のひと房をうしろに払った。ウォリングフォードの首筋に触れたせいで、指先からかすかにベルガモットの香りがする。気が遠くなりそうだ。「ええと、なんの話だったかしら」

「われわれは書斎に向かっているところだ、ミス・ヘアウッド。学問に励むあまり、うっかり眠り込んでしまった弟を起こすために」

「ええ、そうだったわね。でもよく考えてみたら、ローランドは邪魔されるのを快く思わないような気がするの。それどころか腹を立てるに違いないわ。わたしだったら、好きな本を読んでいるのを邪魔されたら頭に来るもの。相手の顔をひっぱたいてやりたいと思うはずよ。だいたい、ローランドは誰にも邪魔されたくないから、扉の内側から鍵をかけているわけでしょう」

「さあ、どうだか」またしても彼の口調に皮肉がまじる。「とにかく一緒に来てみたらいい、ミス・ヘアウッド。悪あがきなどやめて、真正面から問題に向きあったほうがいいと思わないか？　きみは正直な人間なんだから、なおさらそう思うはずだろう？」

「ええ、そのとおりよ」アビゲイルはなすすべもなく壁にもたれかかった。「正直がわたしのモットーだもの。けれどその前に、このわずらわしい髪をピンで留め直したいの。こんなにほどけてしまって……」

ウォリングフォードはため息をつくと背筋を伸ばし、大きな一歩で通路の角を曲がった。

「待って！」彼女はそう叫ぶと、足を引きずるのも忘れてあわててあとを追った。

「これはこれは」彼の低い声がアビゲイルの耳に響く。

まあ、大変。

アビゲイルも急いで角を曲がった。書斎の両開きの扉が開けっぱなしになっていて、かすかな月明かりが通路にもれている。ウォリングフォードは扉の前にそびえるように立っていた。扉の取っ手に手をかけ、ウールの上着に包まれた両腕を大きく広げて。

彼がこちらに向き直った。その表情は、アビゲイルが恐れていたものとはまったく違っていた。むっつりしているわけでも、青筋を立てているわけでもない。どちらかといえば称賛の顔つきだ。そしてどこか面白がっているような……。

「われわれはとんだ勘違いをしていたらしいな、ミス・ヘアウッド」ウォリングフォードが言った。「書斎はもぬけの殻だ」

9

ウォリングフォードは一三歳で神聖なるイートン校の門をくぐると、すぐさまフィニアス・バークの存在に気づいた。見過ごすのはとうてい無理だった。バークはそびえるような長身で、九月の太陽の光を受けて赤い髪が燃えるように輝いていた。棒切れのようにひょろ長い腕で学生鞄を抱きかかえ、革の留め金のついた大きなトランクを運ぶ黒服の従者と、潤んだ瞳の美しい女性に付き添われていた。ウォリングフォードは一緒にいた仲間のひとりの脇腹を突き、一三歳の少年がきわめて重要なことを話題にするときに使う、ぶっきらぼうな口調で尋ねた。「誰だ、あの赤毛は?」

もうひとりの連れ――タムダウン伯爵の子息――がバークを顎で示し、げらげらと笑いだした。「おいおい、本当に知らないのか? おまえの実のおじさんだぞ」

ウォリングフォードは友人を殴りつけ、顎に青あざをこしらえてやった。名誉を傷つけられたことへの当然の報いだった。ところが翌朝早く、散歩に出かけたウォリングフォードは祖父にばったり出くわし、わが目を疑った。あのオリンピア公爵がテムズ川にかかる橋に立ち、ウィンザー城の影に隠れるようにして、ひょろりとした赤毛の新参者と話し込んでいたからだ。いかにも愛情深き父親らしい表情で。

ウォリングフォードは一度として、自分の父親とそんなふうに会話を交わしたことはなかった。

それからというもの、オリンピア公爵が月に二回ほどバークのもとを訪れていた月曜日になると、今でも喉に苦いものがこみあげてくる。天候がすぐれない日はなおさら。

しかし今日は火曜日で、イタリアの春の朝ならではのすばらしい陽気だ。そのうえ、もうずいぶん前からフィニアス・バークには妙な親しみを感じている。だからウォリングフォードとしては、バークが良識ある行動を取れているかどうかが大いに気がかりだった。

もっとも、最近はウォリングフォード自身も良識ある態度を保てているとは言えないが。

彼は鞍のなめらかな曲線に手を滑らせた。物思いにふけりながら布を手に取り、小さな円を描くように鞍をこすりはじめた。実際のところ、これが正しいオイルの塗り方なのかわからない。鞍にオイルを塗るところなど一度も見たことがないし、オイルを塗る必要があるなどと考えたこともなかったからだ。とはいえ、ブーツと似たようなものだろうと見当をつけた。ブーツも同じ革製品で、数週間前までは定期的にオイルを塗るのを当然のように受け入れていた。ほかのすべてのことと同様に、袖をまくりあげた従者が勝手にやってくれていた。

従者さえ物事の手順を把握していれば、公爵は何も困ることはないのだ。

力を入れて強めにこすってみると、革につやが出てきたので、ウォリングフォードは満足した。オイルをたっぷり含んだ布と、それ以上にべとべとになった指で触れてみる。革はバターのようにやわらかく、しなやかになっていた。ほう、これはすごい。昨夜はひと晩じゅう、ろうそくの明かりに照らされた食堂の大きなテーブルの上で、ミス・アビゲイル・ヘアウッドとことに及ぶという妄想に悩まされ続けた。夜が明けると、彼はルシファーに鞍をつけ、城の周囲の丘を三〇キロ余りもまわった。さっきまで、狂おしい情熱に身を任せる恍惚感と、誘惑に打ち勝つ達成感のはざまを何時間も揺れ動いていたせいで、今は自分の手で革がやわらかくなる感触——とにかく有益なことをしているという感触が心地よかった。鞍を指差し、自分に言ってやりたいぐらいだった。〝ほら、今日は正しい行いができたじゃないか。こんなに輝きを取り戻しているぞ〟

こんなぼくでも欲望を抑えることはできるはずだ。いや、なんとしても抑えてみせる。少しばかり自制心を働かせるぐらい、たいしたことではないはずだ。妖精のような顔をした女性が豊かな胸のふくらみをのぞかせ、こちらの道徳心を打ち砕こうと誘惑してこなければ。

日差しが背中にさんさんと降り注いでいる。ウォリングフォードは鞍を柵の上にのせていた。すばらしい気候を満喫しながら作業を円滑に進めるためだったが、それと同時にアビゲイルが口を出してくるのを期待していたからだ。ところが、彼女はまだ姿を見せていなかった。安堵するべきなのに、なぜだか不安を覚えてしまう。

猛烈な勢いでこすると、鞍がさらにぴかぴかに光りだし、ウォリングフォードは目を輝かせた。不安を感じるのはなぜだ？　アビゲイルが何かたくらんでいる気がするせいだろうか？　それとも彼女にそばに来てほしいと望んでいるからか？　彼女の声が聞きたくて、肘に触れてほしくてたまらないから？

自分の仕事の成果に称賛の目を注ごうとして何歩かうしろにさがったそのとき、母音を伸ばしたイタリア語で悪態をつく声が響いた。

「なんだ、ジャコモか」ウォリングフォードは振り返った。「おい、いるならそう言ってくれよ。もう少しでけがをさせるところだっただろう」

「シニョール・公爵（ドゥーカ）、足が、足が折れた！」ジャコモが問題となっている足をつかみ、地面に円を描きながらぴょんぴょん飛び跳ねた。

ウォリングフォードは腕組みをした。「ああ、それは運が悪かったな。だが、どうせ偉そうに言い訳するつもりなんだろう？　ぼくの左肩のうしろにこそこそ隠れていた理由を。呼吸が整ってからでいいから、どうぞゆっくりやってくれ」汚れひとつないツイードの上着から黒い馬の毛を引き抜いて言い添える。「どうせこっちは暇を持て余しているんだ」

「こそこそ……別に隠れていたわけじゃないぞ、シニョーレ！」ジャコモがうめいた。不満げなため息をもらしながら飛び跳ねるのをやめ、痛めた足をつま先からおそるおそる草の上に置いた。

「あわてなくていいぞ、ジャコモ」ウォリングフォードは声をかけた。「なんなら、きみがここに来た目的を当ててみようか」そう言って顎を軽く叩く。「もともとは賭けごとが大好きというわけでもないんだ。まあ、妙な賭けに手を出してしまったことは認めるが。そうだな、あれだろう……ええと、もう少し考えさせてくれ……」指をぱちんと鳴らした。「女性に関することだな」

「女性に関すること」ジャコモが小ばかにしたような口調で繰り返す。そして残念そうにため息をついた。「女性じゃない」

「違うのか？　それは意外だ」なぜかほっとした。別に女性の味方をするつもりはないが、ジャコモがやたらとセント・アガタ城に暮らす女性たちを目の敵にするものだから、騎士道精神を発揮しなければいけないような気がしていた。結局のところ、アビゲイル・ヘアウッドに腹を立てる権利があるのはこの自分だけなのだ。

ジャコモが首を横に振った。「いいや、シニョール・ドゥーカ、女性たちは今日は城の掃除をしている。神父が来るらしい」

「神父さまが？　まさか！」

「シニョール・ドゥーカ！」ジャコモが胸に十字を切った。「本当だ、神父だよ。城を祝福するためだ……春の……復活の……」しきりに指を鳴らす。

「イースター祭か？」思いつくままに言ってみた。なんと、もうイースター祭の時期なのか？

「それだ。そのイースター祭のためだ！　今日は女たちは忙しいんだ、神のおかげで（グラッツェ・ア・ディオ）。それなのにシニョーレ・バークときたら……」

「バーク？　バークのやつがどうかしたのか？」ぞっとするようなイメージが次々と頭に浮

かんでくる。ガスボンベが爆発したとか、エンジンが発火したとか、バッテリーに紅茶がこぼれたとか……。あのいまいましい機械を一日じゅういじくりまわしていれば、どんなことでも起こりそうな気がした。

ジャコモが胸に手を当てた。「彼は助手が必要らしいんだ。ワイヤーだとかバッテリーだとかを……」彼は身を乗り出した。「それでシニョーラ・モーリーが――あの悪魔みたいな女性が訪ねてきて、彼をひどく困らせて……」

「なんだ！　やっぱり女性のことじゃないか！」

ジャコモが肩をすくめた。「それはどうだか、シニョール・ドゥーカ。でも、用心するに越したことはないだろう？」

バークの作業小屋を思い浮かべてみた。日当たりがよく、機械の部品が所狭しと置かれた室内は、油と金属と革の男らしいにおいが充満し、作業に集中するバークのうなり声やわめき声が響いている。理想と才能と発明のための場所だ。

その半面、人目につかないからレディ・モーリーが罠を仕掛けるのにうってつけの場所とも言える。昨夜は心に葛藤を抱えていたせいで、危うく忘れるところだった。バークもまた問題を抱えていそうだということを。バークは頭がよく、誠実で、気のいいやつだ。レディ・モーリーにしてみれば格好の餌食だろう。

それに何より、あの作業小屋はアビゲイル・ヘアウッドがこんな晴れた春の朝には絶対に現れない場所だ。

ウォリングフォードは鞍を手に取って腕にかけた。

「わかった。ぼくが様子を見てこよう」

アビゲイルは小首をかしげ、食堂のテーブルに置かれたボウルを見つめた。「本当なの？」

「ええ、シニョリーナ。これは伝統です。神父さまに卵を祝福していただくんです。この城は活気に満ちあふれますよ」モリーニがスカーフを巻いた頭でうなずいた。今日は白いスカーフを巻いているのは、今から数時間後にこの城で行われる儀式に向けて、神と神父への純潔を表しているのかもしれない。目の前のボウルにはいかにも儀式にふさわしい装飾が施されていて、中には半ダースほどの卵が入っている。彼女は丸みを帯びた卵の表面に手を滑らせた。

「そんなことを本気で信じているの？」

モリーニがとがめるような目でアビゲイルを見た。「シニョリーナ、あの呪いの話は信じるのに、この卵のことは信じないんですか？」

「でも、なんだか……眉唾ものね」アビゲイルはなめらかな白い殻にふたたび目を向けた。神秘的な感じはまったくしなかった。「だって実際のところ、どこにでもある普通の卵でしょう。今朝、わたしがほかの卵と一緒に鶏小屋から取ってきたものよ」

「今はまだ卵に何も起こっていないからです」モリーニが自信たっぷりに言う。「祝福を受けたあとに起こるんですすよ」

「それで、神父さまにはちゃんとおわかりになるのかしら？　何かの拍子で違うものまで一緒に祝福してしまうということはないの？　わたしたちの計画はただでさえ危なっかしいのよ、モリーニ」アビゲイルは爪の割れた指先でテーブルの天板を叩いた。「昨夜は公爵にこれ以上ないほど手を焼かされたんだから。あれこれ誘惑しようとしてみたんだけど、ことごとくしりぞけられたわ。わたしたちが呪いを解こうと探している〝真実の愛〟どころの話じゃなかった。そうそう、それに彼はもう少しでローランドとリリベットを書斎で見つけるところだったのよ。そんなことになったら、すべてが台なしになっていたわ！」

モリーニが微笑みながら首を横に振る。「公爵のことは心配いりません。神父さまのこともです。これは運命ですから。みなさんを大広間で見つけた瞬間にわかったんです。今回は運命が味方をしてくれています」

「今回は？」アビゲイルは顔を向けた。「以前にも、ほかの人たちを迎えたことがあるの？」

「もちろんですとも。三〇年ごと、いえ、半世紀ごとに何度も試しています。高貴な紳士淑女たちに。でも……シュッ！」モリーニは打ち消すような声を出した。「何も起こらなかったんです。そしてまた待っては試す。同じことの繰り返しです」

「まあ、モリーニ」手を伸ばして、家政婦の手をぽんぽんと叩いた。「わたしができるだけ努力するわ。アレックスは今、ミスター・バークの作業小屋に行っているらしいの。彼がお姉さまの魅力に打ち勝てるはずがないでしょう？　それに昨夜は、ローランドとリリベットにも何かあったはずよ。リリベットったら、あんなに頰を赤らめて……まるで……」アビゲイルは言葉を探した。

「薔薇のよう？」

「そう、薔薇！　まさにそれよ！　甘い香りのするピンクの薔薇みたいに愛らしかったわ。ローランドがいつものように颯爽と部屋に入ってきただけなのに。あの感じだと、それほど時間はかからないでしょうね」アビゲイルはうっとりした表情でため息をもらすと、椅子に座ったまま、あちこちはげ落ちた漆喰の壁にもたれかかった。

「あなたはどうなんです、シニョリーナ？　あなたとシニョール・ドゥーカは？」モリーニが小声で尋ねた。

目を閉じて、ざらざらとでこぼこのまじった背後の漆喰壁を手でなぞる。「そうよ。公爵のことだわ。その件であなたに相談したいことがあるの」アビゲイルは目を開け、真剣な顔でモリーニの目を見た。「ウォリングフォードとわたしの場合は、どうやらみんなと同じようにはいかないみたい。肉体的には大いに魅力を感じているのは確かよ。彼のほうも、まんざらではないみたいだし。ただね、モリーニ、彼は……そういう性分ではないのよ」

「そういう性分というのは？」

「つまり、結婚生活に向かない人もいるということよ。誠実な結婚とでも言うべきかしら。結婚なんて誰にでもできそうな気がするでしょう。でも公爵は……たとえ彼がわたしに本気で恋をしているとしてもよ、モリーニ――まあ、それははっきりとはわからないんだけど。何しろ彼はそういうことをいっさい口にしないから。仮に、彼が本当にわたしに恋をしているとしても……」

「彼はあなたに恋をしていますよ、シニョリーナ」モリーニが身動きもせずに小声で言った。「間違いなくあなたを愛しています」

手のひらに鋭い痛みを感じて目をやると、知らないうちに爪を食い込ませていた。

「たとえ彼がわたしを愛しているとしても、ずっと誠実であり続けることはできない人なのよ。半年か一年かそこらでわたしに飽きてしまうか、どこかの魅力的な未亡人に目移りして……」

モリーニが前に進み出て、アビゲイルの手を両手で包み込んだ。「あなたは心の目で公爵を見ていないんだと思いますよ」

アビゲイルは気を取り直して言った。「わたしは結婚なんてしないと心に決めているの。だから、彼が本当にわたしを愛していて、その気持ちがわたしと結婚したいと思うほど真剣なものだとしても、意味のないことよ。だいたい、彼は大にふさわしい男性とは思えないし、わたしに公爵夫人なんて務まるわけがないもの。万が一そんなことになっても、お互いにみじめな思いをするだけ。いずれにせよ、呪いは解けないだろうし――」

そのとき、あわただしい物音に言葉をかき消された。廊下をこちらへ近づいてくる騒がしい足音がしたかと思うと、モリーニが答える間もなく食堂の扉が勢いよく開かれた。

「シニョリーナ!」マリアがイタリア語で勢い込んで言った。目を輝かせて、エプロンの端を両手で握りしめている。「ドン・ピエトロ神父がお見えになりました。助手の男性も一緒です。それがシニョリーナ！　若くてものすごくハンサムな男性なんです！」

「そうでしょうね」アビゲイルは大きなため息をついて椅子から立ちあがった。「まさしくこのお城が求めていることだもの。これで貞操を守ると心に誓ったハンサムな男性が、またひとり増えたというわけね」

テーブルにカップがふたつ並んでいた。どちらも飾り気のない白いもので、取っ手がそれぞれ別の方向を向いている。いかにもふたりで秘密の会話を楽しんでいたかのように。

ウォリングフォードの問いかけに応えて、背後でバークが声をあげた。「カップがふたつだって？　それはおかしいな。たぶん……もう一杯飲んだんだろう」

近づいてカップの中をのぞき込んでみる。ウォリングフォードはバークのほうに向き直ると、非難するように指を振り立てた。「両方とも半分ほど残っているぞ。ひとつ目のカップに注ぎ足そうとは思わなかったのか？」

バークが目をぐるりとまわしてみせた。「三文小説に出てくる探偵みたいなまねはやめてくれ。きっとひとつ目のカップのことを忘れていたんだろう。午前中ずっと夢中で機械をいじりまわしていると、そんなふうにうっかりしてしまうこともあるさ」

バークはすでに落ち着きを取り戻していた。胸の前で腕を組み、いかにもうんざりした表情まで見せている。

しかし、ウォリングフォードは簡単にごまかせるような相手ではない。彼は作業小屋の中を眺めまわし、あれこれ考えては想像をめぐらして、やがてあるところで目を留めた。奥の壁に沿って置かれた、流し台の隣の大きな木製の戸棚に。

女性が身をひそめるのにちょうどいい大きさだ。

ウォリングフォードは大股で部屋を横切ると、自動車の前を通り過ぎ、むずむずする指で戸棚の取っ手に触れた。ブーツを履いたレディ・モーリーが、この中で身を震わせているはずだった。

「おい待て！」バークが叫んだ。

ウォリングフォードは戸棚の扉を勢いよく開けた。

蝶番が耳障りな音をたて、がらんとした戸棚の内部にやけに大きく響いた。侵入者にあわてふためいたペンキの容器が棚の上段から転げ落ち、大きな音とともに床に着地した。

「ほうら」バークが勝ち誇ったように言う。「何もないだろう？」

ウォリングフォードはくるりと振り向いた。「いいや、レディ・モーリーはこの建物のどこかにいる。わかっているとも。どこかにひそんでわれわれを見ているんだ」部屋を歩きまわり、積みあげられた道具箱や予備の部品を調べる。上を向いて天井の垂木も確認した。ひょっとしたら、レディ・モーリーが有袋類のようにしっぽを巻きつけてぶらさがっているかもしれない。

バークは自動車の脇に立っていた。「ウォリングフォード、いいかげんにしてくれ。きみのその……被害妄想はなんとかならないのか？　頼むから、ほかに夢中になれるものを見つけてくれ。あの娘……なんていう名前だっけな……彼女とまたガチョウの羽で遊んでいればいいじゃないか。おいちょっと待てよ。レディ・モーリーが流し台に隠れているわけがないだろう！」

ぼくの勘違いだったのだろうか？　だが、かすかに漂っているこの百合のような香りは……。

百合。レディ・モーリーの香りだ。

バークをにらみつける。彼はあいかわらず腕を組んだまま、作業小屋の中央にある自動車の脇に立っていた。

自動車。部屋の真ん中。

バークの自動車は車輪も座席も取りはずされ、ブロック台にのせられていた。つるつるした金属の枠が日差しを受けて、さらに輝いている。細身な流線形の車体は、ウォリングフォードがこれまで見たことのある数少ない自動車とは似ても似つかなかった。身ぐるみをはがされておよそ自動車らしくない姿になっていても、この自動車はなかなかしゃれている。バークはこの自動車をこのうえなく誇りに思っているのだ。ほんの数日前にも、朝食をとりながら得意満面で話していた。電気式バッテリーとやらがしっかり役目を果たすようになれば、自動車設計の流れに変革をもたらすだろう、と。

バークはこの自動車をこよなく愛している。

ウォリングフォードは低くつぶやいた。「ああ、なるほど、そこだな」

「やめろ。どうかしているぞ」バークがぴしゃりと言い、一歩前に出た。ウォリングフォードは大股に二歩進んで自動車との距離を詰め、ことさらもったいぶって中をのぞき込んだ。

こちらを見つめ返してきたのは床板だった。蜂蜜を思わせるほどつややかに磨きあげられている。車内の暗がりにも侯爵未亡人がうずくまっている気配はまったくない。

喉元にいらだちがこみあげてきて、ウォリングフォードは思わずうなった。あと一歩のところで獲物に茂みへと逃げ込まれてしまった猟犬のように、はらわたが煮えくり返っていた。

「彼女はどこだ?」

バークが何食わぬ顔で、手のひらを上に向けて両手を広げた。「さっぱりわからない。城に戻っているんじゃないか?」

答えはこのあたりにあるはずだ。カップの中の紅茶は、まだかすかにあたたかいのだから。どうやって逃げ出した? 正面の扉からというのは考えにくい。

それなら、かつて馬車の出入りに使われていた裏口は?

両手を腰に当て、古い木製の扉を見つめた。自分がここに来る前、ローランドがバークとにこやかに話していた。弟が立ち去るときにも、レディ・モーリーの姿は見当たらなかった。

「こっそり出ていったんだな? ローランドがやってきたときに」

バークが降参だとばかりに両腕をあげ、鼻を鳴らした。

ウォリングフォードは足を踏み鳴らして裏口の扉に近づいた。かんぬきをつかんで金具から思いきり引き抜き、右側の扉を勢いよく開ける。

表に出てあたりを見まわした。「ぼくの予想では彼女は近くにいる。なんといっても執念深い女性だからな」バークのほうを振り返る。「ついてこい。きみから片時も目を離すわけにはいかない」

「これだから公爵は困る。他人の仕事というものをまるでわかっていないんだ。誰にも邪魔されることなく長時間にわたって集中できる環境がどれほど大切か——」

「いいからつきあえ」

バークがまたしても腕を振りあげた。「まったく！」しぶしぶながらもあとに続いて表に出てくると、節だらけのオリーブの古木に寄りかかった。「ぼくはここで待つ」むっつりした表情で言う。

バークが気を悪くしようが、いっこうにかまわなかった。そもそも公爵には、人を楽しませようという精神は備わっていない。

この作業小屋を離れる前に、どうにかしてレディ・モーリーを穴蔵から引っぱり出し、女たちをこの城から追い出してやるのだ。

バークと自分が正気を保ち続けるために。

ウォリングフォードは頭をあげ、空気のにおいをかいだ。レディ・モーリーの百合の香りをかぎ取れないかと思ってあたりを調べながら歩いてみたが、鼻先をくすぐったのはリンゴの花の甘い香りと、太陽と草のかすかなにおいだけだった。レディ・モーリーはどんな服装をしていただろう？　どうしても思い出せない。今朝、彼女を見かけたかどうかも覚えていなかった。もっとも、あんなに長いスカートをはいて屋外に出ていれば、すぐ目につくはずだ。

ところが茶色い木の幹と太い枝々、緑の葉、その上に果てしなく広がる春の青空のほかは何も見えない。

バークがオリーブの木のそばから呼びかけてきた。「もうわかっただろう？　彼女はいないよ。もう帰ってくれないか」

ウォリングフォードはゆっくりとした足取りで作業小屋の前に引き返した。何を見逃したのだろう？

バークにちらりと目をやると、彼は怖い顔をしてオリーブの木の脇にじっと立っていた。

「見事だ、バーク」ウォリングフォードは言った。「うまくごまかしたな。しかし、次は必ずつかまえてみせる」

「きみはいったい誰の味方なんだ？」

「もちろんきみの味方さ。信じられないかもしれないが」ウォリングフォードは扉のかんぬきに手をかけた。

バークがこちらに近づいてきた。「おい、もう中は調べただろう！」

「帽子を取りに行くだけだ」扉を押し開けて作業小屋の中にふたたび足を踏み入れると、ウォリングフォードは目をしばたたいた。容赦なく日差しの照りつける屋外から薄暗い場所に戻ったせいで、なかなか目が慣れない。

「ぼくが取ってくる！」バークがそう言って駆け込んできた。

ウォリングフォードは振り返った。「なんなんだ」

バークは太陽の光を背にして立っていた。両脇におろした手が落ち着きなく動いている。顔ははっきりとは見えないが、目が警戒の色で満たされ、肩と腕が張りつめているのは確かだった。

なんてことだ。

ウォリングフォードは微笑んだ。ほんの少し前まで不安に駆られていたのだ。トスカーナの太陽の日差しとアビゲイル・ヘアウッドのせいで——このとおりの順番でなくてもかまわないが——すっかり頭が混乱し、勘が鈍ってしまったのではないかと。

「なるほど」穏やかな声で言った。「彼女はやはりここにいるんだな？」

バークが足を踏み替えた。「彼女がここに来たりするものか。全部きみの妄想だ」

ウォリングフォードは頭を働かせながら、ゆっくりと作業小屋を一周した。「さて、もしぼくがレディで、現行犯でつかまりかけているとしたら——」

「何が現行犯だ！」

「恥ずべきわが身をどこに隠すだろう？　レディ・モーリーは細身の女性だ。ただし神経は図太い。きみのような繊細な人間とはわけが違う」

バークは無言のまま、裏口の扉のそばに立っている。かわいそうなやつめ、赤毛が逆立って、アザミみたいになっているじゃないか。すでに調べた場所を見直しても無駄だ。くまなく探しまわったのだから。まだ見ていない場所といえば……。

ウォリングフォードは足を止めた。無人の自動車から、さらにその下へ。

視線をさまよわせた。

「なんと」ウォリングフォードは言った。「そういうことか」

「ウォリングフォード、やめろ」

長い狩りの一日が終わった気分だった。ウォリングフォードはゆっくりと時間をかけて、ブロック台にのせられた自動車に近づいた。無上の喜びはじっくりと味わわなければ。

「なあ、バーク、きみのレディ・モーリーにはまったく恐れ入ったよ。ここまで長いあいだ車体の下に隠れ続けるには、ずうずうしさはもちろんのこと、かなりの精神力が必要だったことだろう。ひょっとして彼女は本気できみに恋をしているのかと思ってしまう」

ウォリングフォードは、バークの希望がぎっしりと詰まった流線形の金属の枠の前に立ちどまった。何かが胸でざわめいた。なじみのない感覚だ。別の人間なら、この気持ちをなんと呼ぶのだろう？

同情。

「そうなのか、レディ・モーリー？」ウォリングフォードはやさしく問いかけた。「きみはぼくの友人のバークに本気で恋をしているのか？」

返事はない。あたりまえだ。ヘアウッド家の女性が直接的な質問に対し、直接的に答えてくれるほど協力的なはずがない。

ウォリングフォードは猫のように身をかがめ、片手を床についた。憤慨したようにブーツがきしむ。「ただし」顔を傾けて、車体の下の暗がりをのぞき込んだ。「こうして真実を突きつけられるまで、彼女は自分の本心に気づいていなかったかもしれない……」

太陽の光。ただ日差しと……あれはクモか？

ウォリングフォードはこぶしを床に叩きつけた。「ああ、まったく！　逃げられた！」

10

バークの作業小屋をあとにして最初の丘をのぼっている途中で、ウォリングフォードは突然ひらめいた。

あの戸棚だ。

よろめきながら立ちどまり、腿をぴしゃりと叩く。

ああ、そうだったのか。レディ・モーリーはわれわれが外に出ているあいだに車の下からこっそり抜け出し、裏口の扉がふたたび開く音に紛れて、空っぽの戸棚に駆け込んだのだ。まったく、頭の切れる雌狐め。

今度はこぶしで腿を叩いた。子どもでもわかりそうなものじゃないか。今頃あのふたりは、ぼくの愚かさに腹をよじって笑っているに違いない。もちろん、彼らがまだ熱い抱擁に身を任せていなければの話だが。

つがいのリスが小競りあいをしながら、日の当たる草の上を走っていった。ごちそうを取りあっているのか、あるいは熱烈に愛しあっているのだろうか。二匹は追いかけっこをしつつ、そびえ立つ糸杉をのぼり、やがて枝々の中に姿を消した。

目の前に城が見えてきた。深みのある赤色の屋根のタイルが青い空によく映えている。そのとき、木々のあいだを何かが動くのが目に入った。黄色いものがちらついている。春の緑に覆われた丘の上では金茶色の頭が揺れていた。

あれはローランドだ。ローランドとレディ・ソマートンがふたりきりで秘密の話というわけか。

いったいここで何が起こっているんだ？　このトスカーナ全体が恋に夢中になっているというわけか？

雲ひとつない空を見あげた。天から陽光が降り注いでいる。ウォリングフォードはほっとため息をついた。

なんとも言えない色合いの青空だ。果てしなく濃密で、ありえないほど澄み渡っている。二カ月前に英国を発ったときは、空に雲が低く垂れこめ、鉄のように光さえも通さなかった。フランスのカレー行きの蒸気船に乗り込み、甲板の手すりにもたれて、遠ざかる海岸線を見つめたのを今も覚えている。まもなく地平線が霧雨に覆い尽くされ、空から陸までが巨大な灰色の塊と化したのだった。

今では遠い世界の出来事のように思える。それにひきかえ、この眺めのなんとすばらしいことか――青い空、緑の丘、花を咲かせる果樹。

握りしめた手から徐々に力が抜けていき、いつしか指先で拍子を取るようにズボンを叩いていた。真昼の太陽が頭のうしろを心地よくあたためている。結局、作業小屋に帽子を置いたまま出てきてしまった。二度とあそこに足を踏み入れなくてすむなら、それだけで幸せな気分になれそうだ。

幸せ。

目を閉じて深呼吸をした。一瞬、どういうわけかバークの顔が思い浮かんだ。あの自動車につかつかと歩み寄ってくるとき、彼は恐怖におびえたように目を見開いていた。

ウォリングフォードはおかしくなって、くすくす笑いだした。

〝そうなのか、レディ・モーリー？　きみはぼくの友人のバークに本気で恋をしているのか？〟

まったく、しょうがないやつめ。

笑いが止まらなかった。背中が震えはじめ、腹の皮がよじれそうに熱くなる。ついにこらえきれなくなり、ウォリングフォードは腹を抱えて大声で笑いだした。心地よい春風が吹き抜け、木の葉をさらさらと揺らす。前かがみになって両手を膝につくと、思う存分笑い転げた。

「シニョーレ？」

ウォリングフォードはびくっとして顔をあげた。ジャコモのしかめっ面があることを予測して。

「失礼ですが、あなたは英国人ではありませんか？　英国から来られた方でしょう？」

ウォリングフォードは背筋を伸ばした。ジャコモではなかった。男性は中背で、仕立てのいい夏物のツイードのスーツに身を包んでいる。山高帽からのぞく髪はきれいに整えられ、黒い目はどことなく深刻そうだ。低い声で話す英語は、ほぼ完璧だった。

「まさしく」ウォリングフォードは答えた。口元が引きつるのを止められなかった。「何かご用でしょうか？」

「失礼しました。デルモニコと申します。あなたの友人のミスター・バークの同業者なんです。彼の作業場はこっちのほうでいいんでしょうか？」男性が眉をつりあげ、遠慮がちに問いかけてきた。小脇に抱えているのは小さな書類鞄のようだ。男性が反対側の手に鞄を持ち替え、居心地悪そうに帽子を直した。

「ああ、ええ、そうです。あっちですよ」ウォリングフォードは向きを変え、作業小屋のある方向を手ぶりで示した。喉元に笑いがこみあげてきたが、必死でこらえた。「ここをまっすぐ下っていくと、草地の先にあります。以前は馬車置き場として使われていた小さな建物です。すぐにわかりますよ。ところで、シニョール・デルモニコ？」

男性はすでに丘を下りはじめていた。こちらを振り向き、首を傾ける。

「まずは扉をノックしたほうがいい。最初に思いきりノックするんです」

神父の年老いて曲がった指が卵の上を舞いはじめたとき、ウォリングフォードの手が肘に触れるのをアビゲイルは感じた。

もちろん、すぐに彼の手だとわかった。大きなあたたかい手でそっと肘を包み込まれる直前に。彼が食堂に集まっている使用人たちのあいだをこっそり縫うように進み、アビゲイルの隣に立ったことにも気づいていた。間近から伝わってくる体温や体から発せられるエネルギーは、ウォリングフォードそのものだった。

「これはなんだ？」彼がアビゲイルの耳元でささやいた。

「神父さまよ」小声で答える。反対側に立っているアレクサンドラの様子が気になった。姉は催眠術にでもかかったかのように、うっとりと儀式に見入っている。ウォリングフォードが来たことにも、まるで気づいていなかった。「卵を祝福しているの」

「何を祝福しているって？」

「しいっ。これはとっても厳粛な儀式なのよ」

湖で泳いでいたのね。ウォリングフォードは澄んだ水と新鮮な空気のにおいがした。彼の手が、まだ肘に添えられている。あくまでも礼儀正しくそっと。その手はなんなの？　昨夜は気まずく別れたはずでしょう？

テーブルの前にいるドン・ピエトロ神父が、助手が手にしている聖水の器に手を伸ばした。マリアの言うとおりだわ。若い助手はブルーの瞳に金髪のハンサムな青年で、地上に舞いおりた大天使のようだった。彼は神父のあとに続いて城をまわり、あちこちの部屋に水がまかれるあいだ、聖水の入った器をうやうやしく掲げていた。まわりにプロテスタントの人間がいることなどおかまいなしに。アビゲイルのそばでマリアがうっとりしたようなため息をもらし、その声が静まり返った食堂に響いた。

卵はドン・ピエトロ神父の手を——たとえ年老いて曲がっていようと——待ちわびているように見えた。聖水が神父の指からしたたり落ち、繊細な白い殻を伝うさまを、アビゲイルはじっと見つめた。ほのかな日差しを受けて水滴がきらめいている。

「異様な光景だな」ウォリングフォードが彼女の耳元で低くつぶやいた。

「今朝、わたしが取ってきた卵なのよ」思わずそんな言葉を口にしていた。あまりにもばからしい発言に、手のひらで額をぴしゃりと叩きそうになる。なんてばかげたことを口にしたの？　このわたしが？

「本当に祝福するとは」肘が冷たくなったような気がして目をやると、ウォリングフォードの手が離れていた。彼はアビゲイルのもとを去り、使用人たちが集まっているほうへ歩いていった。まだ乾いていない黒髪が光り輝いている。

膝から力が抜けそうだった。今のはなんだったの？　彼はいったいここで何をしていたの？

ドン・ピエトロ神父がテーブルから一歩離れた。助手が差し出した白い布で手を拭きながら、こちらに顔を向ける。「オラ・アッピアーモ・イル・プランツォ」重々しい口ぶりでそう言うと、神父は使用人たちに挨拶をしに行った。ウォリングフォードが前に進み出て一礼する。まじめくさった顔で目を伏せて。ウォリングフォード公爵は賓客を出迎えているのだ。

「神父さまはなんとおっしゃったの？」アレクサンドラが小声で尋ねてきた。

一瞬、神父ではなくウォリングフォードのことを言っているのかと思った。

アビゲイルは気を取り直して言った。「もちろん昼食にしましょうとおっしゃったのよ」

彼女は頭に巻いたスカーフを直した。「あの助手の男性も残ってくれたらいいのに。こんなことを言ったら地獄で焼かれるかしら?」

だが、アビゲイル・ヘアウッドが永遠に地獄の業火に焼かれる心配はなくなった。ひとたび昼食会がはじまると、ウォリングフォードから目が離せなくなったからだ。

彼はテーブルの上座についていた。右側にはドン・ピエトロ神父、左側には助手が座っている。助手の青年は、聖水の入った錫(ピューター)の器を持って城の中をまわっているときはあれほどの輝きを放っていたのに、肩幅が広く威厳のある公爵の隣に並ぶと、やけに子どもっぽく色あせて見えた。従者がいないにもかかわらず、ウォリングフォードの上着には染みひとつなく、襟には糊がきいていて、クラヴァットの襞(ひだ)もきれいに折りたたまれている。仕立てのいい上着に包まれたその胸に——鼓動する彼の心臓に——室内の厳粛な雰囲気が染み渡っているようだ。

ウォリングフォードはどこから見ても、この城の主だった。じつに堂々とふるまっていた。生まれてはじめて、アビゲイルは言葉が出なくなっていた。

もっとも、ウォリングフォードはむっつりと黙りこくっていたわけではない。その威厳とは裏腹に、ホスト役を見事に務めていた。こともあろうに神父とラテン語で会話し、古典文法を完璧に使いこなせることを証明してみせた。アビゲイルは彼がラテン語を話すのをはじめて耳にした。せいぜい普通の男子学生ぐらいの実力だろうと高をくくっていたので、その流暢（りゅうちょう）さに驚くと同時に赤面する思いだった。あるときなど、ウォリングフォードがアレクサンドラのほうを向いて――姉の隣に座っている神父が塩を取ってほしいと言ったときだ――ごく自然に英語に切り替えた。アビゲイルははっとして、思わず椅子から立ちあがった。アレクサンドラは愛想よく微笑んで〝ええ、もちろんです、閣下〟と言うと、ふたりが宿敵同士であることなどおくびにも出さずに塩を手渡した。そして姉はすぐにまた反対側の村長のほうへ向き直り、英語とたどたどしいイタリア語を交えた会話の続きに戻った。かぎられた語彙では伝えきれないことを説明するときは、姉は優雅な長い指を使っていた。

アビゲイルは自分の皿に目を落とした。ナイフとフォークを持つ指先の爪が割れている。ラムのローストを小さく切り、無言のまま慎重に口へ運ぶ。この上品で礼儀正しいウォリングフォードは何者なの？　これが彼の本来の姿なのかしら？　それとも長年の経験から、反射的にいい人を演じる習慣が身についているとか？

わたしは彼の何を知っているのだろう？

「シニョリーナ？」

ひそひそ声で話しかけられ、アビゲイルはまたはっとした。首をめぐらし、右うしろを見る。「どうかした、モリーニ？」

「この昼食会が終わったら」モリーニが言った。「お話があります。昼食会のあとに。とても重要な話です。今夜の計画のことで」

「ええ、わかったわ。それでどんな計画なの？」うわの空で尋ねる。

家政婦は人差し指を口に当て、すぐに引っ込めた。

「失礼ですが、今何かおっしゃいましたか?」隣に座っている男性が話しかけてきた。村からやってきた中産階級の人のようだ。

ラムのローストはすでに食べ終わり、皿の端にはアーティチョークがきちんと積み重なっている。

「いいえ、何も」アビゲイルはワイングラスを手に取ると、グラスの縁越しに微笑んだ。

「いいえ、何も」イタリア語で答える。「でも、せっかくこうしてお近づきになれたのですから、よろしかったらこのお城の歴史について聞かせていただけませんか? だって知れば知るほど、わからないことだらけなんですもの」

11

花盛りの桃畑が月明かりを受けて、銀白色に輝いている。霧に覆われたロンドンの不気味な川岸を思い起こさせる光景だ。あるいは、ジュリア大おばが飼っている獰猛なプードルにもどことなく似ている。

自分がロマンティックなこととは無縁な人間だというのはわかっていた。

なおかつ、どうせこれから向かう密会もロマンティックなものではないだろう。それでもウォリングフォードは、上着のポケットに入っている手紙に甘いうずきを覚えずにはいられなかった。手紙には〝今夜一〇時に桃畑で〟としか書かれていない。用件も差出人も定かでない。おそらくバークのやつが、盗み聞きされる心配のない場所で、ぼくに聞いてもらいたい話でもあるのだろう。

いや、わかっている。そんな筋書きはありえない。でもだからといって、この手紙を書いたのがミス・ヘアウッドだと信じる理由にはならない。だいいち、斜めに傾いた文字はいかにも男らしい筆跡だ。それに――。

それ以上、理由が見つからなかった。

いや、見つけたくないという意識が働いているのだろう。自分が情緒に欠けた気難しい人間だと自覚しているものの、桃畑で待っている相手が月明かりに肌を輝かせたアビゲイル・ヘアウッドであってほしいと願わずにはいられない。今日の午後、フィニアス・バークの作業小屋でさんざんな目に遭ったあとも、城に戻って彼女の顔が見たくてたまらなかった。彼女の新鮮な空気を思いきり吸い込みたかった。ローランドやバークやあのつがいのリスのように、葡萄畑を散歩したり、ビーカーで紅茶をいれながら唇を重ねたり、彼女を糸杉の木に押しつけたりしたかった。食堂で見つけたアビゲイルは頭に巻いたスカーフからつややかな栗色の髪をのぞかせ、ボウルに入った卵にうっとりと見入っていた。その姿を目にした瞬間、彼女を抱きあげて寝室に連れていきたいという衝動に駆られた。そして無意識のうちに彼女の肘に触れ、年代物のポートワインを味わうようにその感触を楽しんでいた。

もちろん、こんな思いを抱くこと自体どうかしている。絶対にあってはならないことだ。たとえ桃畑で待ち受けているのがアビゲイルだったとしても。だいたい、いかにも彼女が考えそうないたずらじゃないか。ぼくを不利な状況に追い込もうとしているのかもしれないし、そもそも姿を見せる気などないのかもしれない。ひょっとしたら、こうしている今も寝室の窓からまんまと罠にかかったぼくを見おろし、笑い転げているのではないか？

〝もう賭けなんてどうでもいいわ〟

心の奥のほうがきゅっと締めつけられた。

結局のところ、ぼくがばかなのだろう。

城の窓からもれるかすかな明かりが夜とまじりあい、闇が迫っている。ウォリングフォードは牧草地まで来ていた。月光に照らされて白く輝く桃の花に導かれるように、湿った草の上を大股に進んでいく。またしても胸がきゅっと締めつけられ、不安に襲われた。一歩踏み出すたびに、心の奥にれんがをひとつずつ積みあげて壁を作ればいい。アビゲイルが姿を見せなければいいのだが。万が一現れても、れんがの壁の隙間を見せてはならない。食堂での二の舞を演じるのはごめんだ。今度は彼女の言葉に惑わされたりせず、毅然とした態度で臨もう。

桃の木は、丘一面と言っていいほどの長い列をなして植わっていた。茶色い幹と花が咲き乱れる枝はまだはっきりと見えてこないが、さわやかな夜風が桃の香りを運んでくる。濃厚で芳醇な香りに引き寄せられるように歩みを進めていくと、やがて枝が風に揺れる音に包まれた。可憐な花びらが頬をくすぐる。この世のものとは思えない静寂に満ちたこんな場所に、本当にアビゲイルがいるのだろうか？

ウォリングフォードは立ちどまった。月明かりが桃の花に吸い込まれ、見えるのは暗い影だけだった。

「そこにいるのはわかっている」権威の響きをこめて声を張りあげると、周囲の木々が打ち震えたような感じがした。「姿を見せるんだ」

自分の声が夜風に乗って消えていく。どこか遠くの離れた木の上でヨタカが低く鳴いた。

こんな言い方は無作法だろう。口調が乱暴すぎる。自信がないときについ出てしまう悪い癖だ。ウォリングフォードはなんとか声をやわらげた。

「ぼくはきみの手紙を持ってきた。だから隠れなくていいんだ。これ以上ごまかす必要もない」

ごまかす。ほら、まただ。〝ごまかす〟なんて言葉でなだめて、彼女が姿を現すものか。確かにアビゲイルは悪ふざけがすぎるかもしれないが、途方もないやさしさと偽りのない欲望を示してくれた女性なのだ。もっとも、悲しいかな、ぼくの欲望のほうがはるかに強そうだが。その一方で、公爵をベッドに誘いたがる女性には慣れているつもりだ。

ウォリングフォードは胸の底から声を響かせて言った。「いいか、よく聞いてくれ。今夜ぼくに会いたいと言ってきたのはきみのほうじゃないか、勇気ある女よ」

ザッ、ザッ。

彼はくるりと振り向いた。

ほのかな月明かりを受け、木々のあいだから人影が現れた。足音とともに、地面に落ちた小枝が踏まれて折れる音がする。

ウォリングフォードははっと息をのんだ。喉に空気の塊がつかえたような気がした。

人影が木々の隙間にさらに一歩進み出た瞬間、月明かりが頭に巻かれた白いスカーフと、その下にある顔を照らし出した。

止めていた息をようやく吐き出した瞬間、喉に鋭い痛みが走った。心の奥に積みあげたれんがの壁が粉々に崩れ落ちた。

とはいえ、それは彼の内側で起きたことだ。当然ながら、外見上は何ひとつ変わったところはなかった。

「レディ・モーリー。なんと魅力的な」ウォリングフォードは声を震わせることなく、どうにか感情を抑えた。胸の前で腕を組み、優雅な曲線を描く彼女の体を上から下まで眺めさえした。いかにもウォリングフォード公爵らしい態度で。

彼女はこんなところで何をしているんだ？　偶然か、あるいは意図的なのか？　手紙をよこしたのは彼女なのだろうか？　それとも、ここに現れたのはありえないような偶然の一致なのか？

レディ・モーリーは動じるそぶりを見せなかった。彼女の声はこのうえなく澄んでいて、完璧によどみのない口調だった。「まあ、閣下。ご機嫌うるわしいようね。今夜は月明かりの下でお勉強？　それとも村の娘とお楽しみでも？」

「こちらも同じ質問をさせてもらおう、レディ・モーリー」

彼女が鼻で笑う。「わたしは村の娘に興味はないわ」

「そうか。もったいない。すると、きみは自然が好きなのか？」

「わたしはここを毎晩散歩しているの。寝る前に涼しい空気に当たると気持ちがいいのよ。あなたも習慣にしたらどう？　ぐっすり眠れるわよ」

まったく、生意気な。

「そのすてきな話をとても信用できないと思ってしまうのはなぜだろう？」

「あなたの心がひねくれているからじゃないかしら」意地の悪い質問をとがめるような響きはなかった。ウォリングフォードのように高い地位にいる人間は他人に命令することがあたりまえになっているので、辛辣な物言いを美点だと思っているのかもしれない。「自分がそんなだから、ほかの人までひねくれたり悪いことをたくらんだりしていると思ってしまうのよ。わたしが今夜ミスター・バークと会おうとしていると疑っているんでしょう？」

あれこれ憶測を働かせていたわりには、その考えは頭をよぎりもしなかった。とたんに疑念がむくむくと頭をもたげた。「尋ねられたから答えよう。ああ、そのとおりだ」

「だったら教えて、ウォリングフォード。あなたは今夜ここで誰に会うの？」

彼は片手をあげ、爪をしげしげと眺めた。「ぼくはただきみの逢い引きの現場を押さえに来ただけさ」

「それは無理ね」レディ・モーリーがまた鼻で笑った。「もし本当にミスター・バークに会うつもりだとしても、わたしはそれをほかの人に知られるほど不注意ではないわ。話が逆よ。わたしがあなたの逢い引きの現場を押さえたの。問題は、あなたが誰と会うのかね」

「ぼくは誰とも会わない」

「閣下、男性には真実と向きあう能力がないと言ったらあまりに失礼かしらね」

つい声が沈んだ。「まったくだ」

「でも、あなたが自分の心をごまかすのも仕方がないわね。事実の究明にこだわり続けるより、恋人に恥をかかせるほうがよほどお粗末だもの。違う？」

今夜はレディ・モーリーと一戦交えるためにわざわざ桃畑にやってきたわけではない。そろそろ終わりにしたかった。ウォリングフォードは息を深く吸い込むと、言い返した。

「話がそれたぞ、レディ・モーリー。はっきり尋ねよう。きみは今夜ここでバークと会うのか？」

「あなたの質問に答える義理はないわ。直接彼に尋ねればいいでしょう」

「バークはここにいない」

「そうなの？」レディ・モーリーがあたりを見渡した。「あなたの言葉によれば、わたしはここで彼に会うんでしょう？　いやだわ、わたしが時間を間違えたのかしら？　約束の場所は一二列目の七番ではなく七列目の一二番の木だったの？　あいにく、彼にもらった手紙は暖炉にくべてしまったの」

月明かりが彼女の顔に影を落としている。目を凝らしても、表情は読み取れなかった。

「たいした演技だ、マダム。あっぱれだよ。バークはじつに幸せ者だ」

「ミスター・バークはあなたの二〇倍も男らしいわ。本当よ、閣下」

その言葉がぐさりと胸に突き刺さった。口を開いたが、息がつけない。祖父のなじる声が聞こえてきそうだった。オリンピア公爵が、あの言葉を繰り返す声が。

〝おまえのようにふしだらな生活を送っている人間が、ほかになんの役に立つというんだ？〟

木の葉のざわめく暗闇の中を、寂しげなヨタカの鳴き声がまた響いた。

「そのようだ」ウォリングフォードはようやく口を開いた。「ではこれからどうする、レディ・モーリー？　どうやら話は平行線だ。バークが来るまでここで一緒に待とうか？」

「あなたの好きにすればいいでしょう、ウォリングフォード。わたしは散歩の続きに戻ります」レディ・モーリーが立ち去ろうとした。

なぜそんなことをしたのだろう？　彼女が脇をすり抜けようとしたとき、思わず手を伸ばして腕をつかんでいた。月明かりに浮かびあがるレディ・モーリーの顔の曲線を見おろす。尊敬すべき立派なフィニアス・バークが――おじいさまの実の息子が――すっかり心を奪われている顔を。「それはあまりにも惜しい、レディ・モーリー。こんな美しい夜を無駄にするなんて」ウォリングフォードはささやくように言った。本気で彼女を誘惑しようと思ったわけではない。好意さえ抱いていなかった。もちろん自分自身に対しても。

レディ・モーリーが彼の手を振り払った。「悪いけどその気はないわ。おやすみなさい」そのまま数歩進んでから振り返る。「教えてちょうだい、ウォリングフォード。なぜそこまで他人のことに首を突っ込むの？　みんなの好きにさせておけばいいじゃない。それより自分の幸せをつかもうと思わないの？」

ウォリングフォードは花に囲まれた彼女の影に向かって言った。「それができないんだ」

レディ・モーリーは向きを変え、暗闇の中へ消えていった。

彼はその場に立ち尽くし、周囲のかすかな物音に耳を澄ました。動物たちが動きまわり、やわらかな風が木の葉をそよがせている。あたりが少しずつ冷え込みはじめていた。ひんやりした空気がほてった熱い頬を冷まし、ウールの上着を通して染み込んでくる。

髪をかきあげた。帽子をかぶってくれればよかった。

やがて向きを変えると、ウォリングフォードは木々のあいだを抜けて果樹園と葡萄畑を下っていった。途中で上着のポケットから折りたたまれた手紙を取り出し、びりびりに引き裂いた。手を離すと、細かくちぎれた紙がひらひらと風に舞った。

およそ一五分後、ようやくあたりに人影がなくなったところで、アビゲイル・ヘアウッドは木々の隙間を縫うように丘の斜面を駆けおりた。花を咲かせた木の陰からのぞいて見ると、ウォリングフォードが二メートルと離れていないところでつややかな黒髪に指を走らせていた。

手足が震えているのは、桃の木の上で三〇分以上もじっとしていたせいだけではない。冷え込んでいく空気の中で息をひそめていると、セント・アガタ城に暮らす面々が人目を避けながら、ひとりまたひとりと集まってきたからだ。

〝今すぐ桃畑へ行くんです!〟夜になってようやくモリーニのもとへ行くと、必死の面持ちで彼女が言った。ウォリングフォードのことで頭がいっぱいで、昼食会で家政婦にそっと耳打ちされたことなどすっかり忘れていたのだった。〝もうめちゃくちゃです! 全員がいっせいに鉢合わせです! シニョーレ・ペンハローは出かけるのが早すぎるんです。それにジャコモときたら、またこそこそと……〟

〝わたしに任せておいて〟アビゲイルはそう言い残して城を出た。桃畑で逢い引きが行われると考えただけで、すっかり元気を取り戻していた。

ところが、桃の木によじのぼって花の香りのする樹木に身を落ち着けるなり、フィニアス・バークが姿を現し、アビゲイルがのぼったのとまさに同じ木の幹にもたれかかった。彼女は完全に逃げ道をふさがれた……木にのぼっておりられなくなった猫そのものだった。

まもなくローランドもやってきて、何やら詩のようなものをつぶやきはじめた。どう見ても、彼はリリベットを待っていた。全員がめいめいの隠れ場所に身をひそめた頃、重々しい足音が聞こえ、木々のあいだからウォリングフォードが颯爽と現れた。

そしてその直後、アレクサンドラが登場したのだった。

ウォリングフォードは城には戻らずに丘を下っていった。どこかへ向かうようだった。湖へ泳ぎに行ったのだと、アビゲイルはすぐに確信した。

満月が丘の斜面をくっきりと明るく照らしていた。月明かりと勘を頼りに丘をおりていくと、湖をぐるりと取り囲むオリーブと糸杉の木立にたどり着いた。木々のあいだから、夜の鳥の鳴き声にまじって水しぶきの音が聞こえる。

アビゲイルはボート小屋からさほど遠くない場所にある巨岩に腰をおろし、ウォリングフォードを待つことにした。近くの岩の上には、彼の衣服がきちんと重ねて置かれている。アレクサンドラの言葉にひどく動揺していた彼の様子が、何度も脳裏に浮かんできた。

〝ミスター・バークはあなたの二〇倍も男らしいわ〟

アレクサンドラは気づかなかっただろう。実際のところ、彼は少したじろいだ程度だった。

けれどもアビゲイルにしてみれば、地震に襲われたほどの衝撃だった。傷ついたウォリングフォード。つらそうなウォリングフォード。

彼の表情を思い出し、思わずこぶしを握りしめる。

アビゲイルは声が出ないように自分の腕を噛みしめ、桃の木の上でじっとしていた。頬を濡らす涙が地面にこぼれ落ちて見つかってしまうのではないかと気が気でなかった。

それにしても、彼はどこにいるの？　ひと晩じゅう泳いでいるつもりなのかしら？

両腕で膝を抱え込んだ。ヒップに触れる岩の冷たさが背中から脚にまで広がっていく。日が暮れてからぐっと気温がさがり、湖から吹く風がいっそうひんやりと感じられた。下手をすると、彼は風邪を引いてしまうかもしれない。

一片の雲が月の前を通り過ぎた。亡霊のように。

水しぶきの音が次第に大きくなり、やがてはっきりと聞こえるようになった。メトロノームさながらの規則正しさだ。ウォリングフォードに違いない。

湖面から彼の体が浮かびあがった瞬間、思わず安堵のため息がもれた。向こうからアビゲイルの姿は見えていないようだ。月明かりを浴びて、彼の体が銀色に輝いている。さっとかきあげた、ずぶ濡れの黒髪さえも。

見事に均整の取れた美しい体だった。引きしまった肌が水に濡れて光って見える。肩の筋肉は盛りあがり、腿から膝にかけて腱が弧を描くようにくっきりと浮きあがっていた。ウォリングフォードは月光に白光りするシャツを手に取り、それで体を拭いた。次に下ばきを引きあげて腰ひもを結ぶ。アビゲイルは五、六メートルほど離れた場所で、彼の見事な肉体を横から眺めていた。

ウォリングフォードが身をかがめ、岩の上に置かれたズボンに手を伸ばした。

そして凍りついた。

一陣の小さな風が吹き抜け、アビゲイルは身を震わせた。

「ミス・ヘアウッド」彼が低い声で言う。「きみなのか？」

彼女は咳払いをした。「ええ、そうよ」

「やれやれ」ウォリングフォードはズボンに片足を通し、もう一方の足も入れた。「ずっとそこに座っていたのか？」

「ええ、まあ、そうね」

彼は緩慢でも性急でもない動きでズボンを引きあげてボタンを留めた。目の前の岩をじっと見つめたままで。「桃畑からずっとあとをつけてきたのか？」

「そういうわけでもないのよ」また咳払いをする。「あそこにミスター・バークが立っていたら、ええと、ローランド卿もやってきて……」

「ローランドだって！」

「ええ、なんていうか、その……喜劇を観ているみたいだったわ」ついに咳き込んだ。「みんながいなくなってから、わたしもおりてきたの。あなたがここにいると思って」

「なぜここがわかった？」彼は湿ったシャツを着てボタンをはめた。

「あなたがここで泳ぐのを見たことがあったから」

「なるほど。いかにもきみらしい」ズボンの中にシャツをたくし込んでベストを手に取る。そよ風の吹く夜に濡れた服を着ても、なんとも思わないようだ。「こんなことをすれば、賭けの条件に違反するのはわかっているだろう。こちらは今すぐにでも女性たちの降参を要求できる」

「そうかもしれないわね」アビゲイルは言った。「でも、あの賭けには根本的に欠陥があるでしょう？　具体的な規則を決めなかったんですもの。どこまでの接触が許されて、どこからが許されないのか」

「男の身支度を見るのは許されるとでも思っているのか？」

「肝心なところでは目をつぶっていたわ」嘘だった。

ウォリングフォードはすでに上着を身につけ、袖を直している。彼が顔をこちらに向けた。またしても涙がこみあげてきた。暗がりの中でも、彼の険しい顔つきが見て取れる。冷ややかで張りつめた表情が。

アビゲイルはうっかり口走った。「あなたはきれいな体をしているのね」

「きみはどうかしているな」

「ねえ、ウォリングフォード」巨岩から立ちあがろうとしたが、手足がこわばって思うように動けず、とっさに両手を突き出した。「あなたを傷つけるつもりはなかったの。傷ついていないといいのだけど」

「ぼくを傷つける？　なんのことだ？」

ああ、なんて冷たい人なの。彼女は巨岩からおり、ふらふらとウォリングフォードに近づいた。

「大丈夫か？」唐突に彼が尋ねてきた。

「ええ、手足がこわばっているだけよ」

「どれくらいここに座っていたんだ？」

「そんなに長い時間ではないわ。でも、木に……」

「木？」

彼女は笑みを浮かべると、ウォリングフォードから数歩離れたところで立ちどまった。彼が立ち去らずにこの場にとどまっているだけで、とりあえずよしとしよう。

「木の上から見ていたのよ。桃畑で」

奇妙な表情が彼の顔をよぎった。目と口元の緊張がほどけ、どことなく顔つきがやわらいだように見える。「では、あの手紙をよこしたのは、やはりきみだったんだな？」

手紙？　なんのこと？

アビゲイル・ヘアウッドは頭の回転が速い。そのことに異議を唱える者はいないだろう。戸惑ったのは一瞬だけで、すぐさま気を取り直して答えた。「ああ、ええ、そうなの。あれはわたしが書いた手紙よ」彼に向かって両手を差し出した。

その両手をウォリングフォードがさっとつかんだ。「よかった」指を見つめて言う。

「あなたに会いたかったのよ。人目につかないところで」アビゲイルは続けた。意味を取り違えていないことを祈りながら。「でも、なぜかみんなが続々とやってきたものだから、あなたに恥をかかせてはいけないと思って……」

「まったく、きみという人は」彼はアビゲイルの片手を持ちあげて、唇を押し当てた。「てっきりぼくは……きみがいたずらを仕掛けたのだと……」

「いたずらなんかじゃないわ。それだけは信じてちょうだい。お願い、ウォリングフォード。ねえ、わたしの顔を見て」

「いや、それはできない」

「でも、信じてくれるのよね？　お願いよ」

彼がため息をもらした。「どうだろう。まあ、信じることにしよう。なんてことだ、手がこんなに冷たくなっているじゃないか」

「大丈夫よ」

「体も震えている。ショールも持たずに出てくるなんて、ばかなまねを」ウォリングフォードは彼女の手を放して上着を脱いだ。「送っていこう」

「だめよ！　もう少しだけ」肩に上着がかけられた。あたたかくてずっしりと重みがあり、自分が小さくなった気がした。アビゲイルはぶるっと身震いした。寒さではなく興奮のせいだ。彼の手が上着の襟元にとどまっていたかと思うと、ためらいがちに一歩、もう一歩と引き寄せられた。

頭のてっぺんにウォリングフォードの息を感じた。髪の生え際に彼が顎をのせている。アビゲイルの鼻と唇のすぐ先に、あたたかな喉元があった。じっとりと湿り気を帯び、生気に満ちていて、みずみずしい水のにおいがした。

彼女は両腕をあげ、肘から指先までをウォリングフォードのベストにぴたりとつけた。

「あなたに個人的な質問をしたら、正直に答えてもらえるかしら。とてもぶしつけな質問なんだけど」

「ミス・ヘアウッド、きみがぶしつけではない質問をしたことがあるか？」

思わず彼の首に向けて吹き出した。ふたりは抱きあっているわけではなかった。あいかわらずウォリングフォードの手は上着の襟に置かれたままで、彼の腕の中にはいるものの、抱きしめられているわけではない。それでも親密な触れあいが、うっとりするほど心地よかった。まるで彼の体の一部になったみたいだ。手のひらに心臓の鼓動を感じる。彼の熱い息が髪にかかっていた。思ったことを口にしても、思いのままに行動しても許されそうな気がした。すっかりウォリングフォードのとりこになっているのに、これほど自由だと感じるのは生まれてはじめてだ。

「あなたとミスター・バークのことよ。もしかして血のつながりがあるの？」

「えっ？」

「昨日の夕食のときに、ふとそんな気がしたの。どうして今まで気づかなかったのかしらね。髪や目の色は違っているけれど、背が高くて痩せているところなんか……」

「ぼくはあんなにひょろ長くない」

「ええ、そうね」アビゲイルは笑った。「彼はあなたの体をもう少し引き伸ばしたみたいだわ。でも、あなたたち三人は――ローランドも顔立ちがよく似ているわ。頬骨から顎のライン、眉の寄せ方まで……」

「ずいぶん熱心に研究しているんだな」

彼女はウォリングフォードの胸をそっと押した。「ねえ、本当のことを教えて」

アビゲイルの腕が上下した。彼がついた深いため息のせいだった。「バークの実の父親はオリンピア公爵だ。つまり、ぼくの母方の祖父だよ」

「まあ」アビゲイルはふうっと息を吐き出した。聞かされた事実に衝撃を受けたのは確かだが、それ以上に驚いたのは、ウォリングフォードが真実を打ち明けてくれたことだ。この件は貴族の屋敷の廊下などでは公然の秘密になっているのかもしれないけれど、それでも一族の信頼に関わる重大な秘密であることに変わりはない。「それじゃあ、彼は……あなたにとって……」

「ああ、おじということになる」皮肉めかしたぶっきらぼうな口調だった。

こらえきれなくなり、アビゲイルは彼の喉元でまた吹き出した。「あなたのおじさま!」

またしても笑いがこみあげ、背中を震わせてくすくす笑っていると、ついにウォリングフォードの手が肩に滑りおりてきて抱き寄せられた。「あなたのおじさま」ふたたび繰り返す。今度は彼も笑いだした。

アビゲイルはウォリングフォードの胸に頭をもたせかけた。「でも、そのことでつらい思いをしたんでしょうね」

「いや。バークはいいやつだよ。あいつの存在を誇りに思っているぐらいなんだ。どの一族にもひとりぐらい才能のある人間がいたほうが……まあ、あいつの場合は紛れもなく偉大な人物なわけだが。まさに科学界の巨人だよ」

ウォリングフォードが桃畑で動揺していたときのことが、ふと思い浮かんだ。

「確かに彼はすばらしい人ね。でも、わたしはあなたが一番好きよ」

気のせいかしら？ 体にまわされた彼の腕にわずかに力がこもったような……。ウォリングフォードが頭をさげ、アビゲイルの髪に頬を寄せた。「どうやらきみは人を見る目がないようだな」

「みんなが思うより、はるかに見る目はあるつもりだけど」

「では、美男子のぼくの弟は？ あいつは候補にあがらなかったのか？」

「彼もすてきね。ローランド卿のことは大好きよ。ただちょっと……何か物足りないというか……」

「公爵の威厳のようなものが？」

アビゲイルはぱちんと指を鳴らした。「そう、それよ！」彼のベストのボタンが指に触れた。なめらかな布地のクルミボタンだ。彼女はそっと指でもてあそんだ。「それに彼は、わたしのいとこのリリベットに身も心も捧げているもの」

「残念ながら、そのようだな」

水が湖岸に打ち寄せる音がした。ふたりだけの濃密な世界の外では風が強まり、あたりは冷え冷えとして木々がざわめいている。もう遅い時間だった。少なくとも午前零時にはなっているだろう。それでもアビゲイルはまだ動きたくなかった。身じろぎひとつしたくない。この場所と彼のもとから離れたくない。

深く息を吸い込む。

「ねえ、ウォリングフォード、賭けを取りやめにしてほしいの」

彼はぴくりとも動かない。アビゲイルは息を殺して答えを待った。

「ふむ」しばらくして彼が口を開いた。

身を引いてウォリングフォードの顔を見あげようとしたが、彼が腕の力をゆるめようとしないので、結局、顎の下に鼻をぶつけるはめになった。「本気で言っているのよ。あんなの無意味だとわかるでしょう？　この城を出ていきたいと思っている人はひとりもいないし、部屋だって足りている。互いに心を通わせて愛しあうのがそんなに悪いことなの？」

その言葉を口にしたとたん、熱いものが心臓から顔へと一気に駆けのぼってきた。恥ずかしさで頬がかっとほてりだす。早く何か言うのよ。アビゲイルは必死で次の言葉を探した。

〝愛〟という言葉がふたりのあいだで振り子のように揺れている。手のひらから伝わってくる彼の鼓動と調和した、ゆったりしたリズムを刻みながら。

「やむをえないな」治安判事が判決を下すときのような口調だった。「何も言わずにこのままにしておいて……」

アビゲイルはウォリングフォードの首にしがみついた。「ああ、ありがとう！　感謝するわ。あのいまいましい言葉からようやく解放されるなんて、考えただけで楽しくなる。これでようやく、わたしたちも友人として仲よくやっていけるわね」

ウォリングフォードが体をそらし、アビゲイルの両手を取って胸の前に引き寄せた。

「友人として？」やさしさと真剣さの入りまじった表情で彼女を見る。月明かりを受けて、彼のまつげに残っていた小さな水滴がきらりと光った。

あたりが暗くてよかった。きっと今わたしは、赤面している。それを見られずにすみそうだ。赤面ですって！　このわたしが！　そもそも、アビゲイルには顔がほてるなんて経験がほとんどなかった。ところが今は、ロンドン社交界にデビューしたての無防備な小娘よろしく頬を熱くし、震えながら立っている。まさしく自分が絶対になるまいと思っていた女性そのものだ。それなのに、なぜかいやな気はしなかった。

むしろ……わくわくする。

「ええ、友人として」声がうわずった。「男女のあいだにも友情は成立するわ。毎日、午後は一緒に勉学に励みましょうよ。昼食会であなたがラテン語を話すのを聞いたわ。とても上手なのね。ふたりで少しずつ読み進めていけば――」

「アビゲイル」ありえないほどやさしいキスで唇をふさがれた。「先走って結論を出す必要はないだろう。馬小屋で情熱的に抱きあったふたりが友人同士になるのは、少しばかり無理がある」

アビゲイルは驚いて目を見開いた。ウォリングフォードが彼女の顔を見おろす。彼はいかめしいと言っていいほど真剣な表情をしていた。ほんの一瞬、口元にうっすらと浮かんだ微笑を別にすれば。

「まあ！」思わず息をのんだ。「ああ、大好きよ！」笑い声をあげ、ふたたび彼の首にしがみついた。つられてウォリングフォードも笑いだし、アビゲイルは彼の胸が震える感触に酔いしれた。地面から抱きあげられ、頭に何かが押し当てられるのを感じた。彼が髪にキスを浴びせているのだ。

「いいかい」ウォリングフォードがようやく口を開いた。「もう城に戻らなければならない。すでに遅い時間だし、きみの体は冷えきっている。それにみんなに怪しまれたら……」

「誰も怪しんだりしないわ。わたしは自分の寝室にいると思っているはずよ」

「アビゲイル」ウォリングフォードが彼女の顔にかかる巻き毛を耳にかけた。「こんなふうにしてはいけないんだ。わかるだろう？ ぼくは野蛮な放蕩者かもしれないが、処女を誘惑する気はない。いくらきみのことを……」

「えっ？」

彼はアビゲイルの額に口づけた。「いや、なんでもない。さあ、行こう」

言葉とは裏腹に、ふたりは抱きあったまま、どちらも動こうとしなかった。

「行きたくないわ」彼女は言った。「お願いよ。もう少しだけ。このままはいやなの」

少しためらってから、ウォリングフォードが口を開いた。「きみの体が凍えてしまう」信じられないほどやさしい声だった。まるで別人みたいなウォリングフォード。違う、隠されていた本物のウォリングフォードだ。

アビゲイルは身を引いた。「ここでちょっと待っていて」湿った岩場を横切り、急いでボート小屋へ向かう。

毛布を抱えて戻ってくると、ウォリングフォードは素足のままで岩場に立ち、腕組みをして待っていた。「どうしたんだ、それは？」眉をつりあげて問いかけてくる。

「ピクニックをするかもしれないと思って、ボート小屋に置いておいたの」さりげなく言った。毛布を彼の肩にかけると、自分もその中にくるまった。

「ピクニック」彼はアビゲイルを自分のほうに引き寄せた。「まったく、おかしな女性だ」彼女の髪にキスをする。「おかしな、ぼくの愛しい人」

アビゲイルは彼を連れて巨岩に座り込んだ。「少しのあいだでいいから」ウォリングフォードは彼女の手を握ったまま、いぶかしげに見つめている。アビゲイルはつないだ手をそっと揺すった。「さあ、こっちに来て。こんなことぐらいで、あなたの評判が傷ついたりはしないわ」

「座り心地が悪そうだ」

「わたしの膝に頭を置けばいいのよ」

「まったく、何を言っているんだか」ウォリングフォードは大げさにあきらめのため息をついてみせると、彼女の隣に腰をおろした。壊れ物でも扱うようにそっと抱き寄せられ、アビゲイルは促されるまま毛布の中で彼の肩に頭をもたせかけた。「これで寒くないだろう？」

「ふふ」彼女は目を閉じた。「あなたは野蛮でも放蕩者でもないわ、ウォリングフォード。どうして自分をそういうふうに見せかけるの？」

彼の手がアビゲイルの腕をゆっくりとさする。「別に見せかけているわけじゃない。これもぼくの一部だ。きみが勝手にそう思っているだけだよ」

「そんなの戯言よ。肉体的な欲求を持つのはあたりまえのことだわ。あの貞淑なリリベットでさえ、ときどきは感じているはずよ」

「ああ。しかしぼくの場合は、その欲求に屈してしまうんだ。そのことで祖父からよくお叱りを受けるよ。祖父の言い分では、ぼくがこの世に生まれ落ちた瞬間から、自分で馬具さえはずさないような甘やかされた人生を送っているからだそうだ」

アビゲイルは畏怖の念に打たれていた。腕をさすられる感触に、ウォリングフォードの体のぬくもりに、驚くほど親密な会話に。こんな話を、どうしてわたしにしてくれたのだろう？　アビゲイルは彼にすり寄った。

「だからここに来たのね？　公爵という身分がなくても存在できることを証明するために」

ウォリングフォードがぴたりと動きを止めた。心臓の鼓動さえ一瞬止まったように感じられる。「やはりきみはどうかしているな、ミス・ヘアウッド」

「いいかげんにわたしをどう呼ぶか決めてちょうだい、ウォリングフォード。アビゲイルなのか、そうでないのか」

「では、アビゲイルにしよう」顎の下におさまっている彼女の頭のてっぺんに口づけする。

「その栄誉にあずかれるのなら」

アビゲイルはじっと座ったまま耳を傾けた。湖岸に打ち寄せる水の音、木の葉のざわめきに。髪をくすぐる彼の息遣いに。

「あなたが根っからの放蕩者なら、今頃はとっくに貞操を奪われているはずよ」

「きみがぼくをすっかり変えてしまったんだ」

「それは違うわ。人というのはそう簡単には変わらないものよ。これがあなたの本来の姿なのよ。問題は、自分がどうしたいかということだけ」

「自由意志というわけか？」

「まあ、そうね。あなたがそう呼びたければ」アビゲイルは手元に視線を落とした。毛布の中で、いつの間にかまたベストのボタンに触れていた。このボタンをはずしたら、彼はどうするかしら？「あら、そんな顔をしないで。あなたにはすばらしいところがたくさんあるんだから。あなたはそれを誰にも見せようとせず、やさしい心の中に押し隠しているだけなのよ」

「やさしい心？」ウォリングフォードが聞き返す。

彼の胸をぽんと叩いた。「あなたは誰よりもやさしい心の持ち主よ。ただし、圧倒的な権力を持つ公爵はやさしい心を持つことなど許されない。違うかしら？」

「まあ、そのほうが望ましいだろうな」

アビゲイルはぬくもりに包まれていた。ウォリングフォードの腕の中に。何もかもすっかり忘れていた――呪いも、誠実な愛も、不誠実な英国紳士も。世界から完全に切り離され、このうえない喜びに満たされていた。

月光がふたりに降り注いでいる。湖のほとりで身を寄せあい、互いの息を吸い込み、ふたりはついに心を通わせたのだ。思わず大きなあくびが出た。

「なんだ、眠いのなら我慢しなくていいぞ。ぼくがちゃんと面倒を見てやるから」

「いいの？」

「ああ、約束しよう」

頭が重くなってきた。ウォリングフォードの胸に頭を預ける。毛布の中で膝を立て、彼の脚に寄りかかった。ああ、なんて心地いいのかしら……まるで……これは……。

馬車に乗っているような感じがして目を開けた。ところが、知っている馬車とはまるで違うようだった。あたたかくて、かたく引きしまっていて、はっきりとした胸の鼓動がバスドラムのように耳に低く響いてくる。

「どこへ行くの？」くぐもった声できいた。

「きみの部屋だ」

「まあ！　すてき」

ウォリングフォードがふっと笑う。どうやら戸外にいるようだった。また桃の花の香りをかいだ気がした。「きみは自分の部屋に戻るんだ。眠るために」

〝眠る〟という言葉を聞いたとたん、アビゲイルはまたまどろんだらしい。気づいたときにはベッドに寝かされ、ドレスが引きおろされて、コルセットがゆるめられていた。

「脱がせてほしいわ」ぼそりと言う。「窮屈なの」

「そういうわけにはいかない」けれどもウォリングフォードは開き直ったように手慣れた手つきでコルセットをはずし、ペチコートも脱がせたあと、肌着姿になったアビゲイルに上掛けをかけた。

「ねえ、ウォリングフォード」彼が身を離そうとしたとき、小声で呼びかけた。「何が変わったの？　どうして今夜なの？」

彼の手がアビゲイルの頰を包み込む。「さあ。たぶん……きみに根負けしたんだろう。きみが全力でぼくに立ち向かってくるものだから。何しろ相手はきみだからな、ミス・アビゲイル・ヘアウッド。きみは不屈の精神の持ち主だ」

「ええ、そうよ」彼の手に自分の手を重ねる。「朝になったら、わたしたちはどうなるの？」

「それはわからない。今はとにかくおやすみ、アビゲイル」

「おやすみなさい、ウォリングフォード」

彼はアビゲイルの額に唇を押し当てると、足音を忍ばせて暗がりの中へ消えていった。

12

夏至前夜祭

ブーツを履いた片足を伸ばして、アビゲイルのヒップを軽く突いた。「また居眠りをしているのか」ウォリングフォードは言った。

彼女がびっくりして飛びあがる。栗色の髪がピンからほどけて頰にかかっていた。

「いいえ、居眠りなんてしていないわ。今はこの……ここを……」髪を耳にかけ、膝にのせていたプルタルコスの本のページをぱらぱらとめくる。

「気にしないでいい」

「ほら、ここよ。ちょっと待ってちょうだい」アビゲイルはかたわらの毛布の上からパンを取りあげ、寝ぼけまなこでちぎった。

「今朝はなぜそんなに眠そうなんだ？　まさか恋人ができたわけじゃないだろうな？」

彼女が小首をかしげ、横目でウォリングフォードを見た。目尻のきゅっとあがった妖精のような目で。「そうだと言ったら？」

「もちろん、そいつを叩きのめしてやる」彼はアビゲイルの手からパンを取りあげ、自分のためにむしり取った。ふたりは木陰に座っていた。細いひと筋の木もれ日が差し込み、彼女の栗色の髪を赤みを帯びた金色に見せている。

アビゲイルは本に視線を戻したが、すっかり興味を失っているようだ。

「あなたにそんな権利はないわ。しつこくせがまないと、満足にキスもしてくれないくせに。わたしが別の男性に目移りしても無理ないわね。もとはといえば、あなたのせいなんだもの」

ウォリングフォードは鷹揚に微笑んだ。今朝はいつになく上機嫌だった。普段より早く目を覚まし、金色に輝く朝焼けを見つめながら、ついに覚悟を決めたからだ――アビゲイル・ヘアウッドに結婚を申し込もうと。

ことによると今日にでも。

その考えが頭の片隅からいっときも離れなかった。もっとも彼自身はそれを認める気もなければ、言葉にする気もないが。今より若い時分に結婚について思いをめぐらすときは、結婚自体を一種の〝雑務〟と見なしていた。もうこれ以上は引き延ばせないという頃合いを見計らって適当な相手を見つけ、数人の子をもうけたら、あとはある程度の自由裁量を享受しつつ、それまでと変わらぬ人生を歩んでいけばいいと漠然と考えていた。誰かに本気で恋をして、求婚するほど相手にのめり込む？　そんなばかげたふるまいは、もっと低級な人間のすることだと。

それにもかかわらず、ウォリングフォードは恋に落ちた。あの宿屋の雨に濡れた馬小屋で、彼女と唇を重ねた瞬間からこうなる運命だったのだ。アビゲイル・ヘアウッドを〝雑務〟に分類するのは冒瀆に等しい。彼女を白いチュールに覆われたベルグレイヴ・スクエアに連れて帰ることなど考えられない。彼女が慈善活動やサロンといった社交生活に励むあいだ、自分は社交クラブで夕食をとって、昼さがりに愛人と逢い引きし、彼女とベッドをともにするのは儀礼的に週に一度だけ。だめだ。そんな生活はありえない。彼女にはこの場所こそがふさわしい。イタリアの魅惑的なこの城で愛を交わすのだ。太陽の日差しを浴びながら、銀色に輝く月明かりのもとで。

ただし、ウォリングフォードはアビゲイルとまだ愛を交わしていなかった。キスさえろくにしていない。彼女が言ったように、キスをするのはしつこくせがまれたときか、罠にはまったとき――罠があるのだ！――だけだ。

まだ一度も体を重ねていないのは、アビゲイルが清らかなのに対して、彼はそうではないからだ。

自分がその栄誉にふさわしい男だと、まずは証明してみせなければならない。

そして自らに自信が持てるようになるまで待たなくては。ある朝目覚めて、金色に輝く朝焼けを見つめ、アビゲイルと結婚することが自分の進むべきただひとつの道だと確信するまで、それ以外の問題――ベルグレイヴ・スクエアや〝雑務〟といったもの――への感情に整理がつくまで待たなくてはいけない。

もちろん、アビゲイルが受け入れてくれるならの話だが。

かすかな不安が押し寄せてきて、順風に帆を揚げていた心が転覆した。何しろアビゲイルは結婚という制度そのものにかなり反感を持っている。とりわけ貴族の結婚には。ベルグレイヴ・スクエアやら〝雑務〟やらの利点を並べて、彼女を説得してみてもいいかもしれない。ほかの女性ならば、ウォリングフォード公爵夫人になる機会に飛びつくだろう——実際アビゲイルのクリームのような頬を見つめながら、心の中で親しみをこめてそう呼んでみると、なかなかいい響きだった。ところが、頭のどうかした彼の妖精は、公爵よりも貧相な詩人とパリの北向きのみすぼらしい屋根裏部屋にでも駆け落ちしかねない。

「ともかく」アビゲイルがプルタルコスの本に視線を戻し、これ見よがしにページをめくった。「わたしの恋人はあれこれ尽くしてくれるのよ。今朝のあなたなんて足元にも及ばないくらいに」

なんとしてもアビゲイルを公爵夫人にしてみせる。いざとなったらパリの屋根裏部屋に彼女を連れていき、ボヘミアンの隣人が寝られなくなるほどベッドをきしませてやる。

「ばかばかしい」ウォリングフォードは言った。「きみにあれこれ尽くしているのはぼくのほうだぞ。毎日のピクニックにラテン語の勉強。毎晩、月の夜道を散歩までしている」

「月の出ない夜はしていないわ」

「午前零時前にはきっちり部屋の前まで送り届けている。非の打ちどころのない紳士だろう」

「あなたを好きになったのは、非の打ちどころのない紳士だからじゃないわ。むしろその逆よ」

なんてことだ。彼女は完璧じゃないか。なぜもっと早く決断を下さなかったのだろう？これほど正しく見事な解決法はないというのに。

だいいち、アビゲイルと結婚すれば、祖父の計画を完全に阻止できる。今となっては優先度が低いこととはいえ、さぞかし胸のすく思いがするだろう。

ウォリングフォードは思わず身を乗り出し、彼女のヒップに触れた。喜びと確信がこみあげてきたのだ。

「まあ、どうしたの、ウォリングフォード？」彼はさっと身をかがめて唇をふさぎ、アビゲイルの戸惑いをぬぐい去った。彼女もすぐさま両手でウォリングフォードの顔を包み、情熱的にキスを返してくる。彼の体がたいまつのようにかっと燃えあがった。

彼女が木の幹にもたれかかったので、ウォリングフォードもそれに従った。閉じた唇の合わせ目を舌でなぞると、アビゲイルが甘いため息とともに唇を開いた。唇の輪郭とベルベットのような舌の感触を味わいながら、片手をウエストのほうへと滑らせる。

五月後半の陽気の中で、アビゲイルのペチコートが大胆にめくれ、肌が熱くほてっているのがわかった。ドレスとコルセットと下着という障壁があっても体の曲線が感じられるほど、ふたりは密着していた。

「ねえ、いったいどういう風の吹きまわし？」アビゲイルが彼の唇に問いかける。「こんなこと、まるで紳士らしくないでしょう?」彼女の指がウォリングフォードの頰をかすめ、髪をやさしく撫でた。

ウォリングフォードはアビゲイルの唇から離れ、顎から耳に向かって唇を這わせた。

「ライバルに譲るわけにはいかないからな」

「うーん、そうね、彼はとっても上手なのよ。あなたにはもっと練習を重ねてもらわないと」

「仰せのままに」

アビゲイルが少し身を引いた。繊細な顔の中で目だけが大きく見開かれている。

「ねえ、ウォリングフォード。本気なの?」

「ある程度までなら」彼女の耳の曲線に指を走らせた。

「まあ! またじらされているだけなのかと思ったわ。あら、ウォリングフォード。頰を赤らめているの? とてもすてきよ。まるで生き返ったみたい」

「今までは死んでいたような口ぶりだな」

アビゲイルがいらだたしげにため息をつく。「ねえ、まだ気のきいた会話を続けなければいけない? わたしはキスのほうが……」

身を乗り出し、言われたとおりに唇を重ねようとした瞬間、彼女があえぐような驚きの声をあげて、ウォリングフォードを押し戻した。「ちょっと待って。わたしはどれくらい居眠りしていた? 今、何時?」

彼は不満のうめきをもらし、時計を取り出した。「九時二三分だ」

「まあ、そんな時間なの？　本当に申し訳ないんだけれど、もう行かないと。夏至前夜祭の仮面を作る手伝いをするってモリーニに約束したのよ。すでにかなり遅れてしまったけれど、今夜は夜中まで作業をする予定だから……」アビゲイルは立ちあがると散らかったピクニックの道具をかき集め、次々とバスケットに投げ込んだ。木もれ日が彼女の髪をまだらに染めあげている。

「夏至前夜祭の仮面？」ウォリングフォードは呆然と繰り返した。目の前で上下に揺れる胸に心を奪われていた。

「ええ、今夜のお祭りに使うものよ。あなたも仮面を用意してあるんでしょう？」

「あ、ああ、当然だ」

アビゲイルが水の入った容器を手に持ったまま動きを止め、こちらに向き直った。

「いやだ、忘れていたの？」

「忘れてなどいない。ぼくの……ぼくの仮面は……準備できている。すべて……準備万端だ。仮面には、その――」なすすべもなく人差し指を動かした。「羽がついている。片側に、いや、両側だ。正確に言えばガチョウの羽が。すごくよくできている」期待をこめて彼女に笑いかけた。

アビゲイルは水の容器をバスケットに放り込むと、うれしそうに手を叩いた。

「まあ、うまく考えたわね！　わたしたちはもう少しで結ばれそうだったのに、あなたはガチョウの羽をかぶるはめになったんですもの」バスケットを持ちあげる。「ねえ、毛布を片づけるのを手伝ってもらえる？」

ウォリングフォードは彼女の手からバスケットを受け取って草の上に置き、毛布を持ちあげてたたんだ。息苦しいほど欲望が高まっている今の状況では、役に立つことをしたほうがいいような気がした。この数カ月で、彼は燃えさかる情熱に対処する方法を——肉体労働によって性的な興奮から気をそらし、どうにか欲望を抑えるすべを身につけていた。それは実際のところ、湖の真ん中までがむしゃらに泳ぐのとよく似ている。気持ちのほうは、あのときとすっかり変わっているけれど。ウォリングフォードは荒れ狂う欲求を、ただ楽しむことを学んでいた。性急に目的を果たすのではなく期待感に胸を躍らせることに、単に触れたり見つめあったりすることに、アビゲイルの存在そのものに喜びを感じていた。

ふたりは人目につきにくいという理由から、例によって湖の向こう岸を歩いていた。

「ところで、夏至前夜祭とか言ったな。詳しく聞かせてくれないか」

「きっと楽しくなるわよ！　あなたも必ず来てね、ウォリングフォード。わたしはかなり本気で取り組んでいるのよ。村の人たちも中庭に大勢集まってきて、みんなで仮面をつけて踊るの。リリベットとアレックスとわたしはメイドの服を着て……」

「メイド？」

「モリーニによると、お城の女性たちはメイドの服を着るのが伝統なんですって。もちろん給仕もちゃんと……」

アビゲイルはアンチョビペーストやら地元の楽団やらについて早口でまくしたてていたが、ウォリングフォードの頭は〝メイドの服〟というところで機能を停止していた。イメージが浮かんでくる——アビゲイルが襟ぐりの深い服を着て、胴着(ボディス)から胸がこぼれそうになってい る。ヒップのあたりでエプロンも揺れていて(おお、慈悲深き神よ!)、ごちそうをのせたトレイを彼に差し出してくる姿が。さまざまな言葉が頭を駆けめぐっていた——オリーブ、詰め物、チューバ……。けれども彼は妄想の中でアビゲイルのボディスをはぎ取り、そしてなぜか鋭いもので脇腹を突かれ、彼女の不機嫌な声が視界に割り込んできて——「ねえ、ちょっと、ウォリングフォード、わたしの話を聞いている?」

「あ、ああ。チューバだろう。楽しそうじゃないか。わくわくするよ」彼女たちが登場するまでに、チューバの不吉な音はどれくらい鳴り続けるんだ? アビゲイルを最初にこっそり連れ出せるだろうか? もちろんメイドの服を着たままで。ふたりきりになって、オリーブをひとつずつ食べさせてもらうというのはどうだ?

彼女も仮面をつけるのだろうか?

思わず生唾をごくりとのみ込んだ。

「確かにチューバとは言ったけれど。あなたはまったく聞いていなかったようね、ウォリングフォード。わたしは夏至前夜祭がいかに重要なのかを話していたのよ」

「ああ、夏至だったな。一年で一番長い日だ。それはめでたい」

「お城にとっていかに重要かという話よ、ウォリングフォード。魅惑的な夜になるわ。〝恋人たちの夜〟と呼ばれているんですって。モリーニとわたしは念入りに準備を進めているの。今度こそ、しくじるわけにいかないもの」

〝恋人たちの夜〟という言葉が、彼の脳に〝メイドの服〟と同じ効果をもたらそうとしたそのとき、ふと何かが気にかかった。

ウォリングフォードは首をかしげ、左右に小さく振ってから尋ねた。「今、なんと言った？」

「準備を進めていると言ったのよ。あなたには想像もつかないでしょうけれど――」

「〝今度こそ〟と言っただろう。まるで別の機会があったみたいに。別の夜があったような口ぶりだった」

「そうかしら？　わたしには突拍子もないことを口走る癖があるのは知っているでしょう。別に深い意味はないわ」アビゲイルが足を速め、彼を置いて歩きだした。その瞬間、ペチコートの裾がめくれ、心をかき乱す足首が視界に飛び込んできた。めったにお目にかかれない優雅な足首が。

だめだ。

もう一度、首を横に振った。「いや、きみが突拍子もないことを口走るときは、たいてい意味があるはずだ」歩調を速めてアビゲイルに追いつく。「白状するんだ。いったい何をたくらんでいる？」

「別に何もたくらんでいないわ。ばかなことを言わないで。それより、フィリップも仮面をつけたがるかしら？　そんな時間はあるかどうか……」

「アビゲイル」強い口調で呼びかけ、腕をつかんだ。

彼女が前に突き進もうとしたので、その勢いでくるりとこちらに向き直ることになった。ウォリングフォードはぎりぎりのところでどうにか抱きとめた。両腕で抱きすくめるようにしっかりと。バスケットが地面にどさりと落ちた。彼女の顔がみるみる赤くなったのは足早に歩いたせいだろうか？

あるいはひょっとすると――。

「夏至前夜祭について、もっと詳しく教えてくれないか、アビゲイル」ささやくように言う。

彼女がふたりのあいだのわずかな草地に視線を落とした。まだ午前中だというのに、すでに太陽がじりじりと照りつけ、午後はかなり暑くなりそうだ。アビゲイルの上唇で小さな汗のしずくがきらりと光った。「さっきも言ったように魅惑的な夜になるわ。何しろ〝恋人たちの夜〟ですもの。だからできれば……」指先で彼の上着に触れ、その手元を見つめながら言う。「あなたとわたしは……ねえ、ウォリングフォード……わたしに言わせないで……」

「アビゲイル」

「あなたがわたしに触れようとしない理由はわかっているわ。名誉ある行動を取ろうとしていることも、自制心があるのを証明しようとしていることも。それ自体は心から尊敬しているのよ。でもね……」アビゲイルが顔をあげ、彼を見つめた。瞳に渇望の色を浮かべて。

「こんな状態を続ける意味はないと思うの。だってわたしは社交界にデビューしたての小娘

いな
でもなければ、結婚願望があるわけでもないんだから——実際、これっぽっちも望んでいないわ。あなたもそのことは承知しているでしょう。結婚の誓いも婚約も求めていない。ただあなたのことが好きなの。あなたもわたしの気持ちに気づいているはずよ。とにかくこんな気持ちになるのははじめてで……あなたが欲しくてたまらなくて……あなたも同じ気持ちだと思うんだけれど……わたしに好意を……この気持ちを示したいのよ、ウォリングフォード。あなたのすべてを知りたいの。自制心も約束も何もいらないから、ただふたりが……相思相愛のふたりが……」彼女は地団駄を踏んだ。「ねえ、もう勘弁して。お願いだから何か言ってちょうだい」

話すことさえできなかった。ウォリングフォードは愛情を示す言葉をもごもごとつぶやき、アビゲイルの額に口づけた。こうしておけば、少なくとも彼女の視線は避けられる——鋭いけれども懇願するようなまなざしは。

アビゲイルがかすれた声で言った。「なんていうか、わたしは男性と結ばれた経験がないでしょう。だからね、ウォリングフォード、はじめての男性はあなたであってほしいと心から思っているのよ。わたしの願いをかなえてくれないかしら?」

ようやく話せるようになったとき、彼の声もかすれていた。「はじめての男ではだめだ、アビゲイル」もう一度額に口づけをする。「ただひとりの男でなければ」

「そんなこと言わないで」

「この際だから言っておこう、ミス・ヘアウッド。この数カ月のあいだ、村で飲み騒いだあとに酔った勢いできみを襲いに行こうと何度思ったことか……」

「それは……いつ起こるの？」

「それはもちろん、われわれの結婚式の夜だ！」声を張りあげた。

「われわれの、なんですって？」アビゲイルがさっと身を引く。

「われわれの結婚式の夜と言ったんだ！　そんなに驚かなくてもいいだろう。頭をかすめもしなかったとは言わせないぞ」そう言いながらも、頭の奥のほうでやけに気取った声が聞こえていた。〝もしかすると自分は今、ロマンティックな恋愛の歴史上において、もっともお粗末な求婚をしたのではないか〟と。

むろん悪いのはアビゲイルだ。女性というのは、あのエドワード黒太子（百年戦争で陣頭指揮を取った英国王エドワード三世の長子。当時の王族としては珍しく、周囲の反対を押しきって恋愛結婚をした）を非騎士道的な行為に駆りたてるほど恐ろしい生き物なのだ。

「もちろん頭をかすめもしなかったわ！　一瞬たりとも！　いったいどういうつもりなの、ウォリングフォード？　わたしは最低最悪の公爵夫人になるわ。毎晩あなたに恥をかかせることになるの。クリスマスが来る前に、上流階級全体が台なしになってしまうのよ！」

「いいかげんにしないか、アビゲイル。ぼくはきみに結婚を申し込んだだけだぞ！」

「わたしのほうは純潔を捧げようとしただけよ！」

「どちらも同じことだ！」

「それはわたしの立場から見た場合よ！　あなたの側から見れば、まるで違う話になるとは思わないの？」

ウォリングフォードは降参のしるしに両手をあげた。「きみにとっては、ぼくが放蕩者でかえって好都合だったはずだぞ。経験が多ければ多いほどいいと言っていただろう！」

「ええ、そうよ！　あなたが過去に何人の女性とベッドをともにしていようが、わたしは気にしないわ。一方あなたのほうは、処女とは結婚しなければならないのね？　つまりわたしが処女じゃなかったら、あなたは結婚なんて考えもしなかったでしょうね。とっくにわたしをベッドに連れ込んで、今頃はきれいさっぱり忘れているはずよ」

しぶきをあげて吹き出す怒気で視界がかすみ、怒りに燃える彼女の顔と苦しげな瞳がぼんやりと見えた。

「きみを忘れられるはずがないだろう、アビゲイル」歯を食いしばって言った。「きみときみの仲間たちが頑として城を出ていこうとしないのに」

ふたりのあいだに果てしない沈黙が流れた。まるでダムが決壊したように。丘の上の葡萄畑から、イタリア語で歌う声がかすかに聞こえてきた。誰かが笑いながら言葉を返している。

「もう！」アビゲイルがとうとう口を開いた。またしても地団駄を踏み、何か痛烈な言葉を浴びせようとして口を開けたが、どうやら言葉が出てこないようだ。「もう！」いらだたしげに繰り返すと、その場で三回足を踏み鳴らしてから、城に向かって丘を下りはじめた。

ところが次の瞬間、ふいに立ちどまり、くるりと振り返った。ウォリングフォードが言葉を失っていると、アビゲイルは足音も荒く戻ってきて、もう一度地団駄を踏んだ。そして妖精のように顎をつんとあげ、その場を立ち去った。

「彼は頑固で強情っぱりなのよ、モリーニ！　前からわかっていたけれど、やっぱりとんでもない頑固者（アス）だわ」アビゲイルは仮面に羽を突き刺した。侵略者による攻撃から祖国を守るときのような、荒々しい手つきだった。

「アス？　なんです、それは？」モリーニが涼しい顔できいた。

「アスはアスよ。まあ、〝ドンキー〟とか〝ブーロ〟とも言うわね。要するにロバのこと」

「シニョール・公爵（ドゥーカ）がロバなんですか？」家政婦が驚いて目をみはる。

「ある意味ではそうね。つまり、ロバのようにふるまうということよ。意地っぱりで――」復讐（ふくしゅう）を遂げるような手つきで、また羽を突き刺す。「愚かで――」今度はこぶしを仮面に叩きつけた。「無作法なロバよ」

「公爵に何かされたんですか？」

「ええ、されたなんてものじゃないわ！　彼ったら、わたしに結婚を申し込んだのよ！」悪臭のするチーズを勧められたというような口ぶりで、アビゲイルは言った。

モリーニが小麦粉だらけの両手を握りあわせた。まわりにいたメイドたちがいっせいに咳き込む。「それはすばらしい知らせですよ！　なんてすばらしいんでしょう！　これでようやく呪いが解けます！」

アビゲイルは羽をつけ終えた仮面を乾かすために脇へ置くと、次に取りかかった。食堂のテーブルに座り、夏至前夜祭がはじまる夜八時までに残りの仮面すべてに飾りつけをするという、不可能な仕事に取り組んでいるところだ。そのあいだにモリーニとメイドたちが料理を進めていた。「だから、わたしたちでは呪いは解けないのよ」新たな仮面をしげしげと眺めながら、アビゲイルは言った。これはスパンコールがいいわね。そろそろ羽には飽きてきたし。「それこそ毎日のように言っているでしょう、モリーニ。あなたの呪いとわたしたちの……ウォリングフォードとわたしの友情は無関係だって。まったく別の話なのよ。わたしたちはほかの人たちに集中したほうがいいわ。ありがたいことにほかのカップルが死ぬほど愛しあうようになって、一〇〇〇年も前のろくでもない英国人たちの罪を贖ってくれるかもしれないでしょう。もしかしたら、今夜のお祭りで目的を達成するんじゃないかしら」

「でも、シニョリーナと公爵もですよ！　とってもロマンティックです。公爵はあなたをとても愛しています」モリーニはパン生地をこねながら、甘い夢想にふけるように目を閉じた。

「モリーニ、これは前にも言ったはずよ。ウォリングフォードほど誠実な愛と程遠い人はいないって。もちろん彼のことはすごく好きだし、せめてひと晩だけでもいいから、純潔を守るというばかげた誓いを破ってほしいと願ってはいるけれど……」

フランチェスカがため息をもらしたので、アビゲイルは鋭い視線を向けた。若いメイドの英語力はますます向上しているようだ。

「まあ、確かに彼にもいいところがたくさんあると思うわ。とにかく善意の人ではあるし。ただね……」声が次第に小さくなった。目の前のきらめくスパンコールがかすんで見える。

またしても、あの魅惑的な夜の出来事が胸に押し寄せてきた。桃畑での一件のあとで、かけがえのない彼の心がようやく垣間見えたあの夜のことが。月明かりの下、ふたりで毛布にくるまって湖畔で過ごしたあの数時間は、このうえなく親密だった。あれから毎日午後になると――ときには朝も――ふたりで過ごすようになった。話をしたり、勉強したり、笑いあったりしていた。でも、決して体を重ねようという雰囲気にはならない。ふたりの体が溶けあい、ひとつになるようなことには。ああ、もう！　どれだけ待ち望んでいるか！　アビゲイルは毎晩ベッドに横になり、眠れぬ夜を過ごしていた。ウォリングフォードへの欲求がせつないほど募り、夜ごと涙ぐんでいた。求めているのは肉体的なつながりだけではない――アビゲイルの想像の中では、それはいまだにどこかあいまいで現実味がなかった――彼のそばにいたい。彼とひとつになりたい。ただそれだけだった。ウォリングフォードは誠実な恋人にはならないだろう。もともとそういう人ではないのだ。それでも、せめてあと一度でいいから、あの完璧な瞬間を味わってみたかった。

ウォリングフォードさえ許してくれるのなら。

「公爵はあなたをとても愛しています」モリーニがパン生地を叩きながら繰り返した。

アビゲイルは立ちあがった。「ひとりで終わらせるにはあまりに仮面が多すぎるわ。誰かを見つけて手伝ってもらったほうがよさそうね」

背後からモリーニの声がした。「シニョリーナ！　今夜の計画を忘れていませんよね？」

「大丈夫よ、モリーニ」アビゲイルはそう答え、食堂の扉に手をかけた。「あなたの共犯者であることに変わりはないわ。でもね、これはみんなのためよ。わたし自身ではなく」

「もちろんですとも、シニョリーナ」モリーニがパン生地に注意を戻す。「みんなのためです」

13

なんていやな言い方をしてしまったんだろう。

「ぼくはろくでなしだ、ルシファー」ウォリングフォードはつぶやいた。

感心なことにルシファーは賛成のいななきをあげたりせず、沈黙のうちに男同士の共感のようなものを漂わせながら、村への道を進んだ。口がきけたなら、〝大丈夫さ。女ってものが関わると、どんな男もろくでなしになるんだ〟とでも言っていただろう。

ただし、同情してくれていると思うのはウォリングフォードの想像でしかない。ルシファーは生後一三カ月のときに、男の象徴である部分を切り取られてしまっている。煩悩とは無縁の存在である去勢馬を、彼は一瞬うらやましく思った。

「だが、聞いてくれ。彼女の反応は意味不明だ。結婚を申し込んだんだぞ。ウォリングフォード公爵夫人になれるんだ！　わが英国の公爵夫人の地位は、長子相続制のなんたるかを理解しない大陸諸国の、そこらじゅうにいるプリンスや公爵たちとはわけが違う」

山羊を連れた男が向こうからやってきた。踏みかためられただけの土の道を、軽快な足音をたてながら歩いてくる。ウォリングフォードは大英帝国の公爵らしく堂々と胸を張り、威厳たっぷりにうなずいた。「ボンジョールノ」すれ違いざまに声をかける。

「ボンジョールノ、シニョーレ」男は帽子のつばをつまんで返した。

メエー、と山羊も鳴く。

「謝らなければならないのだろうな」男がじゅうぶんに離れたのを確認してから、ウォリングフォードは続けた。「女たちはそういうことを期待するものだから。まったく！　生まれてこのかた、ちょっとした儀礼的なやり取り以外で女に謝ったことなど一度もない。まあ、いろいろと揉めごとになってきたのは、そのせいなのかもしれないが」

ただしそれは原因のごく一部でしかないと、彼にもわかっていた。世間並みのまともな人間になるためには、公爵という地位からくる尊大さを、まだまだそぎ落としていかなければならない。「だからこそ、彼女を逃がすわけにはいかないんだ。この大事業に楽しんで取り組んでくれるのは彼女しかいない」ウォリングフォードは馬に向かって力説した。

丘のふもとのカーブに差しかかると、ルシファーの姿を見てウサギが二羽あわてて逃げていった。ウォリングフォードの帽子の下で汗が流れ、耳の横から顎先へと伝う。

「まずはもっと口に気をつけなければ。あんなことは言うべきじゃなかった。もし彼女たちが城を出ていってしまったら、毎朝目覚めてもアビゲイルが同じ城にいなかったら……とても耐えられない。おまえにだから言えるが、彼女にはときどきはっとさせられる。あの汚れを知らない無邪気さに。処女であることとは関係ない。ものの見方が、ぼくに対する先入観のなさが新鮮なんだ」そこでいったん口をつぐみ、途方に暮れたようにつけ足した。「彼女はまっすぐな心を持っているんだよ」

宙を漂って消えていく自分の声にしばらく耳を澄ましたあと、彼は苦笑いを浮かべて首を横に振った。ウォリングフォード公爵ともあろう者が、こんなふうに感傷的になるとは。だが、当然の報いかもしれない。これまで数々の女性たちにひどい仕打ちをしてきたのだから。まさに因果応報だ。

村に着くと、ウォリングフォードはイタリアまで唯一伴ってきた使用人である代理人の家へまっすぐに向かった。ここに来てしばらくは、ほぼ毎日通っていた。父親が当主だった時代にまずい領地運営と浪費で傾けた身代を、彼はようやくの思いで立て直した。それ以来、領地運営には細かく目を光らせるようにしていて、イタリアへも事業に関する連絡をすべて転送させている。しかしこの日は予定外の訪問だったので、代理人は驚いた表情を浮かべた。

「公爵閣下！」あわてて立ちあがる。

「そのままでいい」ウォリングフォードは手を振って座らせた。「ちょっと寄っただけだ。何かぼくが見ておいたほうがいいものはあるか？」

「いいえ、とくにございません。昨日送り返してくださった書類はちゃんと届いております。ほかに何かご指示はありますでしょうか？」

「それがあるのだ、ベバリッジ」ウォリングフォードは帽子を取って、手袋と一緒に机の端に置いた。「じつはある若い女性に結婚を申し込んでね。ついては、とりあえず必要になる契約書の試案を一式作成してほしい。求婚を受けてもらえたら、なるべく早く式を挙げられるように」

代理人があんぐりと口を開ける。「すぐに取りかかります、閣下」

一時間後、英国とイタリア両国の結婚に関する法律の基本事項を把握し、浮世離れした妖精のようなアビゲイルへのとてつもなく気前のいい財産分与の取り決めにいたく満足して、ウォリングフォードは帰途についた。そしてつづら折りに丘をのぼっていく最初の折り返しをまわったところで、ローランド・ペンハローと鉢合わせした。

「うわ！」彼の弟が馬を右に寄せる。

「おっと！」ウォリングフォードはとっさに左へ寄せた。

要するに乗り手たちは同じ方向によけるべく手綱を操作したわけで、衝突が回避されたのはひとえに反射神経のいい馬たちのおかげだった。ウォリングフォードはむっとした声を出した。「なぜ左によけなかった？」

「おや、気づいていないとか？　ぼくたちが今いるのは英国じゃなくて大陸だ」

「野蛮な土地に来たからといって、野蛮な風習に従う必要はない」

「とはいっても、道で衝突を避けたいならそういうわけにはいかないさ。土地の風習に従わなければ」ローランドは乗馬用の鞭を振るって虫を追い払った。

「愚かな弟と道で遭遇した場合には、それもやむをえないな。ところで、なぜこんなところにいる？　村に用でもあるのか？」

ローランドは空模様をうかがうように上を向いた。乗馬用の手袋をはめた片手を腿の上に遊ばせ、片手だけで握る手綱で落ち着きなく動く馬を抑えている。「信じられないかもしれないが、兄上を追いかけてきた」

「追いかけてきた？」いやな予感に胃が引きつった。「何かあったのか？」

「何かあったかって？　セント・アガタ城で？　遠い昔ならいざ知らず、あんな場所では何も起こらないさ」ローランドはいつものように気楽な笑い声をあげると、馬の向きを変えて兄と並んだ。「かまわなければ一緒に戻るよ」

「もちろんかまわない」

照りつける強い日差しに、麦わら帽子の下でウォリングフォードの髪はじりじりと焼けていた。谷間全体が息をひそめて夏至を待っているかのように、丘をのぼっていても風がまるで吹いてこない。空を見あげたウォリングフォードは、同じタイミングで弟も顔をあげたのを見て笑いだした。

「何がおかしいんだ？」ローランドがいぶかしむ。

「ちょっと考えていた」

「びっくりさせないでくれよ。心臓に悪い。兄上が頭を使って考えていたなんて、聞き間違いだろう？」ローランドは兄の左手のすぐそばにいる虫を、躊躇(ちゅうちょ)なく鞭で叩いた。

「うるさいぞ。考えていたのは、前にこうしておまえと並んで馬に乗っていたときのことだ。あれは三月だったな。雨の中、ぬかるんだ道を城に向かって進んでいたら、女たちが泥にはまって立ち往生しているのに出くわした。それが今日はどうだ？」ウォリングフォードは頭を振ってあたりを示した。女たちの存在は抜きにして、今日は同じ道を同じ場所に向かって進んでいても、天気や景色がまったく違う。

「なんとも快適だろう?」

「まあ、今は今で別のことに悩まされているけどね」

つづら折りの最後の折り返しを過ぎると、視界に城の姿が飛び込んできた。抜けるような青空を背に、黄灰色の石造りの壁が太陽の光を浴びてぬくもりのある輝きを放っている。

「少なくとも、兄上がばかげた賭けをやめにしてくれてよかった」ローランドは言った。

「やめにしてなどいない。ただ……時機をうかがっているだけだ」

弟が笑う。「時機をうかがっている? ものは言いようだな」

「いいか、よく聞け。我慢のできないおまえと違って、ぼくは修道士のように慎み深く生活しているんだ」

「中世の修道院の実態がどんなふうだったか、兄上だって知っているくせに」

ウォリングフォードは体の奥からわけのわからない怒りがこみあげるのを感じた。

「少なくとも、これだけは断言できるぞ。ミス・ヘアウッドは紛れもなく処女(ウィルゴ・インタクタ)だ。おまえも自分の恋人の貞操を侵していないと言えるのか?」

気だるくのどかな夏の大気がぴんと張りつめた。

ローランドが低く口笛を吹いた。「ああ、言える」

「そうか、悪かった。おまえにしては……」

「いいんだ。そう言われるのも当然だよ」弟は一瞬口をつぐんだ。「それにしても、彼女に手を触れていないとはね。頑張っているじゃないか」

今度は怒りとは違う感情に、ウォリングフォードの頬はかっと熱くなった。手綱を握っている両手に目を落としてつぶやく。「やけに驚いているんだな」

「驚いている？　いや、どちらかといえば感動しているのさ。兄上にそれほどの自制心があるとは思っていなかった」

「いざとなれば、そんなものはいくらだって発揮できる……」

「その女性と結婚するつもりでいるときは、か？」ローランドがやさしい口調できく。

ウォリングフォードは顔をこわばらせた。「おまえには関係ない」

「いや、あるさ。爵位継承の順位がさがるんだから。いつかはぼくが公爵になると思っていたんだけどな」

「望みを捨てることはない」険悪な表情で言う。

城までまっすぐに延びている道を、ふたりは無言のまま進んだ。馬の蹄がかたい地面や小石を打つ音だけが響いていた。やがて城の姿が次第に大きくなり、葉を茂らせ青い房をつけた葡萄畑がくっきりと見えてきた。城の奥のテラスでは、人々がテーブルやベンチを並べている。ウォリングフォードが隣に目をやると、帽子のつばの下からはみ出た金茶色の髪を陽光に輝かせている弟は、考え込むように城の様子を見つめていた。

「何か話したくて来たんだろう？」ウォリングフォードは声をかけた。

ローランドが振り返る。「話したくて？　ああ、そうそう。妙なことを発見してね。今も考えていたんだ。どういうことなんだろうって」

「なんの話だ？」

「今日の午後、書斎で古い帳簿を見ていたら……」

「なんだって？　この城の帳簿か？」

「ああ、ちょっと好奇心に駆られて」弟が妙にさりげなく手を振ったので、ウォリングフォードは好奇心に駆られたのはレディ・ソマートンの息子のフィリップだと当たりをつけた。最近は午後になるとウォリングフォードがアビゲイルを独占しているため、彼女の代わりにローランドが少年の勉強を見てやっている。ウォリングフォードは弟の抜け目のなさに感心した。そんなふうに息子によくしてくれる男に冷たくできる母親はいない。

「それで？」先を促した。

「思っていたとおり、メディチ家の時代にまでさかのぼるものだったよ。しかも、なんと複式記帳法で記入されているんだ！　本当にすごいものだよ。当時、銀器にいくら支出していたかを聞いたら、兄上だって信じられないと思う……」

「いいかげんにしろ、ローランド。言いたいことを単刀直入に言え」

「順を追って話しているんじゃないか。気が短いな。物事にはつながりというものがあるんだ。とにかくぼくは、この城の古い権利証書を見つけた。しかもそれだけじゃない」

「だろうな。そうでなければ、おまえのだらだらした話につきあってきたのは時間の無駄だったということになる」

ローランドは気にせず、もったいぶった口調で続けた。「興味深い事実を発見した。いいか、ロセッティというのが何者であれ、この城の所有者じゃない」

「ロセッティが所有者じゃない？」城の外でびしょ濡れになりながら、そっくり同じ二通の賃貸契約書を持って立ち尽くした悪夢のような場面が脳裏によみがえった。「しかし契約書にははっきりと……」

ローランドが首を横に振った。「でも、違うんだ。証書には違う名前が記されていた」

「なんてことだ」ウォリングフォードの背中は、暖炉用の火かき棒もかくやというほどかたくこわばった。もうすぐ丘の頂上で、馬小屋まではあと四〇〇メートルほどだ。ルシファーが先をせかすように、手綱をぐいぐい引いている。

「本当の所有者は誰か、きかないのか？」しばらくしてローランドが尋ねた。

「きく意味があるのか？　おそらくロセッティは代理人か何かだろう。なぜ所有者だと名乗ったのかは、よくわからないが……」

「きく意味はある。絶対にきいたほうがいい」

ウォリングフォードは当惑して顔をしかめた。「なぜだ？」

弟が手をあげ、親指で口の端をこする。「城の所有権が一五九一年にコッパーブリッジ伯爵に移譲されているからだ」

全身の血が凍りついたような気がした。「コッパーブリッジだと！　だが……」

「驚いただろう? コッパーブリッジの称号は、ぼくたちのよく知っている人物が使っているもののひとつだ」ローランドは大きくため息をついて頭を振った。「いやはや、信じられない展開さ。つまりセント・アガタ城の所有者は……」

ウォリングフォードはこぶしを腿に叩きつけた。天を仰ぎ、さんさんと照る太陽に向かって吠(ほ)える。「いまいましいオリンピア公爵か」

アビゲイルはドレスの胸元を見おろして最後にもう一度調整すると、今度はリリベットに手を貸した。

「さあ」いとこの襟ぐりを一・五センチほどさげ、ふんだんにレースのあしらわれたコルセットの下からシュミーズのレースをのぞかせる。「あなた、完璧よ。ものすごくきれい。モリーニの料理ですてきにふっくらしてきたわね。すっかり見違えたわ」

リリベットはアビゲイルをじっと見つめたあと、豊かに盛りあがった自分の胸に視線を落とした。リリベットは三カ月前ここに来たときと比べて、はるかに肉づきがよくなっている。腕のいい料理人が女性の魅力に及ぼす効果の大きさに感心して、アビゲイルは頭を振った。

胸の頂を人々の感嘆の目からかろうじて覆い隠すレースを、リリベットが心配そうに引っぱった。「わたし、太りすぎたと思わない?」

「ローランド卿は気にしないと思うわよ」アビゲイルはいとこのエプロンのひもをきゅっと締め、ウエストのくびれと腰の曲線を強調した。豊かな曲線にこれ以上の演出は必要ないし、ローランドにさらなるあと押しが必要だとも思えないけれど、アビゲイルとモリーニは打てる手をすべて打とうと話しあっていた。「彼のあなたを見る目つきといったら！　少しは気持ちに応えてあげてもいいんじゃない？」

「わたしが応えてないって、どうしてわかるの？」リリベットが声を少しとがらせて、アビゲイルの手を腰から押しのける。

「ねえ、あなたの部屋は隣なのよ。ミスター・バークが毎朝、夜明けと同時にアレクサンドラを部屋に連れ帰る音も聞こえてるくらいだから、あなたのことだって気がつくわ。ところで、わたしの仮装はどう？」アビゲイルはくるりとまわってみせた。

「すごくすてき。気の毒なウォリングフォードの近くには行かないほうがいいわ」

「気の毒なウォリングフォードは、来るかどうかわからないわよ」アビゲイルはできるかぎり無頓着を装った。仮面があるのがありがたい。つけているとひどくむずむずするけれど、しぶい顔になったのを気づかれずにすんだ。午後じゅう探しまわったのに、彼はどこにも見つからなかった。最初は這いつくばって謝りに来るだろうと高をくくっていたものの、日が傾くにつれてだんだん不安になり、今は自分がいけなかったのだとすっかりみじめな気持ちになっている。あんなふうにウォリングフォードに食ってかかるなんて、あまりにも子どもじみたふるまいだった。結婚を申し込んでくれたというのに。結婚を！　英国一と言われる独身主義者の彼が。アビゲイルに対する愛情の表れであり、並大抵の決断ではなかったはずだ。それなのに彼の気持ちを踏みにじるようなまねをしてしまった。

彼には腹を立てる権利があるわ。それは認める。今夜以外なら、いつだって怒ってくれていい。

でも、夏至前夜祭の今夜だけはだめよ。

「シニョリーナ、準備ができました」モリーニがやってきて言った。

アビゲイルが振り返ると、詰め物をしたオリーブをのせたいくつものトレイが、厨房のテーブルの一方の端にずらりと並んでいた。巨大な炉では、大きな肉の塊がいくつもあぶられている。太陽が沈んでようやく少し温度のさがった大気を入れるために窓はすべて開け放たれているものの、厨房はひどく暑い。アビゲイルはオリーブのトレイをひとつ取りあげて、リリベットに渡した。「さあ、持っていって！　わたしもアレクサンドラを見つけたらすぐに行くわ」

「だけど、わたし……」

「それとも、フランチェスカに代わりに持っていってもらう？　確かローランド卿はもう外にいたと思うけれど」

リリベットはくるりと向きを変え、足早に厨房をあとにした。開いた窓から、すすり泣くようなバイオリンと重厚なチューバの音色が聞こえてくる。音合わせをしているのだろう。

アビゲイルはモリーニのほうを向いた。「さあ、はじまったわ。あなたに自分のしていることがちゃんとわかっているといいんだけど」

モリーニは静かに自信をにじませて微笑んだ。「大丈夫です、シニョリーナ。今夜、すべての愛が成就するでしょう。魔法に満ちた夏至の夜なのですから……」

そのときアレクサンドラが厨房にするりと入ってきて、ふたりの前に立った。豊満な〝ヘアウッド家の胸〟の圧力に負けて隠れてしまった胸元のレースを、優雅な手つきで引っぱり出す。

「まったく、ひどい衣装だわ」


一〇時になってもウォリングフォードは現れなかった。

気を紛らわすために、アビゲイルは猛然と働いた。公爵のことは断固として頭から追い出し、厨房とテラスのあいだをひたすら往復して食べ物とワインを運び続けた。そのうち腕が疲れて重くなり、かたい革の靴に包まれた足がずきずきと痛みはじめた。

「シニョリーナ、休んでください。座らなくちゃだめですよ」モリーニがテラスに現れ、エプロンで手を拭きながら言った。簡易テーブルにはすでにデザートがのせられ、楽師たちの奏でる熱狂的なポルカが月の夜空に響いている。

「座って休むですって？　こんなすてきな夜に？」大気に満ちた陽気なにぎわいを味わうように、アビゲイルは大きく息を吸い込んだ。実際、そこにはいろいろなものが含まれていた。やさしく丘を吹き渡る涼しい風、厨房から漂ってくるマカロンやパネットーネ（イタリアの伝統的な菓子パンのひとつ）の甘い香り、パンの焼ける香ばしいにおい。村の人々はすでにテーブルを脇に寄せ、ダンスをはじめるために敷石の上で列を作っていた。男も女も笑いさざめいている。

まだテーブルに残っているのはひとりだけだった。赤々と燃えるたいまつの光を受けて白い仮面を金色に輝かせているその女性は、優美な手で頬杖をつき、万華鏡のように形を変えながら踊っている人々をうらやましそうに見つめている。

豊かに盛りあがった胸が、今にも襟ぐりからこぼれ落ちそうだ。

「ねえ、アレクサンドラ」アビゲイルは姉の肩にそっと手を置いた。「なぜみんなと一緒に踊らないの？」

「あら」彼女はわれに返ったように答えた。「無理よ。ちょっとでもステップを踏んだら、ドレスから胸が飛び出てしまうもの。そんな場面を目撃されてしまったら、二度とトスカーナの男性たちの前に出られないわ」

「ばかばかしい。そんなことになるはずないでしょう。それにたとえそうなったとしても、みんなひどく酔っ払っているから、あとで何も思い出せないに決まっているわよ」

アレクサンドラは笑って手を伸ばし、アビゲイルの手に重ねた。

「もし真っ赤な髪をした科学者に恋い焦がれるあまり何も手につかないのなら、楽しいことをして気を紛らわすのが一番よ」アビゲイルは助言した。

「誰にも恋い焦がれてなどいないわ。それにどちらにしても、一緒に踊る相手がいないもの」

アビゲイルは姉の腕を撫でおろして手を握った。「もう、弱虫ね。さあ、行くわよ」

アレクサンドラをダンスの輪の中に連れていくのは、山羊のパーシヴァルを囲いの中に入れるのと同じくらい大変だった。けれども、セント・アガタ城に来てからほぼ毎朝パーシヴァルに対して勝利をおさめているアビゲイルの経験が、結局はものを言った。

「ステップなんて知らなくても大丈夫よ」絶え間なく刻まれるチューバのリズムと感傷的なバイオリンの調べに負けないように、アビゲイルは声を張りあげた。「みんなも知らないもの」

「じゃあ、ロンドンにいるときと同じね」アレクサンドラも叫び返した。

ちらちら揺れるたいまつの炎があたりを照らす中、楽師たちが音楽を奏でている。やがて丘の向こうに太陽が完全に沈んだ。アレクサンドラはぎこちないながらも懸命にステップを踏み、頬を紅潮させて次々に新しいパートナーと踊っている。ようやく姉の顔がほころび、目が楽しそうにきらめくのを確認してから、アビゲイルは喧騒をあとにして厨房のモリーニのもとへ戻った。

「アレクサンドラはみんなと一緒に踊っているわ。もういつでも大丈夫だと思うけど、肝心のミスター・バークの姿が見当たらないの……」

モリーニが顔をあげた。彼女の前のテーブルには、小さなグラスを六つのせたトレイが置かれている。家政婦はグラスに目を戻して、じっと見つめた。どのグラスにも透明な液体が四分の三ほど注がれていて、木製のテーブルの上にはいくつもの瓶やハーブが散乱している。

「モリーニ」アビゲイルは声をとがらせた。「どうしてグラスが六つあるの？」

「シニョリーナ、どうか聞いてください……」

「何度も言ったでしょう？　今夜の計画には、ウォリングフォードはまったく関係ないのよ。これからも彼に関しては、何もするつもりはないわ」

「シニョリーナ、そもそも愛がなければ飲んでも何も起こりません。その人の中にあるものを少しあと押しするだけで、害はないんですよ」モリーニは指先でとんと背中を押すような仕草をしてみせた。

「害はないですって？　朝、目が覚めたら、英国一の放蕩者に縛りつけられているかもしれないっていうのに」こんな言い方はウォリングフォードに対して公平ではないし、そもそも事実とかけ離れているけれど、今は自分の主張をわかってもらうほうが重要だ。

「公爵はあなたを愛しています。あなたさえいれば放蕩者にはなりません」

アビゲイルはとがめるようにトレイの上のグラスを指差した。「もしこれに害がないというのなら、あなただって飲んでいるはずよ！　わたしは絶対に飲まないわ。こんなものに頭の働きを鈍らされて、ちゃんと考えられなくなったら困るもの」

モリーニは立ちあがり、グラスをふたつ手に取った。「シニョリーナ、ちゃんと聞いてください。ハンサムな公爵と夜を過ごしたいのでしょう？」

グラスに目を据えて、アビゲイルは用心深く答えた。「そういう機会があったら、断らないとは思うわ」

モリーニがグラスを差し出す。「では、これを飲んでください。あの公爵はとても高潔で誇り高い方ですから、あなたを誘惑するようなまねはしないでしょう。ですからこれが必要ますよ」
なのです。これを飲めば、公爵は余計なものから自由になります。あなたを喜んで受け入れ
トレイの隣にあるランプの火が瞬き、グラスの中の液体がとろりと虹色に輝いた。モリー
ニが手に持っているグラスをさらに突き出す。
アビゲイルは胸の前で腕を組んだ。「その中には何が入っているの？」
「レモンのリキュールがちょっぴり。ほかにもいろいろと少しずつ」
「ほかにもって？」テーブルの上の瓶をうさんくさそうに見た。
「秘密です、シニョリーナ。悪いものではありません」モリーニは片方のグラスをアビゲイ
ルの手に近づけて、誘惑するように揺らした。
アビゲイルは光を受けて輝く液体を見つめた。口の中が妙に乾いてからからになり、上顎
を舌で湿らせる。迷いながらグラスを受け取って、目の前に掲げた。「悪いものじゃないと
いうのは確かなの？」
「絶対です、シニョリーナ。愛をもたらすだけですよ」
「そうね……」ゆっくりと言う。「もしわたしの理性が一瞬揺らいだとしても、この近くに
は式を執り行う神父さまはいないものね」
「そのとおりです、シニョリーナ。これは純粋に愛のためのもの」
「それに今晩はとても美しくて、完璧な夜ですものね。まさに……」
「……恋人たちのための夜」モリーニが締めくくる。

アビゲイルはグラスをいろんな方向から眺めた。きれいな透明の液体は、内側から光を発しているように見える。かすかにレモンの香りがしたので、アビゲイルはグラスを鼻に近づけて深く息を吸った。すると何か別のいい香りもして、あっという間に心がふっと軽くなった。心地よくゆったりとした期待が体じゅうに満ちていく。

「まあ、いい香り」もう一度吸い込んだ。

「そうでしょう、シニョリーナ。なんの害もありませんよ。これは運命です」

「運命。そうね。今からすぐに、これを持ってウォリングフォードのところへ行くわ」アビゲイルはくるりと向きを変えた。

「待ってください、シニョリーナ！ ひとりだけ飲んでも効きません」モリーニはもうひとつ持っていたグラスを持ちあげて、軽く揺すった。「ふたりで飲まなければだめです。男性と女性とで」

心地よさにぼんやりしていたアビゲイルの頭に警戒心が一瞬芽生え、すぐに消えた。

「男性と女性？」

「はい。ふたりで飲む必要があります。互いを思うふたりで」

当然だという気がした。そうするのが何よりも正しく真実の道だという思いでいっぱいになって、アビゲイルは手を伸ばした。モリーニからグラスを受け取る。

「わかったわ。どうしてもそうする必要があるのなら」

「あるんですよ、シニョリーナ。さあ、早くすてきな公爵を探しに行ってください。待ちかねていらっしゃいますから」

「ええ、そうするわ、モリーニ！」アビゲイルは大声で応えると、両手に大切なグラスを持ち、踊るような足取りで厨房から出ていった。

ところがすぐに思い直したアビゲイルは、もう一度厨房へと頭だけのぞかせた。「ねえ、モリーニ、ちょっとききたいんだけど……もちろん、あなたが知っているはずはないと思うのよ……でも、きくだけきいてみようと思って……」

残りのグラスがのったトレイをすでに持ちあげていたモリーニが振り返らずに答えた。

「書斎ですよ、シニョリーナ。夕方からずっと、公爵は書斎にいらっしゃいます」

14

開いた書斎の窓からチューバの音色が響いてくる。絶え間なく続く単調な二音の繰り返しに、大きな雄のキジを羽付きのまま楽器に突っ込んでやれるのなら、小さめの領地をひとつ手放しても惜しくはないとウォリングフォードは本気で考えた。

窓を閉めてもみたのだが、年季の入った窓ガラスにたいした効果はなく、それどころかほかの楽器の音がほんの少し小さくなった分、チューバの音が際立つ結果となった。それに窓を閉めると唯一の開口部がふさがれて、昼間の熱気が残る本だらけの息苦しい空間に新鮮な空気が供給されなくなってしまう。

窒息するのと徐々に頭がどうかなるのとではどちらのほうがましか、じっくり検討した。

そして結局また窓を開けた。どうせすでに狂気への道に足を踏み入れているのだから、無駄にあがいても仕方がない。

ウォリングフォードは机の前に戻ると上着を脱いで、椅子の背にかけた。シャツの袖口を整えて椅子に座る。そのとたんにノブのまわる音がして、アビゲイルが踊るように入ってきた。

正確には、アビゲイルらしき女性と言うべきだろうか。白い羽で作った仮面をつけているし、いつもとは趣の違う衣装を身につけている。ドレスの胸元が限界まで開いていて、スカートはひどく短くて脚があらわになっているため、ウォリングフォードは目のやり場に困った。

「ここにいたのね。お邪魔してもいいかしら」

今にも衣装からこぼれ出そうな胸を見て、彼はあわてて目をつぶった。しかし時すでに遅く、その光景は写真のネガのようにくっきりと頭の中に焼きついていた。

「できれば入らないでもらいたい」

「研究の邪魔なのね。ごめんなさい」

その声からは、申し訳なさはまるで伝わってこない。ウォリングフォードが目を開けると、アビゲイルは小さなグラスを両手にひとつずつ持って微笑んでいた。もし彼女をよく知らなかったら、恥ずかしそうな表情だと思っただろう。

アビゲイルがそのまま黙って見つめているので、返事をしていなかったと彼は気づいた。

「ああ、邪魔だ。いったい何をしに来たんだ？　村人たちにオリーブを配っているはずじゃなかったのか？」

「あら、そんなものとっくに配り終えたわ。今は踊ってる。もちろんオリーブじゃなくて、村の人たちのことよ。なんの研究をしているの？」部屋を横切って近づいてくる彼女には、いつもと違ってためらいがうかがえた。まさか、アビゲイル・ヘアウッドにかぎってそんなはずはない。

ウォリングフォードは机の上の紙を束ねて、革の紙挟みに戻した。「とくに面白くもないよ」

アビゲイルが笑う。「とくに面白くもないことをどうして研究しているの?」

「そうじゃない。きみにとっては面白くないという意味だ、ミス・ヘアウッド」彼は椅子の背にもたれ、指先を上に向けて両手を合わせた。オックスフォード大学時代の恩師のひとりがよくやっていた、もったいぶった仕草だ。「だが、ぼくにとっては非常に興味深い題材でね」

体の前にグラスを持ったまま、アビゲイルは彼の一メートルほど手前で立ちどまった。栗色の髪が、ランプの光を受けて後光のように輝いている。「わかったわ。まだわたしに腹を立てているんでしょう」

ウォリングフォードは椅子に座って見つめながら、挑発的な衣装と仮面をつけたアビゲイルがどれほどなまめかしいか、彼女を知るにつれてどれほど惹かれるようになったかを懸命に無視しようとした。それには洞窟の入り口をふさぐ大きな岩を動かすほどの意志の力が必要だった。「教えてくれ、ミス・ヘアウッド」静かに問いかける。

「ミス・ヘアウッドなんて呼ぶのはやめてちょうだい、いかにも公爵という感じの冷たい声で」

「ぼくは公爵だ」

アビゲイルが距離を詰め、持っていたグラスをひとつずつ机の上に置いた。空いた両手で机の縁をつかむ。「わたしが何を言いたいか、わかっているくせに」

ウォリングフォードは彼女の顔に視線を据えて、それより下へは行かないように必死でこらえた。「教えてくれ、ミス・ヘアウッド。きみはぼくの祖父のオリンピア公爵といつ知りあったんだ？」

そう言ったとたんに相手があまりにも驚いたので、胸にずきんと痛みが走った。

「あなたのおじいさまと？　どういうこと？　わたしはあなたのおじいさまを知っているの？」

「ぼくがきいているんだ」

「わからないわ……。お会いしたことはないと思うの。アレクサンドラがしょっちゅうパーティでいろんな人たちに引きあわせてくれるんだけど、すぐに忘れてしまうのよ。あなたのおじいさまはどんな感じの方？」

机の上に肘をついて身を乗り出したかったが、そんなことをすればちょうど目の高さで襟ぐりからこぼれそうな胸のふくらみに近づいてしまう。くつろいだ姿勢を取り続けるしかなかった。「淡いグレーの髪、かなりの長身、尊大な雰囲気」

「まるで五〇年後のあなたね」

ウォリングフォードは唇をゆがめた。「血は争えないからな」

「そうね。けれど、それだけでははっきりしないわ。背の高さで言えば、パブで見かける男性の半分は当てはまるもの。服装にはかなり気を遣っていらっしゃる?」

「とても」

「それで何人かは除外できるわね。でもウォリングフォード、正直に言って、あなたのおじいさまに会ったことがあるとしても顔も思い出せないし、ましてやどんな話をしたかなんてまるで覚えていない。どうしてそんなことをきくの?」

なぜなら、自分は祖父にはめられたのではないかと疑っているからだ。

「それは確かか?」

「はっきりしないと言ったでしょう。いったい何が言いたいの?」仮面の下の目が、いぶかしげに細くなる。

ウォリングフォードは合わせた両手の親指にぐっと力を入れ、なんとか声を平静に保った。

「たとえば、きみはこの冬のあいだ一度も祖父に会っていないか? 公爵の妻になりたいきみと、放蕩に明け暮れる孫に年貢をおさめさせたい祖父が手を組んで、こうなるようにたくらんだのではないのか?」

口に出したとたん、自分がどんなにばかげた言いがかりをつけているかに気づいた。手を伸ばし、紙挟みの上に置く。午後からずっと時間を費やして研究していたものに触れて、少しでも頭を冷やしたかった。間の悪いことに腹の虫が鳴き、そういえば何も食べていなかったと思い出す。

彼の言葉を聞いて、アビゲイルは大きな笑い声をあげた。「公爵の妻ですって? まじめに言っているの？　あなたのおじいさまと手を組んで、こうなるようにたくらんだ？」笑いすぎて立っていられなくなったのか、近くの椅子によろよろと座り込む。「頭がどうかしたの？　それともふざけているだけ？」

「ちょっと気になる事実が判明したから……」

「そもそも、わたしは今朝あなたの求婚を断ったでしょう。それなのにどうして？」

「女はもったいぶって、とりあえず一度は断るものだ」

アビゲイルが笑いを引っ込めて真顔になった。両手を揉みしぼりながら、椅子から身を乗り出す。「冗談ではなくて本気で言っているのね」

動揺したような彼女の声に、ウォリングフォードの胸がまたずきんと痛む。

「ただ、ちらっと思っただけだ……」

「わたしが今朝あんなふうに言ったからなの？　本当にごめんなさい、ウォリングフォード。あんなふうにきつく言うつもりはなかったのよ。あんまり突然で驚いてしまったの。あんなふうにあなたを傷つけるべきではなかったわ」

「傷つける？」

アビゲイルは妖精のように軽やかな身のこなしで立ちあがり、こちらに近づいてきて椅子の前に膝をついた。「ええ。あなた、本当はとても傷つきやすいのよね。ときどきひどい態度を取るから、それを忘れてしまうの。どうか許して」ウォリングフォードの膝の上に手を置く。「わたしがあなたをとても好きだって、わかっているでしょう？」

衝撃で口の中がからからになった。アビゲイルを抱きしめるべきか、今すぐ逃げ出すべきか決められず、体が凍りついたように動かない。「きみは頭がどうかしている」ようやく言葉を絞り出した。

「ええ。そしてあなたはそんなわたしが好きなのよ。だけど結婚はだめ。うまくいかないわ。わたしたちは今のままでいるほうがうまくいくの」

「今のまま？　こんなふうに？」ウォリングフォードはまさかというように周囲を指し示した。書斎を、城を、窓を通して聞こえてくるチューバの単調なリズムを。

「ええ、まさにこんなふうに」アビゲイルが肘掛けから彼の手を持ちあげて唇をつけた。「結婚を申し込まれて、とても光栄だと思ったわ。それは信じて。あなたはウォリングフォード公爵ですもの。英国じゅうのどの女性だって、妻にと望まれれば大変な幸運だと思うわ。それなのに、あなたはよりによってこのわたしに、その栄誉を与えてくれようとした。本当にどうしようもなくやさしい人ね」もう一度、キスをする。「今この瞬間も、英国にはそのすばらしい贈り物を心から欲しいと願っているかわいらしい女性がいるはずよ。公爵夫人になりたいと切望している、可憐で完璧な英国の薔薇が。その人なら、わたしよりもずっといい公爵夫人になれるわ」アビゲイルは彼の手を自分の頬に当てた。「でも、わたしの心はあなたのものよ、ウォリングフォード。それは信じてちょうだい」

彼は口を開いたが、アビゲイルが指を当てて押しとどめた。

「だめよ、何も言わないで。一時的な感情に流されてはいけないわ。あとで困るのはあなたなんだから」彼女はしなやかな身のこなしで立ちあがると、机の上に置いたグラスを取りあげた。「今夜はあなたがいなくて寂しかった。あなたのために食べ物や飲み物を運ぶのを楽しみにしていたのに」

「アビゲイル、ぼくは……」

「埋めあわせに、これだけは一緒に飲んでほしいの。伝統なんですって」

ウォリングフォードはグラスを取って顔をしかめた。「これはなんだ？」

「よく知らないわ。モリーニのお手製よ。レモンのリキュールにいろいろまぜてあるみたい」アビゲイルは自分の分のグラスを持った。「さあ、乾杯しましょう。何に乾杯するのがいいかしら……。そうね、結婚にこだわらない大人の関係に。世の中にそんな関係が末永く栄えますように」

グラスからレモンの香りが立ちのぼり、ウォリングフォードは一瞬頭がくらっとした。

「大人の関係に」いつの間にか唇が動いていて、彼はグラスを触れあわせて中身を飲み干した。

心地よい刺激が喉から胃へと滑り落ち、体じゅうにレモンの香りが広がった。目をあげると、白い羽の仮面のうしろからアビゲイルが生き生きとした目で見つめている。世界じゅうがため息をついて、しんと静まり返った気がした。「ああ、これはいけるな」

「すごくおいしいでしょう？　わたしもこんなにおいしいとは思わなかったわ」

「アビゲイル、きみにキスしたい。かまわないか？」

彼女はウォリングフォードの手からグラスを取り、自分のグラスと一緒に机の上に置いた。それから彼のほうに向き直って両手で彼の顔を挟み、絵でも鑑賞するように見つめた。

「それこそまさにわたしの望みよ、ウォリングフォード」

アビゲイルの唇はレモン風味のうっとりするような味わいで、ウォリングフォードは一気にむさぼりたいのをこらえ、やさしく探るようにキスをした。自分の動きをひとつひとつ確かめつつ、彼女のどんなにささいな反応も逃さずに受けとめる。そうしながら片手で彼女をすくいあげ、膝の上にのせた。

「ああ、すてき」アビゲイルがささやいた。彼の首に腕を巻きつけ、しなやかな体をぴたりと押しつけてくる。ウォリングフォードは全身で彼女を感じた。体じゅうの血が喜びに沸き返る。風のように軽やかで生き生きとしたアビゲイルは、世界じゅうの何よりも美しかった。仮面の羽が鼻をくすぐり、栗色の髪が頰にかかる。髪に触れると、どんなシルクよりもしなやかで強く繊細だった。

愛している。

彼女が体を引いたので、ウォリングフォードは声に出してしまったのかと一瞬心配になった。けれどもそのあとまわりの世界があまりにもやさしく美しい場所に形を変え、心の底から喜びがこみあげてきた。

だが、声に出したにしてはアビゲイルの反応がない。彼女はウォリングフォードの頰を撫でただけだった。「ねえ、湖に行きましょうよ。せっかくこんなに気持ちのいい晩なんですもの」

「湖？」この先の展開として彼が思い浮かべていた場所は、恋人同士がむつみあうのにじゅうぶんな大きさのある書斎のソファだった。けれどもよく考えてみると、あまり激しい動きには適さないかもしれない。

「お願い、いいでしょう？」アビゲイルがウォリングフォードの胸から体を離し、両手を引っぱる。「テラスは人でいっぱいよ。でも、わたしはふたりきりになりたいの。あなたもそうじゃない？」

ちょうどそのとき、チューバの音色がひときわ盛りあがった。のどかだったリズムが急に激しさを増し、分散和音が続けざまに響き渡る。年を経た窓ガラスは危険なほど振動した。

ウォリングフォードは彼女を抱えたまま、軽々と立ちあがった。

「では、行くとするか」

高くのぼった月がベルベットのような夜空で明るく輝いている。「星がくっきり見えるわ。きらきら光って、まるでダイヤモンド鉱山ね！　イタリアの星空って本当にきれいだと思わない？」

ウォリングフォードは段々畑の段差を先に飛びおり、腕を伸ばしてアビゲイルのウエストをつかんだ。「ああ、そうだな」そう返しつつ、彼女をかたわらの草地の上におろした。血が歌うように体じゅうを駆けめぐり、衝動的にキスをする。そしてうれしそうに笑いながら抱きついてきたアビゲイルを持ちあげ、くるくるとまわした。しまいにはふたりとも笑いすぎて息が切れ、草の上によろよろと倒れ込みそうになった。

息が整うと、ウォリングフォードはアビゲイルの手を引いて、葡萄畑の木々のあいだを初恋に浮かれた若い恋人たちのように急いだ。音楽や人々の笑い声が次第に小さくなって消え、草を踏む彼の足音と、アビゲイルが彼の肌にささやきかける声、木々のあいだを吹き抜けるあたたかい風の音しか聞こえなくなる。

葡萄畑の端まで来ると、ウォリングフォードはきいた。「どこへ行く？　岩場は避けたほうがいいと思うが」

「ボート小屋がいいわ」

「ボート小屋？」

「あなたを驚かせるものを用意してあるの」

そうなのか。彼はすんなりとアビゲイルの言葉を受け入れた。たとえ彼女が気球に乗って中国へ行こうと言いだしても、普通のことだと思ったに違いない。今のウォリングフォードにとってはアビゲイルこそ唯一の女性であり、今夜はこの女性と過ごすべきなのだという確信が彼を包んでいた。

ウォリングフォードはアビゲイルの両手に交互にキスをした。「いいだろう。では、ボート小屋だ」こんなふうにあたたかい彼女の手を握って月明かりに照らされた木々のあいだを走り抜けていると、少年の頃に戻ったような気がした。きらきらと月の光を反射する湖が見えてきて、湖岸にたどり着く。以前、彼が湖からあがると、アビゲイルがじっと見つめながら待ってくれていた場所だ。彼女がしなやかな体をすり寄せ、無邪気に眠りに落ちた岩の上をウォリングフォードはちらりと見た。自分を大胆不敵で自立した女性だと思っているアビゲイルが、自堕落で不実で頼りにならない彼の肩に頭をのせて子どものように眠った、魔法のような場所。

あのとき、彼女はぼくを信頼してくれていた。

ボート小屋が木々を背景に黒い染みのように見える。レモンの香りのする幸福感が体を駆けめぐるのを感じながら、ウォリングフォードは彼女の頬に手を添えて静かに尋ねた。

「本当にいいのか、ダーリン？」

アビゲイルが顔をあげると、仮面の白い羽と彼女の目が月の光を受けて輝き、彼は思わず息をのんだ。「もう、わたしが土壇場で尻込みするような生半可な女に見える？」

ウォリングフォードがいきなり両腕で抱きあげると、アビゲイルは息をのんで彼のベストをつかんだ。そのままボート小屋まで行き、扉を蹴り開けて暗い室内に入る。

「ああ！　今のはすてきだったわ！」アビゲイルをそっと床におろすと、彼女はウォリングフォードの頭を引きおろしてキスをした。開け放した戸口から入ってくるわずかな月の光では、表情はほとんど見えない。「目をつぶって」彼女がささやいた。

「目をつぶる？　つぶってもつぶらなくても、たいして変わらないのに」

アビゲイルが両目に一本ずつ指を当てたので、彼はおとなしく目を閉じた。

「動かないでね」

目をつぶったまま、ウォリングフォードはにやにやして待った。あたたまった木のにおいを吸い込みながら、アビゲイルが動きまわる衣ずれの音に耳を澄ます。引っかくような小さな音やどすんという音、彼女の抑えた息遣いが聞こえた。

「いったい何をしているんだ？」

「もう目を開けていいわ」

目を開けたウォリングフォードは息をのんだ。

床に敷かれた毛布とまわりに並べられたクッション、そしてかたわらに立つアビゲイルが、床や作業机やスツールの上など数箇所に置かれたろうそくに照らし出されていた。彼女は仮面と衣装とつけたままで、肌は淡い光を受けて本物の金のように輝いている。

「どう？」アビゲイルがささやいた。

「全部計画していたんだね」

「今夜というわけではなかったけど、いつかそうなるといいなと思っていたわ……どうにかして、あなたをここに誘い込めたらって……」

恥ずかしそうにうつむく様子が、いつもの彼女とまるで違う。右手はエプロンをもてあそび、左手は背中にまわしている。

「ああ、アビゲイル」ウォリングフォードの内側は熱く溶けて煮えたぎり、下腹部は岩のようにかたくなっていた。彼女を求めるあまり指が震える。

「これでいいのかしら?」うつむいた頬にろうそくの光が陰影を作り、その妖精のような美しさはこの世のものとも思えなかった。「男性の誘惑の仕方なんて、まるで知らないの。どうするのがいいのか見当もつかなくて」

ウォリングフォードはこぢんまりした小屋の中を三歩で横切り、アビゲイルの頭のうしろに手をまわして仮面のひもをほどいた。彼女の目は潤んでいた。頬骨の上と繊細な鼻先が赤くなっている。

「ああ、アビゲイル、きみは男を誘惑する方法をちゃんと心得ているさ」

「今度は拒否しないで、ウォリングフォード。拒否されたら死んでしまうわ」

「死んでしまう?」彼はアビゲイルの両頬と鼻にキスをした。彼女は厨房のにおいがする。煙とレモンと、何か甘いにおいが。エプロンのひもをほどいて床に落とす。彼女に何か愛のこもった言葉をささやきたい。こんな夜にアビゲイルのような女性が受けるのにふさわしい言葉を。それなのに何も思い浮かばず、その代わりウォリングフォードはキスをした。ゆっくりと心をこめて念入りに。重ねた口の下でアビゲイルがあえぎ、彼の胸を撫であげてベストのボタンを探り当てるまで。

「あなたを見せて。どうしても見たいの」

「前にも見ただろう?」

アビゲイルは笑った。「触りたいのよ」そう言って、熱に浮かされたようにキスをしながら、震える指でベストのボタンをはずしていく。ウォリングフォードはむき出しになった胸に彼女の手を感じて、体の中心がかっと熱くなった。アビゲイルの首を撫であげて髪をほどく。すると髪がつややかに波打ちながら、肘の下まで流れ落ちた。

何週間もの禁欲に耐えてきた自制心が粉々に砕け散る。「ああ、アビゲイル」ウォリングフォードはドレスの袖を引きおろし、肩をあらわにした。ドレスを完全に脱がそうと背中に手をまわしてボタンを探したが、指に何も触れない。「どうなっているんだ。これはフックか？」ドレスの留め具を必死で探った。そのときふと視線が落ち、輝くような彼女の胸が目に入った。深い襟ぐりから、今にも先端がのぞきそうだ。一気に押し寄せてきた欲望に、ウォリングフォードは何も考えられなくなった。

「待って」アビゲイルが彼のベストを脱がせて、ズボンつりを肩からはずした。

「待てない。きみにはわからないんだ」

彼女は笑いながら、ウォリングフォードのシャツをズボンから引き出した。

「そうね、わからないわ。あなたからどうぞ。これはどうやって留めてあるの？」

ウォリングフォードは彼女の手を押しのけ、自分でズボンをゆるめた。なんの躊躇もなく、ズボンを床に落とす。足から抜いて蹴り飛ばすと、長靴下とズボン下も次々に脱いだ。ゆるやかに腰を覆うシャツの裾が、高まったものに突きあげられて持ちあがっていた。

アビゲイルがあとずさりする。目を丸くして、ぱっと彼を見あげた。

「そうだ」ウォリングフォードは彼女の両肩をしっかりとつかんだ。下腹部はもう爆発寸前だった。アビゲイルを求めてじりじりしている。今すぐひとつになれなければ、面目ない事態になってしまうかもしれない。四カ月も禁欲したあとでは、これ以上一秒でも自分を抑えるのは無理だ。

「うしろを向いて」いつもの威圧的な声になっていたのだろう、アビゲイルはすぐに背を向け、信じられないほど豊かな髪を肩から持ちあげた。しなやかな曲線を描く首があらわになり、ふわふわしたおくれ毛がろうそくの光を受けて輝く。ウォリングフォードはその首を撫でおろし、はやる手を必死で抑えながら留め具をはずした。開いた部分から、シュミーズとコルセットとペチコートがのぞく。彼女とのあいだを隔てるものが、まだこんなにあるのだ。

ようやくドレスを床に落とし、ペチコートを脱がせて、コルセットの上部の留め具をはずした。すると押さえつけられていた胸が飛び出し、アビゲイルはよろよろと彼の胸にもたれかかった。あとはごく薄いシュミーズだけだ。

「ああ、アビゲイル」ウォリングフォードは手をあげ、後ろから彼女の胸を包んだ。「アビゲイル」もう一度ささやき、ふくらみのずしりとした重さを味わう。親指を先端にこすりつけると布地越しにかたくなっているのがわかり、こりこりとした感触が伝わってきた。

「ウォリングフォード！」彼女が首をのけぞらせた。「ああ、そんなふうにされると……なんだか……」

シュミーズの上部を開いておろすと、かたくとがったピンク色の頂が飛び出した。日に焼けた自分の指のあいだからのぞくその部分を見たとたん、ウォリングフォードの下腹部はいっそう張りつめた。

アビゲイルの胸。自分は今、彼女を抱きしめているのだ。

彼女を向き直らせると、すぐにウォリングフォードのシャツのボタンをはずしはじめたので、彼はその手をやさしく払おうとした。もう一瞬でも待てそうになかった。けれどもアビゲイルに懇願されてじりじりと待ち、いくつかボタンがはずれたところで、シャツを頭から引き抜いた。こんなふうに完全に裸で女性の前に立つのは少年の頃以来だ。彼女は感嘆の念を顔に浮かべ、欲求に目を陰らせている。それを見て、ウォリングフォードは激しい衝撃が体に走るのを感じた。

「ああ、あなたは本当に美しいわ。まるで彫刻みたい。それでいて、あたたかくて……」アビゲイルは震えている彼の胸に手を置き、上に滑らせて肩の曲線をまわったあと、背中を撫でおろした。

「ぼくに触れてくれ」自分の声がまるで獣のうなり声のように響く。ただし、妖精のような指が肌の上をやさしく探るあいだ、身動きひとつできない臆病な獣だ。「触れてくれ、アビゲイル。きみが欲しくてどんなに高まっているか、見えるだろう？」

「ええ」彼女が臀部（でんぶ）を撫で、それからそそり立つ部分に手を移す。軽く触れたあと撫であげられて、思わず声が出た。アビゲイルが目をあげる。「痛かった？」

「いや、痛くなどない」目を閉じて、食いしばった歯のあいだから言葉を押し出した。耳の奥に響く脈動を数えて正気を保とうとしていると、アビゲイルが今度は両手でしっかりとつかんで上下に動かしはじめた。

あわてて彼女の手をつかんで止めた。

「ごめんなさい」アビゲイルがそう言ったときにはすでに彼女を抱きあげ、毛布の上に横たえていた。すぐさまシュミーズを引きあげると、長靴下とシルクのガーター、それに美しい曲線を描く腿があらわになった。彼女は息をのみ、急いで脚の付け根を手で押さえたが、ウォリングフォードの目はぴたりと閉じた腿の上部をすでにとらえていた。三角形を描く栗色の繊細な茂みを。

「隠さないで」彼はアビゲイルの手をどけて、腿を軽く押した。「開いてくれ。ぼくがきみの中に入れるように」

力の入っていた腿がゆるむ。ウォリングフォードはそのあいだに身を置いて、彼女の顔を見おろした。大きく見開いた目は懸命に彼を求めているけれど、そこには同時に不安も浮かんでいる。あまりにも無垢なアビゲイルに胸を打たれ、ウォリングフォードはかがみ込んでキスをした。「いいかい?」

アビゲイルがうなずき、彼の頭を両手でつかんだ。汚れを知らない処女をどうやって愛したらいいのか見当もつかない。いつもと同じでいいのだろうが、はじめてなのだから狭くてきついだろうし、彼女は怖がってもいるだろう。それに出血だってあるかもしれない。乱暴にせずにやさしくするよう、肝に銘じておかなければ。ウォリングフォードに任せておけば大丈夫なのだと、何も怖がる必要はないのだとわかってもらう必要がある。欲望にわれを忘れそうになりながら、彼は必死で自分に言い聞かせた。けれどもアビゲイルが脚をさらに開いて腰の位置を調節したせいで、彼の張りつめた先端が秘所を守る茂みに触れた。

「ああ、もうだめだ」その瞬間、理性が吹き飛んだ。今すぐにアビゲイルを自分のものにしたいという思いが、頭の中を駆けめぐる。

ウォリングフォードはふたりのあいだに手を差し入れ、高まったものをつかんで秘所に押し当てた。

「ああ！」彼女が唇を噛みしめる。

「大丈夫だ。今からきみの中に入るから、もう少し脚を開いてくれ」

アビゲイルはそうしたが、すぐに身をこわばらせた。彼はなるべくそっと腰を押し出したものの、うまくいかない。

「ああ！」彼女がまた声をあげ、ウォリングフォードの腕をぎゅっとつかんだ。彼はもう一度狙いを定め、さっきよりも少し強く押し入った。耳の奥でどくどくと血の流れる音が大きくなる。先端に潤みを感じて、一気に興奮が増した。早く中に入らないと、このまま果ててしまう。ろうそくに照らされたアビゲイルの官能的な体を目前に気持ちを引きしめ、もだえる彼女の顔を見つめる。「ああ！」彼女がまたあえいだ。

ウォリングフォードは改めて体勢を整え、今度はかなり力をこめて突いた。するとアビゲイルが小さく叫んで、体が前に進んだ。きつい場所をくぐり抜けると少し圧力がゆるみ、あとはなめらかに奥へと進んでいく。一瞬ののち、ウォリングフォードは誰も押し入ったことのない彼女の内部に完全におさまっていた。

下腹部から快感が駆けあがり、押しとどめようのない奔流になる。上半身から力が抜け、がくりと頭を落としながらもう一度腰を突き出すと、彼は絶頂の波にのみ込まれた。ようやく訪れた至福に身を震わせて、アビゲイルの中に精を送り込み続ける。過去に犯したすべての罪や欠点を吐き出し、彼女の愛に包まれて生まれ変わることができるとでもいうように。

ウォリングフォードは彼女の頭の隣に顔を伏せ、自分の荒い息遣いと耳の奥に響く脈動を聞いていた。

「アビゲイル」ようやく動悸が静まると、彼はささやいた。彼女がすすり泣きのような短い音を出して応える。両手にはアビゲイルの髪が絡みつき、クモの巣に絡め取られたようなありさまだが、ほどきたいとはまるで思わない。

長いあいだ上に覆いかぶさったまま、ウォリングフォードはアビゲイルの体の感触を味わっていた。湿った肌と肌が合わさり、やわらかな内側に包み込まれている感覚を噛みしめる。そして頭の中は、今起こったことの重大さに目まぐるしく回転していた。こんなふうに本当の意味で女性とひとつになれるなんて、想像したこともなかった。顔を横に向け、アビゲイルの頬と喉にキスをする。肘をついて体を起こし、胸にも唇をつけた。彼女の奥深くまで入っている部分は、今すぐに行為を再開できるくらいこわばったままだ。

もう一度、キスをした。

彼女は目をつぶっていて、身動きひとつしない。きっと歓びに圧倒されているのだろう。

「アビゲイル。ダーリン」唇にキスをする。「大丈夫か？　幸せかい？」

薄く目が開いた。ウォリングフォードはそのまぶたに、片方ずつ羽のように軽いキスをした。アビゲイルへの愛が、はちきれそうなほどふくれあがる。彼女が差し出してくれたものを思うと、胸の中にやさしさがあふれた。

ちゃんと彼女に伝えよう。女性はそういうことを望むものだ。

「愛するアビゲイル、これほどの歓びがあるなんて、ぼくは想像したこともなかった。きみは……」

彼女がようやく身じろぎをした。両手をウォリングフォードの肩にかけ、ひどく静かな声で言う。「お願い、わたしの上からどいてほしいの。重いわ」

「ああ、すまない」

肩を押され、彼はあたたかいアビゲイルの体から離れて、横に転がった。彼女の髪の中にうずめていた手を引き、抱き寄せようとする。けれども、「ダーリン」とやさしく声をかけたときには、アビゲイルはすでに呆然とした顔で上半身を起こしていた。「ダーリン、こっちにおいで。あわてなくていいんだ。まだ夜は長い。きみは……」

差し出された手を押しのけ、彼女がウォリングフォードのほうを向いた。

「あわてなくていい、ですって？　あわてたのはあなたじゃないの！」

歓びに弛緩していたウォリングフォードの頭に警戒信号がともった。急いで体を起こす。

「いったいどうしたんだ？　痛かったのか？　それは悪かったと思っている。できるだけやさしくしようとしたんだが……」

「やさしくしようとした？　あんなに激しくしておいて！」

「そうかな」彼は謙遜した。「そこまですごくはなかったと思うが」

「褒めているんじゃないわ！　あなたはけだものよ！　全然よくなかった。頭が真っ白になるくらい気持ちがいいはずだったのに！　熟練しているあなたとなら……最高の経験になるはずだった。それなのにどうしてくれるのよ！」

「全然よくなかった？」ウォリングフォードは唖然としてアビゲイルを見つめた。シュミーズの肩ひもが片方ずり落ちて胸があらわになり、ほどけた髪が紅潮した顔を包んでいる。どう見ても、たっぷり愛された女の姿だ。「まったく？」

「まったく。全然よ！」

「でも、少しくらい感じただろう？」

「ただ乱暴に突かれたとしか感じなかったわ！」アビゲイルは立ちあがった。いったん動きを止めて彼を見おろす。「わたしを見てよ！　めちゃくちゃだわ」

「ああ、すまない。確かにそうだ。かわいそうに。ハンカチを持っているから、拭いてあげるよ」ウォリングフォードは床に落ちているベストを探った。

アビゲイルは差し出されたハンカチをひったくり、彼に背を向けた。「経験豊富だと思って、わざわざあなたを選んだのよ！　女性の歓ばせ方をよく知っていると思ったから！」

「もちろんよく知っているさ！」ウォリングフォードは彼女のうしろに立った。

アビゲイルがハンカチを投げ捨てて、コルセットを拾いあげる。「じゃあ、どんなふうにするのか言ってみて」

彼は無意識のうちに手を動かし、慣れた手つきでコルセットの装着を手伝っていた。

「今まで文句を言われたことはない」

「もちろんないでしょう。あなたはウォリングフォード公爵なんですもの。誰が偉い公爵さまに、ベッドで下手すぎるなんて文句をつけられるというの？」

「きみだよ！」

「どうやって女性を歓ばせるのか、本当は全然知らないんでしょう？　勝手に自分だけ達しておいて、相手も楽しんだと思っているんだわ」

「違う！」

それとも、じつはそうだったのだろうか？　ウォリングフォードの心に疑いが忍び寄る。

コルセットをつけ終わると、アビゲイルは彼から離れてドレスを拾った。

「賭けてもいいわ。あなたは女性がどこに触れられたら感じるのか、全然知らないって」

「知っているに決まってるじゃないか！」

彼女がくるりと振り返った。目をらんらんと光らせている。「じゃあ、どこ？」

「ええと、それはもちろん……胸だろう……それに脚のあいだ……」うぶな少年のように顔を真っ赤に染めて、ウォリングフォードは口ごもった。口で言えないことを補おうと、指先であやふやな形を描く。

「脚のあいだのどこ？」

「それは、あそこだ。男性のあの部分が入っていく場所というか……」必死で上品な表現を探す。

「違うわ！」

「違う？」

「見当違いもいいところよ！　本当に知らないのね。なんの知識もないんだわ。愛の達人だったはずの公爵さまに、これだけは教えてあげる。女性の快感の源は、あなたが思っている場所じゃありません」彼女は照れるそぶりも見せずに言い放ち、ドレスを頭からかぶった。

「なんてことだ、アビゲイル！」ウォリングフォードの大声にろうそくの炎が揺れた。服を着た彼女の前に自分が裸で立っていることを意識して、胸の前で腕を組む。「だったら、どこだか教えてくれ」ぼそぼそと言った。

「教えないわ。わたしには関係ないもの」

「それはどういう意味だ？」

アビゲイルは首のうしろの留め具に手こずっていた。「それはね、閣下、もう二度とわたしとはしてくれなくていいということよ。誰か別の女性のところで勝手にやってちょうだい」

「別の女性のところになど行きたくない！」組んでいた腕をほどいて怒鳴った。

「じゃあ、なしですませるしかないわね」アビゲイルが仮面を拾い、手早く頭にひもをまわして結ぶ。

「なんだって！」吠えるようにそう言ったが、彼女はすでに出口にたどり着き、乱暴に扉を開けて暗闇の中に飛び出していた。

「アビゲイル！」大音声に小屋の古い木材が振動する。「戻ってこい！」

さえぎるものがないまま、月の光が虚しく戸口から差し込んでいる。

ウォリングフォードは雷に打たれたように立ち尽くした。乱れた毛布とクッションを見おろし、ちらちらと光を投げかけているろうそくに目をやる。床にはアビゲイルが忘れていったエプロンと、くしゃくしゃになった彼の服が散らばっていた。

ぽつんと床に落ちたハンカチは、アビゲイルの血と彼の放った精で汚れている。

〝じゃあ、なしですませるしかないわね〟

ウォリングフォードは大声で罵りの言葉を吐くとろうそくの火を吹き消し、まとめた服を手に持って、小屋から走り出た。

15

少女の頃、アビゲイルはハンサムな恋人の手を振りきって、月明かりのもとを走り去る自分の姿をよく思い描いていた。

けれども現実に体験してみると、それは思ったほどロマンティックではなかった。仮面の羽が鼻をくすぐって不快きわまりないし、湖岸の濡れた小石で靴が滑って走りにくい。それにうしろの留め具をきちんと合わせられなかったので、ドレスがはだけてくる。体が軽くなるような自由さも、洗練された優雅さも、情熱的な気分も感じられない。さらには情けないことに鼻水まで垂れている。

「ちくしょう、待ってくれ、アビゲイル！」

ウォリングフォードがわめいているのが、うしろから聞こえてきた。あろうことか、彼はアビゲイルの服を全部脱がせようともせず、手っ取り早くシュミーズを引きあげただけでことに及んだ。彼女の体を丹念に愛撫し、探索して、気分を高めようとはまるでしなかった。たった二回。あの大きな体でたった二回突き入れただけで、果ててしまったのだ。はじめて男性を受け入れたアビゲイルの内側は、まだ最初の痛みから立ち直っていなかった。まだこれから盛りあがっていくはずだったのに。

どうしてあそこで終わってしまったのだろう……。ドレスをゆるめられ、あたたかな両手で胸を包み込まれたときの、体がとろけていくような感覚をもっと味わいたかった。毛布の上に横たえられ、欲望にけぶった目で見つめられながら、かたくなった男性の象徴を脚のあいだのやわらかな部分にこすりつけられたときの、ぞくぞくする感覚をもっと味わいたかった。何より、あの激しい突きをもっと続けてほしかったのに。

「アビゲイル！　頼むから止まってくれ！」

いやよ！　絶対にいや。いったい何を考えていたのだろう？　もうこりごりよ。男女の交わりは最高にすばらしいなどというロマンティックな幻想や夢物語に、二度と惑わされるものですか。わたしにのしかかって自分勝手な快感に顔をゆがめるようなまねを、ウォリングフォードにはもう絶対に許しはしない。夢は砕け、幻想に曇っていた目は晴れた。

今は脚のあいだがひたすら痛い。

湖岸が草地に変わってオリーブの木が増え、城に続くゆるやかな坂道に差しかかった。アビゲイルは歩調をゆるめて、暗闇で道を間違えないよう慎重に進んだ。木々のあいだに目を凝らし、いつも目印にしているミスター・バークの作業小屋を探す。そろそろ見えてくるはずだ。ウォリングフォードの呼び声はまだ聞こえているが、少し遠くなった。暗くて彼女を見失ったのかもしれない。

そのとき、彼女の目が探していたものをとらえた。石造りの小屋が月の光を受けて輝いている。そこに続く道はすぐ左にあるはずだ。

迷わず踏み出しかけて、アビゲイルは足を止めた。

小屋の中から、ちらちらと光がもれている。それ自体は別に変ではない。ミスター・バークはしょっちゅう遅くまで、アレクサンドラと一緒に自作の機械に手を加えている。けれども今夜は、作業小屋は暗くなければおかしい。今頃ミスター・バークは、アレクサンドラと熱く抱きあっているはずだ。モリーニ特製のレモンのリキュールを飲み、永遠にアレクサンドラだけを愛すると誓って、大昔の呪いを打ち破っているはず。

それに、このにおいはなんだろう？　妙に鼻を刺す、このにおいは？

ガスだ。

一歩踏み出した足が地面に着いた瞬間、アビゲイルの体を衝撃波が襲った。あたりが目もくらむほど明るくなり、彼女は地面に叩きつけられた。

びっくりして、アビゲイルはしばらくそのまま横たわっていた。けがはないようだ。脚のあいだが痛いのと、耳がキーンとしているだけで。でも、体が動かない。

「アビゲイル！」ウォリングフォードの動揺した声が聞こえた。肩をつかまれ、仰向けにされる。「アビゲイル！」

「大丈夫よ」彼女はあえいだ。「わたしは大丈夫。それより作業小屋が！　早く行かなくちゃ！」

ウォリングフォードが目をあげて叫んだ。「ああ、大変だ！」

ふたりは急いで立ちあがった。窓のひとつから火が吹き出していて、窓のまわりの石壁がすでに煤で黒くなっている。地面には割れたガラスが散乱していた。

「靴よ！　ちゃんと靴を履いて！」

彼が言われたとおりにするか確認する間を惜しんで、アビゲイルは動いた。幸い建物の横にポンプがありバケツも置いてあったので、そこに向かって走る。ミスター・バークはいつも薬品やバッテリーの扱いには注意していたのに。彼女はポンプの取っ手をつかみ、力いっぱい動かしはじめた。バケツがいっぱいになる頃にズボンと靴を履いたウォリングフォードも来て、バケツをすばやく取りあげた。

「もうひとつバケツを探すんだ！」肩越しに叫びながら走っていき、火に水を浴びせる。

アビゲイルは必死に頭をめぐらせて、裏口にもバケツがあるかもしれないと思いついた。急いで行ってみると、両開きの扉のそばにふたつある。それを持って、すぐにポンプまで引き返した。先に戻っていたウォリングフォードが、月明かりに汗を光らせて肩の筋肉を盛りあげながら、全力でポンプを動かしていた。

「ポンプはわたしに任せて！　あなたは水をかけてちょうだい！」アビゲイルは叫んだ。

ウォリングフォードがバケツを持っていくと、彼女は次のバケツを置いて、ポンプを動かしはじめた。水が縁までいっぱいになったとたん、バケツのハンドルを取る別の手が現れた。

アレクサンドラだった。

「どうしてこんなところに……」問いかけようとしたときには、アレクサンドラはもうバケツを手に小屋へ向かっていた。そこですぐに次のバケツに取りかかった。ふと目をあげると、ミスター・バークの姿も見えた。勢いをつけて肩からぶつかり、木製の扉を破ろうとしている。バケツに水が入ると、アレクサンドラが中継してウォリングフォードに渡した。ミスター・バークが扉を破るのに成功し、中から毛布をひと抱え持って出てきた。それをアビゲイルの足元に落とし、ウォリングフォードと一緒にまた小屋の中に駆け戻る。

「いい考えね！」アビゲイルは毛布をまず一枚下に置き、ポンプの水をかけてびしょびしょに濡らした。そのあとはもう無我夢中だった。次々にバケツを満たしては毛布を濡らし、それをアレクサンドラと男たちが入れ代わり立ち代わり持っていく。やがて腕が疲れると、アレクサンドラが交代した。

アビゲイルは濡らした毛布を抱えて作業小屋に走った。中はどこもかしこも水浸しで、黒く焼け焦げて熱気がこもっている。ウォリングフォードは彼女に空っぽのバケツを渡し、代わりに毛布をひったくった。「きみは入るんじゃない！」彼の顔は煙突掃除人のように黒光りして、声は煙を吸ったためにしゃがれていた。

「ひどい！　大丈夫なの？」

「ああ、大丈夫だ。もっと水を持ってきてくれ！」ウォリングフォードはくるりとうしろを向いて、小屋に引き返した。彼がバークと並んで火を叩いているのを、アビゲイルは窓から見た。喉元に塊がこみあげてきて、息が苦しくなる。

ポンプまで駆け戻り、水を満たしたバケツをアレクサンドラから受け取ったアビゲイルは、その重みに思わずよろめいた。すでに火はほとんど消しとめられているものの、窓や屋根からはまだ煙が漂っている。手が伸びてきてバケツを受け取り、空のバケツを渡した。数えきれないほど何度もバケツリレーを繰り返すうちにようやく危険が去って、火事はおさまった。壁は煤で黒ずみ、煙はまだあがっているが、作業小屋はまだ立っている。アビゲイルは戸口に転がっていたバケツを拾いあげた。近くでもうひとつ、ポンプのそばで三つ目を拾う。そして全部を積み重ねて、まっすぐに置いた。

ガラスが吹き飛んで枠だけになった窓に視線を向けると、暗い室内に立って静かに話をしているアレクサンドラとミスター・バークの姿がぼんやり見えた。頭を垂れた彼の赤毛は、煤と水でいつもの鮮やかさを失っている。アレクサンドラが白い両腕をミスター・バークの細いウエストにまわすと、彼は彼女の手に手を重ねた。そんなふたりの姿から、アビゲイルは目をそらせなかった。

アレクサンドラはミスター・バークを愛している。煤だらけの瓦礫（がれき）が散乱する草地の水たまりで、アビゲイルは驚きに立ち尽くした。奇妙な静けさが心に満ちていく。

そのとき前触れもなく胃がけいれんして、うしろを向いたアビゲイルは草の上に胃の中身をすべてもどした。

何年も前の、あるさわやかで気持ちのいい一〇月の朝。ウォリングフォードは名誉をかけた勝負のために、イートン校内の運動場へ向かっていた。ところがその途中、よりにもよってオリンピア公爵の赤毛の婚外子に出くわした。いつものように、喉元に苦いものがこみあげてくる。「そこをどけ、売女の息子」ほかの者たちもささやき交わしている呼び名を投げつけたとたん、若きフィニアス・バークは名誉棄損に対してすみやかな謝罪を求めた。もちろんウォリングフォードは、名誉棄損ではないと言い返した。バークの母親は性的行為の対価として金や贈り物を受け取っていたのだし、バークの誕生時にオリンピア公爵は彼女と結婚していなかったのだから、自分は真実を述べただけだ、と。

バークは即座に右のこぶしでウォリングフォードの目を殴りつけた。そして相手がよろめいて背後の草地に倒れ込むのを待たず、続けざまに左のこぶしを口のあたりに叩き込んだ。目のまわりに青あざを作り、口元から血を流したウォリングフォードはバークと握手をして、いいパンチだったと称えた。そのあと聖ミカエル祭のときにはベルグレイヴ・スクエアにある自宅に連れ帰り、困惑している父親に会わせた。

それ以来、何もわかっていないやつらに陰口を叩かれたり背を向けられたりしても、ふたりは周囲を無視して親しくつきあってきた。オックスフォード大学に在学中、ウォリングフォードは競馬の賭けを仕切るパブの主人に大金を巻きあげられそうになったことがある。そのときもバークが助けに駆けつけ、パブのエールに下剤を仕込んでくれた。

だからバークの作業小屋が真夜中に燃えあがったとき、ウォリングフォードは危険を顧みず、バケツを手に火の中へ飛び込んだのだ。

幸い作業小屋は石造りだったし、火事に気づいたのも早かった。ウォリングフォードはバークと一緒に自動車を押して裏口から出し、レディ・モーリーとアビゲイルはポンプでバケツに次々と水を汲んでは運び、消火活動に協力した。

三〇分後、火は完全に消しとめられ、何カ月か前にレディ・モーリーが身を隠した戸棚のそばにある長いテーブルの残骸のかたわらで、バークは立ち尽くしていた。ちょうど窓の前の部分の木の表面に、大きな黒い穴が開いて真っぷたつに割れている。

「ガスこんろだよ。ぼくが消し忘れたんだ」バークが静かに言った。

「ばかばかしい。今までつけっぱなしにしたことなんてないじゃないか」ウォリングフォードは反論した。部屋を見まわして頭を振る。ほとんどの部分は被害を免れているが、火元である隅だけは真っ黒に炭化していて、そこにあったものだけはどうしようもない。彼は咳払いをした。「ぼくは外に行って、誰かが踏んでけがをする前に、散らばっているガラスを片づけてくる」

バークは何も言わなかった。ウォリングフォードはほうきを探し、小屋を出た。外ではレディ・モーリーがまだ必死にポンプを動かし、バケツに水を入れていた。髪はほつれ、びしょ濡れのドレスは煤で黒く汚れている。「もういい」ウォリングフォードは呼びかけたが、彼女は耳に入らないのか、ひたすらポンプを押し続けている。

彼はそばに行って腕を押さえた。「アレクサンドラ、火は消えたよ。もうやめていい」

レディ・モーリーが焦点の合っていない目を向けてきた。試合が終わったときのボクサーにそっくりの目。どちらが勝ったのかわからなくなり、別世界に入り込んでしまっている。

「火は消えたよ」ウォリングフォードは繰り返した。

彼女は作業小屋に目をやり、壊れた窓や屋根に開いた大きな穴を見つめた。ほつれた髪を耳のうしろにかける。「彼はどこ?」しゃがれた声できく。

「中にいる。残念なことになったな、アレクサンドラ。できるだけのことはしたんだが」

ウォリングフォードは力づけるように、彼女の腕に置いた手に一瞬力をこめた。

「ありがとう」レディ・モーリーは彼の手にそっと手を重ねると、作業小屋へ向かった。

ウォリングフォードは自分の裸の上半身を見おろして、アビゲイルが倒れた場所までシャツとベストを取りに行った。手早く服を着ながら、今起こった出来事を思い返す。あたりがぱっと明るくなったかと思うと爆音がして、アビゲイルが草の上に倒れた。その瞬間にウォリングフォードの胸を貫いた恐怖は、彼女が頭をあげて彼と視線を合わせるまで消えなかった。

ほうきを拾って作業小屋の前まで戻り、ウォリングフォードは立ちどまった。すぐそばの草地にアビゲイルがいて、片手をポンプにかけて体を折っている。ひどく気分が悪そうだ。

彼は駆け寄った。

「どうした! 大丈夫か?」アビゲイルの両肩をつかんで支える。

「ええ、ただちょっと……」彼女は体を起こして、ハンカチを探すようにあちこち探った。

ウォリングフォードはシャツの裾を破り取って差し出した。「これを使うといい」

「ありがとう」アビゲイルは布の切れ端をポンプで濡らして顔を拭いた。彼とは目を合わさないようにしている。

「それはぼくが始末しよう」彼は使い終わった布を受け取り、ポケットに突っ込んだ。

「バケツを集めていただけなのよ……煙のにおいや、気持ちが高ぶっていた反動じゃないかしら……」

「アビゲイル、ぼくは……」

「だけど、もう大丈夫。とにかく、わたしたちが居あわせてよかったわ。自動車は救い出せたの？」

アビゲイルは無理に明るい声を出し、ウォリングフォードの目を避けて視線を作業小屋の石壁に据えている。彼は喉が締めつけられた。本当にこの女性と、ほんの一時間前に愛を交わしたのだろうか？　彼女を抱きしめてキスをし、体を重ねて処女を奪ったのか？　彼女は舞踏会で知人に出くわしたようにふるまっている。

「ああ。裏口の両開きの扉から、なんとか外に押し出せた」

「まあ、よかった」アビゲイルは彼の持っているほうきに目を向けた。「じゃあ、ガラスを集めましょうか」

「ぼくがやる。座って休んでいてくれ」

「あら、でも……」

「アビゲイル、そうするんだ。休まなくてはだめだよ」ウォリングフォードが頬に触れると、彼女はあわてて体を引いた。

　すぐにガラスを集め終えて振り向くと、アビゲイルは重ねたバケツの上に座り、じっと自分の両手を見つめていた。「さあ、行こう。部屋まで送るよ」

　彼女が立ちあがる。「帰るって、ふたりに言ってこなくちゃ」

　作業小屋では、バークとレディ・モーリーが暗闇の中でじっと抱きあっていた。

「バケツはしまって、外のガラスは掃いたわ。こっちはどう？」アビゲイルが声をかける。

　レディ・モーリーがバークから離れた。「めちゃくちゃよ。でもなんとかなるわ。自動車は無傷なの」

　バークは空っぽになった両腕をおろして、じっと立っていた。彼のうしろに見える戸棚は焼け焦げた残骸と化し、壁際の長テーブルは手の施しようもなくらい壊れている。しかしウォリングフォードの見るかぎり、それ以外は大部分が被害を免れていた。黒っぽく見える部分が煤なのか単なる影なのか判別はつかないものの、家具に傷はなく、機械類やタイヤも無事なようだ。

「バーク、とんでもないことになったな。大丈夫かい？　ぼくで力になれることはあるか？」

　バークはさまざまな残骸が散らばった水浸しの床を横切って、ウォリングフォードに手を差し出した。「もうじゅうぶんすぎるくらい力になってくれたよ。どうお礼を言っていいかわからない」

「ぼくたちの仲だ。礼なんて必要ないさ」ウォリングフォードはバークの手を握って彼の目を見つめ、落ち着いているのを確認してほっとした。ショックに打ちのめされてはいないようだ。

バークがきびきびと言った。「ぼくは少しここを片づけるよ。きみは屋敷に戻って厩番に伝えてくれないか。瓦礫を運び出すのに荷車が欲しいと」

「わかった。レディ・モーリー？」

レディ・モーリーが顎をあげてウォリングフォードに微笑んだ。その毅然とした仕草は、いかにも彼女らしい。「わたしは残って手伝うつもり。でもあなたが妹を屋敷に無事送り届けてくれたら、大いに感謝するわ」

アビゲイルがぶつぶつこぼした。「付き添いなんかないほうが、よほど安全だと思うけど」

「何を言ってる」ウォリングフォードは彼女の肘をしっかりとつかんで、外に引っぱっていった。

「そんなことをしてもらう必要はないわ」アビゲイルは彼の手を振り払い、さっさと歩きだした。

「アビゲイル！　また置いていくつもりか？」

彼女が足を止めて振り返る。すでに木立に入っているので月の光が届かず、表情は見えなかった。怒っているのか、疲れているのか、悲しみに沈んでいるのか、まるでわからない。ただし彼女に触れたくても、本人はそうされたいと思っていないのだけは明らかだ。

「あなたを置いて逃げたりはしないわ」

「しているじゃないか」

「わたしはただ、早く部屋に戻って眠りたいだけよ。もう夜中ですもの。ひどい一日だったから、とにかく休みたいの」

「もちろんそうだろう。だから部屋まで送っていく。そうするのはぼくの務めであり、権利でもあるんだ」

アビゲイルがつんと顎をあげる。「あなたの務めでも権利でもないわ」

「ぼくたちのあいだに何も起こらなかったようなふりをするのはやめるんだ」ウォリングフォードは静かに言った。

「あなたこそやめてちょうだい、わたしたちのあいだに起こったことで何か権利を得たような気になるのは。わたしに指図できるようになったなんて思わないで」

「だが、ぼくは権利を得た！」

「つかのまの不愉快な出来事は、さっさと忘れてしまいたいのよ」

ウォリングフォードの耳の奥で、血管を流れる血の脈動が危険なほど大きくなる。彼は体の両脇でこぶしを握った。そうしなければアビゲイルの肩をつかみ、どこにも逃げられないように引き寄せてしまいそうだった。「だが、起こったことは変えられないんだよ、アビゲイル。ぼくたちは愛しあった。何もなかったみたいに片づけられはしない。すべてが変わったんだ。ぼくは名誉にかけて、きみに対する責任を果たす」

彼女は腕組みをした。「じゃあこれまで、あなたは次々に結婚しなければならなかったたんでしょうね。山ほどいる花嫁でハーレムでも作っているのかしら。ペルシアの王さまみたいに」

「ぼくの言っていることが理解できないふりはするな。紳士たる者、若い女性の純潔を奪っておいて責任を取らないなんてことは……」

アビゲイルは彼に背を向けて歩きだした。「もう、くだらない戯言を並べないで！　わたしが欲しかったのは恋人で、夫じゃないとわかっていたでしょう？　最初からそう言っていたはずよ。だからあなたは義務なんて感じる必要はないの」

「子どもができたかもしれないんだぞ。そのことは考えたのか？」

「それならあなたには、あちこちに子どもがいるんでしょうね。もうひとり増えたって、どうってことないじゃない」

「言っておくが、子どもはひとりもいない」

アビゲイルは木々のあいだを急ぎながら、彼に言葉を投げつけた。「やめて、わたしには男女のことが何もわかっていないなんて思わないで、ウォリングフォード。あんなふうに無防備に種をまいて、一度も実らなかったはずがないわ。もともと子どもを作れないというのでなければ」

ウォリングフォードは気持ちを落ち着けようと息を吸い込んだ。あたりには、まだ煙のにおいが漂っている。それに体じゅうに煙のにおいが染みついていた。服にも髪にも肌にも。きっとひどい格好だ。彼女がこちらに目を向けたがらないのも無理はない。

「子どもを作る能力があるかどうかはわからない。これからおいおいわかるだろう。今までぼくは、きみがほのめかしたような無防備なまねはしてこなかった。今夜までは必ず細心の注意を払って、予防手段を講じてきた」

アビゲイルの歩調がゆるむ気配はない。「そんなの信じられないわ。どうしてわざわざ予防するの？」

「なぜなら」一瞬ためらったあと、静かに続けた。「昔、約束したからだ」

彼女は何も言わなかった。段々畑に着くと月明かりで階段を探し当て、ほつれた髪を肩のまわりになびかせながらのぼっていく。あとを追うウォリングフォードは、ドレスに包まれたアビゲイルの体の曲線をじっと見つめた。もう一度彼女が欲しくて、体の内側が焼かれているように苦しかった。

葡萄畑の最初の木の列を半分ほど進んだところで、アビゲイルが口を開いた。

「きっとバークとね。婚外子の彼はそれがどんなものか知っているから、あなたは彼に約束したんだわ」

「そうだ」ぼくが心の奥底に秘めてきたものをこの返事で差し出したことに、彼女は気づいているだろうか？

ふたりは黙ったまま段々畑をのぼり、葡萄の木の列を通り過ぎていった。夜露で湿った草が、足元でやわらかな音をたてている。ウォリングフォードは大気に漂う煙のにおいと、熟しつつある果実の芳醇な香りを吸い込んだ。アビゲイルをこのまま甘い香りのする草の上に押し倒したい。うっとりするようなイタリアの夜気の中でともに横たわり、空をゆっくり横切っていく月の光を受けて、彼女の肌が輝くさまを見たかった。

テラスにはもう人影はなく、しんと静まり返っていた。テーブルは片づけられ、楽師や村人たちはすでに引きあげている。アビゲイルはうつむいたまま敷石の上を歩き、入り口までたどり着いた。

「待ってくれ」ウォリングフォードが呼びかけると、煤で黒くなった手を掛け金にかけていた彼女が動きを止めた。「ぼくは馬小屋に行って、ジャコモに何があったか知らせなくてはならない。だがその前に、きみを部屋まで送らせてくれないか？」

「そんな必要ないわ。馬市場で競りの日に迷子にもならずに歩けるわたしが、自分の部屋にひとりで行き着けないわけないでしょう？　じゃあ、おやすみなさい」

もう一度説得を試みた。「頼むよ、アビゲイル。本当に大丈夫なのか？　きみのために何かしたいんだ。あたたかいお湯か……紅茶でも持っていこうか？」紅茶のいれ方など見当もつかないが、メイドができるくらいなのだから、それほど難しくはないだろう。

アビゲイルの瞳に怒りがきらめく。「ご心配なく。あなたのせいで、何もできないほど傷ついたわけじゃありませんから」

ウォリングフォードは戸口の枠に手をかけて寄りかかった。誰かが大きなハンマーでも振りまわしているように、胸の内側が痛い。「アビゲイル、悪かった。乱暴なやり方をして。長いあいだ禁欲していて、われを忘れてしまったんだ。もう一度機会をくれたら、今度はきみを歓ばせてあげたい。どうすれば気持ちがいいのか、きみが教えてくれるのなら」

「わたしが教えてあげなくちゃいけないないなんておかしいわ。そもそも、それが問題だったのよ」

彼は目を閉じた。「頼むよ、アビゲイル。ぼくだって、どこにでもいるただの男なんだ」

あたたかくやわらかいものがウォリングフォードの頬に触れた。しかし、アビゲイルの手だと悟って彼が手を重ねようとしたときには、もう消えていた。

「ええ、あなただって、どこにでもいるただの男にすぎないわ、閣下。だけどわかるでしょう？　わたしはただの男ではない男性を求めていたの」

16

二週間後

アビゲイルは山羊のミルクの入った容器を大きな音をたてて厨房のテーブルの上に置き、大声で知らせた。「お客さまよ」

モリーニがエプロンで手をぬぐいながら、食器洗い場から出てきた。「なんですか？」

「お客さま。土埃がすごくて、何人いるかはわからなかったけど。靴についた山羊のミルクを拭いたらすぐ、アレクサンドラが書斎で応対してくれるそうよ。お茶を持っていったほうがいいと思うわ」それだけ言うと、アビゲイルは出ていこうとした。

「待ってください、シニョリーナ！」

「時間がないのよ、モリーニ」

「シニョリーナ、お願いです」

背後から家政婦の静かな声が追いかけてくる。アビゲイルは片手を扉にかけたまま、動きを止めた。「手短にお願いね、モリーニ。とっても忙しいの」

「シニョリーナ、それは違います。自分から忙しくしているだけです。いろいろ考えなくてすむように」

アビゲイルは振り返り、胸の前で腕を組んだ。「何を言っているのか、さっぱりわからないわ。考えごとならたっぷりしているわよ。ものすごく高尚な考えごとを」

モリーニは開いた窓の横に、ぴくりとも動かずに立っている。唯一動いているのは、朝の風が揺らしているこめかみのあたりの短いおくれ毛だけだ。「教えてください、シニョリーナ。夏至の夜に何があったんです？　どうしてあなたと公爵は、みじめな目をして歩きまわってるんですか？」

「きかないとわからないなんて驚いたわ、モリーニ。すべてお見通しだと思っていたのに。とにかく、話すことなんて何もない。わたしたちは合わないってわかっただけよ。前からそう言っていたでしょう。レモンのリキュールを無駄に使ったわね」

「シニョリーナ、聞いてください。わたしに計画があって……」

アビゲイルは手をあげて止めた。「もうあなたの計画はたくさん。呪いの話も聞きたくないわ。あんなふうにみんなをくっつけようとするのは、確かにとても楽しかった。だけど、その結果がこれよ。ミスター・バークはかわいそうなアレクサンドラには何も言わずに、ローマで開かれる自動車の展示会に行ってしまった。ローランドとリリベットの行方はまるでわからない。けだものみたいなソマートン伯爵が関係してるに決まっているから、夜明けの決闘だなんてことになりかねないわ。それに時間切れでしょう？　夏至は過ぎてしまったもの」

「まだ完全には過ぎてはいません」

「かろうじてね」

「もうほとんど望みがないと思っているんですね、シニョリーナ」

「だって、いったいどんな望みがあるというの？　呪いだなんて人知を超えたことに干渉しようとしても無理なのよ。愛情に関することだって、まわりがどうこうできるものじゃないわ」

モリーニは頭を振った。「あなたからそんな言葉を聞くなんて思いませんでした、シニョリーナ。お姉さまが言うのならわかります。でもあなたはとてもみずみずしい心を持っていて、楽しいことが大好きなのに。その心はどこへ行ってしまったんですか？」

「本当に、どこへ行ってしまったのかしら」アビゲイルはつぶやいた。

「ああ、シニョリーナ」モリーニがスカートをはためかせて前に踏み出し、アビゲイルの両肩に手を置いた。家政婦からは焼きたてのパンの香りがした。炉と古い木製のテーブルとすり減った敷石の床がある厨房の、ほっとするにおいも。「あなたはとてもお若い。そして恋をしている。公爵もあなたを求めています。大きな黒い馬に乗って何時間もうろついていますし、書斎で頭を抱えながらじっと座っています」

いつものように公爵という言葉に反応して、アビゲイルの心臓がどくんと打った。この二週間というもの、まぬけな心臓は不自然なほど感傷的な反応ばかり示している。夏至の夜の別れ際の、煤で汚れたウォリングフォードの顔がふと浮かんだり、城の中を歩いている姿や外で馬に乗っている姿が見えたりすると、いつもずきんと痛む。これは良心の呵責だと、アビゲイルは自分に言い聞かせた。あの晩、彼にきつく当たり、冷たくあしらってしまったからなのだ。彼は何も、わざとアビゲイルを失望させたわけではない。いつものようにいかにも公爵然として自分勝手にふるまっただけで、彼女のほうも最初からそれは心得ているべきだった。それなのに欲望に目がくらみ、モリーニの言葉に惑わされてしまった。これは運命で、真実の愛なのだという戯言に。でもウォリングフォードが生来の資質のままに行動したからといって、責められるはずもない。彼に対して勝手に思いを募らせ、期待をふくらませたのはアビゲイルの過失だ。

けれど、どちらもすぐ元気になるだろう。傷ついたのはアビゲイルの少女じみた憧れの念と、ウォリングフォードの貴族としてのプライドだけなのだから。このまま彼を避け続け、相手も書斎にこもって出てこないようにしてくれれば、あと一、二週間のうちに互いに対する関心なんて嘘のように消えるはず。

きっとそうだ。

それにしても、彼のいない毎日がこんなにも空っぽに感じなければいいのに。

アビゲイルはまたおかしな反応をしないように心臓の上をとんと叩き、すでにどれだけウォリングフォードに関心を失っているか自分に示すようにうなずいた。

「彼は研究に励んでいるのよ、モリーニ。あなたにとっては驚きかもしれないけれど、わたしたちはそのためにここへ来たの。異性に気を散らされることなく、学問にいそしむためよ。確かに最近わたしたちは、少しばかりホルモンのバランスが崩れて熱に浮かされたようになっていた。でも幸い、みんな分別を取り戻しつつあるわ」

「分別ですか、シニョリーナ？」

「ええ、分別って大事よね。公爵もようやくリウィウスの本と向きあう気になってくれたみたいで、本当によかったわ。彼はもっとそういうことに頭を使うべきだもの」

「あの方が読んでいるのはリウィウスではありません、シニョリーナ」

「別になんでもいいのよ。きっとためになる本だと思うわ。ものすごく自分が高められるような」

「確かにためになる本ですよ」モリーニが考え込みながら言う。「ええ、とてもためになります」

アビゲイルは目を細めた。「うれしそうね、モリーニ。こっそり何かをあたためているんじゃない？　絶対にそうよ」

「そのとおりです。シニョーラ・モーリーとお客さまのためにお茶をいれようと思って、水をあたためています」家政婦はアビゲイルの肩にかけていた手をはずし、炉のほうを指し示した。

残り火の上につりさげられているやかんに、アビゲイルは困惑の目を向けた。

「あら、いつの間に？　まあ、いいわ。きかないほうがよさそう。それにわたしが言ったのはお湯のことじゃなくて、あなたが頭の中であたためている計画よ。わたしたちをそれぞれの相手とくっつけるのを、まだあきらめていないんでしょう。幽霊であるあなたは、陰でこっそり指を振れば、わたしたちを自在に動かせると思っているんだわ」

「わたしは幽霊じゃありません、シニョリーナ」モリーニがむっとした声を出す。

「いいじゃない。普通の人間でないのは確かなんだから」アビゲイルは指をくるくるまわした。「だけど、わたしはもうおりるわ。そのばかげた計画はあなたひとりで進めて」

「でも、シニョリーナ、聞いてください！　お客さまが……」

アビゲイルは両耳をさっと手で覆った。「もう聞かない！」

「シニョリーナ！」

「聞かないってば、絶対に。あなたは好きにして、モリーニ。わたしは着替えに行くから」

山羊のにおいをさせながら、耳をふさいだアビゲイルは背筋を伸ばし、精いっぱい威厳をこめて言った。

「それはいいですね！　ぜひ着替えてきてください！　部屋に戻って着替えているうちに、旅行鞄を取り出して荷造りしたいという気になるかもしれません」

すでに歩きだしていたアビゲイルは扉のところで振り返った。「どういうこと？　旅行鞄？」

モリーニは笑みを浮かべてエプロンを撫でつけ、しゅんしゅん音をたてているやかんをおろしに炉へ向かった。「じつはシニョリーナ、あなたとシニョーラ・モーリーが近々お出かけになる予感がします」

「お出かけ？　なぜわたしたちが出かけなければならないの？　いったいどこへ？」

「もちろんローマですよ、シニョリーナ」家政婦はティーポットに湯を注ぎ、笑みを浮かべたまま顔をあげた。「なんて言いましたっけ？　そう、永遠の都です」

翌日

「おい、ジャコモ」ウォリングフォードは馬から飛びおり、馬小屋のかたい地面に立った。「ガチョウがそこらへんを歩きまわっているぞ。いったい……」

「シニョーレ！」

突然両手をつかまれ、ぐるぐる振りまわされた。ルシファーが驚いて、鼻から勢いよく息を吐き出す。

「いったいなんなんだ」ウォリングフォードはようやく手を引き離すと、乗馬用の上着の袖を払った。一方ジャコモはダンスの相手を失っても、酔っ払いの操り人形のようにぎくしゃくと馬小屋の中を跳ねまわっている。「いいかげんにしろ」

「奇跡だ、シニョーレ！　奇跡が起こった！」

ルシファーが不機嫌な気配を見せはじめたので、ウォリングフォードはジャコモから手綱を取り返した。「奇跡だって？　どんな奇跡だ？　馬小屋の屋根から雨ではなくワインでもしたたり落ちてきたのか？」

ジャコモが地面の上にがくんと膝をつき、天を仰ぐ。

「どうした？　大丈夫か？」心配になって歩み寄ろうとした。

管理人は手のひらを上に向けて両手を差しあげた。「神よ、ありがとうございます。とうとうすばらしいお恵みをくださったことに感謝します」

「山羊が勝手にミルクを出すようになったのか？　それともガチョウが金の卵でも産んだとか？」

「そうじゃない、シニョーレ」

ウォリングフォードは考え込んだ。「金の卵がふたつか？」

「シニョーレ、女どもだよ！」

ウォリングフォードはルシファーの腹帯をゆるめ、囲いまで連れていった。

「女ども？　それだけか？　おまえは女どもが嫌いなんだと思っていたよ。それどころか、憎んでいると言ってもいいくらいだと思ってた」

「そうだ、おれはあいつらを心から憎んでいる。厄介ごとを引き起こすしか能のないやつらだ。だから今日は最高に気分がいい」ウォリングフォードの隣に来て一緒に歩いていたジャコモは、自分の指先にキスをした。

「今朝は女どもが山羊の世話をやさしいおまえに任せて、城にこもっているのか？」

「いや、シニョーレ。もっといい。出ていったんだ！」ジャコモはふたたび両手を天に差しあげた。

ルシファーの黒い背中から鞍をおろそうとしていたウォリングフォードは、石のようにかたまった。「どういう意味だ？」こわばった唇から、ようやく言葉を押し出す。

「行っちまったんだよ、シニョーレ！　ようやく出ていった！　村から呼び寄せた荷馬車に旅行鞄や帽子を積んで、夜明けに。やっとだ！」ジャコモは自分の体を抱きしめ、年老いたがに股のバレリーナのようにくるくるまわった。

「確かなのか、ジャコモ？」腕に力が入り、抱えていた鞍が食い込む。ルシファーが不安そうに鼻息を荒くした。

「この目で見届けたのさ、公爵どの。手を振ってやった」ジャコモは手を振ってみせ、さらに効果を高めるために指をひらひらさせた。

「本当に行ってしまったんだな？」

「ああ、出ていった。三人のうちふたりが。悪魔の姉妹だ」

「ジャコモ、あのふたりは悪魔ではない。元気があり余っているだけだ」

「シニョーレ」ジャコモが声に非難をこめる。「女どもがどんなだか、あんたも知ってるはずだ。あいつらのせいで困っていた。だから晴れ晴れしただろう。心が軽くなったはずだ」

ふうっと息を吐いて、胸に手を当てる。「おれの心も翼のように軽い」

「翼？」

「ふわふわと飛んでいきそうだ」ジャコモは息を吸い込んだ。「ああ、体が軽い」

「翼じゃなくて羽だろう。羽のように軽くなる、というのが正しい」革の状態を気にかける余裕もなく、そのまま鞍を柵の上にかけた。自分で道具の手入れをするようになってから、はじめてのことだ。ルシファーがウォリングフォードの背中のくぼみを鼻でそっとつつく。

「ああ、それだ！　あんたも同じ。心が羽のように軽いんだ！」

ウォリングフォードは振り返った。「ぼくは早く馬の世話をして、そのあと昼食をとりに行きたいだけだ。悪いが、ひとりにしてくれないか」

ふたたび手を胸に当てながら、ジャコモは幸せそうにお辞儀をした。「いいだろう、シニョーレ。それならおれは行く。ひとりで喜べばいい。存分に」

ウォリングフォードはブラシを手にした。「どうせなら今日はもう休みにして、たっぷり祝ったらどうだ。きみを雇っているのはぼくじゃないから、止めはしない」

ルシファーの体に丁寧にブラシをかけ、鞍や腹帯の跡を消していく。それから蹄に石が挟まっていないか確認し、頭絡をはずして端綱をつけてから、馬を引いて放牧場へ向かった。中に入れて門扉を閉め、しばらく柵際で見守る。ルシファーはうれしそうに蹄で一、二度地面をかいたあと、ゆったりと放牧場を駆けまわった。

彼女が出ていってしまった。

太陽が真上から照りつけ、麦わら帽子の編み目を通して頭皮を焼いている。イタリアの七月の日差しは強い。一番近い鉄道の駅を目指して、フィレンツェまでのでこぼこ道を荷馬車で進むのは暑くて大変だろう。パラソルと水を持っていっていればいいが、と心配になった。

馬具を持って馬小屋に引き返し、所定の位置に戻す。

胃が痛むくらい空腹だったが、ウォリングフォードはひとりきりで食堂の巨大なテーブルにつき、毎日正午に供される冷たい昼食をとる気になれず、書斎へ向かった。この二週間、そこで長い時間を過ごしている。ローランドとバークが城を出ていって以来、頭に焼きついたアビゲイルの冷たい目から少しでも気持ちをそらしてくれるものがある場所はほかになかった。

最初は帳簿や領地関係の文書といった古い書類に目を通して、役に立ちそうな箇所を書きとめていた。そしてこの城に関する過去から現在までのすべての法律的、財政的側面を把握し、現在の状況を完全に理解したと確信できるようになったところで、読書のテーマを男女の交わりへと移した。

その中でもとくに、女性の体の構造を知るのに没頭した。もっと詳しく言えば、女性の快感の源はどこなのかを調べ出したのだ。ただ好奇心を満足させたいだけだと、最初は自分に言い訳していた。けれども、そのラテン語の名称を知り、解剖学的な説明を読み、さまざまな個人差について知るうちに、すっかり魅了されてしまった。ひとつまたひとつと学ぶうちに、知識に飢えたウォリングフォードの前に、目もくらむような新しい世界が姿を現したのだ。しかもセント・アガタ城の書斎には、このテーマに関する蔵書が豊富にそろっていた。まるで、いつか彼がこれらの本を必要とするとわかっていたかのように。

さまざまな研究論文、ヨーロッパ大陸で出版された興味深い回想録の数々、はるか遠い東洋の性の手引書といったものを読み終える頃には、ウォリングフォードの胸の中には小さな希望の灯がともっていた。

けれども今、その希望の灯は消え、胸が凍えるように冷たくなっている。

ウォリングフォードはすり切れた敷物の上を横切って、机にたどり着いた。夏至の夜、アビゲイルはまさにこの場所で彼を誘惑した。魅力的な体を見せつけながら身をかがめる彼女に、ウォリングフォードはひとたまりもなかった。力なく椅子に座り、ラシャ張りの天板の上に広げてある、インクと古びた紙のにおいの漂う本に目をやる。そこに描かれている図は、たとえばロンドンに立ち並ぶ屋敷の客間で午後四時半という時刻にいきなり見せられたとしたら、失神者続出で気つけ薬が必要になる類のものだった。ウォリングフォードは男女が絡みあう姿とその下に添えられたラテン語の説明をじっと見つめたあと、大きな手を伸ばして本を閉じた。

その朝、彼は村にいる代理人の家へ行ってきた。頼んでおいた結婚契約書はすでにできあがっていて、代理人はその場で内容を確認するかときいた。

一瞬考えたあと、また今度にすると答えた。今日はたくさんやることがあるからと言い訳をして。

それなのに、じりじりと太陽に焼かれながら丘の道を戻り、陽光に照らされた城が目に飛び込んできた瞬間、ウォリングフォードは臆病な自分を罵った。この二週間、アビゲイルを避けてきた。そのあいだ、ぼくはいったい何をしていたのだろう？　最後に言われたことをうじうじと思い返し、彼女に向かっていく勇気を自ら萎えさせていただけだ。アビゲイルがいつもの軽やかな足取りで歩きまわるのを、陰からただ見つめながら。それでも彼女の妖精のような美しさは心に取りついて離れず、書斎の窓から姿が見えるたびに胸が締めつけられた。

もう隠れるのはよそうと思いつつ、ウォリングフォードは残りの道をたどった。どこにでもいるただの男のようにふるまっていても何も変わらない、うじうじするのはやめようと心を決めて。

もう一度、全能のウォリングフォード公爵に戻るのだ。自分を奮い立たせろ。

時がまどろんでいるかのようなあたたかい書斎で、彼は茶色い革装の本を見おろした。人体の生理学に関する科学的な研究であることを示す、そっけない題名の本を。

ウォリングフォードは立ちあがって書斎を出た。

人影のない石造りの空間に乗馬用ブーツの音を響かせながら、一段抜かしで大階段を駆けあがる。彼はそれまで一度も入ったことのない女性たちの翼棟に足を踏み入れた。どの扉にも鍵はかかっておらず、蝶番にきちんと油が差してあるらしく、すんなりと開く。最初の部屋には小型の二台目のベッドもあり、おそらくレディ・ソマートンと幼い息子のフィリップが使っていたのだろうと推測できた。もう少し狭くてきちんと片づいた二番目の部屋は、空の高い場所にある太陽の光は差し込まずに薄暗い。衣装戸棚を開けてみると青いドレスが一着だけかかっていて、レディ・モーリーが何度かそれを着ていたのをウォリングフォードは思い出した。

三番目の部屋の扉がかすかな音とともに開くと、すぐにアビゲイルの部屋だとわかった。うっかり巻き散らした妖精の粉が壁に残ってでもいるように、彼女の気配が漂っている。それとも、ところかまわず置かれた本のせいだろうか？　小さなベッドの足元の床にまで置いてある。アビゲイルのベッド、アビゲイルの枕。彼女が毎晩頭をのせて眠り、夢を見た、ひんやりとしたリネンの枕。彼女はいったいどんな夢を見ていたのだろう？

それに眠るときは何を身につけていたんだ？

壁際には整理戸棚と、その隣に洗面台がある。近づいてみると、水差しとたらいは空っぽだったが、台の端に小さな石けんが残されていた。手に取って鼻に近づけるとレモンと花の香りがして、せつなさに息が詰まる。ウォリングフォードは崩れるように椅子に座り込み、両手で頭を抱えた。

ウォリングフォードはセント・アガタ城の厨房に一度も行ったことがない。だから食堂の前の廊下の先のどこかにあるという、漠然とした認識しかなかった。

結局、鼻を頼りにするほかない。パンを焼くにおいに従って進んでいくと、半開きの扉を見つけた。厨房には誰もいなかったが、炉にはやかんがかけられ、部屋の真ん中の大きなテーブルには焼きたてのパンが冷ましてある。開け放した窓からは、外の熱気をはらんだ風がかすかに吹き込んでいた。

ウォリングフォードは中に入り、その場でゆっくりとひとまわりした。

「そこにいるんだろう?」低い声で言う。「家政婦のモリーニ。理由はわからないが、ぼくはきみを一度も見かけたことがないし、アビゲイルはジャコモを一度も見たことがない。だが、ここにいるのはわかる。感じるんだ。頭の中や首のうしろがちりちりする」

室内はしんと静まり返ったままで、聞こえるのは彼の呼吸の音だけだ。

「彼女がどこへ行ったのか知っているんだろう? どうやらきみはなんでも心得ているらしいから」

ふたたび向きを変えると、ブーツが床の敷石にこすれて音をたてた。

「どうか……彼女の居場所を教えてもらえないだろうか。ぼくは突然、ここにひとりぼっちになってしまった。最後まで残ったのは勝利と言えなくもないのだろうが、とてもそんなふうには思えない……」

声が小さくなって途切れた。外でガチョウの憤然とした鳴き声が響き、すぐにジャコモの歌うようなイタリア語の悪態が続いた。

「つまり、ぼくは彼女を愛しているんだ。彼女が恋しくて何も考えられないし、眠れない。彼女がどんなふうか知っているだろう? 妖精みたいで、つかまえようとしてもつかまえられない。だがなんとしても、もう一度やってみなくては。彼女なしでは生きていけないんだよ」息を吸い込んで気持ちを抑えた。「もし彼女の行き先を知っているのなら、どうか教えてほしい。モリーニ、きみが何者かは知らないが、お願いだ。なんとか方法を見つけて、知らせてくれないか。どんなときも彼女を守ると誓うよ。一生かけて幸せにするから……」

一瞬強い風が吹きつけ、熾火（おきび）の上にかけてあるやかんがリズミカルな音をたてて小さく揺れた。

「彼女はぼくの最後の希望なんだ」

声が四方の壁にぶつかって跳ね返る。テーブルの上に置かれたパンの香りに空腹を刺激されて、昼食の時間から一時間過ぎているのを思い出した。誰もいない部屋でぶつぶつと感傷的な戯言をつぶやくなんて、自分は頭がどうかなったのだろうかと苦々しく考える。

くるりと向きを変えて、ウォリングフォードは厨房を出た。そして石の廊下をたどり、巨大な食堂のテーブルにひとり分だけ用意されている昼食をとりに向かった。


ワインのグラスを傾けながら、すばらしいアーティチョークのタルトを食べ終わったとき、食堂の扉が開いてメイドが入ってきた。頭にかぶったスカーフを神経質に指でいじり、ウォリングフォードと目を合わさないようにしている。

「マリアだったかな」とにかく人としゃべれることにほっとして声をかけた。

「はい（シ）、公爵さま」メイドは小さく身をかがめてお辞儀をし、手を差し出した。「お渡しするようにとことづかってきました」

ウォリングフォードの心臓が狂ったように打ちはじめる。「ありがとう、マリア」

手が震えているのを気づかれないよう、ゆっくりと紙を開いた。メイドは彼が返事を託すつもりか確認するため、扉のそばでじっと待っている。

筆跡が判読しにくいうえに、英語が母国語でないらしく文法がおかしいので、慎重に読み進めた。

最後まで目を通すと、ウォリングフォードは丁寧に紙をたたんでベストのポケットに入れた。あとでもう一度、よく読み直さなくてはならない。

「ご苦労だった、マリア」ナプキンをたたんで立ちあがる。「一時間ほどで城を発たなければならなくなった。ぼくの馬に鞍をつけて支度をさせておくよう、馬小屋に知らせておいてくれ。それから、マリア」

「はい、シニョーレ」彼の言葉が完全には理解できないのか、メイドは少しうろたえている。

「シニョリーナ・モリーニによく礼を言っておいてほしい。そして、ウォリングフォード公爵は彼女を失望させないように全力を尽くすと伝えてくれ」

17

ローマ　ボルゲーゼ公園

アビゲイルは縁が革の大きなゴーグルを姉に渡し、頭にかぶった白いスカーフの上に装着するのを手伝った。「どきどきするわね」革ひもの金具を留めながら言う。「今だから言うけど、じつはわたし、ホテルのカフェでお姉さまに二〇リラ賭けたの」

「二〇リラなんて、どこに持っていたの？」アレクサンドラがきいた。それから自動車のボンネットの上にかがみ込んでいる男性に呼びかける。「ねえ、フィン。もうじゅうぶんよ。この人たちは本当に驚くほど優秀なの。あなたも自分の自動車を点検するべきだわ」

体を起こしたミスター・バークは、アビゲイルの目にとても颯爽として映った。しわを寄せた額の上に、つばのある運転用の帽子をのせて首からゴーグルをさげた彼は、人並みはずれた長身に薄地の長いコートの裾をはためかせている。こめかみに薄く光る汗はじめじめした暑さのせいだろうが、心配しているからでもあるだろう。彼は愛するアレクサンドラが敵としてレースに参加するのを苦々しく思っているのだ。

アビゲイルは亡くなったモーリー侯爵の甥であり、姉が乗る蒸気式自動車の所有者でもあるウィリアム・ハートリーに目を向けた。陽光を浴びて輝いている自動車の側面にのんびりとおなかを預けている彼は、赤毛のライバルより三〇センチは背が低く、三〇センチは胴まわりが太い。

はっきり言って、まるで比較にならない。

「コースはちゃんと頭に入ってるか?」

ミスター・バークがきいた。不満そうなその声を聞いて、アビゲイルは彼の甥を思い出した。

「完璧よ。公園をまわり、コロッセオまで行って、また公園に戻る。昨日まわったわ。標識も出ているし」

ミスター・バークがアレクサンドラをじっと見つめている。ふたりのあいだの熱く脈打っているような空気は、アビゲイルにも息苦しいほど伝わってきた。

「気をつけて」彼が声をかける。

「あなたも」アレクサンドラもささやき返した。

ミスター・バークは向きを変え、自分の自動車まで戻った。車のまわりを一周して鋭い視線で最後の確認をしている彼を、アビゲイルはやさしい目で見つめた。その厳しい横顔にウォリングフォードが重なり、頭が彼のことでいっぱいになる。だからそのあとすぐ本人の声が聞こえてきたときも、まったく驚きはなかった。

「レディ・モーリー」

アレクサンドラの自動車のつやつやと輝く車体に、大きな影が映った。

アビゲイルはさっと振り返った。「まあ！　ウォリングフォード！」

「ウォリングフォード！　どういう風の吹きまわし？」アレクサンドラも声をあげる。

そこにはそびえるような長身のウォリングフォードが立っていて、アビゲイルをにらみつけていた。明るいグレーのスーツに麦わら帽子といういでたちで彼女の隣にいるのは、確かに彼だ。まぶしい陽光の中、ダークブルーの目の青みがいつもより際立っている。胸にのっていた見えない重しが急にどけられたように、アビゲイルは心が軽くなった。口を開いたものの、言葉が出てこない。

「行き先くらい教えてくれてもよかったんじゃないか。まったく」

「どうしてあなたに教えなくちゃならないの？」アレクサンドラが言い返した。

ウォリングフォードが彼女に目を向ける。「四日前、目を覚ましてみたら、あのいまいましい城にいたのはぼくひとりだったからだよ。あたりは静まり返って、誰からも音沙汰ひとつない。そのうえ……」

アビゲイルはようやく声が出た。「本当にごめんなさい。山羊たちは元気にしてる？」

彼は視線を戻し、口をゆがめて吐き捨てるように答えた。「知ったことか。山羊のことなんか」

「言葉に気をつけてよ！　困るわ」アレクサンドラがたしなめる。「それより、わたし、もうすぐレースに出なくちゃならないの」腕時計に目をやる。「あと五分しかないわ。悪いけれど、あなたの相手はしていられないの」

ウォリングフォードが唖然とした。「きみがレースに出るのか？」

「そのとおりよ」

驚きに目を見開いたまま、彼はアビゲイルに視線を移した。「だが、妹をひとりにしておくわけにいかないだろう……イタリア人たちの中に！」

「もちろんよ。ミスター・ハートリーがそばにいて、言い寄るような男から守ってくれるわ」

アビゲイルはハートリーに目を向けた。数メートル離れたところで帽子を手に持って耳をかいており、そのまわりでは整備士たちがくつろいでいる。ハートリーは自分の名前が聞こえたのか、ちらりとこちらを見て帽子をかぶり直し、顎を撫でた。

ウォリングフォードは彼をぐっとにらみつけてから、アレクサンドラに向き直った。

「本気じゃないだろうな」

「あら、不満なら、あなたが妹に付き添って。もっともわたしとしては、アビゲイルに近づくまぬけなイタリア人がいたら、その人のほうがよっぽど心配だけれどね。ミスター・ハートリー！」

ハートリーが背筋を伸ばす。「なんです？」

「そろそろ時間でしょう。蒸気はどう？」

彼ではなく整備士が答えた。「蒸気は満タンです、マダム。いつでも走れます」

突然、銃声のような音が会場に響き渡った。気がつくとアビゲイルは地面に叩きつけられ、ウォリングフォードの重い体に覆われていた。

「何かしら？ 首相が暗殺でもされたとか？」アビゲイルが弱々しい声で言った。

ウォリングフォードは彼女の頬に頬を寄せていた。そのままでいたかったが頭をあげた。横を向くと鼻先に自動車のタイヤのゴムが見え、さらに視線をあげると、物問いたげなレディ・モーリーの顔が目に入った。

「大丈夫よ」彼女が言った。「ちょっとした爆発があったみたい。あのいまいましい内燃エンジンね」

アビゲイルは彼の下でじっと横たわっている。ウォリングフォードは彼女のつぶれた帽子と乱れた栗色の髪を見つめた。

「なんともないか？」おそるおそる尋ねる。

彼女が身じろぎしたので、ウォリングフォードは起きあがるしかなかった。まわりに大勢の人がいようと、さらにひどいエンジン爆発の恐れがあろうと、このままアビゲイルのあたたかい体に覆いかぶさっていたかったのだが。「爆発だって？ どこで？」

「あっちだと思うわ」レディ・モーリーが指差した。「ボンネットの上に血が飛び散っているから。気の毒にね」

ウォリングフォードはレディ・モーリーの指先をたどった。彼はそれまで、自分は英国人らしく冷静沈着で、胃も頑丈だと思っていた。しかし医者やら担架やら包帯やらが入り乱れる光景を見ているうちに、次第に胃が落ち着かなくなってきた。やむをえずレディ・モーリーの自動車の横に手をつき、指先を見つめながら吐き気が去るのを待つ。血の気が失せているような感じがするのは気のせいだろうか。

「ひどいわね。ぞっとするわ」アビゲイルの声が聞こえた。「腕から血が飛び散ったのかしら」

「内燃エンジンは手でクランクをまわさなくてはならないのよ」アレクサンドラが訳知り顔に頭を振った。「だからとても危険なの。厄介な乗り物ね」

バークが近づいてきた。帽子の下から明るい赤毛がのぞいている。「みんな無事か？」彼はウォリングフォードを見つけて驚いた。「こんなところで何をしているんだ？」

「それはこっちがききたいね」ウォリングフォードは姉妹に向かって顎をしゃくった。ローマの太陽を受けたふたりのドレスの白が目にまぶしい。「彼女を自動車に乗せて大丈夫なのか？」

「ウォリングフォード、もしきみに彼女たちを止められるのなら、そうしてくれ。ぼくには無理だった」

医者たちが担架を伴って到着し、驚くべき手際のよさで骨折した箇所とはずれた顎に包帯を巻き、ボンネットの上から血を拭き取った。ウォリングフォードはなんとかアビゲイルの隣に行こうとしたが、アレクサンドラと女同士のおしゃべりに花を咲かせていて、つけ入る隙がない。そのうちにバークが彼を横へ引っぱっていき、爆発の原因や、電気エンジンが安全性、性能、においなどすべてにおいていかに優れているかを滔々と語りはじめた。

ウォリングフォードは事故現場にもう一度目を向けた。それからスタートを待つ一〇台余りの車と、ゴーグルと白いスカーフをつけたレディ・モーリーをじっと見る。最後にバークへ視線を戻して口を開いた。「なあ、本当に無事にゴールできるんだな？　ひどく危険なことに思えるが」

「大丈夫さ」バークはレディ・モーリーに目をやった。「だが正直なところ、もうレースが終わってここに立っているのならいいのにと思うよ」

「そうか」

バークは腕時計を見て、運転席へと歩きだした。「事故の処理は終わったようだから、もうすぐスタートになるだろう」

バークが車に乗り込むのを、ウォリングフォードは見つめた。「何かぼくにできることはあるか？」

「見守ってくれているだけでいい。そしてもし何かあったら、彼女を頼む……」異状がないか調べるように、バークはハンドルをじっと見ている。

「任せてくれ」ウォリングフォードは請けあった。けが人が担架にのせられて運ばれていくと、人々のあいだにほっとしたような空気が広がった。「彼女と結婚するつもりなんだな？」

彼は静かに尋ねた。

「彼女が受け入れてくれれば」バークは両手をハンドルに置き、前方を見つめた。太陽の光を反射して、革の手袋が鈍く光っている。「きみのほうはどうなんだ?」

「彼女が受け入れてくれれば」

バークが笑いながら頭を振った。「もう二度と新聞の広告を賭けに使うもんか」

運転手たちが次々と席に乗り込み、内燃エンジンの車もクランクをまわされて始動している。ウォリングフォードはバークの車から離れた。「じゃあな、幸運を祈っている」

「きみのほうこそ、うまくいくよう祈っているよ」

ウォリングフォードは車のうしろをまわってアビゲイルのところに行くと、しっかり腕をつかんだ。彼女が驚いて振り返る。

「ミス・ヘアウッド、きみはぼくと一緒に来るんだ」有無を言わさぬ尊大な口調で言った。アビゲイルがこういうのを好きなことはわかっている。

「あら、どこへ?」彼女の目はきらきらしていた。まるで〝ぼくの部屋へ〟とか〝近くの連れ込み宿へ〟などと返されるのを期待しているかのようだ。

「危なくない場所へ」彼はそう答えた。

アビゲイルはおとなしく言うことを聞いて、ウォリングフォードと一緒に観客たちにまざった。むっとする排気ガスのにおいが、あたりにたちこめている。何百人もの観客がいっせいに息を止め、スタート係を見つめた。スタート係は列の端に立ち、腕時計を見つめながらピストルを掲げている。

「なかなかすてきなピストルよね。本当に弾がこめられていると思う?」アビゲイルがウォリングフォードの耳元でささやいた。

スタート係がスタートラインに目を走らせて確認した。あたりがしんと静まり返る。けたたましいエンジン音以外は何も聞こえず、頭をあげて車列を鋭い目で見渡したスタート係以外、すべてが静止している。ウォリングフォードの隣では、アビゲイルが慎ましやかな白いシフォンのドレスの下で興奮に身をよじっていた。手袋をはめた彼女の手が、彼の手の中にするりと入ってくる。

銃口から煙があがり、一瞬遅れてピストルの音がとどろいた。

レディ・モーリーの車が飛び出し、バークの車と二、三秒並走したあと前に出た。風にはためく白いスカーフと満面の笑みがちらりと見え、彼女はウォリングフォードの視界から消えた。

「お姉さまが前に出たわ! 先を走っているのよ! お願い、よく見えるように持ちあげて!」アビゲイルがクルミでも割ろうかという勢いで、彼の手をぎゅっと握りしめる。

ウォリングフォードとしては従う以外になかった。彼女の細いウエストを両手でつかみ、高く持ちあげる。「見えたわ! まだ前にいて、今、角を曲がるところよ。ミスター・バークはすぐうしろを追ってる。それから……ああ! まさかそんな!」

「どうした?」ウォリングフォードには白いシフォンしか見えない。

「ハンドルが取れちゃった車があるの！ ひどいわね。あっ、危ない！」アビゲイルは彼を刺激しているのも知らずに身を震わせると、支えられながら滑りおりた。

「果物売りの屋台に突っ込んだわ。バナナの山だったと思う」

バナナ。彼は目を閉じると、アビゲイルが笑いながら身を離す前に、彼女の生き生きとした香りを吸い込んだ。

「とりあえず、もう見えなくなったわ。ゴールにはいつ頃到達するのかしら？」

それを見れば答えがわかるとでもいうように、ウォリングフォードは腕時計をじっと見た。

「バークは一時間くらいだと言っていた」柄にもなく、うれしくてそわそわしていた。アビゲイルが以前の彼女に戻っている。はつらつとして魅力的な彼女に。たった今も彼に触れられるのをいやがらず、自ら体を預けてくれた。ボート小屋での出来事など最初からなかったかのように。しかし、ちょっと簡単にいきすぎている気もする。

このままうまくいくと思っていいのだろうか？

彼女の肩をつかんで振り向かせた。「アビゲイル、ぼくは……」

「そこにいらしたんですか、ミス・ヘアウッド！」恰幅のいい紳士がふたりに歩み寄ってきた。スタート前にレディ・モーリーの車の近くをうろついていた男だ。彼は両手の親指をベストのポケットに引っかけ、快活な口調で続けた。「レースのあいだ、あなたに目を配っていてくれとレディ・モーリーに頼まれたんですよ」

「あら、その必要はありませんわ」アビゲイルも相手に負けない陽気な口調で応えた。「思いがけなく友人が来てくれましたから。最高のお目つけ役なんですよ。恐ろしく保護意識が強くて。しつこい猟犬並みですわ」ウォリングフォードの腕を軽く叩く。

紳士は眉をつりあげ、ウォリングフォードをまじまじと見た。帽子のつばを持ち、ゆっくりと持ちあげる。「猟犬だって？　そういえばきみ、なんだか見覚えがあるけど思い出せないな。通り名か何かはないのかい？」

ウォリングフォードは冷たい目で男を見おろした。「ぼくはウォリングフォード公爵だよ、きみ。きみこそ何者だ？」

紳士が真っ青になって、助けを求めるような目をアビゲイルに向ける。

「あら、ごめんなさい！　ウォリングフォード、こちらはウィリアム・ハートリー。姉の甥よ。もちろん、結婚してできた甥だけど。姉が運転している車は彼のものなの」

ウォリングフォードはハートリーの丸い顔から、一瞬たりとも視線をそらさなかった。

「それなら、なぜ自分で車を運転していない？」

「運転すると気持ちが悪くなっちゃうんですって。そうよね、ミスター・ハートリー？」

「そのとおりでして」ハートリーが額に浮かぶ大粒の汗をハンカチで押さえる。

「なるほど」

「ミスター・ハートリーはローマに向かう途中、お城までわたしたちに会いに来たのよ。そのときにアレクサンドラを説得したんだと思うわ。そうでしょう、ミスター・ハートリー？」

観客たちのあいだに何やらざわめきが走った。

「何かしら？」アビゲイルが様子を見ようと首を伸ばす。「けんかかもしれないわね。そうだといいのに。イタリアに来て五カ月近く経つけれど、一度もけんかを見ていないの」

叫び声があがり、どよめきが大きくなった。ウォリングフォードはアビゲイルをかばうように身を寄せ、脚を少し開いて踏ん張った。

「心配しなくても大丈夫ですよ、ミス・ヘアウッド。うちの整備士たちは頼りになりますから」ハートリーが声をかける。

彼女がウォリングフォードの腕をつかんで伸びあがった。「もしけんかだったら、すぐにわたしを肩にのせてね。パンチ一発だって見逃したくないから」

ウォリングフォードはまわりより少なくとも頭半分は抜きん出ていたので、騒ぎの源を探して帽子の波を見渡した。

「けんかじゃない」彼は体から力を抜いた。「ハンドルを持って走りまわっているやつがいるんだ」

六時間後

「そこでぼくは、一瞬のうちに重大な選択をしなくちゃならなくなったんですよ。八・二五センチメートルのシリンダーがいいか、それとも八・五七センチメートルのシリンダーがいいか。で、どうしたと思います？」ハートリーは額に落ちた脂ぎった髪を中指で払いのけた。

アビゲイルは息をのみ、口に手を当てた。「きっと八・一二五センチメートルのほうね！」

「いいえ、違います」

「では、八・五七センチメートルのほう？」

「それも違うんですよ、ミス・ヘアウッド」彼が得意げに満面の笑みを浮かべる。

「なんて奇妙なんでしょう！　答えを聞きたくて、うずうずしますわ」

ハートリーはこめかみを指先でとんとん叩いた。「もちろん、整備士を呼んだんです！」

「まさか！」

「真のリーダーというのは、部下に任せるべきときを心得ているものですよ」彼は言葉を切り、疲れたイモムシのようにしつこく落ちてくる髪をふたたび払った。「どうかされましたか、ミス・ヘアウッド？　ここ一〇分ほど、きょろきょろと何かをお探しのようですが」

「なんでもありませんわ、ミスター・ハートリー。とても楽しいお話ですもの。ただ、姉がどこにいるのか気になって。人込みに紛れて見失ってしまったみたい」アビゲイルは頭を傾け、会場に集っている人々を指し示した。優勝者を祝う晩餐会が行われているヴィラ・ボルゲーゼには、大勢の自動車愛好家たちが詰めかけている。肝心の主役がローマ市内の留置場に入れられているにもかかわらず、祝宴は盛況で、いつものようにアレクサンドラは輪の中心にいた。けれども長い一日を過ごしたアビゲイルは、早くホテルのベッドにもぐり込みたくて仕方なかった。

こんなふうに思うのは、デザートの途中でウォリングフォードがいつの間にか姿を消していたこととは関係ない。そう自分に言い聞かせる。

「ああ、レディ・モーリーなら三〇分ほど前に帰られましたよ」ハートリーがベストのポケットを叩きながら言った。「お姉さまは何もおっしゃらなかったんですか?」

「ええ、何も」アビゲイルの心は沈んだ。

「確かに三〇分前です。ぼくが辻馬車を呼びとめましたから」

「急にどうしたのかしら。では、わたしはひとりでホテルに戻らなくては」

「もちろん、ぼくがお送りしますよ」

「いいえ、ひとりで大丈夫です」

「ミス・ヘアウッド!」ハートリーが衝撃を受けたようにあえぐ。「未婚の若い女性がローマの街をひとりで歩くなんて、ありえません!」

「馬車に乗ればホテルの前まで行ってくれますもの。なんてことありませんわ」

「絶対にだめですよ」彼はアビゲイルの肘をつかんだ。「ぼくも、もうホテルに戻ります。こんな時間ですからね。正直くたくたです」わざとらしく小さなあくびをしてみせる。

「ミスター・ハートリー、本当にひとりで帰れますから……」

だが彼が人込みをかき分けてすでに出口へ向かっていたので、アビゲイルは絶望的な気分であとを追うしかなかった。あんなに楽しくはじまった夜が、なぜこんなひどいことになってしまったのだろう? 晩餐会で隣に座ったウォリングフォードは、すっかり以前の彼に戻っていた。皮肉っぽいユーモアと思わせぶりな言葉。ほんの少し力を入れるだけでワイングラスを粉々にできるくらい、大きくて力強い手。丸みを帯びた締まりのないハートリーと並ぶと、ウォリングフォードはつややかな毛皮を持つ虎に見えた。

それなのに彼はいつの間にか姿を消し、アレクサンドラまでいなくなったと思ったら、ミスター・バークも自動車の手入れをすると言って引きあげてしまった。つまりアビゲイルをマジェスティックホテルまで送っていけるのは、ハートリーしかいないのだ。ロンドンにいたら噂になるだろうが、ここにいるのは科学者や整備士ばかりで、社会的なしきたりなど気にも留めていない。

先に出口に着いたハートリーが脇によけて彼女を通した。接客係が訳知り顔にふたりを見る。

もう一度、抵抗を試みることにした。「ミスター・ハートリー、このまま帰ってしまっていいものなのかしら。姉がどこへ行ったのか確認したほうが……」

「いや、大丈夫ですよ。ぼくたちは身内も同然ですから。おーい！」彼は腕をあげて、軽快な音をたてて走ってきた馬車に合図した。

アビゲイルは天を仰いだ。「ミスター・ハートリー、わたしたちは血がつながっていないのよ。それに……」

彼は耳を貸そうともせず、通りまで出て馬車を止めた。馬が玄関前のステップへと向きを変え、速度をゆるめる。「ほら、ぼくに任せてくれればいいんです。それにシリンダーの話の続きができますしね」

「あれで終わりだと思っていましたわ」弱々しく言った。

「まだ終わってませんよ！」馬車が止まったので、ハートリーは得意そうにうしろへさがった。「まだまだです。整備士がなんて言ったか話していませんからね。さあ、馬車へどうぞ」

彼が小さくお辞儀をしながら、馬車の扉を開ける。するとウォリングフォードが中から飛びおりた。

「ウォリングフォード！」ほっとして、思わず彼に抱きつきそうになった。

「これはこれは、ミス・ヘアウッド。それにミスター・ハートリー」ウォリングフォードはハートリーに向かって、公爵らしく尊大に眉をあげた。「どこへ行かれるところだったのかな？」

「ミスター・ハートリーがホテルまで送ると申し出てくださったの。必要ないとお断りしたのだけど」アビゲイルは断ったという部分をわずかに強調した。

「それは親切なことだ。だが、もう必要ない。ぼくはミス・ヘアウッドの面倒を見てくれとレディ・モーリーに頼まれている。それで自分の馬車を取ってきたんだ」

「自分の馬車？」ハートリーが辻馬車を見つめた。

「辻馬車を御者ごと一週間、借りきったのさ。いちいち通りかかるのを待つより便利だと思ってね。では行こうか、ミス・ヘアウッド」

「でも、おわかりでしょう？　あなたが送るのはしきたりに反します。ぼくなら身内ですから」

アビゲイルは残念そうに首を横に振った。「そのとおりよ、ウォリングフォード。ミスター・ハートリーは姉の亡くなった夫の甥ですもの。兄みたいなものだわ」

「それも一理あるが、今も言ったとおり、ぼくはレディ・モーリーに直接頼まれているうえに、乗り物もすでに用意している。さあ、行こう、ミス・ヘアウッド」

ぐうの音も出ないハートリーの鼻先で、ウォリングフォードは彼女を馬車に乗せると、天井を叩いて御者に怒鳴った。「マジェスティックホテルに行ってくれ」


アビゲイルはひとしきり笑うと、そのあと何も話すことがないのに気づいた。隣に座っているウォリングフォードがひどく大きく見え、威圧感で馬車が狭くなったように感じる。人のいるところでは気安く話せたのに、狭い空間でふたりきりになると急に口がこわばった。ウォリングフォードも自分から会話の口火を切ろうとはしなかった。くつろいだ姿勢で静かに窓の外に目を向け、たくましい体を指一本すら動かそうとしない。

マジェスティックホテルまではすぐだった。馬車が速度をゆるめるまでのぎこちない時間は、五分にも満たなかっただろう。窓の外に明かりが見えると、彼は先におりてアビゲイルに手を貸した。

「部屋まで送ろう」有無を言わせぬ口調で言う。

ふたりは最新の機械式エレベーターに乗り込み、赤い制服を着たいかめしい彫像のようなホテルの従業員をあいだに挟んで立った。従業員はどう思っているのだろうと思い、アビゲイルは心の中で笑みを浮かべた。わたしの世話をウォリングフォードに託すなんて、アレクサンドラは軽率にもほどがある。ミスター・バークとの逢い引きに向かうために、よほどせっぱ詰まっていたのだろう。姉が姿を消した理由はそれ以外に考えられない。

がしゃんと音をたててエレベーターが止まった。従業員が格子を手で開ける。ウォリングフォードはアビゲイルを先におろしたあと黙って横に並び、廊下を歩きだした。

「ここよ」鍵を取り出した彼女は、ウォリングフォードに手を差し出した。「ハートリーから救ってくれてありがとう。退屈で退屈でたまらなかったの」

「アビゲイル、話がある」彼が深く澄んだ目で見おろしてくる。

心臓が早鐘を打ちはじめた。

「だめよ。男性を部屋に入れるなんて許されないもの。アレクサンドラがあなたになんて言ったのか知らないけど、ベッドに入るまで見届けてと頼んだはずはないわ」

ウォリングフォードが彼女の耳のすぐ横の壁に手をついた。「それなら言わせてもらおう。ミス・アビゲイル・ヘアウッドは、いつから他人の意見を気にするようになったんだ?」

彼女は乾いた唇を舌で湿らせた。「あら、気になるに決まっているわ。人に見られるのはいやだもの。どうしたらいいかわからなくなると思う……」

そのとき、誰かが階段をあがってくる足音がした。

「今すぐに心を決めたほうがいいぞ」

アビゲイルは唾をのみ込んだ。さっと向きを変え、鍵をまわして扉を開ける。

部屋は暗く、急いで明かりのスイッチに手を伸ばした。弱々しい黄色の光があたりを照らし出す。

ウォリングフォードは帽子と手袋を取り、テーブルに置かれたランプの隣に置いた。

「今風の造りだな」

「ええ、去年建てられたばかりなんですって？」アビゲイルは椅子のうしろに行った。「蛇口をひねれば水が出るなんてすばらしいわ。あなたもこのホテルに部屋を取っているの？」

「そうだ」

「この部屋の二倍は広いんでしょうね。一番いいスイートルームなんじゃない？」

「ああ、おそらくそうだろう。見てみたいか？」

彼女は椅子の背をぎゅっと握った。狭い部屋にふたつ並んでいる小さなベッドを急に意識する。「ウォリングフォード、誤解しないでほしいの。今日はちょっと親しげにふるまいすぎたかもしれないけれど、以前の関係を復活させたいというわけでは……」

「誤解はしていない」

ほっとしているのか、がっかりしているのかわからないまま、アビゲイルは息を吐き出した。「それならいいわ。じゃあ、おやすみなさい」

「ぼくは何も誤解していないよ、アビゲイル」ウォリングフォードは肩を壁にもたせかけ、彼女をじっと見つめた。「きみがどう感じているのか、ちゃんとわかっている。ぼくも同じ気持ちだ」

「どんなふうに感じているというの？」

「ぼくたちはお互いのものだと、この二週間のばかげた仲たがいは今すぐ解消しなければならないと感じている。ふたりとも頭がどうかなってしまう前に」

「何を言いだすの！」

「きみをあきらめるつもりはないよ、アビゲイル。きみの見当違いの自立心に、ふたりで手に入れられるはずの幸せを台なしにさせるつもりはない」

「ずいぶん偉そうに言うのね」

ウォリングフォードが微笑んだ。「偉そうなぼくが好きなくせに」

「目新しくてわくわくするだけよ。ミスター・バークの自動車みたいなもの。そしてミスター・バークの自動車と同じで、毎日欲しいとは思わないわ」彼に間近で見つめられて、アビゲイルは頭がくらくらした。最新の電気式ランプのまばゆい光を受け、ウォリングフォードの顔は金色に輝いている。

彼は口調をやわらげた。「アビゲイル、いったい何を怖がっている？　ぼくがきみの翼を折りたがっているとでも？　ぼくはきみの翼を愛しているんだ。きみのすべてを愛している。ロンドンに戻ったあと、きみにつまらない社交上のつきあいを強制するくらいなら、ぼくは自分の腕を切り落とすよ」

彼女は目を閉じた。「そんなふうに言ってくれるのはうれしいけれど、あの晩ボート小屋で、わたしたちは合わないとわかったでしょう？　体の相性がよくないのよ……絶対に欠かせないものなのに……」急に自分の言っていることに自信がなくなった。〝きみの翼を愛しているんだ。きみのすべてを愛している〟という言葉が、頭の中をぐるぐるまわっている。まだ新しい毛足の長い絨毯に靴のこすれる音がして、ウォリングフォードが近づいてきたのがわかった。

「あの晩の乱暴なやり方は本当に悪かったと思っている。許しがたいふるまいだった」

「とてもがっかりしたわ」

「次にきみとベッドに入るときは失望させないように頑張るよ」

「次なんてないもの」

「いや、あるさ。目を開けてくれ、アビゲイル」

言われたとおりにした彼女は、手を伸ばせば届く距離にいるウォリングフォードを見て息をのんだ。アビゲイルと手を並べて椅子の背をつかんでいる彼は黒い上着に包んだ肩がたくましく、見あげるほど大きい。ダークブルーの瞳でじっと見つめる彼の体から、熱が伝わってくるようだ。椅子の背に並べていた手が重ねられた。

「そんなふうに見えないかもしれないが、ぼくは偏見のない心を持っているつもりだ。プライドに邪魔されず、間違いから学べると思っている」

「それは意外ね」

「だからきみと仲たがいをしているあいだ、懸命に自分を磨いていた」ウォリングフォードは身をかがめ、アビゲイルの耳にささやいた。「その間に得た知識の中には、女性の快感の源はどこかといったようなこともある」

「まあ」首筋が激しく脈打つのを感じた。体の奥がみだらに熱くとろける。

「そこを効果的に刺激する二六種類の体位も学んだよ」彼がアビゲイルの顎の曲線にすっと指を走らせた。

「とても勤勉に……過ごしていたのね」声を絞り出す。

「それから、何よりも重要なことも知った。ほかのすべての技の効力を何倍にも高め、人間が求めうる究極の快感をもたらす方法だ。どんなものかわかるかい？」

ウォリングフォードは唇を重ねる直前で顔を止めた。アビゲイルは口を開け、彼の吐く息を、彼のにおいを、彼の発する熱を吸い込んだ。全身の神経が、彼の心臓が打つリズムに合わせて脈打っている。

「ベルガモットの香りかしら？」息も絶え絶えに尋ねた。

彼はアビゲイルの開いた唇に指を当てた。

「それは、じらして期待を高めることなんだ」

ウォリングフォードがすっと離れたので、力が抜けた彼女はよろめきそうになり、椅子の背で体を支えた。「ウォリングフォード、待って！」そう呼びかけたときには、彼はすでに出口に向かいかけていた。

ところが次の瞬間、扉の取っ手をがちゃがちゃと動かす音がした。

「アビゲイル！　アビゲイルってば！」木製の扉の向こうから、アレクサンドラの声がする。

「鍵を忘れちゃったみたいなのよ」

ウォリングフォードは凍りついたように、その場にかたまった。

「アビゲイル、いないの？」ふたたび取っ手が音をたてる。「あら、あったわ。ばかね。反対側のポケットだった」

彼はベッドの下に飛び込んだ。

取っ手がまわり、アレクサンドラが勢いよく扉を開けて入ってきた。

「あら、いるんじゃない。どうして返事をしなかったの？」

「どうしてって……電話をしていたのよ。ドレスを脱ぎたいから、メイドを手伝いによこしてくださいって」

「まあ、いいわ。それよりアビゲイル、すごい知らせがあるのよ。わたし、結婚するの！」アレクサンドラはアビゲイルに抱きついて、そのまま彼女をくるくる振りまわした。「最高でしょう？」

「ええ、本当に最高！　ミスター・バークとよね？」

「もちろんよ！　ああ、本当に幸せ。くらくらするくらい」アレクサンドラはうしろ向きにベッドに倒れ込んで笑った。「想像してみて！　ミセス・フィニアス・バークになるのよ！すてきな響きだと思わない？」

アビゲイルはアレクサンドラを見つめた。姉の靴はウォリングフォードの鼻先からさほど離れていない場所で揺れている。「すてきね！」なんとか言葉を押し出す。

アレクサンドラが体を起こした。「当然、花嫁の付き添い人になってもらうわよ。なるべく早く、こぢんまりした式を挙げたいと思っているの。何週間も待てないから。ところで、もう寝る支度をするつもりなの?」

「まさか。ううん、そうよ、そうするつもりだったの。お姉さまは?」

「どうしようかしら。ホテルの支配人に今すぐ相談に行きたい気もするし。急だけど、結婚式用に会場を使えるかどうかききたいの」

「そうよ。早くきくべきだわ!」

「だけど、すごく疲れてもいるのよね」あくびを抑えるように手を口に当てる。「今日は興奮することばかりだったから。もしかしたら、やっぱりすぐにメイドを呼んだほうがいいのかもしれない」

「そんなのだめ! だってうれしい知らせを聞いてしまったから、興奮して眠れそうにないもの。階下に行って、ふたりでシャンパンのボトルを空けましょうよ」

アレクサンドラが驚いた表情を浮かべる。「なんですって、アビゲイル! ここはホテルで、人目があるのよ! いったい何を考えているの。シャンパンなら部屋に持ってこさせればいいじゃない。そして昔みたいにシュミーズだけになって、部屋じゅう踊りまわればいいわ」

アビゲイルはめまいがした。「わたし、やっぱり思っていたよりも疲れてるみたい」

「無理もないわよ。あなたにとっても長い一日だったでしょうから。ウォリングフォードに頼んでおいたんだけど、ちゃんと送ってもらえた？」

「ええ。ミスター・ハートリーについていくしかなくなっていたところを、ぎりぎりで救い出してくれたの」

「紳士らしく駆けつけたわけね」

「本当に、とても頼もしかったわ。でも、その出来事で神経がすっかり参っちゃって……。陛下に行って何か……元気の出る薬があるかきいてきてもらえない？」

「神経が参ったですって？　あなたが？」アレクサンドラは笑った。「いつからそんなに繊細になったの？」

アビゲイルは胸に手を当てた。「本当なんだから、アレクサンドラ！」

姉はまだ笑っている。「電話で頼めばいいじゃない」

「でも……」電話に目をやった。「壊れているの」

「ばかを言わないで。さっきメイドを呼ぶのに使ったと言ったでしょう」アレクサンドラは立ちあがり、机の上に置かれた木の箱に向かって歩きだした。

「だめ、触らないで！　ビリッとくるのよ。電気じゃないかしら。配線がどうにかなっちゃってるんだと思うの」追いつめられたアビゲイルはベッドのほうをちらりと見た。

アレクサンドラが飛びのく。「まあ、危ないじゃない！」

「そう、危険なの！　今すぐ階下に行って、修理を頼んできたほうがいいわ。わたしたちふたりとも、焼け焦げた死体になっちゃう前に」額に腕を当てる。「わたしが行ってもいいんだけど、まだ歯が痛くて……」

「かわいそうに！　もちろんわたしが行くわよ。別の部屋に替えてもらうように言うわ。タオルを濡らしてあげましょうか？」

「いいの！　大丈夫よ。階下に行くのだけ頼めれば……」小さく手を振った。

「わかったわ。すぐ戻るわね」アレクサンドラは白いスカートをひるがえして扉に向かった。

「鍵を忘れないで！」アビゲイルは叫んだ。

「ポケットに入ってるわ！」姉は部屋を出たが、扉が閉まる寸前に頭だけ部屋に戻して言った。「ああ、そうそう、アビゲイル」

「なあに？」

「ウォリングフォードに、出ていくときには帽子と手袋を忘れないように伝えてね」

18

三日後

ウォリングフォードはホテルのカフェで、ようやくアビゲイルを見つけた。賭けの胴元と言い争っている彼女は、〝結婚式のあとの朝食会(ウエディングブレックファスト)〟に出席したときのドレス姿のままだ。結婚式の直後に行われる会食は開始時刻にかかわらず〝朝食会〟と呼ばれ、アレクサンドラとバークの結婚を祝う朝食会も夕方の五時にはじまった。美しく結いあげた髪を小さな羽で飾ったアビゲイルは、あらわな肩をランプの光に輝かせている。もしウォリングフォードが胴元だったら、彼女に何を要求されても聞き入れるだろう。

「どうしたんだ?」彼はアビゲイルの横に行き、背中のくぼみに手を添えた。

彼女が振り向く。「自動車のレースに賭けた二〇リラを返してくれないのよ。レースで不正があったのは明らかなのに。アレクサンドラの車はゴールできなかったから、それ以外の事情は関係ないんですって。ひどいわ」

「ああ、そんなことか」ウォリングフォードは男のほうを向いた。男は濃いコーヒーの入った小さなカップが置かれたテーブルの前に、偉そうな態度で座っている。「このご婦人に二〇リラ返すんだ。さもなければ、おまえを治安判事の前に引きずっていく。耳たぶをねじりあげてな」ウォリングフォードは両手をテーブルの上についてぐいと身を乗り出し、なめらかな声で言った。

「効果満点だったわね。どうやったらあんなふうにできるの？」数分後、アビゲイルは取り戻した金をボディスの内側に押し込みながら、しきりに感心していた。

「公爵に生まれつき備わっている資質さ。部屋の準備は全部終わったのか？」

「ええ。みんながケーキを食べているとき、メイドと一緒にアレクサンドラの荷物をバークのスイートルームに移したの。それから部屋じゅうに花を飾って、シャンパンのボトルも用意したわ。バークはアレクサンドラを抱きあげて部屋に入ったかしらね」

「ああ、あいつならそうしただろう。ロマンティックなやつだから」

「すてき！　じゃあ、これですべてうまくいったわね」

「そうだな」

アビゲイルは大理石の床に視線を落とした。ふたりはホテルの大広間の外の廊下に差しかかっていた。部屋の中では何かのパーティが盛りあがっていて、閉まった扉の向こうから笑い声や楽しそうな話し声、それに楽師たちの奏でるワルツが聞こえてくる。

ウォリングフォードは腕を差し出した。「踊らないか？」

「廊下で？」

「どこでもきみの好きな場所で」

アビゲイルが笑みを浮かべて彼の手を取る。白い大理石の床と壁、アーチ形の天井が印象的な広い廊下で、ふたりはワルツを踊った。ウォリングフォードはやさしくリードした。指先に触れる彼女の体は軽やかかで力強い。アビゲイルは彼に向かって微笑みながら、リードに身をゆだねて夢見心地で踊っているように見える。ひと組のカップルが、彼らにはまるで気づかずにくすくす笑いながら通り過ぎていった。

「あのふたりが本当に結婚したなんて、いまだに信じられない。でも、すごく幸せそうだったわね。あんなに幸せそうなアレクサンドラははじめて見たわ」

「あんなに幸せそうなバークもはじめて見たよ。ぼくが彼女を引き渡したとき、あいつの顔は輝いていた。人の好みはそれぞれだな」

アビゲイルが彼の腕をぴしゃりと叩いた。「ミスター・バークはすごく幸運だと思うわ」

楽団が最後に大きく盛りあげて、ワルツを締めくくった。ウォリングフォードは体を離し、アビゲイルの両手を取った。手袋に包まれた手はあたたかく、繊細な顔はピンク色に上気している。それ以上視線をさげないように、彼はぐっとこらえた。少しでもさげれば、レースに縁取られた深い襟ぐりからのぞく胸が目に入ってしまう。

「一緒に来てくれ」

「ウォリングフォード、わたし……」

彼はアビゲイルの両手に唇をつけ、階段まで引っぱっていった。彼女は黙っていたが、かすかに震えているのが手に伝わってくる。静まり返った階段をのぼっていくうちに、アビゲイルがドレスとペチコートの重みで息を切らしはじめた。ウォリングフォードは彼女を抱きあげ、最後のカーブした部分をあがった。

「でも、ウォリングフォード、わたしの部屋はどうするの？　荷物もあるし……」

「黙って」上着のポケットから鍵を出して扉を開ける。

「無理やりわたしを奪うつもりなんでしょう」アビゲイルがうっとりとため息をついた。

「そうしなくてはならないのなら」彼女の首にキスをしながら、足で扉を閉める。「じらしてばかりでもよくないからな」

彼はアビゲイルを床におろし、部屋の中が見えるようにうしろ向きに抱き寄せた。彼女が息をのむのがわかった。

「これは何？」

「きみのために用意したんだ」

彼女はゆっくりと部屋を見渡して、あちこちに飾られた花やバケツに冷やしてあるシャンパン、小さなテーブルの上にのせられた果物や菓子へと目を移していった。奥には淡い光に照らされた寝室が見える。

「ボート小屋よりずっといいだろう？」彼女の髪に唇を寄せてささやいた。

「ああ、ウォリングフォード」アビゲイルが振り返り、彼の顔を両手で包み込む。目には涙が浮かんでいた。「思いもよらなかったわ。いつ用意してくれたの？」

「みんながケーキを食べているときさ。きみがバークの寝室の準備に追われていたときだ」

「本当に信じられない」彼女は両手を下に滑らせ、ウォリングフォードのウエストに置いた。彼の胸に顔をうずめる。「これから何をするの？」

「きみの好きなことでいい。ぼくはなんでも従うよ」彼はアビゲイルの髪に唇をつけた。「ただし、ひとつだけルールがある」

「どんなルール？」

両手で彼女の後頭部を包み、上を向かせる。目の下の白い肌が涙に濡れて光っていた。

「ふたりとも、朝までこの部屋を出ない。もう逃げないでほしいんだ、アビゲイル。ぼくを罵ってもいい。けだものとなじってもいい。好きなだけ注文をつけてかまわない。だが、ぼくを置いて逃げ出すのだけはだめだ」

アビゲイルは涙を浮かべながら笑った。「わかったわ。逃げない。約束する」

ふっくらとした唇がわずかに開き、白い歯がのぞいている。ウォリングフォードは顔をさげ、そっとキスをした。唇に力を入れず、はやる心を抑えて、彼女のどんな小さな反応も見逃さないように感覚を研ぎ澄ます。アビゲイルは朝食会で飲んだシャンパンの味がした。甘く芳醇で、泡立つような活気がある。あとはただ、心を開放して彼女を味わえばいい。尽きせぬ生命の泉であるアビゲイルを。

シャンパンがいけなかったのだとアビゲイルは考えた。最後の一杯を一気に飲み干すべきではなかった。けれど、どうしようもなかったのだ。ボトルが空くたびに、牧師が次を要求したのだから。

それとも、これはウォリングフォードのせいなのかしら？　彼はアビゲイルを最後の一滴まで味わおうとするかのように、ゆっくりと時間をかけてキスしている。彼のあたたかい肌と巧みな舌の動きは、このうえなく官能的にアビゲイルを翻弄した。身長差があるので彼女はのけぞらなければならなかったが、ウォリングフォードは片手を背中にまわして愛撫し、もう一方の手で後頭部をしっかり支えてくれている。だからアビゲイルはただ彼を受け入れて体の力を抜き、好きなだけのけぞりながら、やさしく動く唇を堪能することができた。

なんの不安もなく完全に体を預けられるというのは、なんてすばらしいのだろう。

アビゲイルは彼を拒めなかった。拒みたくもない。アレクサンドラとミスター・バークと一緒にローマで過ごしているあいだ、ウォリングフォードを求める気持ちをずっと抑えていた。いや、それより前からだ。もう何週間も心と体のすべてで彼を求めながら、セント・アガタ城をぼんやりと歩きまわっていた。世界が砕け散るほどの快感を味わいたいと夢見てきたけれど、そこまでこだわる価値があるのかしら？　今となってはそう思えない。ただひたすら彼が欲しい。耳元で甘い言葉をささやき、胸にキスしてほしい。彼と肌を合わせ、体の重みを感じ、ひとつになりたい。

今はそれしか考えられなかった。

アビゲイルは黒いウールの上着に包まれたウォリングフォードの胸を撫であげ、こうして彼と一緒にいられることを神に感謝した。

ウォリングフォードが顔を離す。「続けてもいいかい、アビゲイル？」

「ええ」

彼は身をかがめてアビゲイルを抱きあげると、寝室まで軽々と運んだ。まるで大昔から、こんなふうに女性を運んできたかのようだ。シャンパンが血管の中で沸きたち、彼女は笑った。

「何がおかしい？」

「あなたよ。こんなふうに部屋を花でいっぱいにして、やさしくキスしてくれるなんて。おまけに抱きあげて運んでくれている。あなたってロマンティストなのね」

ウォリングフォードは彼女をおろし、ドレスを脱がせはじめた。「ちょっと黙っていてくれないか」

アビゲイルはまた笑ったが、背中を滑る彼の指を感じると頭がくらくらして目を閉じた。彼が留め具をはずして床に落としたドレスを蹴り飛ばす。

次にウォリングフォードはコルセットに取りかかった。「きみは自分がどんなに美しいかわかっているかい？　ランプの光を受けて肌が金色に輝いている」きつく締めあげたコルセットの上からのぞくシュミーズのレースに、彼がそっと触れた。アビゲイルはぞくぞくした。

ウォリングフォードの胸に頭をもたせかけ、じっくりと崇（あが）めるように胸の曲線をたどる彼の視線を意識する。彼がまた背後に手をまわし、ペチコートを引きおろしたあとコルセットのひもをほどきはじめた。身につけているものを一枚一枚はぎ取って、残りはシュミーズと下ばきだけになった。

「震えているね」

「どうしても止まらないの」

ウォリングフォードはアビゲイルを引き寄せ、大きな体で包んだ。彼女の髪に手を差し入れ、一本ずつピンを抜いていく。最後に羽をはずして、はらりと落とした。

「恥ずかしがっているのか、アビゲイル？　きみが？」

「驚いたでしょう」

「なぜ今になって、ぼくを怖がるんだ？　前は怖がったことなどなかったのに」

アビゲイルは答えなかった。自分でも理由がわからないからだ。わかっているのは、ウォリングフォードが欲しい、彼に触れられたいということだけだった。それなのに、最後に身を守っているシュミーズを脱ぎたくない。彼にすべてを見られるのが怖い。

「ぼくにとってきみはこんなにも美しいのに」

「もっとずっときれいな女性たちを見てきたでしょう？」

「いや、きみより美しい女性はいなかった」彼が両手をおろし、シュミーズの裾をつかんだ。

「いいかい、アビゲイル？」

薄い生地を持ちあげられ、ウエストや胸が少しずつあらわになっても、彼女は抵抗しなかった。体を少しそらして両腕を持ちあげると、一瞬視界が白くなってシュミーズが消えた。

これでもう、ウォリングフォードの視線をさえぎるものは何もない。

「なんてきれいなんだ」

「ヘアウッド家の胸よ」アビゲイルはため息をついた。「姉に比べればたいしたことはないけれど、まあまあだと思わない？　先に生まれたほうが大きさで勝っているのは仕方ないわよね」

「きれいだ」彼は繰り返した。

「男性に変装するとき、ばれないように布を巻きつけなくてはいけなくて面倒なのよ。そういうときってあるでしょう？」

「ああ、確かに」ウォリングフォードは唇の端をあげて小さく微笑んだが、目は胸を見据えたままだった。そして右のふくらみの先端に羽毛のように軽く親指をこすりつけたので、アビゲイルはびくっとした。ウォリングフォードが上体をかがめ、彼女の喉のくぼみに唇をつける。そしてたくましい体を徐々に低くして、唇を下に滑らせていった。やがて彼は床に膝をつき、両手でアビゲイルのヒップをつかんで腹部に顔をうずめた。彼女は黒い上着に包まれたウォリングフォードの肩につかまって体を支えた。

　電気のランプに照らされた部屋は、しんと静まり返っている。白い壁に森の木を思わせる緑のカーテンがかけられ、ランプテーブルの隣には大きくて座り心地のよさそうな肘掛け椅子が置かれていた。ヘッドボードを壁につけて左右対称の位置に置かれたベッドは、きれいに並べられた枕ごとカーテンと同じ色合いの緑のベルベットのカバーで覆われ、きちんと整えられている。アビゲイルは腹部にウォリングフォードのあたたかい息が吹きかけられるのを感じた。両手の下で彼の肩が上下する。

この瞬間をずっと覚えておこう、とアビゲイルは思った。

ウォリングフォードが彼女の背中に置いていた手を動かし、下ばきの内側に指先を差し入れた。そのまま体の前まで滑らせてきて、指に触れたリボンをほどく。ひざまずいた状態で、彼はふたりを隔てる最後の布が床に落ちるのを見守った。

目の前に現れた三角形の茂みにキスをして、ウォリングフォードは立ちあがった。

「今度は何をするの？」彼の肩に両手を置いたまま、アビゲイルはささやいた。

ウォリングフォードは体を揺すって正装の黒い上着を脱ぎ、慣れた仕草で椅子の背に放った。「学術的な理論を実地に試す、楽しい作業に移らせてもらうよ」

彼のぱりっと糊のきいた白いシャツ、きちんと結ばれた白いネクタイ、そしてグレーのベストを見て、アビゲイルはうっとりした。仕立てのいいかしこまった衣装が、彼のつややかな黒髪や官能的な目つきと完璧な対照をなしている。アビゲイルは指を立てて彼の唇に当てた。「どんなふうにはじめるのかしら」

答える代わりにウォリングフォードは彼女の指を口に含み、舌で愛撫した。そのあいだも彼女をじっと見つめて目をそらさない。しばらくしてようやく指を放したが、名残惜しげにもう一度口をつけた。「こういう場合は、まず対象を隅々まで調べることからはじめる」

「嘘でしょう？」思わずあとずさりした。

「いや、そういうものだ」

ウォリングフォードは彼女を抱きあげて椅子に座らせ、膝をついて脚のあいだに体を入れた。「隠さないでくれ、アビゲイル」彼女の手をやさしくどける。アビゲイルは脚を閉じようとしたが、彼の肩が邪魔で動かせなかった。

「では、はじめるよ。体の力を抜いて。ゆっくり時間をかけるつもりだから」

「ああ、どうすればいいの」アビゲイルは目を閉じ、首をのけぞらせて背もたれの上に頭を落とした。さっきウォリングフォードが脱いだ上着のなめらかな生地が、やさしく頭を受けとめてくれる。膝の内側にシャツの生地が触れ、その下で力強い腕の筋肉が動くのがわかった。茂みの部分に手のひらが当てられるのを感じて、鋭く息を吸い込む。

「きみは完璧だ。どこもかしこもピンク色でつやつやしている。すごくきれいだよ」彼がその部分を指で撫でおろした。ごく軽く触れられただけなのに、熱を発する魔法の杖でなぞられたかのように、アビゲイルはびくりとした。

「ウォリングフォード、お願い。こんなの耐えられないわ」熱くとろけていく部分をさらしながら、アビゲイルは身をよじった。思わず脚で彼を締めつける。

「我慢するんだ」彼の指先が襞のあいだに少しもぐり込む。「濡れているよ」

「もう！　あたりまえじゃない」

「これはつまり、欲望が高まっているということだと思うが」

「そうに決まってるでしょう！」アビゲイルは彼の髪を引っぱった。

だがウォリングフォードは気にもせず、ひたすら探索に没頭している。「ここが小陰唇か」感動したように言って、そこの左右に触れる。

「そういう名前なの？」

「そうだ。ただし、きみのものは本で見たよりもずっとかわいらしい」

「あなたって信じられない。もう終わりにして」

ウォリングフォードは応じなかった。脚のあいだにあたたかい息を吹きかけられ、そのあとすぐに唇が押し当てられるのを感じて、彼女は思わずびくっとした。

「落ち着いて」その言葉が秘めやかな部分をくすぐる。彼はアビゲイルの腿に両手を置いて、そっと押さえた。

「ああ、やめて。お願いだから」あまりの衝撃に、もう何も考えられなくなっていた。

「きみの香りがするよ、アビゲイル。どんな香りかはうまく説明できないが、ずっと包まれていたい。最高の香りだ」熱く湿った舌で舐めあげられて、彼女は小さく声をあげた。「痛いのか？」

「ええ！　いいえ！」

「もう一度してもいいかい？」

「だめ！　ああ……やっぱりいいわ」彼の髪をぎゅっとつかむ。

ウォリングフォードが顔をおろし、舌を使って隅々まで探索する。一番触れてほしいところ以外、どこもかしこも。最初は羽のように軽かった感触がだんだん力強くなっていき、アビゲイルはピンで留められた蝶のように、なすすべもなく身をよじった。体じゅうの神経が脚のあいだに集まり、ふくれあがって敏感に脈打っている気がする。

だめ、耐えられない。これ以上は無理よ。耐えられる人なんて、いるはずがない。アビゲイルは頭の中で訴えたが、喉の奥がつかえて声にならなかった。ウォリングフォードの髪をきつく握り、弱々しい声でうめく。

「ふっくらして薔薇色だ。ここなんて色が濃くなって、朱色だよ」

「ウォリングフォード、お願い！」

「お願い、なんだい？　やめて？　続けて？　集中させてくれないか、ダーリン。今はすごく重要なものを探しているところなんだよ。だが修業をはじめたばかりのぼくには、きみの助けが必要だ。教えてくれ、ここがその場所か？」彼はちらっと舌を当てた。

「違うわ……」

「じゃあ、ここ？」

「いいえ……ああ、もうだめ、ウォリングフォード……」

また軽く舌が当てられる。「……ここか？」

「もうだめ、死んじゃうわ」アビゲイルはあえいだ。

「……ここかな？」

「……姉に説明するのに……」

「……ここも違うのか？」

「……大変な思いをするわよ……」

「……もしかして、ここか」

「もう！　もっと上よ！」

「ああ」ウォリングフォードが満足げな声を出す。「ありがとう。では、きっとここだな」

アビゲイルは詰めていた息を吐き出した。ひたすら圧倒され、彼の舌の動きと、脚のあいだで渦を巻くように高まっていく快感以外、すべてが頭から消えていく。ウォリングフォードは震えている彼女の体を大きな両手で支え、舌を動かし続けた。やがて勢いを増した渦は激流となり、アビゲイルはウォリングフォードの頭をつかんで名前を叫びながら砕け散った。

彼はしばらくじっとして、余韻で脈打っている秘めやかな部分に何かささやきかけていた。けれどもアビゲイルは耳の奥に響く脈動があまりにも大きくて、ほとんど聞こえなかった。頭の下の上着から、ウォリングフォードのにおいが漂ってくる。清潔で男らしく、かすかに煙草のにおいがまじった香り。やがて徐々に快感の波が引いてわれに返ったとき、彼女はウォリングフォードの手に包まれたまま椅子に座っていた。目を開けると、漆喰の天井が視界いっぱいに広がった。複雑な連続模様に見入っていると、体がそこに向かってふわりと浮きあがっていきそうな気がした。だが現実には腕や脚がずしりと重く、ぴくりとも動かない。なんて矛盾した感覚なのだろう。

ウォリングフォードが動く気配がした。顎を引いて見おろすと、彼は笑顔でアビゲイルを見つめていた。ダークブルーの目をうれしそうに輝かせて。

「得意になっているんでしょう」

「ああ、すごく」

「見え見えだわ」

「だが、きみの助けがなくてはうまくいかなかった。ありがとう」彼はまだ微笑んでいる。

アビゲイルは身を乗り出してキスをした。「こちらこそ、ありがとう。すごくよかったわ。想像していたよりもずっと」

ウォリングフォードが笑った。「何を言っているんだ。まだはじめてもいないのに」

「えっ、そうなの？」

彼は答える代わりに立ちあがり、グレーのシルクのベストのボタンをはずした。続けて金のカフスボタンを取って、ランプの下に置く。そのゆったりとした動きを見ているうちに、アビゲイルの体を覆っていた心地よい疲労感が消えた。体を起こし、彼がシャツのボタンをはずすのを手伝う。シャツが開くと、ズボンの前は誇らしげに大きくふくらんでいた。

アビゲイルは目をあげた。「わたしがしてもいいかしら？」

ウォリングフォードがうなずく。

彼女は立ちあがり、ズボンつりを片方ずつはずした。それからズボンに取りかかったが、指がこわばってうまくいかない。じれた彼がアビゲイルの手を押しのけ、自分でボタンをはずした。ズボン下とシャツも脱ぎ、ウォリングフォードは彼女と同じく一糸まとわぬ姿になった。

アビゲイルは彼の手を取り、うしろ向きにベッドまで引っぱっていった。脚の裏にベルベットのカバーが当たる。「さあ、あなたの番よ」

ウォリングフォードはカバーをめくり、彼女をベッドに横たえた。まるで自分のものだとばかりに、情熱的なキスをする。アビゲイルは彼のなめらかな背中を撫で、腕や肩に手を滑らせて、たくましい筋肉の感触を楽しんだ。それから手を前に持ってきて、胸に生えている短い毛の感触を味わう。「あなたはとても美しいわ。この前も言ったかしら?」

「覚えていない」彼はアビゲイルの首から鎖骨へと唇を滑らせた。

「本当よ。まるで石を彫りあげた彫刻みたい。でも、生きていてあたたかいの。本当に美しいわ。ずっと見ていたいくらい」

ウォリングフォードは否定するようにかぶりを振り、唇を彼女の胸に移した。先端を口に含まれると、ふたたび体に火がついて一気に燃えあがった。彼を求めて自然と腰が持ちあがる。反対側の胸の頂を指でつまんで転がされると、背中がそり返った。

「焦らないで。ゆっくりいこう」

「ゆっくりなんていや」

アビゲイルの脚に、かたくなった彼のものが当たっている。それに少しでも近づこうと腰をくねらせたが、ウォリングフォードは胸に顔を伏せたまま笑い、彼女が動けないように押さえた。「まだだよ」

アビゲイルはじれて声をあげた。彼が欲しくて、全身が燃えるように熱い。ウォリングフオードが手を下に滑らせ、茂みを通り過ぎて、さっき堪能したばかりの小さな突起を的確にとらえた。彼を求めてうずいていたまさにその場所に触れられると、アビゲイルは思わずうめき声をもらした。

ウォリングフォードが頭をあげる。「ここに触れさえすればよかったのか？」

「ええ」正直に答えた。

彼が円を描くように軽くなぞると、突起はふたたびかたくなった。めくるめく快感を生み出すその場所は、前にも増して敏感になっている。

「お願い。もう準備はできているの。今すぐに来て」

ウォリングフォードが胸から顔をあげ、アビゲイルの顔をのぞき込んだ。その目は彼女と同じように情熱にかすんでいる。

彼が位置を定め、こわばったものを脚のあいだに押しつけると、アビゲイルは体にぐっと力を入れて侵入に備えた。だが、彼はそれ以上進もうとしない。そうする代わりに肘をついて身を低くし、顔を寄せた。「正直に答えてくれ。妊娠している可能性はあるか？」穏やかに話そうとして自分を抑えているのか、声がしゃがれている。

「いいえ」彼女は即座に答えた。

ウォリングフォードがキスをする。「では、今回はどうしてほしい？　子どもができないように気をつけたほうがいいか？」

その質問の持つ重みに、一瞬頭が真っ白になった。重大な選択をゆだねてくれた彼への感謝の念がこみあげる。「そうするのはすごくつらいの？」

彼は軽く肩をすくめた。「必要なことだから慣れている」

「ああ、ウォリングフォード」アビゲイルは彼の頬を撫でた。子どもができるかもしれない。彼の子どもが。自分にはその危険を冒す覚悟があるだろうか？　妊娠したら、彼は結婚しようと言い張るに決まっている。それについては疑問の余地はない。ウォリングフォードとの結婚を思い浮かべると、彼女の心は恐れに縮みあがった。それでも、恐れとは別のものも体の奥底からわきあがってくる。それは原始的な本能だった。彼と体をつなぎあわせ、その種を、生命そのものを受けとめたいという思い。あらゆる手段で彼と結びつきたいという欲求。アビゲイルは彼のすべてが欲しかった。

ウォリングフォードがふたたび唇を重ねる。「ゆっくり考えてくれていい。急ぐ必要はない」

避妊はするべきだ。

「いいえ、いいの」気がつくと、そう言っていた。

「本当に？」ウォリングフォードが少しだけ力をこめ、先端をうずめる。その大きさに彼女は圧倒された。この前はどうやって受け入れられたのだろう？

「ええ」心とは裏腹な返事が口から出た。

ウォリングフォードの背中に力がこもり、アビゲイルは改めて身構えた。それなのに彼が入ってきても痛みはなく、内側がゆっくりと押し広げられる感覚だけがあった。なめらかに入ってくるウォリングフォードを、彼女の体はやすやすと受け入れた。

「まあ」驚いて声をあげる。

体を小さく前後に揺すりながら奥へと進んでいた彼が笑みを浮かべた。

「わかるかい？　ぼくは今、きみの中にいるんだ」ウォリングフォードは身をかがめてキスをした。

本当にそうだ。彼は今、わたしの中にいる。わたしの一部になっている。なんてすばらしいんだろう。アビゲイルは自分が内側からほころんでいく花になったような気がした。彼は芯で、自分はそのまわりを囲む花びらだ。彼の肩につかまってキスを返す。

「膝を持ちあげて」

彼女は言われたとおりにした。「ああ、いい感じだわ」

「どれくらい？」

「とっても。あっ！」

ウォリングフォードが上半身を少し持ちあげた。「こんな感じでいいかい？　それとも、もっと速く？」

「速くして！　ああ！」息が吸えなかった。体の内側を満たしている彼に深い場所を突かれるたび、鋭い快感が走る。やがて快感は渦を巻くように積みあがっていった。さっき与えてもらったのと同じ感覚なのに、スケールが違う。もっと広くて、深くて、強い。「ああ、そうよ！　すごいわ」

ウォリングフォードは何度も突き入れた。彼女の顔を見つめながら、わずかな反応も見逃すまいとしている。そんな彼に対する愛情がアビゲイルの胸にこみあげた。自分の上で力強く動き続ける彼に魅了されてしまう。

「ああ、そうよ。あと少し……」アビゲイルは持ちあげた踵をウォリングフォードの脚に食い込ませ、背中に爪を立てて彼を駆りたてた。そして突然、限界まで高まっていたエネルギーが爆発した。衝撃は波となり、体の隅々にまで広がっていく。

アビゲイルの絶頂の叫びを聞いて、彼が動きを止めた。ウォリングフォードが胸の深いところから彼女の名前を絞り出すのを耳にしながら、アビゲイルは彼をぎゅっと引き寄せて、その体に走る震えを一緒に味わった。

汗だくになったウォリングフォードが、ゆっくりと彼女の上に倒れ込む。最初のときと違って、アビゲイルはその重みがうれしかった。ぐったりした重い体の感触が心地いい。耳元で速い息遣いが聞こえる。彼の肺を通って出てきた空気まで愛しかった。彼の髪に手を差し入れ、「アーサー」と名前をささやく。頭がぼんやりして、霞がかかったようだ。アビゲイルは彼の湿ったこめかみにキスをした。

「なんだい?」彼がじっとしたままささやいた。

「アーサー」もう一度キスをする。「すごくすてきだったわ」

アーサー。

それまでとくに自分の名前が好きだと思ったことはなかったが、アビゲイルに愛情をこめてささやかれた響きは気に入った。華奢なのに官能的な体の上に覆いかぶさっているのは最高の心地だったものの、このあいだ重いと言われたことを思い出して、急いで起きあがろうとした。

「だめ。まだこのままでいて」アビゲイルが絡めていた脚に力を入れた。

そこでウォリングフォードは彼女の中に入ったまま、体を重ねていた。肘をついて体重をかけないようにしながら、アビゲイルの髪のレモンのような香りを吸い込み、指先に触れた巻き毛を撫でる。

彼女がささやいた。「あなたはまだ……?」

「ああ」

「でも、それじゃあ……」

喉の奥で笑って、ウォリングフォードは上半身を起こした。「きみを愛しているから、いいんだ。それに精力旺盛なこのぼくが、せっかくあれほど長いあいだ禁欲生活を続けられたんだし」

「だけど、あのボート小屋では……」

「あのときは我慢できずに一気にのぼりつめてしまったんだよ」そう言ってキスをする。

アビゲイルは黙っていた。ウォリングフォードはもう一度唇にキスしたあと、彼女のやわらかい頬と耳のうしろの感じやすい場所にも唇をつけた。「今度は満足してもらえたと思っていいかい？　ぼくは名誉を回復できたのかな」

「もちろんよ、わかっているくせに」

ウォリングフォードは興奮した体を静めようとしたが、一向にそうなる気配はなかった。胸板にはふっくらとした胸のふくらみが当たっているし、間近にある肌からはアビゲイルの香りが漂ってくる。それにこわばりがまだ彼女のあたたかな部分に包み込まれている状態では、無理というものだ。欲望は静まるどころか、逆にふくれあがった。

しかし、けだものと言われたことを思い出して自分を抑えた。

するりと彼女の中から出て、横に転がる。

アビゲイルが驚いた顔で彼を見た。「どうしてやめたの？」

ウォリングフォードは彼女の鼻にキスをした。「もう今日はじゅうぶんに堪能しただろうと思って」

洞察力に富んだ大きな目で、アビゲイルが彼の表情を探るように見た。ぼくの考えていることは、すべて顔に出ていると思っているのだろうか？　ほつれた髪が上気した肌に落ちて、豊満な曲線を描く胸を覆っている。栗色のつややかな髪のあいだから、つんととがった薔薇色の頂が片方のぞいていて、ウォリングフォードは頭がどうかなりそうだった。

「そうかしら。わたしはまだじゅうぶんじゃないと思うけど」アビゲイルが手を伸ばし、そそり立ったものをそっとつかんだ。「わたしたちふたりとも、学ばなければならないことがまだまだたくさんあるんですもの」

ウォリングフォードは彼女を抱き寄せて転がり、仰向けになった。

アビゲイルが目を丸くする。「わたしが上？」

「ああ、そうだ」

彼女はウォリングフォードの左右に脚をおろした。そしてうめくように息を吐きながら、彼の欲望の証(あかし)を自分の中におさめていく。完全にうずめた体勢で、ウォリングフォードは何度も突きあげた。アビゲイルから立ちのぼる、頭がくらくらするような香りを吸い込む。ふたりのにおいがまじりあった香りだ。体じゅうの血が沸きたった。

快感に身をゆだねているアビゲイルを見あげる。ウォリングフォードに腰を支えられ、彼女はのけぞって胸を弾ませていた。そしてくぐもったうめき声とともに、先に絶頂へと駆けあがった。それを見届けてから、彼もあとに続く。爆発のような激しさで、一気に精を解き放った。

今度はアビゲイルがウォリングフォードの上に倒れ込んだ。その重みを受けとめ、豊かな曲線とやわらかさを感じて、シャンパンがほのかに香る甘い息を吸い込む。すると乾ききっていた魂がみるみるうちに生気を取り戻していった。ウォリングフォードは心から神に感謝した。

19

アビゲイルが最初に感じたのは彼の腕だった。おなかの上にのっていて、ウエストに巻きついている。まぶたを通して明るい太陽の光を感じたが、目は開けなかった。ほんの少しでも動きたくなかった。

たとえ動こうと思っても無理だっただろう。存在することさえ知らなかったところも含め、すべての筋肉が痛んだ。昨夜ウォリングフォードとともに何度のぼりつめたか、もう途中からわからなくなった。たぶん四回か五回。ふたりは駆りたてられるように、ようやく見つけた歓びを追い求めた。彼はそれ以外にも、口や手を使い、ありとあらゆるやり方で繰り返しアビゲイルを絶頂に導いた。彼女がどれだけ快感に耐えられるか、限界を試すように。

そしてアビゲイルは大いに耐久力を発揮した。

光があまりにもまぶしくなり、ようやく目を開けた。顔を隣に向けて、横で眠っている男性を見る。彼はまるで少年のように、うつ伏せで手足を投げ出していた。白いシーツの上に黒髪が乱れ、口が薄く開いている。くつろいだ彼は、なんて幸せに見えるのだろう。陽光が筋肉に覆われた背中の曲線を、溶けた金のようにつややかに輝かせている。

ウォリングフォード公爵。わたしの恋人。

アビゲイルはこれっぽっちも幻想を抱いていなかった。確かに彼はわたしを愛している。あるいは、愛していると思っている。彼が今までどんな女性に抱いたのよりも強い感情を、わたしに対して抱いているのは間違いない。だから、少なくとも彼の心はわたしのものだ。それでもいつか、ウォリングフォードの気持ちはほかへ移るだろう。別の女性が彼の情熱をとらえる日が必ずやってくる。たとえ彼がわたしをまだ心から愛していて、ちょっとよそ見をするだけだとしても。はじめは彼もそんな衝動に抵抗しようとするだろうけれど、我慢はそのうち限界を迎える。それは避けられないことなのだ。次々に新しい女性を求める習性は、彼の血肉に刻み込まれているのだから。それは最初からわかっていた。だから、ほんの少しはウォリングフォードのことを好きだとしても、肉体的に惹かれているのだと繰り返し自分に言い聞かせてきた。好きといっても、せいぜい一時的なのぼせあがりだと。そうやって、もっと深い感情を抱かないように歯止めをかけてきた。

でも、自分を守ろうとしてきた努力は無駄だった。ウォリングフォードを愛している。彼の公爵らしい尊大さを、その下に隠されたやさしさを、過ちを犯す人間らしさを、すべて愛している。全身全霊で。彼といられるなら、どんな条件でも受け入れよう。たとえそれが結婚でも。もし彼がどうしてもと言うなら。彼の心が移ろう日まで、ひとつひとつの喜びを大切に味わおう。その日が来たら、つらいのはわかっている。彼を心から愛しているのだから。けれどもそれが代償なら、支払う以外にない。

アビゲイルはずっと激しい情熱を夢見てきた。それを手に入れたのだから、喜ばなくてはならない。蒸気エンジンや電気式ランプが使われる時代に、いったいどれだけの人間がこれほどの情熱を経験できるだろう。

ウォリングフォードが目を開け、眠たげにまばたきした。「アビゲイル」

「おはよう」

彼は頭をあげ、肘をついて身を起こした。「どうしたんだ?」

「なんでもないわ」

「泣いているじゃないか」

「幸せなだけ」アビゲイルは目をぬぐった。

「そうか」ウォリングフォードは彼女を抱き寄せてキスをした。「でも、ぼくにはかなわないさ。生まれ変わったような気分なんだ。まったく新しい人間に」

「そう、あなたは生まれ変わったのよ。すべての罪は帳消しになったわ」

彼が笑う。「そんなつもりで言ったんじゃないよ。だが今回は、失望したと叫ぶきみに置き去りにされずにすんで本当にほっとした」

「叫ぶのは叫んだわ。数えきれないほど。あなたもよ」彼女はウォリングフォードの胸にすり寄った。太陽が背後から、彼が前からぬくもりを与えてくれている。あとはちょっぴりコーヒーでも飲めれば言うことはない。

それだけあれば完璧だと、なんとか思い込もうとした。

ウォリングフォードが彼女の腕を撫でる。「アビゲイル、きみが結婚なんてものを軽蔑しているのはわかっている……」

「やめて」

「だから今は何も言わない。でも、ぼくの気持ちははっきり言っておくよ。きみに妻になってもらいたい。ゆうべあんなふうに過ごしたのだから、名誉にかけて、ぼくにはきみを妻にする義務がある」彼はアビゲイルの左手を取って唇をつけた。「きみだってわかっているだろう?」

「ええ、そうね」

「無理強いはしない。だが、これが正直な気持ちだ。そしてぼくはあきらめるつもりはない。絶対に。たとえもう死ぬというときまで待たなければならないとしても、迷わずきみと結婚する」

アビゲイルは黙っていた。

「信じていないんだろう」

「ばかなことばかり言って。結婚とか死ぬとか。そんなに深刻にならなくてもいいじゃない」

ウォリングフォードがため息をつく。「アビゲイル、ぼくは真剣にきみだけを愛している。誓うよ。モリーニに約束したんだ……」

モリーニ。

電気に触れたように、アビゲイルはびくりとした。体じゅうの筋肉が抗議の悲鳴をあげる。

「なんですって?」

「城にいるときに約束したんだよ。きみの居場所を教えてくれたら、一生かけてきみを幸せにすると……」

アビゲイルの体が震えだした。「モリーニを見たの? 彼女の姿を?」

「いや、見ていない」ウォリングフォードが肘をついて体を起こした。「だって彼女は幽霊だろう? でもそばにいるのは感じられて、正気を失った人間がするみたいに壁に向かって話しかけたんだ。ほかにどうすればいいかわからなかったから。どうした、大丈夫か? 震えているじゃないか」彼はアビゲイルの肩をそっとつかみ、ベッドの上に横たわらせた。

「いったいどうしたんだ! 風にあおられた木の葉みたいに震えているぞ。モリーニが幽霊だと、ぼくが知らないとでも思っていたのか?」

「あなたは幽霊なんてものは信じてないと思っていたから」彼女は集中しようとするように頭を振った。「モリーニはあなたに話しかけた? 声を聞いたの?」

「いや、手紙をもらった。メイドを通して」

「それだけなのね。彼女を見てもいないし、声も聞いていない」

「ああ。だって、それは無理なんだろう? きみにはジャコモが見えないのと同じで。本当に大丈夫か?」

「ええ、大丈夫よ」アビゲイルは握りしめていた手を開いた。「もちろんあなたには彼女が見えないわよね。見えるようになる理由がないわ。別に何も変わっていないもの。今その手紙を持っている？　見せてくれない？」

「いいよ」ウォリングフォードは彼女の頭のてっぺんにキスをして、勢いよくベッドから出るとうめき声をもらした。「ああ、きみのおかげで体じゅうが痛い」

「でも、あなたは立っていられるでしょう？　コーヒーを頼んでもらえない？」

「わかった」

裸のまま、ウォリングフォードは猫科の獣のように優雅な身のこなしで部屋を出ていった。アビゲイルは枕の上に頭を戻し、シーツで体を覆った。ベルガモットの香りがかすかに立ちのぼる。彼女はウォリングフォードの枕を抱き寄せ、あたたかく清潔な生地に鼻をうずめた。電話のクランクをまわす音に続いて、注文を伝える彼の低い声が聞こえてくる。

ウォリングフォードはアビゲイルを愛していると言い、モリーニにもそう伝えたのに、呪いは解けなかった。今でもモリーニが見えないし、声も聞こえないのだ。

これは何を意味しているのだろう？　彼が本当はわたしを愛していないということかしら？　それとも、彼の愛はシニョール・モンテヴェルディの怒りを静めるような、永遠に続く真実の愛ではないということ？

あるいは呪いなど、そもそも存在しないのかもしれない。すべてはモリーニとジャコモのでっちあげ。暇を持て余した幽霊たちが、英国から来たただまされやすい客人たちにいたずらを仕掛けたというだけなのかもしれない。

「これだよ」ウォリングフォードが入り口から声をかけた。カーテンの隙間から差し込む金色の朝の光が彼を照らす。彼は歩いてきてベッドの上に膝をつき、たたんだ紙を差し出した。「コーヒーはすぐに来る」

「ありがとう」アビゲイルが体を起こして枕に寄りかかると、ウォリングフォードも隣に座った。彼女の髪を手に取って毛先にキスしたり、首筋に唇をつけたり、胸をもてあそんだりと、じっとしていない。彼は恋人なのだと実感して、アビゲイルは驚きに打たれた。彼に触れられて、体が熱を帯びてくる。彼女は紙を開き、読みにくい筆跡で書かれた言葉に集中しようとした。

〝公爵さま

どこへ行けばシニョリーナが見つかるかとお尋ねでしたので。シニョリーナはお姉さまとローマに行かれました。シニョール・バークの車を見るためです。あなたさまはシニョリーナを見つけて……〟

ウォリングフォードが身をかがめて胸の先端を口に含んだので、アビゲイルは息をのんだ。目の前のインクがかすむ。「やめて、読めないじゃないの」

「やめられない」

彼のつややかな黒髪に触れないように、アビゲイルは手紙を高く持ちあげた。

〝……愛していると言わなければなりません。いつまでも変わらぬ愛を誓うのです。そのあとで、シニョリーナにこれから書くことを伝えてください……〟

「もう！　集中できないでしょう……ああ！」

ウォリングフォードの指が脚のあいだに滑り込んだ。「ぼくのことは気にしなくていい。昨夜の記憶をたどっているだけだから。だが、すごく濡れているよ。毎朝こんなふうなのかい？」

「ウォリングフォード……」首をのけぞらせてうめいた。「大切なことなのよ」

「ものすごくね」彼は反対側の胸へと舌を這わせた。同時に昨日アビゲイルに頭が真っ白になるほどの快感をもたらした場所に指を当て、円を描くように愛撫する。「ぼくにはかまわず読んでいてくれ。〝いつまでも変わらぬ愛を誓うのです〟のところまで行ったかい？」

彼女は手紙を持つ手に力をこめてこらえ、なんとか目を開けた。

〝……シニョリーナ・モンテヴェルディは、シエナの町にあるサン・ジュスト修道院にいます。彼女がシニョリーナ・アビゲイルに、どうすればいいか教えてくれるでしょう。ただし覚えておいてください……〟

「なんですって？」アビゲイルは勢いよく体を起こした。

「急にどうしたんだ？　まだいいじゃないか」ウォリングフォードがふたたび彼女を横たわらせようとする。

「だめよ！　すぐに出発しなくちゃ！　ああ、わたしの服はどこ？」彼を振りきってベッドを出ようとしたが、肩をつかまれた。

「どこへ行くつもりだ？　なぜそんなに急いでいる？」

「とても大事なことなの！」アビゲイルは彼の手を引きはがそうとした。

「これからきみと愛しあおうと思っていたんだ。それより大事なこととはなんだ？」ウォリングフォードが尊大に言い放つ。ベッドにいるときですら自分の意に反することに我慢ならないとは、いかにも彼らしい。でも、今は話が別だ。

「これよ！」彼女は手紙を振ってみせた。「すぐにシエナへ行かないと！」

「シエナだって？　いったいなぜシエナなんかに」ウォリングフォードが手紙を奪い取る。

「シニョリーナ・モンテヴェルディがいるからよ！　本当にあそこにいるの！　修道院に！」

「そもそも、その女性は何者だ？」

「手紙を読んでいないの？」

彼が手紙に目を落とした。「もちろん読んださ。だからきみがローマにいるとわかったんじゃないか。それに……ああ、そうだった。モンテヴェルディ……シエナ……」

アビゲイルは彼の肩を小突いた。「モリーニからの伝言があるって、なぜもっと早く教えてくれなかったの？」

「じつを言えば忘れていた。レースや結婚式があったし、きみを誘惑することで頭がいっぱいだったんだ。それに手紙にははっきり書いてあるじゃないか。ぼくはまず、シニョリーナ・アビゲイルに永遠の愛を誓わなければならないと」彼が勝ち誇ったように手紙を振りかざす。

「でも、昨日の夜にはもう全部すませていたでしょう？　そのときに教えてくれていれば、今頃はもうシエナに向かっていたのに！」アビゲイルはなじった。

ウォリングフォードがぱたりと手を落として彼女を見つめる。「頭がどうかしたのか？」

「わたしは正気よ」急いでベッドから脚をおろす。「部屋に戻って荷造りをしないと。そのあいだに、あなたは駅に行くための馬車を呼んでくれるかしら……」

彼がアビゲイルの腕をつかんだ。「落ち着いてくれ、アビゲイル」

「落ち着いてるわ！」

「すっかり動転してる」

「重要なことなんですもの」

ウォリングフォードは彼女の肩に唇をつけ、続けて首筋にキスをした。

「このほうが重要さ」

「あなたはわかっていないのよ」けれどもアビゲイルは彼に押し倒されるまま、ふたたびシーツの上に身を横たえた。

「三〇分くらい平気だろう。すぐにコーヒーも来る。まず朝食をとるべきだ。でないと体がもたない」そう言い聞かせながら彼女の上にのり、むさぼるようにキスをする。

「わたしの荷物は……」

「メイドに頼んでおくよ。それからホテルの従業員に馬車と列車の手配をさせる」

「あなたはわかっていないわ」だが、ゆったりと体を這うウォリングフォードの唇と指に頭がぼうっとしてきて、アビゲイルは何が大切だったのか思い出せなくなっていた。彼といると、どうしてこんなふうになってしまうのだろう？

手紙に何か大事なことが書いてあった。でも最後の部分が思い出せない。何を覚えておいてくださいと書いてあった？

「力を抜いて。時間ならたっぷりある。もう一度きみの中に入らせてくれ。きみを愛したいんだ」ウォリングフォードがこわばったものでやさしく彼女をつついた。アビゲイルの脚のあいだは彼を求めてうずき、頭に霞がかかる。「出発を遅らせる価値があるだけのものにすると約束するよ」

アビゲイルは脚を開いて、彼の首に腕を巻きつけた。「五分だけよ。それ以上はだめ」

三〇分後

「アビゲイル」

呼ばれて、彼女は頭を動かした。

「アビゲイル、コーヒーが来た」

「うーん」アビゲイルは頭を持ちあげた。目の上にかかっていた髪が滑り落ち、ウォリングフォードが見える。ローブを着てベッドの脇に立ち、湯気の立ちのぼるカップを手にしながら、男としての満足感をあらわに満面の笑みを浮かべている。

「あら」彼女はごそごそと体を起こしてカップを受け取った。何か大切なことを忘れているような気がして考え込む。夢中になっているうちに、何を忘れてしまったのだろう？　絡みあう手足、彼女を駆りたてるウォリングフォードの体、そしてヘッドボードが頭に浮かんだ。

どうしてヘッドボードが思い浮かんだのかを思い出し、アビゲイルは赤面した。

「階下に行って全部手配してきたよ」ウォリングフォードが落ち着いた口調で言う。ほんの少し前、朝の陽光を浴びながら彼女を組み敷いて、絶頂の叫びをあげさせたのと同じ人間とは思えない。彼はヘッドボードのすぐ上の壁にアビゲイルの両手を押さえつけ、頭がずりあがって何度もヘッドボードにぶつかるくらい、激しく突き入ったのだ。「一時間後に出る列車がある。きみの荷物は今まとめさせているよ。きみは身支度をして……」

列車。シエナ。手紙。

「そう、手紙よ！　手紙はどこ？」アビゲイルは手で探った。

「ここだよ。どうしたんだ？　そんなにあわてふためいて」

彼女はウォリングフォードの手から手紙をひったくった。

……車……いつまでも変わらぬ愛……モンテヴェルディ……。

ここだ。

〝彼女がシニョリーナ・アビゲイルに、どうすればいいか教えてくれるでしょう。ただし覚えておいてください。夏至のあとの最初の満月までに行かなければなりません〟

モリーニ。

「ああ、そうだったわ」あのとき厨房で、モリーニはなんと言っていただろう？　夏至の頃の月について何か言っていた。夏至のあとの月がどうとか。アビゲイルは急いで頭をめぐらせた。夏至の夜、月はどんな形をしていたかしら？　あれから何日経っている？

「どうした？」

「月よ。次の満月はいつ？」

ウォリングフォードがまばたきをした。「月？」

「月と言ったら、夜空を照らすあの月に決まっているでしょう！」そう言いながら、手紙を揺ってみせる。

「ああ、そういえば手紙の最後に妙なことが書いてあったが、そのことか。よくわからないな。あと一日か二日くらいじゃないか」彼は肩をすくめ、コーヒーと一緒にトレイにのせられていた新聞を手に取った。

アビゲイルはほっとして肩から力を抜いた。「よかった。それならまだ時間があるわ」痛む脚をベッドからおろすと、くしゃくしゃになったシーツが目に入った。「いやだ、シーツが！」

ウォリングフォードが新聞から目をあげて笑う。「洗濯係のメイドに少しばかり噂されるだけのことさ」

「何を面白がっているのよ。わたしは嫁入り前なんですからね」

「それは誰のせいかな？」彼はアビゲイルの頬をやさしく撫でると、部屋の反対側にある扉を頭で示した。「体を洗いたければ、あそこが浴室だ。きみの服はすぐに届くだろう」

「ありがとう」こんなふうに裸で立ったまま体を洗うことや洗濯物について彼と話しているのが、急に気恥ずかしくてたまらなくなった。

アビゲイルの戸惑いを見て取ったのか、ウォリングフォードが体を寄せて、彼女の頭にキスをした。「一緒に行こうか？」

「いいえ、ひとりで平気よ」

彼が親指でアビゲイルの頬を撫でる。「誰にもきみを侮辱させやしない。もし何か言うやつがいたら……」

彼女は顎をあげた。「自分で選んだことですもの。結果を受けとめる覚悟はできているわ」

「それでこそ、きみだ」

アビゲイルは彼にキスしてから浴室へ向かった。大きな白いエナメルの浴槽に体を沈め、全身を丹念にこする。肌から立ちのぼる蒸気で鏡が真っ白に曇るまで堪能すると、トルコ製のタオルに身を包んで部屋へ戻った。

「最高だったわ」

「そうか。きみのほうこそ最高だよ。どこもかしこもぴかぴかでピンク色で。じゃあ、今度はぼくが行ってくるかな」ウォリングフォードは彼女にキスをして新聞をベッドの上に落とし、蒸気が細くもれ出ている浴室へ向かって歩きだした。扉の取っ手をつかんだところで振り返る。「ああ、そういえば月のことは間違っていた」

アビゲイルはコーヒーを吹き出しそうになった。「どう間違っていたの?」

「新聞で見たんだが、満月は今夜だ」

20

サン・ジュスト修道院の焦げ茶色の石壁が、夕日を受けて金色に輝いている。イタリアのあちこちで見かけるような、赤褐色の屋根瓦を頂いたその建物は大聖堂の近くの路地にあり、まわりに密集しているほかの建物と比べ、取りたてて変わったところはない。

「確かにここなのか？」ウォリングフォードは御者にきいた。

「なんだって？(ケ・コザ)」御者がアビゲイルに尋ねる。彼女がすぐに通訳すると、男は自信ありげにうなずいた。「そう(シ)。ここが修道院だ(イル・コンベント)」

「そうだと言ってるわ」アビゲイルはウォリングフォードに目を向けた。麦わら帽子の下の彼の顔は汗に濡れ、やや赤らんでいる。駅から乗ってきた馬車の黒い屋根に七月の太陽が容赦なく照りつけ、両側とも窓を開けていても、入ってくる風はまるでオーブンで熱したようだ。「あなたはこのまま外で待っていてくれる？」

「まさか。もちろんぼくも一緒に行くよ」

彼女は苦笑した。「ウォリングフォード、ここは女子修道院なのよ。男性のあなたが入れてもらえるわけないでしょう？　鶏小屋に狐を入れるようなものだもの」

「試してみるさ」彼が馬車をおりようと席を立つ。「得体の知れない幽霊が待っているというのに、鍵のかかった門の向こうへきみひとりを行かせるわけにはいかない。身を守る手段を講じてもいないのに」

「修道女に会ったことはある？」

ウォリングフォードが動きを止めた。「いや、ない」

「じゃあ、わからないのね。あなたが自分の王国でどんなに専制を振るっていようと、修道女たちを守る院長にはとても太刀打ちできないわ。世間では絶大な威力を持っているウォリングフォード公爵という肩書も、ここでは関係ないの。絶対に入れてもらえないわよ。それにごり押しをしようとしたら、天罰が下るかも」アビゲイルは座席から立ちあがった。

彼は天罰と聞いてひとしきり悪態をついたあと、馬車からおりるアビゲイルに急いで手を貸した。「仕方ない。ここで待っている」

「長くはかからないわ。話をするだけだから」

「ぼくにはわからないよ。三〇〇年前の女性が、ぼくたちやぼくの先祖といったいどんな関わりがあるというんだ。手の込んだ作り話じゃないのか？」できるものなら言い返してみろと挑むように、ウォリングフォードは腕を組んでアビゲイルを見おろした。

彼に話をしないほうがよかったのかしら？　でも、話さないわけにはいかなかった。劇的な展開に疲れきってシエナへの列車の中でウォリングフォードの肩を枕に眠り込む前、彼に質問されたのだ。心地いいベッドで罪深い歓びにふけるよりも大切なこととはなんなのか、と。だからセント・アガタ城の歴史と、はるか昔モンテヴェルディ家にかけられた呪いについてざっと説明した。ウォリングフォードは英国の青年貴族が話に登場すると青くなり、まさかコッパーブリッジという名ではないだろうなとつぶやいたが、その英国貴族はまさにそのコッパーブリッジだった。

　アビゲイルが興奮してそう伝えると、ウォリングフォードは気が進まない様子で、城の持ち主は自分の祖父だと打ち明けた。その新事実にすべてが符合し、彼女は目の前が開けたような気がした。

　そういえばモリーニは、〝これは運命です〟と言っていた。

　一五分ごとに時を知らせる大聖堂の鐘が、ゆっくりと重々しい音を響かせる。アビゲイルはウォリングフォードのむっつりとした顔を見あげた。「ジャコモとモリーニのことを考えてみて。あなたのおじいさまが城の持ち主だったことも」

「何かちゃんとした説明があるはずだ。祖父のたくらみかもしれない。あの狡猾（こうかつ）な年寄りめ。何がなんでもぼくを結婚させようというんだな」

　アビゲイルは彼の腕に手を置いた。「わたしを止めようとしないで。本当に彼女がいるか、本当に彼女なのか、見に行くだけだから。危ないことは何もないわ」

「危ないことならいろいろ思いつくよ」ウォリングフォードが陰鬱な顔で言う。

「修道女にならないかって誘われるとも思えないし。もしそのことを心配しているのなら」伸びあがって彼の頬にキスをした。「じゅうぶん注意すると約束するわ」

「やれやれ、きみにそう言われると安心できるな」皮肉めいた口調だ。

「必ず一時間で戻るから。それならいい？」

「門のところまでは送らせてくれ」離れたくないと思っているのを隠そうともせず、ウォリングフォードは彼女の腕を取った。

ふたりは分厚い木製の扉まで歩いていった。その扉は中世の要塞の門のようにものものしく、上部は古い鉄格子になっている。ウォリングフォードが金具を叩きつけて音を鳴らした。

「健康によさそうな場所だな」格子の隙間から内側をのぞいて言う。中からはなんの音もしない。彼は金具をさらに大きく三回鳴らした。

「誰かいないのか？　ボンジョールノ！」

「何か見える？」アビゲイルも背伸びをしてのぞこうとしたが届かない。

「いいや。どうにもならないな。広場に行ってアイスクリームでも食べないか？　今日は暑い」ウォリングフォードが扉に背を向け、彼女の腕を取った。

「ばかなことを言わないで。はるばるここまで来たのに無駄だったというの？」アビゲイルは彼を押しのけ、金具を力いっぱい叩きつけた。金属のぶつかる大きな音が、通りや修道院の中庭に響き渡る。「ボンジョールノ！」声を張りあげた。

「はい、はい」格子の向こうから声がした。

「誰か来るわ！」興奮して言う。

ウォリングフォードが扉をにらみつけた。「そのようだな」

「今、行きます。行きますよ」格子がびりびり共鳴するような甲高い声は不機嫌そうだ。

「英語を話すんですね！」アビゲイルは驚いた。

「ええ(シ)、話しますとも」きらきら輝く黒い瞳が、突然格子の真ん中に現れる。「面会は許されておりません」

「違うんです。わたしたち、面会に来たんじゃないんです」

「違うのか？」ウォリングフォードが茶々を入れる。

アビゲイルは彼の脇腹に肘打ちを食らわせた。「わたしたち、巡礼……みたいな旅をしていまして。それでここにシニョリーナ・モンテヴェルディという徳の高い方がいらっしゃると聞いて、ぜひお会いしたくて寄ってみたんです」

「シスター(スオール)・レオノーラ！」

アビゲイルの胸に希望がふくれあがった。彼女はここにいるのだ！「そうです、スオール・レオノーラ。とても……敬虔(けいけん)な方だそうで、一緒にお祈りできたらと」すばやく話をでっちあげる。信心深く見えるように祈りつつ、彼女は目を伏せた。

「まさに」ウォリングフォードも言ったが、長身で筋肉質の体に黒髪の彼は、とても信心深そうには見えない。

「無理です。スオール・レオノーラは誰にも会いません。では、ごきげんよう」格子の向こうの目が消えた。

「待って！　遠くから来たんですよ！」アビゲイルは訴えた。

「主が御心に留めておいてくださるでしょう」

「せめて伝言をお願いします！」

「あとで手紙をお書きなさい」声が遠ざかっていく。

「急ぎなんです！　コッパーブリッジ卿からの伝言です！」必死で叫んだ。

答えはない。

彼女は伸びあがり、懸命に格子に顔を寄せた。かすかに水の流れる音がする。

ウォリングフォードが背中に手を当てて慰めた。「やるだけのことはやったんだ」

突然、扉が開いた。

「あっ！」アビゲイルはバランスを失ってつんのめった。

目の前に黒い修道衣を着た女性が立っていた。しわの深い鋭い顔立ちをしている。修道院の中から、涼しくてさわやかな空気が流れ出てきた。「お入りなさい」

「ありがとうございます」アビゲイルは喜んだが、ウォリングフォードは彼女を守るように腕をまわした。

修道女が骨張った指を彼の広い胸に突きつける。「あなたは残ってください」

「この女性はぼくの妻だ。そばを離れるつもりはない」ウォリングフォードは公爵の威厳を最大限に発揮して反論した。

それなのに修道女の指はまったく揺らがない。「彼女はあなたの妻ではありません。残るのです」

ウォリングフォードが相手の指をじっと見つめ、アビゲイルに目を移す。彼女は肩をすくめた。「だから言ったでしょう。これであなたは罪を償わなくてはならなくなったわ」

「なんの罪だ？」

「修道女に嘘をついた罪よ」

アビゲイルは彼を残して、修道女と一緒に中庭へ入っていった。


石造りの廊下はひどく暗く、前を進む修道女の姿はほとんど見えなかった。フードを縁取る細い白線が歩調に合わせて弾んでいるのだけが、暗闇の中にかろうじて見える。

満月はまだのぼっていないだろうか？　もちろんそのはずだ。確か満月は太陽が沈むとのぼる。まだ数時間はある。それに〝最初の満月まで〟というのは満月がのぼる前までという意味ではなく、月が沈むまででいいのかもしれない。

でも、それまでに何をすればいいのかしら？

薄い靴底を通して感じる床はかたくて冷たかった。前を行く修道女が角を曲がって一瞬視界から消え、アビゲイルはあわててあとを追った。今度の廊下は突き当たりがかすかに明るい。扉が開いているのか、外気のようなあたたかい空気が彼女の頰を撫でた。

心臓が激しく打っていた。頭はふわふわと軽い。焦らずに落ち着いて行動しなければ、とアビゲイルは自分に言い聞かせた。危険なことは何もない。これから会うシニョリーナ・モンテヴェルディ――レオノーラがありえない奇跡によって何百年もこの世にとどまっている不幸な女性だと判明しても、わたしの身に危害が及ぶことはないはずだ。求められていることの遂行に失敗したって、まさか復讐の雷に打たれたりはしないだろう。レオノーラの要求がとうてい不可能なものであった場合も、すでに時間切れだった場合も。

もし本当に呪いが存在するとしたら、三〇〇年も前のものだ。その長い時の流れの中で、よりによってなぜわたしが呪いを破る役に選ばれたのだろう？　考えてみるとあまりにも荒唐無稽な話だけれど、こうして指示に従っているのは好奇心からだ。

でも今は、心臓がどきどきして不安で仕方がない。

徐々にまわりが明るくなってきた。突き当たりの少し手前の扉が開いていて、そこから太陽の光が差し込んでいる。修道女が立ちどまって手招きした。

「スオール・レオノーラは庭にいます」そう言って唇に指を当てる。「日が沈みかけている今は、彼女の祈りの時間です」

「あつらえたみたいにドラマティックな場面ね」アビゲイルがつぶやいて戸口から外をのぞくと、夕日を浴びた小さな四角い庭が見えた。灰色の平らな石が敷きつめられ、まわりを緑が縁取っている。隅にレモンの木が一本あり、別の隅には金の十字架が壁にかけられていた。そして十字架の下に、ひざまずいて祈りを捧げている黒ずくめの小さな姿があった。あたりにはかすかにレモンとユーカリの香りが漂っている。

アビゲイルは修道女が彼女の来訪を伝えてくれるのを待ったが、いつまで経っても何も聞こえない。振り返ると曲がり角で黒いスカートの裾がひるがえるのが一瞬見え、そのまま消えた。

「すてきなおもてなしだこと！」そうつぶやくと、ひざまずいていた女性が身じろぎした。

ふいに胸が苦しくなって、アビゲイルは息が吸えなくなった。女性が静かに立ちあがる。長い年月を経てきたゆえのぎこちなさはなく、ゆったりとしたなめらかな動きだ。フードの裾が肩の上にきれいに流れ落ちた。

「こんにちは」アビゲイルはすぐに言い直した。「ボンジョールノ」

「ボンジョールノ」女性は振り返らない。

咳払いをした。「わたしはアビゲイル・ヘアウッドといいます」

「アビゲイル・ヘアウッド」その響きを確かめるように、修道女が繰り返した。若々しく澄んだ声で、英語の発音に慣れているようだ。「今日はあなたを待っていました」

「え？」

「三〇〇年目の夏至のあとの最初の満月ですから。英国の方でしょう？」

空気が小さなやわらかい光のかけらになって、顔のまわりに降り注いでいるように感じられる。「ええ。あなたはシニョリーナ・モンテヴェルディですか？」

振り向いた女性の顔を見て、アビゲイルは思わず息をのんだ。この世のものとは思えないほど美しい。深い輝きを宿した黒い目に、完璧に整った繊細な顔。女性は小さな石のベンチを示した。「そうです。どうぞ座ってください」

ほかにどうすればいいのかわからずに従うと、相手も隣に座った。「では、あなたなのですね」

「どういう意味ですか？」

「父のかけた呪いを解くために遣わされた方ということです」澄んだ声には少しの揺らぎもなく、興奮も感情もまったく伝わってこない。

「……どうなんでしょう。呪いのことは少し聞きましたけれど、わたしに解けるのかどうかわかりません」アビゲイルは大きく息を吸い込んだ。こんなふうにシエナの修道院のベンチに座ってレオノーラ・モンテヴェルディと話しているなんて信じられない。現実を超越した存在である彼女のまわりでは、空気さえも流れを変えているようだ。「だって、わたしは普通の女なんですもの」

「でも、あなたはコッパーブリッジの血を引く男性と恋に落ちた」

「ええ」静かに認めた。

「彼もあなたを愛していますか？」

「はい……そうだと思います。彼に可能な範囲で」アビゲイルは唇を湿らせた。「必要なのはそれだけですか？」

彼女が深いため息をついた。アビゲイルと視線を合わせる代わりに、黄色くて丸い実をつけたレモンの木を見つめている。

「シニョリーナ・モンテヴェルディ？」

「レオノーラと呼んでください」

「レオノーラ、あなたの身に何が起こったのか教えてください。事情がわからなければ助けてあげられません。わたしが知っているのは、あなたはコッパーブリッジ卿と駆け落ちする予定だったのに拳銃が暴発して、撃たれたお父さまが亡くなる直前にあなた方を呪ったということだけです」

「そのとおりです」

「でも、そのあとは？　あなたはここに逃げ込んだのですか？　コッパーブリッジ卿は？」

レオノーラは膝の上の黒い生地のしわを伸ばしたあと、静かな声で語りはじめた。アビゲイルは聞きもらさないよう、一心に耳を澄ました。「ええ、わたしたちは逃げました。ひと晩じゅう馬を駆って、シエナまでたどり着いたのです。愛するアーサーには……」

「アーサーですって！」

「ええ。彼には、ここの大聖堂に友人がいました。その友人がわたしたちに、危険のない安全な場所を与えてくれたのです……」レオノーラは落ち着かない様子で指先をこすりあわせた。

「教会の庇護権で守ってくれたのですね」

「ええ。翌日、わたしの祖父が来ました。亡くなった母の父親である彼はメディチ家の人間で、もともと父とは親しい友人でした。部下を引き連れてきた祖父は修道院を取り囲み、わたしたちに会わせろと要求しました。父のために復讐しようとしていたのです。けれど修道院の中にいれば、わたしたちは安全でした」

「外に出られないのだから、とらわれの身も同然ではないですか」

レオノーラが肩をすくめる。

「どうにかできなかったんですか？」

過去に思いをはせるように、レオノーラはしばらく口をつぐんでいた。レモンの木に止まった鳥のさえずりが寂しげに長々と響く。やがて彼女はわれに返った。「わたしはアーサーに、ここを出て英国へ戻ってと懇願しました。でも、彼は子どものためにどうしても残ると言い張りました」

「子ども！　そうだったわ！　あなたのおなかには赤ちゃんが！」

レオノーラがレモンの木に目を戻す。「わたしが子を宿したので、アーサーはそばにいてわたしたちを守ると誓い、どうしても出ていこうとしなかったのです。そして祖父も部下と一緒に何カ月間も居座って、ひたすらわたしたちを待ち続けました」

「まるでクモみたい」アビゲイルはささやいた。

「祖父はいつまで経っても去ろうとせず、とうとう出産がはじまりました。わたしは陣痛が来ると庭に出て十字架の下にひざまずき、祈りました」

アビゲイルは驚いて、思わず身じろぎした。「この庭ですか？　あの十字架の下？」

「そうです。アーサーと子どものために神に祈りました。ふたりが安全に英国に行き着くまで見届け、そのあとも生涯守ってくださるのなら、わたしひとりで呪いを受けて償いをしますと祈ったのです。わたしたちの罪が許される日を神に祈りながら待ちます、と」

「まあ、そんな」

「陣痛がひどくなったのでベッドに入り、出産は夜になりました。痛みが激しくなると、修道女たちが助けてくれました。けれど出血がひどくて……死の瀬戸際まで行ったのです。目を開けたとき、ベッドのそばに天使が見えました」

アビゲイルはなんと言っていいかわからなかった。手を伸ばして、黒い修道衣の上のレオノーラの手を握る。

レオノーラはささやくように続けた。「天使は言いました。自分がアーサーと赤ん坊と一緒に英国へ行って、ふたりが長く幸せな人生を送るのを見届ける。おまえは修道院にとどまり、神に祈りながらコッパーブリッジの子孫がこの地に戻って神の前で永遠の愛を誓うのを三〇〇年間待つのだ、と。それがわたしの償いでした」

「ああ、レオノーラ」アビゲイルの目は涙でいっぱいになった。

「翌朝、わたしたちに男の子が生まれました。とてもあたたかかった……。それから赤ん坊を布にくるみ、小さな頭にキスをしました。強くて美しい息子です。わたしはお乳を飲ませ、シスターに渡したのです。そのあとは、赤ん坊の髪やわたしをじっと見ている小さな黒い瞳が見えないように、枕に顔を押しつけました」

レオノーラがうなだれる。アビゲイルは声が出なかった。

「それからアーサーに手紙を書きました。出産のあいだ、彼はひと晩じゅう部屋の外で待っていてくれました」レオノーラは口をつぐみ、しばらくして言葉を継いだ。「彼に英国へ戻らなければだめだと伝えました。息子を連れて戻り、そこで息子を育ててください、と。アーサーは聞き入れませんでした。扉にこぶしを打ちつけ、懇願し、すすり泣きました。彼の腕の中で、おなかをすかせた赤ん坊が小さな泣き声をあげるのが聞こえました。でも、シスターたちは決して彼を部屋に入れませんでした。ですから最後には、彼も去るよりほかなかったのです」

「そしてあなたはひとりぼっちでここに残されたのね。三〇〇年間も」

「いいえ、シニョリーナ。ひとりぼっちではありません。兄がいますから」レオノーラは重ねられていたアビゲイルの手に反対の手をのせた。

アビゲイルは驚いて声をあげた。「お兄さま？　お兄さまは結局あなたを見つけたの？」

「ええ。本当にやさしい兄です。復讐をあきらめるよう祖父をずいぶん説得してくれたのですが、だめでした。そこで兄は修道士になり、夜の闇に紛れてアーサーと赤ん坊を逃がしたあと、戻ってきてくれたのです。わたしの償いを一緒に背負うために。同じ血を引く者同士、ともに呪いを受け、いつか神の許しを得ようと言って」

「そうだったのね。それでモリーニとジャコモは……」

レオノーラがうなずく。「ふたりは城を守り続けてくれています」

「モリーニはあなたのメイドだったんですね。アーサーとの逢い引きを助けてくれた」

「そうです。わたしに忠誠を誓ってくれています」

「ジャコモは？」

「兄の従者でした。ふたりはこっそり手紙のやり取りをするのを手伝ってくれました。ですから父は、彼らも含めて呪いをかけたのです」

「それでふたりはずっと城を守り続けているのね。三〇〇年ものあいだ、あそこを訪れるカップルたちを見守って……」

レオノーラがうなずく。「息子が大人になって、はじめてあの城に行ったときから。アーサーが息子のために花嫁をあとから送り込みましたが、呪いは解けませんでした。真実の愛ではなく、ふたりは一緒にいても幸せではなかったのです。やがて息子はその息子を……。やっぱりだめでした」

「ひどいわ」アビゲイルはささやいた。恐れがひたひたと胸を満たし、体が冷たくなっていく。「時の流れとともに何組ものカップルが試してきたというのに、誰も成功しなかったの？真実の愛は一度もなかったのね」

ふたりは黙って、レモンの実が放つ芳香を含んだあたたかくて濃い空気を吸い込んだ。アビゲイルは日差しの降り注ぐ暑い場所で待ってくれているウォリングフォードを思い浮かべた。彼は魅力的な約束をたくさんしてくれたけれど、もしこのことを知ったらどう思うだろう？　修道女にわたしのことを妻だと言ってくれたし、ベッドの上では惜しみなく愛の技巧を尽くし、朝にはコーヒーを運んでくれた。愛するウォリングフォード。わたしの恋人。同じコッパーブリッジ卿の血を引く者たちが次々に失敗してきたのに、彼は永遠に変わらない真実の愛を証明することができるのかしら？

「呪いが解けたらどうなるの？　あなたはもう一度……人間に戻れるの？」

「そう信じています。わたしはふたたび血肉を持つ人間になり、少しずつ年老いて死ぬでしょう。そうしてこの世での償いを完全に終えたら、ようやく天国に行って愛する人と息子に会えるのです」

「では、もし呪いが解けなかったら？　この先も待ち続けるの？」

レオノーラは重ねていた手を引っ込めた。「シニョリーナ、もう待つことはありません。天使は三〇〇年という時間を与えてくれました。それで全部です。だからこれが最後の機会。これで赦しを得られるか、この状態のまま世界の終わりまで過ごすか、ふたつにひとつです」

ふたたび沈黙が落ちる。夕暮れの大気はまどろんでいるかのようにまったりと動きが鈍い。またヒバリが鳴くと、今度はアビゲイルの目もその姿をとらえた。小鳥はレモンの木の枝から枝へと飛び移り、首をかしげて穏やかな黒い目で彼女たちを見つめている。アビゲイルは腿の上の自分の両手を見おろした。震えている。

「わたし、なんでもします、レオノーラ。あなたの言うことはなんでも。そうしなければならないのなら、結婚だって。彼への愛を誓うわ」

レオノーラが顔をあげると、そのきらめく瞳は世界じゅうの悲しみをたたえているように見えた。「ああ、シニョリーナ、あなたではないのですよ。呪いを解いて、わたしたちを解放できるのは」

「わたしではない？」

「ええ、シニョリーナ。それができるのは、わたしの愛したコッパーブリッジ卿の子孫だけ。呪いを受けたアーサーとレオノーラの血を引く者。彼だけが、わたしたちを解放できるのです」

21

大聖堂の中はひんやりと暗く、じりじり焼けつくような屋外とはまるで別世界だった。ウォリングフォードは入り口で立ちどまり、まぶしい午後の太陽に慣れた目が暗さになじむのを待った。

その大聖堂はゴシック様式時代の建築家が金に糸目をつけずに設計した風変わりな建物で、白と黒の大理石が縞状(しまじょう)に象嵌(ぞうがん)された外壁は聖なるシマウマを思わせる。ウォリングフォードは数年前にここを訪れたのを思い出した。弟と一緒に一年かけてヨーロッパ大陸をめぐっていたときのことで、内部はほとんど見なかった。大聖堂という場所は好きではなく、静寂に支配されたがらんと広い空間に足を踏み入れると、いつも落ち着かない気分になった。

それなのになぜだろう？ アビゲイルを待ちながら近くの路地をうろついているとき、鮮やかな青い空を背景にそびえる壮大な白と黒の塔が目に入ると、どうしても中に入りたくなったのだ。

そして気がつくと、大聖堂の入り口へと続く階段をのぼっていた。

中には彼以外にも人がいた。信者席にはひざまずいてベールをかぶった頭を垂れている姿がちらほら見えたし、ドーム形の天井の下では旅行案内書を持った旅行者が何人か、上を指しながら小声でしゃべっている。ウォリングフォードも見あげると、ドームの格子状の枠組みひとつひとつの内側に、濃紺の空ときらめく星が描かれていた。

彼は信者席のうしろをゆっくり左へと進んだ。大理石の床で靴がカツカツと音をたてる。壁も床も芸術の粋を凝らし、豊富な色遣いで美しく飾られているが、ウォリングフォードの目は頭上に広がる天井、壮大なドームへと引きつけられた。中世の人々は、なぜ手を伸ばしても届かない遠い場所に想像力を刺激されたのだろう？　人間はみな罪人であり、彼と同じように地上にあふれるさまざまな誘惑に心引かれる。それでも人々は天を仰ぎ、創造主を見つめるのをやめない。土から創られた人間は、崇高なものの中に希望を見いだすのだ。

縞模様の柱を通り過ぎていくと、前方に白い大理石の説教壇が見えた。左側には荘厳な金色に輝く小さな礼拝堂があり、ウォリングフォードは洗礼者聖ヨハネを祀ったその場所に向かった。足を踏み入れると奥の高い場所に精緻なブロンズ像があり、中央には洗礼盤が置かれている。そして祭壇の前では男がひとりひざまずき、祈りを捧げていた。

邪魔をしてはいけないとウォリングフォードはあとずさりしたが、男が立ちあがって彼のほうを向いた。茶色い毛織の修道衣のウエストにはベルト代わりにひもが結ばれている。挨拶のつもりなのか、修道士がフードをはずした。

「ボンジョールノ」ウォリングフォードは慎重に声をかけた。なぜか首のうしろの毛が逆立っている。

「ボンジョールノ、シニョーレ。お祈りにいらしたのですか?」修道士は祭壇を身ぶりで示した。

ウォリングフォードは片手をあげた。「ああ、いや、ただの観光です。英語がお上手だ」

「ええ、少しですが。こちらに来て座りませんか。美しい礼拝堂でしょう」

「本当に美しい」礼を失しないよう、精巧な装飾やルネサンス時代の洗礼盤、奥の像を見てまわった。

「あの像はドナテッロの手によるものなのですよ」修道士が説明する。

「すばらしいですね」ウォリングフォードは細部に目を凝らそうと像に近づいた。なぜか鼓動が速くなっている。

「シエナへはおひとりで、シニョーレ?」

「いいえ。じつは……婚約者と」

「ああ! 結婚なさるんですか! それはいいですね、シニョーレ。妻は喜びをもたらしてくれます。ルビーよりも価値がありますよ」

興味を引かれて、ウォリングフォードは振り返った。「なぜあなたにわかるんです?」

修道士は笑みを浮かべていた。よく見ると、若くて顔立ちも整っている。ただし髪は短く刈り込まれ、耳は横へ大胆に突き出しているが。「大勢の人たちの告解を聞いていますから。よき妻を持つ男はあまり罪を犯しません。幸せだからです」

ウォリングフォードは修道士に歩み寄った。「告解では、いろいろと変わった話も耳にされるでしょう」

「それなりに。ですが、罪はみな同じです。わたしたちは人間として、同じ誘惑に日々向きあっているのです」

修道士の言葉がさっき自分が考えていたこととほぼ同じで、ウォリングフォードは少し驚いた。「そうですね、本当に」

「告解はしていますか？」

「いいえ、英国出身なので。ぼくたちの教会には告解はありません」

「ああ、それは残念です。自らの罪を口に出して認め、赦しを得るのはいいですよ」

ウォリングフォードは笑った。「ぼくの罪は数えきれないほどあるので、いちいち口に出して説明するとなると……。このまま運を天に任せるしかないですね」

「そんなに罪を？　シニョーレ、あなたはいい人だ。結婚して家族を持とうとしているのですから」修道士が言葉を切る。「婚約者の方はどうです？　いい人ですか？」

「彼女は天使です」即座に答えた。「いたずら好きだが悪気がない。ひねくれたところがいっさいなく、純粋で誠実です。まるで……」意気込んで言ったものの、あとが続かなくなった。「ああ、まったく」

「どうしたんです、シニョーレ？」

ウォリングフォードは修道士の隣に、ゆっくりとくずおれるように座った。

「ぼくは彼女にふさわしくない。だが、彼女にふさわしい男なんているんだろうか？」

「そんなことはないですよ、シニョーレ。あなたはいい人だ。いい人じゃなかったら、その女性のよいところが見えなかったでしょう」

「彼女は天使なんです。それなのに、信じられないほど清らかで美しい彼女を汚してしまった。純潔を奪ったんだ」

修道士は何も言わなかった。

ウォリングフォードは腿の上に腕をのせて顔を伏せた。「処女だったのに、欲望のままに誘惑した。どうしても我慢できずに」

「もちろんそれは罪です。でも、あなたは彼女と結婚するんでしょう？」

「そう神に誓った。そうでなければ、彼女とベッドへは行かなかっただろう」けれどもウォリングフォードの声は沈んだ。一五歳のときから、結婚もせず、互いに愛をささやくわけでもなく、ただ肉体的な関係を結んできた。ほかの男の妻だろうとかまわず、欲望を満たすことだけを考えて、それ以外のあらゆるルールを無視してきた」両手をこぶしにして、目の上に当てる。「でも、彼女の前にもたくさんの女たちがいたんだ。言葉が自然とあふれてくる。

「こんなぼくでも変われるだろうか？　希望はあるんだろうか？」

「変わるためには過去の過ちを認め、よりよい道を探さなくてはなりません」修道士の声はあくまでもやさしかった。

「そうしている。彼女に貞節を尽くすつもりだ。絶対に傷つけはしない」

「では、なぜ恐れているのです？」

「本当にできるかどうかわからないんだ」喉がぐっと締めつけられ、すすり泣きがもれた。「どの口で彼女に貞節を誓えばいい？　この唇で多くの女たちとキスを交わしてきたのに。どうしてこの手を差し出せるだろう？　多くの女性たちを道ならぬ情事に誘い込んできた手なのに」

「あなたにはやり遂げようという意志がある。道をはずれまいという意志が。この意志こそが、神から人間への贈り物なのですよ。人間は自分で選択して罪を犯します。どんな罪も自らの選択なのです」

ウォリングフォードは黙っていた。祭壇の隣のろうそくが金色の光を放ち、大理石と金色からなる空間に精緻な陰影を作っている。彼は頭に修道士の手が置かれるのを感じた。

「あなたに神の赦しを与えることもできます。でもあなたはまず、自分で自分を赦したいのではないですか？」

ウォリングフォードは目を閉じた。「そうだと思う」

頭上からラテン語のつぶやきが聞こえた。かろうじて聞き取れるほどの低い声のあと、頭の上の重みが消えた。修道士が神の祝福を与えてくれたのだ。だがしばらくして立ちあがり、礼拝堂を出て信者席沿いに歩くウォリングフォードの心は、祝福を受ける前と同じで重いままだった。

外に出ると、まぶしさに一瞬目がくらんだ。沈む夕日が地平線沿いに空を染め、大聖堂の白い大理石のファサードを輝かせている。

夕日？

ウォリングフォードはポケットから懐中時計を取り出して文字盤を見た。時計を振って、もう一度見る。

三時間も経っていた。大聖堂の中に三時間もいたのだ。

わけがわからず、ぼんやりと懐中時計を見つめた。どこかほかに時計がないか振り返って探したが、どこにもない。丘の上にひしめく赤い屋根瓦の波の下に、今にも沈もうとしている太陽が見えるだけだ。

「驚いたわ（グラン・ディーオ）！ ウォリングフォード！」

彼はびくっとして振り返った。

「シエナで会うなんて！ 愛しいあなた（ミオ・カーロ）に！ なんていう偶然かしら」女性が前に立ちふさがった。黒いドレスにベールをつけ、片手には幼い少年がしがみついている。

ウォリングフォードは驚いて彼女を見つめた。いったい誰だろう？ 声には確かに聞き覚えがあるし、かなり親密だった気もする。しかし精神的に混乱している今は、その声を特定の名前と結びつけられなかった。

「あら、ひどいわ。わたしがわからないの？」彼女が空いているほうの手でベールを持ちあげると、かわいらしい色白の顔にきらきら光る黒い目が現れた。

「イザベラ！」反射的に名前が飛び出した。

「そうよ。その顔を見ると、わたしはだいぶ変わったようね」彼女がとがめるように見る。「わたしの息子に会うのははじめてでしょう?」

「ああ、そうだ。ボンジョールノ、坊や」ぎこちなく声をかけた。

「九月で五歳になるのよ」イザベラが意味ありげな視線を向けてくる。

だが、ウォリングフォードは堂々と受けとめた。「それはおめでとう。父親にとって、さぞかし自慢の息子さんだろう。ところで、残念だが今は急いでいる。また別の機会にでも話そう」

イザベラが彼の腕に手を置いた。「いつもつれないわね。何かやさしい言葉でもかけてくれないの? あなたのせいで、とてもつらい思いをしたのに」

彼女が眉根を寄せ、せつない表情を浮かべる。イザベラを苦しめたかどうか、ウォリングフォードはまったく覚えていなかった。確かにかなり唐突に別れを告げたが、あの手の情事とはそういうものだ。彼女に愛情を抱かせるような、誤解を与えるふるまいをしてしまったのだろうか? そんなつもりはまったくなかったのだが。

視線を落とすと、少年が好奇心をたたえた目で恥ずかしそうにウォリングフォードを見あげていた。同じ黒髪だが、彼には自分の息子ではないという確信があった。気をつけて避妊していたし、イザベラとの短いつきあいが終わって、少なくとも一カ月は経ってからできた計算になる。

「つらい思いをさせたのなら申し訳なかった。そんなつもりはなかったんだ」丁寧に詫びた。

「ひどい人。でも、こうしてまた会えたのだから許してあげるわ。シエナに滞在しているの？」

「ああ、じつは……」

「じゃあ、このあと夕食をつきあってね！　今ひとりなの。友人たちとパーリオ（地区対抗競馬。シエナでは毎年二回行われる）を見物に来たんだけど、片づけなければならない用事があって、わたしだけ残ったのよ。夫の侯爵が一年前に亡くなって、処理しなければならない書類や手続きがまだあるの」イザベラはひらひらと手を振った。「だから、どうしてもつきあってもらうわ」

「無理だよ。残念だが、ぼくにも急ぎの用事がある」

「あら、女性でしょう。でも、わたしよりもきれいなはずないわ。ね？」彼女がびっしりと生えた美しいまつげ越しに見あげた。ウォリングフォードを振り向かせられるという希望と自信、それにすがりつくような孤独感が見え隠れしている。「その女性には、先約があると言えばいいのよ」

彼は頭に感じた修道士の手の重みを思い出した。その手から体の隅々まで広がった深い思いやりがよみがえる。「イザベラ、そんなことはできない。ぼくは……」

「ウォリングフォード？」

階段の向こうからアビゲイルの声が聞こえた。

さっと振り向くと、白っぽい大理石に白いドレスを溶け込ませるようにして、彼女が立っていた。片手で帽子を、片手でスカートを押さえながら駆け寄ってくる。帽子のつばの下におくれ毛がなびいているのを見て、ウォリングフォードは彼女の前にひざまずき、その髪に唇を当てたくてたまらなくなった。

「ここまで来てくれたのか！」両腕を差し伸べてアビゲイルを迎える。

「いったいどこをほっつき歩いていたの？」彼女がウォリングフォードの両手に手を滑り込ませると、彼はほっとしてその手に強く唇を押しつけた。

「大聖堂に入って涼んでいたのさ。だが、なぜこんなに時間が経ってしまったのかわからないんだ。居眠りでもしていたのかもしれない。悪かったよ。きみが無事でよかった」

「わたしは別になんともないわ。それより、町じゅうを駆けずりまわってあなたを探していたの。急がなくちゃ、ウォリングフォード！」

「ウォリングフォード、ミオ・カーロ」背後からイザベラの声がした。「ご友人にわたしを紹介してくださらないの？」

しまった。

彼はアビゲイルの手を握ったまま、体の向きを変えた。「これは失礼した。アビゲイル、こちらはヴェニスからいらしているアッタバンティ侯爵夫人だ。侯爵夫人（シニョーラ・マルキーザ）、こちらはミス・アビゲイル・ヘアウッド。ぼくの婚約者を紹介できて光栄です」イザベラにちらりと顔を向ける。

「婚約者（ラ・ポストラ・フィダンツァータ）ですって！」衝撃を受けたイザベラの声は弱々しかった。「人をびっくりさせるのがお上手ね、ウォリングフォード！」

「お知りあいになれてうれしいですわ、シニョーラ・マルキーザ」アビゲイルの頬はピンク色に上気しているが、侯爵夫人に紹介されて心から喜んでいるように見える。ウォリングフォードは彼女の体にエネルギーがみなぎっているのを感じた。ものすごく急いでいるか、興奮しているのか、どちらなのだろう？　彼はアビゲイルの手をしっかりと握った。

「それで、いつご結婚されますの？」イザベラがきいた。

「じつは今日なんです」アビゲイルが答える。

「今日！」イザベラがあえいだ。

「今日！」ウォリングフォードも驚きを隠せなかった。

アビゲイルが彼に向かって微笑む。「すてきでしょう？　だからあなたを探していたのよ。今、式の準備をしてくれているの」沈みかけている夕日に目をやる。「ごめんなさい、急がなくちゃ。もういつ月がのぼってもおかしくないから」

ウォリングフォードは足の下の大聖堂前の階段が、がらがらと音をたてて崩れていくような気がした。ぐらりとよろめき、左足をひとつ下の段にかけて踏みとどまる。一瞬、しっかりとつないでいるアビゲイルの両手だけが命綱に思えた。

「月がのぼる？」気持ちを落ち着けようと聞き返す。「ああ、そうだな」

「月がのぼる」イザベラも繰り返した。顔が蒼白（そうはく）になっている。「なんてロマンティックなのかしら」

「ウォリングフォードはとてもロマンティックなんですよ。花とかシャンパンをふんだんに用意してくれたりして。そうよね、ダーリン？」

彼はアビゲイルの手を片方放し、もう一方の手にキスをした。震えているのを感じたが、自分と彼女のどちらの手が震えているのかわからない。「たくさんあったほうが楽しいじゃないか」

アビゲイルがイザベラに笑みを向けた。「彼ってやさしいでしょう？　でも、ごめんなさい、もう行かなければ。月は待ってくれませんもの」

「確かにそうね」イザベラも同意した。「どうかお幸せに。では、ごきげんよう、シニョリーナ、公爵閣下。いつかまたお会いしたいわ。たくさんの愛と子どもたちに恵まれたあなた方に」

イザベラは息子の手をしっかり握ってベールをおろし、暮れゆく空に向かって顎をあげたまま歩み去った。


太陽は密集する建物の向こうに隠れ、鉄格子のあいだからのぞく黒い目がほとんど見えないくらい暗くなっていた。

「シニョリーナ・アビゲイルです。戻りました」

扉が開いた。「この男は厄介の種ですね」修道女が文句を言う。

「本当にそうなんです、スオール・ジョバンナ。でも、わたしにはこの人しかいませんから。彼を入れてくださってありがとうございます」

アビゲイルはウォリングフォードの手を引いて中に入った。彼の足取りは明らかに重い。突然の展開に驚いているだけで、きらきら光る目が魅力的なアッタバンティ侯爵夫人のせいではないことを彼女は祈った。

「ここには五〇年前からいますが、そのあいだ男性が入ったことは一度もありません。スオール・レオノーラのためでなければ、絶対に許可できないところですよ。主が彼女を祝福してくださいますように」スオール・ジョバンナがウォリングフォードのほうを向く。「あなた！　目をつぶりなさい」

「目をつぶる？」

「そうです。そして聖なるものを思い浮かべなさい、シニョーレ。目をつぶって、心を清く保つ。わかりましたか？」

「わかった」ウォリングフォードは謙虚に答え、まぶたを閉じた。「清らかなものを思い浮かべたよ」

アビゲイルは彼の手を取った。「わたしが手を引いていくわ。でも、急いでね」

「目をつぶって急ぐのは難しいな」文句を言いつつも、ウォリングフォードは廊下を急ぐ彼女にさほど苦労もせずについてきた。アビゲイルの心は乱れていた。彼が大聖堂の前の階段に立って黒いドレスを着た魅力的な女性と親しげに話しているのを見たときから、心臓が激しく打ち続けている。あの女性は黒髪の幼い少年を連れていた。

二時間前に修道院を出たときは、愛と希望にすっかり心が浮きたっていた。門を出ればウォリングフォードが両腕を広げて迎えてくれると疑ってもいなかった。それなのに彼の姿はどこにもなく、馬車にもいない。一時間で戻ると言って、シニョーレはどこかへ行ってしまったと御者に教えられた。そこでしばらく待ってみたものの、だんだん不安がふくれあがって、馬車で探しに出た。最初にカンポ広場のホテルに行ってみたが、ウォリングフォードを見かけた者は誰もおらず、いったん修道院まで戻り、歩いて周囲の路地をまわった。道に迷ったのかもしれない、金のカフスボタンやポケットの中のお金を狙う強盗に襲われたのかもしれないと、怖くてたまらなかった。けがをしているかも、誘拐されたのかも、死んでしまったのかもと、次々に恐ろしい可能性が頭に浮かんで気が変になりそうだった。そのあいだにも太陽は少しずつ落ちていき、とうとう一日の終わりのまばゆい輝きを放ちはじめたのだ。レモンの木のある小さな庭で、レオノーラ・モンテヴェルディがじっと待ち続けているというのに。

そしてようやく見つけたウォリングフォードは、気遣うように頭を寄せながら喪服姿の女性と話していた。腕に女性が手をかけていたので親密な間柄だとすぐにわかり、彼を見てほっとした気持ちは一瞬で消し飛んだ。代わりに怒りや嫉妬、無力感が体を貫いたけれど、あの場では明るく女性に挨拶して、そんな感情はなんとか隠した。いつものアビゲイルらしく無頓着にふるまい、これからあなたにキスするつもりだと伝えたときと同じ浮ついた明るさを装って、これから式を挙げるとウォリングフォードに伝えた。

あのふたりは以前、恋人同士だったに違いない。絶対にそうだ。

廊下の角を曲がると、庭に出る扉が開いているのが見えた。太陽の最後の光が廊下を満たしている。アビゲイルはいきなり足を止めた。ウォリングフォードが止まりきれずにぶつかる。

「すまない」彼が謝った。

「ウォリングフォード、目を開けて」

「できないよ。あの恐ろしい修道女に怒られるに決まっている」

アビゲイルは彼の両手を取った。「目を開けて、わたしを見て」

彼が目を開けた。薄暗い場所で、ダークブルーの瞳が沈んだ輝きを放つ。

「なんだ？　どうした？」

「ウォリングフォード、もし結婚したくないのなら、もし少しでも迷いがあるのなら、今すぐにそう言ってほしいの」

彼が眉をあげる。「迷いだって、アビゲイル？　何を言いだすんだ？」

「侯爵夫人といるあなたを見て、以前に恋人同士だったとすぐにわかったわ。あの子はあなたの息子なの？」

「ばかな！　もちろん違う。そんな可能性はまったくない。誓ってもいい」

「でも、恋人同士だったんでしょう？」

ウォリングフォードが言葉に詰まった。「そうだ。何年も前のことだが」

握っている彼の両手が、ふいに暖炉の中の石炭のように熱くなった気がした。

「ウォリングフォード、ちゃんと心を決めて。絶対に迷いがあってはだめなの。シニョリーナ・モンテヴェルディはあそこで待っているわ。でもあなたが心からわたしを愛していないのなら、式を挙げても意味はない。全身全霊で聖なる誓いを立てなければならないのよ」

ウォリングフォードは片手を引き抜き、彼女の頰に当てた。「アビゲイル、問題はそこじゃない。ぼくは何カ月も前からきみを妻にしたかったんだ。その気持ちには一片の疑いもないよ。それより、きみこそどうなんだ。迷いはないのか?」

アビゲイルは彼をまっすぐに見つめ、薄暗い中で表情を探った。「まったくないわ」

「ぼくをきみの夫にしてくれるかい?」ウォリングフォードが彼女の手にキスをした。「きみをぼくのものと呼ぶ栄誉を与えてくれるだろうか?」

「あなたのものになるわ。あなたの公爵夫人に」

「ぼくの公爵夫人。心からそう望んでくれていると思っていいんだな?」

時が容赦なく過ぎつつあるのをアビゲイルは感じた。地平線の下に太陽が隠れかけている。

「そうしなければならないの。あなたがいなくては生きていけないから」

ウォリングフォードが親指で彼女の頰を撫でた。「ならば行こう」

今度は彼がアビゲイルの手を引いて廊下の残りを進み、戸口を抜けて庭に出た。

そこには人がいた。もちろんレオノーラが。黒い修道衣をまとい、白い顔に黒い瞳を輝かせて、金の十字架の横に立っている。けれども彼女だけではなかった。石のベンチからアレクサンドラが立ちあがった。隣にはミスター・バークが彼女の手を握って寄り添っている。

驚いていると、もうひとり、ミスター・バークの横に白髪で長身の男性がいるのに気がついた。彼が誰だか一瞬でわかり、アビゲイルは大きな声をあげた。

「ハリー！　いったいここで何をしているの？」

22

「ハリー？　ハリーっていったい誰なんだ？」ウォリングフォードがきいた。

アビゲイルは彼を振りきってハリーに駆け寄り、両手を握った。「信じられないわ！　どうしてわたしがここにいるとわかったの？　それによく英国から出られたわね。偽造で有罪判決を受けているのに」

ミスター・バークに匹敵する長身のハリーは大きくため息をつき、返事をしようと口を開いた。ところがウォリングフォードに先を越された。

「ハリー・スタッブズ。パブで知りあったハリー・スタッブズか。これはこれは、すごい偶然だな」皮肉たっぷりの声でウォリングフォードが言う。

アビゲイルは振り返った。「あら、あなたも彼を知っているの？」

彼は腕組みをした。「ああ。ここにいるぼくたちの友人、ハリー・スタッブズはとんでもない悪党で、いくつもの別名がある。イタリア人のシニョール・ロセッティというのもそうだし、かの有名なオリンピア公爵というのもそうだ」

彼女は息をのんでハリーを見た。「ハリー！　まさか本当じゃないわよね。競馬でどの馬に賭けたらいいか、こつを教えてくれたじゃない。男性を気絶させる方法も！」

ハリーはウォリングフォードに目を向けたあと、彼女に視線を戻した。

「それはきみの性格からして、できるかぎり身を守るすべを教えておくに越したことはないと思ったからだ」パブで使っていたのとはまるで違う声音で、彼は応えた。

「なるほど、そうか」アビゲイルのうしろから、ウォリングフォードが辛辣な声を出す。「結局おじいさま自ら、孫であるぼくのために花嫁を選んでくださったというわけだ。じつに巧妙でしたよ。いやはや、敬服します。すでに『タイムズ』紙には広告を出してくださったんでしょうね？」

「ああ、さすがすご腕ですね。その選択眼にはいくら感謝してもしきれません」ミスター・バークがアレクサンドラの手を取って口をつける。

「まさに熟練の操り人形師並みだ。それにおまえも！」ウォリングフォードがレオノーラのほうを指差した。「大聖堂でぼくだとわかったんだな。そして巧みに秘密を聞き出した」

アビゲイルはさっと彼に目を向けた。「なんてことを言うの！　レオノーラは天使のような人よ！　それにずっとここにいて、結婚式の準備をしていたわ」

「レオノーラ？」ウォリングフォードが戸惑ってアビゲイルを見つめる。「ぼくは修道士に言ったんだ。ほんの一時間ほど前に大聖堂で会った修道士だよ」

アビゲイルはぽかんと口を開けてレオノーラを見た。

レオノーラが一歩前に出る。「兄がここにいるのです。わたしの隣に。彼が儀式を執り行ってくれます」

あたりの空気が一瞬渦を巻いたような気がして、アビゲイルはくらっとした。レオノーラとその隣の誰もいない空間を見つめる。

「アビゲイル？　大丈夫か？」ウォリングフォードが肩に触れた。「あなたがシニョール・モンテヴェルディなのね。でもわたしにはあなたが見えないし、声も聞こえないわ」

レオノーラが静かな声で代わりに応えた。「兄がそうだと伝えてくれと言っています。自分はここにいる、と」

「きみには彼が見えないということか？」ウォリングフォードが口を挟む。

「見えないわ」アビゲイルは空っぽの場所から目が離せなかった。「あなたには彼の隣に立っているレオノーラ・モンテヴェルディが見えないように。たぶん呪いが解けるまでだめなのよ」

「彼女がここにいるのか？　本当に？」

レオノーラが涙を浮かべて手を差し伸べた。「息子よ。わたしの血筋に連なる息子。わたしはここにいます」

「見えなくても、彼女はここにちゃんといるわ」アビゲイルはささやいた。

硬直した空気をアレクサンドラの声が破った。「どういうことなのかまるで理解できないわ。ウォリングフォード、あなたにはここにいる修道女が見えないってこと？」

アビゲイルは目をぬぐい、姉のほうを向いた。「説明すると長いのよ。でも、そうなの。前にわたしが城の呪いについて話したのを覚えてる？」

「父親や拳銃や恋人たちが出てくる話でしょう。覚えてるわ」

「その呪いが解けるまで、女性にはレオノーラしか見えないし、男性には彼女の兄しか見えないの。女性と男性は永遠に別個の存在として隔てられているのよ」

アレクサンドラは蒼白な顔になり、ミスター・バークの手を握りしめた。

「そんなことが……わたし……」

「それで、呪いはどうやったら解けるんだ？」ミスター・バークがきいた。彼の顔も同じくらい血の気が失せている。

「それは……」アビゲイルはウォリングフォードを見た。

端整な顔の中で、目がやさしい光を帯びる。彼はアビゲイルに近づいて手を取った。

「ぼくがきみに真実の愛を誓ったら、呪いが解けるんだろう？　コッパーブリッジの末裔である放蕩者のぼくが」

風が庭を吹き抜け、レモンの木の葉がさわさわと揺れた。

「時間がありません」レオノーラが割って入った。「月がのぼりかけています。シニョリーナ・アビゲイル、あなたを花婿に引き渡すのは誰ですか？」

「全然考えていなかったわ……」

レオノーラが右を向き、小声で何か言っている。少し間が空いたあと、ハリー――オリンピア公爵が前に出た。「わたしがやろう」

今からウォリングフォードと結婚するのだと考えて、アビゲイルの気持ちは乱れた。顔をあげて彼と目が合うと、興奮と恐れに体じゅうの血が沸きたつ。

「式のあいだは兄が公爵に話し、わたしがあなたに話しましょう」レオノーラが言った。「さあ、手を取りあってください」

また少し間が空いたあと、ウォリングフォードがアビゲイルの手を取る。

こうして結婚式がはじまった。アビゲイルの耳に、レオノーラの低い声とウォリングフォードの深みのある声が響いた。ウォリングフォードは自信に満ちた迷いのない口調で、彼女を愛し慈しみ貞節を守ると誓った。同じように彼だけを愛すると誓う自分自身の声は、いつもと違って奇妙に甲高く響いた。

「指輪はありますか?」レオノーラが尋ねる。

オリンピア公爵が孫に歩み寄り、小さな金の指輪を渡した。それに見覚えがあるのか、レオノーラが息をのむ。

「この指輪をもって、きみを妻とする。この身できみを崇め、すべての財産を捧げると誓う。父と子と聖霊の御名において。アーメン」

ウォリングフォードが身を乗り出して、アビゲイルの唇にそっとキスをした。彼の頭上では黄色い満月が夜空に少しずつ顔をのぞかせようとしている。

あたりが静まり返った。レモンの木に止まっているヒバリだけが、喜びの歌を歌い続けている。

「これで終わりです。あなた方は夫婦になりました」レオノーラが告げた。

ウォリングフォードがアビゲイルの手を持ちあげ、結婚指輪に唇をつける。その唇のあたたかさが彼女の心を揺さぶった。

「愛しているわ」ウォリングフォードにささやく。

かたわらで誰かが深いため息をついた。アレクサンドラだと思い、アビゲイルの目は感動にかすんだ。

お礼を言うつもりで、彼女はレオノーラのほうを向いた。レオノーラが目に入ると同時に、シニョール・モンテヴェルディの姿をはじめて目にすることになると確信しながら。けれども、アビゲイルの目には修道女しか映らなかった。その隣には誰もおらず、ただ金の十字架だけが月明かりに輝いていた。

「なぜ何も起こらなかったのか、さっぱりわからない。ぼくたちにはとうてい理解できない謎なんだよ」ウォリングフォードは言った。

アビゲイルが肘掛け椅子に沈み込んだ。「彼女を解放してあげたかった。あなたにも彼女の顔を見せたかったたわ、ウォリングフォード」

彼はネクタイをゆるめ、ベストのボタンをはずした。田舎のホテルの部屋は狭く、電話も電気ランプもぴかぴかの浴室設備もない。しかし今日は彼の結婚初夜であり、それに必要な古びた肘掛け椅子に座っているアビゲイルは、結婚したばかりの夫ではなく木の床を見つめている。妖精を思わせる顔は喜びで輝いているはずなのに、失望に曇っていた。

「たぶん時間がかかるんだろう。すぐに呪いが解けるわけではないのかもしれない。あるいは、もしかしたらオリンピア公爵に息子がいなかったせいかもしれないな。婚外子は別として……」

ウォリングフォードは肘掛け椅子の前にひざまずき、彼女の膝に手を置いた。

「ぼくを見てくれ」

アビゲイルが目をあげる。

彼は微笑んだ。「ぼくの大切な奥さま。ウォリングフォード公爵夫人」彼女の鼻に触れる。「ぼくは今日、すべてをきみに捧げると誓った。その言葉に偽りはない。それでは足りなかったのか？」

アビゲイルが弱々しく笑った。「わたしにとってはじゅうぶんだったわ。でも、レオノーラにはそうではなかったみたい」

「ぼくたちは両方の家族に祝ってもらった。きみのいまいましい姉さんに勝ち誇った目で、〝わたしのかわいい甥〟などと呼ばれても耐えたし、みんなで乾杯してウエディングケーキも食べた……」

「とてもおいしいケーキだったわ。ずっしりと重い濃厚な生地に、おいしいカランツがたっぷり入っていて……」

「ぼくはもう一度きみを抱いて部屋の敷居をまたいだし、そのせいで危うく背中を痛めるところだった。そしてようやくこうして、ふたりきりになれたんだ。だから今はきみとベッドに入り、結婚してはじめての契りを交わすことしか頭にない。異議があるか?」アビゲイルの手にキスをする。

彼女はウォリングフォードの首に腕をまわした。「全然ないわ、だんなさま。早く床入りの儀式に取りかかりましょう」

彼はアビゲイルの着ているものを丁寧に脱がせはじめた。まず髪からピンを一本ずつ抜き、椅子の上にきちんと置いていく。自分がどれだけ我慢できるか試してみたかった。厳密に検証して、欲望をきちんと抑制できると彼女に示すのだ。

アビゲイルは辛抱強く立っていた。少しずつ肌をあらわにされていくあいだ、じっと動かずに彼に任せている。ただし、生き生きとした英知をたたえたその目は強い光を放っていた。最初にウォリングフォードの心をとらえた妖精のような目だ。アビゲイルは無言のまま彼の服のボタンをはずし、シャツを脱がせて、むき出しになった胸に両手を置いた。部屋の中には午後の熱気がまだ残っており、むっとする空気を動かすものは、窓ガラスのひびから入るわずかな風しかない。胸に当てられた彼女の手はひんやりしているものの、その頬は興奮に上気していた。

放蕩者として鳴らしたウォリングフォード公爵が、こんなに小柄で繊細な女性に骨抜きにされてしまったのはなぜだろう？　今の彼はアビゲイルのしもべであり、愛を与えてもらえることをひたすら願っている。彼女は小さな指一本で、ウォリングフォードを思いのままに操れるのだ。

彼はアビゲイルの手を取って、ベッドへと導いた。薄い夏用の上掛けをめくると、白くて清潔なシーツが現れた。大きなベッドの真ん中に脚を折って座った彼女は、青白い顔でとても小さく見える。ウォリングフォードはアビゲイルが震えているのに気づいた。

ベッドの上に膝と手をつき、彼女に近づく。「まだ試していない体位が二三ある。どういうのがいいか、希望はあるかな？」

アビゲイルが彼に腕を巻きつけた。「あなたの顔を見ていたいわ。おなかが重なるのを感じたい。耳元でささやくあなたの声を聞きたいの」

「わかった」

ウォリングフォードはゆったりとキスをしながら彼女のやわらかな体に触れ、仰向けに横たえた。そして彼女の息遣いが荒くなり、脚のあいだに差し入れた指に潤いが感じられるようになると、上に覆いかぶさって一気に貫いた。次々に変わる彼女の表情に驚嘆し、さまざまな歓びの声に耳を傾ける。敏感なアビゲイルは今にも達してしまいそうだ。だが、まだ早すぎる。もっともっと大きな快感を与えてあげたい。

ウォリングフォードはひとつになったまま彼女を抱き起こし、ベッドの上に向かいあって座る格好になった。

「まあ」アビゲイルが驚いて声をあげ、つながっている部分を確かめるようにそっと体を揺らす。

「目を開けて、アビゲイル」

ウォリングフォードは肩に置かれていた手をはずして下へ導いた。「触って感じてごらん、ぼくたちがつながっているところを」

アビゲイルがその部分をぐるりと指でたどる。

「ぼくが何を言いたいのかわかるかい？」ウォリングフォードはささやいた。本当は続けてもっと質問したかった。彼はすっかりアビゲイルのものだと感じてくれたかどうか、そのことを示すためにこうしてひとつになっているのだと理解してくれているか、知りたくてたまらない。しかし、胸がいっぱいで言葉にならなかった。

「わかるわ。ちゃんとわかる」アビゲイルがささやき返す。彼女が両手でウォリングフォードの頭を引き寄せてキスをすると、彼女の官能的な香りが漂ってきて頭がくらくらした。アビゲイルがわずかに腰を上下させて、声をあげる。下から突きあげる彼の力に驚いたように目を見開いた。

「このままこれでいいかい？」

「ええ」アビゲイルがさっきよりも少し大きく体を揺らし、詰めていた息を吐いた。そんな彼女を見ていると、ウォリングフォードは爆発してしまいそうだった。ろうそくの光がアビゲイルの体を金色に照らし、すべての曲線を際立たせている。やがて動きが激しさを増してきて、ウォリングフォードは彼女の首に顔をつけてレモンと花の甘い香りを吸い込んだ。彼に抱きしめられながら、アビゲイルは大きく声をあげて体をけいれんさせた。ああ、情熱的なぼくのアビゲイル。

彼女が達したのを見届けてから、ようやくウォリングフォードも自分を解放した。彼女の中に心おきなく精を注ぎ込む。

これは夫婦の契りだ。

アビゲイルが彼の肩にがくりと頭を預けた。合わせた胸を通して、心臓が力強く打っているのが伝わってきた。「あなたに嘘をついたわ」彼女がささやいた。

「どんな嘘だ？」まだぼうっとしているウォリングフォードの耳に、彼女の言葉がゆっくりと届いた。

「あなたが過去にどれだけ大勢の女性と関係していたとしても気にならないと言ったけど、本当はすごく気になるの。ものすごく」声が徐々に小さくなる。目を向けると、アビゲイルは泣きそうになっていた。「ひとりひとり、全員が憎いわ。思い浮かべると耐えられない。それなのに思い浮かべてしまう。あなたが別のベッドで別の女性と、今と同じことをしているところを、わたしに触れたのと同じように相手に触れているところを想像せずにはいられないの。でも、そうすると胸が痛くなるのよ、ウォリングフォード」

「わかった、もういいから」

「すごく痛いわ。あなたを愛しているから」アビゲイルが顔をあげる。「あなたとの愛の行為は、わたしにとって大切な宝物なの。だから誰とも分かちあいたくない。あなたを誰かと共有するのはいやよ」

どう言えばいいのかわからなかった。アビゲイルの胸が痛むと、彼の胸も痛む。だが何を言おうとそらぞらしく、その場しのぎの言い訳に聞こえるに決まっている。どんな女も愛したことはない、今は後悔しているなどと言っても、慰めにはならないだろう。

でも、アビゲイルはぼくの妻なのだ。とにかくやってみるしかない。

「こう聞いて、きみの気持ちが少しでも楽になればいいと思う。みな、きみと知りあう前の過去の女たちだよ。その頃のぼくは今のぼくとは違う。今思うと別の人生も同然だ。いや、別の人生だったんだ」

「そうね、少しは楽になるわ。それでもやっぱり思い出してしまう。何時間も探しまわったあげく、あなたが大聖堂前の階段で侯爵夫人といるのを見つけたときのことを。それに、こんなふうにも思うの。いつかロンドンのどこかの屋敷の客間で、あなたの過去の恋人と出くわしてしまうかもしれないって。そうなったら過去は過去でなくなる。別の人生だなんて、切り離すことはできないのよ。過去も含めてあなたの人生なんですもの。あなたと過去に関係を持った女性たちは今もどこかに生きていて、あなたがこういう行為を好きだと知っている。わたしはその事実を受け入れる方法を見つけなくてはならないの。いつかあなたに新しい恋人が現れるんじゃないかという可能性を受け入れる方法を」

ウォリングフォードは彼女をきつく抱きしめて揺すった。「アビゲイル、そんなことは絶対に起きない」

「わたしたちは呪いを解けなかったのよ、ウォリングフォード。あの人たちを失望させたわ」

「だからどうだというんだ？　そんなことになんの意味もないさ」精いっぱいの自信をかき集めて言う。

けれども同時に、祖父から言われた〝おまえのようにふしだらな生活を送っている人間が、ほかになんの役に立つというんだ？〟という言葉がよみがえった。

失敗したのはアビゲイルのせいではない。きっとぼくがだめだったのだ。ぼくの誓いがじゅうぶんではなかった。

アビゲイルはウォリングフォードにしがみついている。彼の肩に顔をうずめ、汗に濡れた肌をぴたりと寄せて。

「何人いるの、ウォリングフォード？　知っておきたいの。ロンドンに戻ったあとパーティに出席したら、あなたと関係のあった女性と顔を合わせる確率はどれくらい？」

胸が彼女の涙で濡れていた。「アビゲイル」抱き寄せて、必死で慰めようとする。

「あなたを責めているんじゃないのよ。だって過去は事実として存在しているもので、あなたの一部だわ。ただ、それをどうやって受け入れたらいいか、わたしにはわからないだけ。あなたをすごく愛しているの。こんなふうに愛していなかったら傷つきはしないと思う。過去とあなたは一体で、どちらか片方を手に入れることはできないのよ」

「きみがそうしたいなら、イタリアで暮らしてもいい。どこでも、きみの好きなところでいいんだ。きみの望むとおりにするよ、アビゲイル」

「逃げ出そうということね」

「それできみが幸せになれるのなら。ぼくが望むのはきみの幸せだけだ」

顔をあげたアビゲイルの目には涙があふれていた。はじめて見る彼女の涙だ。

「ええ、わかってる。今のあなたはそう望んでくれているって。でも、明日は？」

「何度明日が来ても、そう望むさ」

アビゲイルが潤んだ目で彼を見つめた。その顔にはあふれんばかりの愛と悲しみが同時に浮かんでいて、ウォリングフォードは心が張り裂けそうになった。彼女が手をあげて彼の頬に触れ、ひげが伸びはじめている顎を撫でた。

「少なくとも今は、あなたはわたしのもの。今この瞬間はほかに誰もいない。そうでしょう？」

「ああ、そうだ。ぼくは今、きみのものだ」

ウォリングフォードは彼女をゆっくりと横たえた。ふたりの上にシーツをかけ、きつく抱き寄せる。自分にできるのはそれしかないとわかっていた。しばらくして、もう一度愛を交わした。できるかぎりの歓びを与え、愛していると何度もささやく。やがてアビゲイルの体が弓なりになり、絶頂に震えた。今度は彼女も疲れきって、ウォリングフォードの腕の中で眠りに引き込まれていった。

ウォリングフォードも疲れていたが、目がさえてどうしても眠れず、月光が作り出した天井の影をひたすら見つめていた。部屋のどこかから聞こえてくる時計の秒針が、心臓と同じリズムを刻んでいる。

視線を落とすと、アビゲイルは安心しきったように彼の腕に頭を預けて眠っていた。つややかな栗色の髪を撫でる。彼女はぴくりとも動かない。考えてみればこの一日半、彼女にはほとんど休息の時間を与えていなかった。

アビゲイルを起こさないように、ウォリングフォードはそっと体をほどいた。もっとも、たとえ象がベッドの上を歩きまわったとしても、今の彼女は目を覚まさないだろう。脱ぎ捨てた服を静かに探し、シャツとズボンとベストを着て外に出る。背後で扉がかちりと音をたてて閉まった。

見あげると満月がだいぶ傾いていて、家々の屋根が連なったうしろに隠れかけていた。手持ち無沙汰で飲み物か煙草が欲しかったが、どちらもないのでズボンのポケットに手を入れて、宿の近くのひとけのないカンポ広場を突っきった。白と黒の縞模様の大聖堂が立つ丘をのぼり、誰もいない道を歩きまわる。こんな時間になっても昼間の熱気が残っていて、空気が気だるく重い。やがてようやく眠気を感じてきたので、彼はホテルへと引き返した。

入り口の日よけの下まで来たとき、ふいに声がした。「結婚初夜だというのに、こんな場所でおまえに会うとはな」

ウォリングフォードはため息をつき、祖父のほうを向いた。「ぼくが公爵としての義務を果たさなかったと思っているんですか？　ご安心ください、抜かりはありませんから」

オリンピア公爵が影の中から歩み出た。白髪が月の光を受けて光っている。

「わたしの公爵位ではないから、そんなことはどうでもいい。だが、おまえの花嫁はなかなかよい娘だ。彼女が失望させられるのを見るのは忍びない」

ウォリングフォードは壁に寄りかかって祖父を見つめた。

「とても巧妙なやり口でしたね。教えてください。彼女をぼくの花嫁に見そめたのはどれくらい前なんです？」

「一、二年前というところだ。なかなかいい選択だったろう」

「否定はしませんよ」

「あとのふたりについてはどうだ？　ローランドとバークの相手は」オリンピア公爵は近くの柱に寄りかかった。「まず、おまえの弟からはじめたんだ。ごく初期に、少しばかり手を貸した……」

「それを聞いて、衝撃のあまり倒れそうですよ」

「そろそろ物事を正すべきときだと思ったからな。その相手のいとこ姉妹については、思いがけない掘り出し物だったよ。幸運だった」

「幸運は知恵にも勝ると言いますからね」

オリンピア公爵はズボンに包まれた脚に長い指をとんとんと打ちつけた。

「彼女を愛しているんだろう？　わたしにはわかる」

「想像したこともなかったくらい愛しています。彼女のためなら死ねる」ウォリングフォードは淡々と答えた。

「女ざんまいの日々をあきらめてもいいと思うくらいにか？」

「そうするとかたく心に決めています」

祖父が眉を片方つりあげる。「だが、誓いの儀式の結果は誰の目にも明らかだったではないか。呪いとやらはどう見ても解けていなかった」

ウォリングフォードは肩をすくめた。「そんなことを言われても、ぼくにはわかりませんよ。あのときは一言一句本気で誓ったんですから。ほかの女に目を移すくらいなら、この右腕を切り落とします」

「それなのにだめだった」

ウォリングフォードは応えなかった。口を開いたら、胸の中にとぐろを巻いている自分に対する疑いが這い出してくるような気がした。

「おまえは自分を信用していないのではないのか？」オリンピア公爵が鋭く突いた。

「少なくとも、あなたはぼくを信用していない。一度だって信用してくれたことはなかった」

オリンピア公爵はもたれていた体を起こした。「わたしからの助言だ。おまえは妻であるかわいらしい女性のために、身を慎むだけの意志の力があると自らに証明する方法を見つけたほうがいいぞ」

ウォリングフォードは肘掛け椅子に座り、眠っているアビゲイルをじっと見つめていた。上下する胸の動きから目が離せなかった。傾いた月からの光が陰影を作っている頬骨の曲線、枕の上に広がる髪、白くあたたかな胸のふくらみへと視線を移していく。最後にもう一度顔を胸に寄せて肌を味わいたい衝動に駆られたが、ぐっと我慢した。

まぶたがぴくぴくと動き、アビゲイルが目を覚ますと、彼は両手に顔をうずめた。

「どうして服を着ているの？」彼女が眠そうな声できく。

「散歩に行ったんだ」

シーツのこすれる音がした。「こっちを見て、ウォリングフォード」

顔をあげると、アビゲイルは白いシーツで体を覆い、ベッドの上に座っていた。何もかも見通すような深い金色の目で彼を見つめている。

「あなたは自信がないのね？　自分にできるかどうか。残りの一生、ずっとわたしに忠実でいられるかどうか。だから呪いは解けなかったんだわ」

「ばかばかしい。ほかの女性に目を奪われたりはしないよ、アビゲイル。ぼくは決してきみを傷つけない」

「わたしを元気づけるためにそう言っているだけよ。それが本当であってほしいと、あなた自身が強く願っているから。でも、放蕩者は一生放蕩者。変わることはないわ」

ウォリングフォードは立ちあがって窓辺に行った。「ぼくは放蕩者じゃない」

「でも、これまではずっとそんなふうに行動してきたわ。だからイタリアに来たんでしょう？　自分は放蕩者ではないと証明するために。女性やワインのない生活に耐えられるか試すために。そこにわたしが現れた」

「そう、きみに出会ったのさ」

「だから、あなたには結果がわからないいんだわ。ウォリングフォード公爵としてこれからもさらされ続けるすべての誘惑に、自分が抵抗できるかどうか」

「ぼくにはできる。できなくてはだめなんだ。きみを心から愛しているから、絶対に失敗はできない」

ふたたびシーツのこすれる音がしたあと少し間を置いて、背中にアビゲイルの手がまわされるのを感じた。続けてなめらかな頬が押し当てられる。

「聞いて。ずっと考えていたの。夫であるあなたを心から愛しているわ、ウォリングフォード。だから出ていって。一年のあいだ、ひとりで過ごすのよ。わたしが邪魔をするまでそうするつもりだったように、身を慎んで生活できるか確かめてきてほしい。あなた自身のために……」

彼は振り返った。「何を言う、アビゲイル！　どういうつもりだ？」

「たった一年じゃない」彼女は両手を伸ばしてウォリングフォードの頭のうしろを包んだ。

「焦ることはないのよ。もう呪いを解く必要はないんだから。わたしは待っているわ。あの城で。あなたはひとりになって、自分の中の恐れと向きあってちょうだい」彼の胸に唇をつける。「あなたがわたしのことを思ってくれているのは、ちゃんとわかってる。わたしは一年間、その思いをよりどころにして待っているから」

足元に底なしの深淵が口を開け、そこに真っ逆さまに落ちていくような気がした。

懸命に声を絞り出す。「きみを置いていけというのか？　ひとりで行けと？」

「わたしなら大丈夫よ。強いもの。知っているでしょう？」

「ありえない。ばかげている。きみから離れるなんて無理だ……」

「でも、そうしなければならないのよ」

「領地の管理だって……」

「わたしがやっておくわ。めちゃくちゃにしてしまうかもしれないけれど、きっとあなたの弟さんが助けてくれる。ローランドは有能だもの」

ウォリングフォードは頭を垂れ、彼女の髪のやさしい香りを吸い込んだ。

「聞いてちょうだい。わたしはあなたを知り尽くしているのよ。だから何もかもわかっているの。どうして結婚初夜にひとりで月明かりの散歩に出かけたのか。何があなたの心を苦しめているのか。あなたにはこうすることが必要なの。わたしたちが出会った三月から、ずっとその必要があったのよ。わたしを愛しているというだけでは足りないって、今日わかったでしょう？」

「いや、じゅうぶんなはずだ。アビゲイル、きみがぼくに力をくれるから」

「いいえ、違う。力はあなた自身の中にあるのよ、ウォリングフォード。そのことを理解しなくては。力はちゃんとあるわ。すべての行動に表れているもの。あなたがそれに気づいていないだけ」

ウォリングフォードは目を閉じた。

「必ず成功するわ」

彼女の髪に唇をつける。

アビゲイルは続けた。「それにわたしにとっても必要なのよ、あなたにほんの少しつらい思いをしてもらうことが。生身の人間として自ら努力してもらうことが。日々の糧やベッドを分かちあう相手であるあなたに、どうしたら誠実で信頼できる夫になれるのか学んでもらうことが。いつか子どもの父親になってもらわなくてはならないんですもの」

「アビゲイル、ばかげているよ。きみを置いて出ていくことなどできない」そう訴える声は、まるで知らない男の声のようにウォリングフォードの耳に響いた。右目から涙がこぼれ、頬を伝って彼女の髪の中に落ちる。

「いいえ、できるわ、ウォリングフォード。そうしなくてはならないの。あなただって、一度はそうするつもりだったでしょう？　誘惑を断って一年間過ごすつもりだったじゃない。自分でも、そうしなくてはならないとわかっていたのよ」

彼は両手でアビゲイルの髪をひとつにまとめ、上を向かせてキスをした。

「ベッドに戻るんだ。きみはわけがわからないことを口走っている」

「眠くないわ」

「いや、眠いはずだ。ぼくも眠い。朝にはふたりとも気分がよくなっているだろう」

ウォリングフォードはアビゲイルを連れてベッドに戻り、靴を履いたまま一緒に横たわった。彼女は横向きの姿勢のまま、あっという間に眠りに落ちた。ぐっすり眠っている天使の姿を見つめ、彼女の吐く息を吸い込む。ぼろぼろに傷ついた胸の内側に心臓がぶつかって、痛くてたまらなかった。

とうとうウォリングフォードはベッドを出て、机に向かった。月明かりを頼りに弁護士と銀行家と村にいる代理人の名前と住所を紙に記し、上着のポケットから結婚証明書を取り出してペーパーウエイトの下に置く。それから、これまで一度も書いたことのない手紙に取りかかった。アビゲイルへの愛といつまでも変わらぬ忠誠を紙につづり、最後にただ〝アーサー〟とだけ署名した。

〝アーサー〟とした意味を、彼女ならわかってくれるだろう。

荷造りはしなかった。かみそり一本さえ携えていこうとは思わなかった。ポケットから紙幣を出し、二、三枚だけ取って残りを机の上に置く。準備を終えると、ベッドの横に立って妻を見おろした。その体に毛布をかける。彼の体がそばにないと、あたたかい部屋の中でも寒い思いをするかもしれない。指先で彼女の髪に、頬に、胸に、腹部にそっと触れ、そのやわらかさに驚嘆した。妖精のようにきゅっとあがった目尻にも触れたかったが、起こしてしまいそうでできなかった。

そしてようやくウォリングフォードは部屋をあとにした。一度も振り返ることなく。

窓の外では月が地平線の下に沈んだところだった。

23

一八九一年、夏至前夜

アレクサンドラ・バークは夫の胸にうしろ向きにもたれ、満足そうに微笑みながら妹に言った。「今年はわたしに合う衣装を用意してもらえなくて残念だわ」

「いつだって来年があるさ」かつては控えめだった黄色いドレスの胸元にミスター・バークは目をやった。今は限界まで押し広げられている襟ぐりに、思わせぶりに手を滑らせる。もう一方の手は、小山のように丸く盛りあがった妻のおなかの上に置いたままだ。

アレクサンドラがその手をやさしく叩いた。「うまくいけば、あなたは毎年夏至のこの時期にわたしをこういう状態にしておけるわよ。アビゲイルの計画を台なしにして、あの子をいらいらさせるためだけに。うっ！」顔をしかめ、おなかの反対側に手を当てる。「だけど、子どもはひとりでじゅうぶんという気もするのよね」

「そのおなかにいる赤ん坊がひとりだけじゃないことを祈っているわ。ひとりでそんなに大きいんだとしたら、もっと大きな揺りかごを探し直さなくちゃならないもの」アビゲイルはそう言って、スタッフドオリーブがのったトレイをテーブルの上に置いた。「はい、お姉さま。だんなさま用に、もうひと皿持ってきましょうか？」

「だんなさま用？　ばかなこと言わないで」アレクサンドラは手を伸ばしてオリーブをつまみ、慣れた手つきで口の中に放り込んだ。「フィンの助けを借りなくても、モリーニの作ったスタッフドオリーブなら余裕でふた皿いけるわ。ちょっと、ペンハロー！」テーブルの向こうから伸びてきたローランドの手をぴしゃりと叩く。「オリーブが欲しいなら、自分の奥さんに持ってきてもらいなさい」

「でも、彼女はほかのみんなに給仕をしてまわっていて忙しいんだ」普段は妻の奉仕を独占しているローランドは不満顔だ。

「お母さまを探してこようか、お父さま？」フィリップがオリーブをすばやくふたつ取って、ベンチから滑りおりた。

「それはいい、頼むよ！　まず城を一周か二周走って、見てまわったほうがいいぞ。どこか目立たない場所に隠れているかもしれないからな」ローランドは村人たちのあいだに消えていく少年の背中に声をかけたあと、みんなのほうに向き直った。「走りまわらせると寝つきがよくなるんだ」訳知り顔で説明する。

「覚えておくよ」バークが言った。

アビゲイルは空っぽのトレイを持ち、人々のあいだを縫うように厨房へ戻る途中でリリベットとぶつかりそうになった。「フィリップがあなたを探しに行ったわ。でも、すぐにはあなたを見つけられないかも。ローランドがうまいことけしかけて、お城の中を走りまわらせているから」

「もう、あの子ったら。ローランドが月にかけるはしごを作れと言ったとしても、喜んで従うと思うわ」

「ようやく父親らしく向きあってくれる人ができて、うれしくてたまらないのよ」

リリベットの表情がゆるんだ。「ええ、本当にそう。ああ、アビゲイル……」

「もう行かなくちゃ。厨房は大忙しなの」

アビゲイルが急いで戻ると、モリーニが明るい顔で鼻歌を歌いながら前菜の皿を準備していた。「モリーニ、あなたの首にかかっているのはロケットじゃない？」目を細めて尋ねる。

家政婦は喉元のくぼみに手をやって、恥ずかしそうに微笑んだ。「なんでもありません、ささやかなものです」

「そのささやかなものは誰からもらったの？」アビゲイルは近づいて目を凝らした。小さな金のロケットの表面には、葡萄の蔓のようなモチーフが刻まれている。

「誰でもありません、シニョーラ」

「ジャコモからでしょう？　そうだと思ったわ！　ついに仲直りしたのね。すてきなロケットじゃないの」

「はい、シニョーラ。わたしには大きな意味があるものなんです。あのときと同じロケットなので……」モリーニは忙しく動かしていた手を止め、遠くへ思いをはせるように窓の外を見つめた。

「同じロケットって？」アビゲイルは先を促した。

モリーニが大きく息を吸い込み、アビゲイルに視線を戻す。「昔、ジャコモがくれたのと同じロケットです。悲しいことが起こったとき、わたしは彼に返しました。そうしたら、とても怒って……。それをまたくれたんです」

アビゲイルは眉を片方あげた。話がはしょられすぎていて、ちょっとも詳しい事情がわからない。「いいこと、いつか必ず全部聞かせてもらいますからね」彼女はトレイを掲げた。

モリーニは笑いながら前菜の準備に戻った。「心の準備をしておきます、シニョーラ」

アビゲイルは中庭に戻った。空にはすでに月が出て、楽師たちは音合わせをはじめている。一瞬、彼女の体を支えていた力がすべて抜けた。トレイを持ったまま壁にもたれ、中庭の向こうの丘の斜面に広がっている段々畑を見つめる。夜の訪れとともに、あたりにはやわらかく青みがかった光が満ち、すでに火のともされたたいまつから、かすかに煙のにおいが漂っていた。

人波が割れ、空いた隙間からたいまつの下に座っているアレクサンドラとバークの姿が見えた。バークは妻に腕をまわしていて、赤毛がたいまつの火を受けて金色に輝いている。彼がアレクサンドラの耳に何かささやくと、彼女は笑って愛のあふれる目で夫を見つめた。

テーブルを挟んだ向かいにはリリベットとローランドが座っていて、彼女が細い腕を伸ばして夫の手からワイングラスを奪い取るのが見えた。ローランドが怒ったふりをして妻の手首をつかむと、リリベットは首を伸ばして夫の唇にキスをし、彼の気がそれた隙にグラスを持ったまま笑いながら逃げた。ローランドがあとを追ったが、アビゲイルはそこで人込みに紛れたふたりを見失った。

みんなが幸せそうで本当によかったわ。喉がひりつくのを感じながら、心の中でつぶやく。

本当によかった。

アビゲイルはもたれていた壁から身を起こし、顔をそむけて肩で目をぬぐった。自分を哀れんでも仕方がない。このつらい状況は自ら選択したのだから、歯を食いしばって耐えなければ。

ウォリングフォードがいなくなって一一カ月が経った。皮肉に満ちた笑いとあたたかな体、尊大な態度とユーモア、断固とした強さとふいに見せるやさしさ。そのすべてが消えた一一カ月間、ほかのみんなが愛しあい、笑いあっているかたわらで、ひたすら祈りながら彼を待ち続けた。トスカーナの寒い冬と、花々の咲き乱れる春が過ぎていった。あと一カ月、たった四週間耐えればいい。そうすれば彼が戻ってくる。暑い七月のさなかに、きっと帰ってくるはずだ。

ウォリングフォードへの信頼を失ってはならない。彼を信じなければ。

胸を張って顎をあげる。するとたいまつの火が背後で瞬いたと思った瞬間、うしろから手が伸びてきてトレイを取りあげた。

「華奢で妖精みたいなきみには、こんなものは重すぎるよ、ウォリングフォード公爵夫人」

膝から力が抜けて、アビゲイルは目を閉じた。

「驚いた！　帰ってきたのね！」誰かが叫ぶ声が聞こえたと思うと、息ができないほど強く抱きしめられていた。

「戻ってきた！」フィリップが興奮して叫びながら、アビゲイルの横を通ってみんなのほうへ走っていくのがわかった。「みんな、公爵さまが戻ってきたよ！　馬小屋に馬を入れるのをぼくが手伝ったんだ」

「戻ってきたのね」目を閉じたまま、アビゲイルはささやいた。背中にウォリングフォードのたくましい胸を感じる。

「ああ、戻ってきた」

「帰ったのか！　今頃はまだ外モンゴルをうろついているのかと思っていたよ」バークが親しみをこめてウォリングフォードの背中を叩いたのが、彼の体を通してアビゲイルに伝わった。

「ああ、もうじゅうぶんだという気になってね。愛する妻の顔を見に戻ってきた」ウォリングフォードの声の振動が彼女の背筋を震わせる。

「そうよ、そうしてくれてよかったわ」アレクサンドラの声を聞いて、アビゲイルはようやく目を開けた。

「なんてことだ！」ウォリングフォードが驚いて声をあげる。「おなかがすごいことになっているな、アレクサンドラ！　夜、彼女をどうやって二階まで連れていくんだ、バーク？」

ローランドの声が割って入った。「おいおい、放蕩者の兄上のご帰還はうれしいが、奥さんの顔が真っ白だぞ」

ウォリングフォードの腕が即座にゆるみ、全員がいっせいにしゃべったり笑ったりしはじめた。アビゲイルは抱きかかえられるようにしてテーブルまで連れていかれ、ベンチに座らされた。ウォリングフォードは彼女を抱き寄せたまま放さない。そこでローランドが食べ物がのったトレイをさっと持ち、雄々しく宣言した。「今日はぼくが給仕のメイド役を務めよう」

ウォリングフォードは片腕をしっかりとアビゲイルにまわしたまま、もう一方の手で食べ物や飲み物をせっせと口に運んだ。その合間に、彼女とは反対側の膝にのせたフィリップが次々と繰り出す質問に答えている。「ああ、馬乳を発酵させたものを飲んだよ」「いや、飲んでも気持ち悪くならなかった」「ああ、確かにウクライナでは収穫作業を手伝った」「そうだ。道中はほとんどルシファーに乗っていた。親切な人に干し草を積んだ荷馬車に乗せてもらえたとき以外はね」「いや、ヒマラヤにはのぼっていない。でも虎なら見た」

「本物の虎？」フィリップが称賛の目を向ける。

「そう、本物だ。だが幸い年寄りの虎だったから、お互い喜んで相手を無視したよ」

「なぜ戻るって手紙をくれなかったの？」ようやくフィリップが膝からおりると、アビゲイルはウォリングフォードの耳にささやいた。まだ彼の顔に目を向けられなかった。

「もういてもたってもいられなかったんだ。それに紙に言葉をつづるんじゃなくて、きみの顔を見て直接話をしたかった。こっちを見てくれ、アビゲイル」

「無理よ。見たら、この場で泣いちゃうもの」

「そんなの、ぼくの知っているアビゲイルらしくないぞ」ウォリングフォードはやさしく言って、彼女の顎の下に指先を滑り込ませた。

顎を持ちあげられて、ようやく彼の顔を見た。たいまつの光に照らされ、前よりも少し長くなった髪やがっちりした顎、それにダークブルーの目が見えた。彼は眉根を寄せて、食い入るようにアビゲイルを見つめている。ウォリングフォードからは埃と馬、煙と汗のにおいがした。早くふたりきりになり、邪魔な服を脱ぎ捨てて、思う存分彼を感じたい。

「階上に行きましょう」

「ぼくもそうしたいと思っていた」ウォリングフォードが立ちあがって手を差し出した。「そろそろ、あのいまいましいチューバの音も聞こえてきたし」

アビゲイルは人込みを縫い、彼を引っぱっていった。開けっぱなしの扉から厨房の空気が流れ出して、ケーキの焼けるいいにおいがする。ウォリングフォードはあたたかい手で、彼女の手をしっかり握ってくれていた。

廊下に人影はなかった。角を曲がって大広間に入ったとたん、彼はアビゲイルを壁に押しつけ、むさぼるようにキスをした。

ようやく唇が離れると、彼女は懸命に息を吸った。「ああ、会いたくてたまらなかったわ！いなくなってからずっと、一秒だってあなたを思わないときはなかった」彼の顔を両手で包み込み、親指で撫でる。「本当にあなたなの、ウォリングフォード？　本当に？」

「もちろんぼくだよ。でなければ誰だというんだ？　しょっちゅうどこかの黒髪の男を引っぱり込んで、廊下でキスでもしていたのか？」

アビゲイルは笑った。「ああ、本当にあなただわ」

「あたりまえだ」ウォリングフォードはキスをして、彼女のウエストに両手を置いた。「きみの忠実な夫さ。アビゲイル、身も心も隅から隅まできみのものだ。誓うよ」

「あなたを疑ったことなんてないわ」

「嘘つきだな」

彼女はまた笑った。ウォリングフォードに触れずにいられなくて、高い頬骨の曲線に親指を滑らせ、首のうしろの短い髪を撫でる。目の前にいるのは本物の彼だった。

「でも、あと一カ月は戻らないと思ってた」

「ああ、最初はぼくも丸々一年離れているつもりだったんだ。そうできると証明するためだけに。だが、ふいに思った。なぜ期限にこだわる必要がある？　証明しようと思っていたことはすでに証明したのに、どうしてあと一カ月きみから離れている必要があるんだ、と」

「戻ってきてくれてうれしいわ」ウォリングフォードの両腕を撫でおろして手を握った。

「来て。見せたいものがあるの」

「なるべく手短にすませてくれ」彼がうなるように言う。

アビゲイルは彼の手を引いて大階段をのぼり、女性たちの翼棟を過ぎて西の翼棟へ向かった。

「ぼくの部屋に行こうとしているのか？」

「そうよ。もうあなたの部屋ではなくなっているけど」

「そうなのか」

アビゲイルは扉を開けて、彼を中に引き入れた。

「ああ、これは！」

ウォリングフォードはぴたりと動きを止めた。アビゲイルは手をつないだまま隣に立ち、彼が目の前の光景を理解するのを見守った。かつてのウォリングフォードの部屋にはやさしい印象の調度が入れられ、乾燥用の棚に布が何枚も広げられていた。そして揺りかごがふたつ。

そのうちのひとつから、波のように大きくなったり小さくなったりする音が響いていた。隅に座っていた女性が立ちあがる。「完璧なタイミングよ。誰かさんがおなかをすかせているわ」

アビゲイルは驚きに言葉を失っているウォリングフォードの手を引いた。それでも彼が動かないので、ひとりで揺りかごに近づく。「お父さまを連れてきたわよ」

「ふたりもか？」彼があえぐように言って、片手を壁についた。

「安心して。あなたの子はひとりだけだから」

「なんだって？」

「いやだ、違うわ。もうひとりはリリベットとローランドの赤ちゃんってこと。女の子よ。かわいそうにフィリップは弟を欲しがっていたんだけど」

ウォリングフォードがよろよろと歩いて彼女の隣に立ち、揺りかごをのぞき込んだ。片方では金色の巻き毛の赤ん坊がぐっすり眠っている。もう片方では黒髪の赤ん坊がこぶしを握り、足を蹴りながら泣いていた。

両方の揺りかごを見たあと、ウォリングフォードは大きく息をついた。

「どちらがぼくたちの子か、当ててみせようか」

アビゲイルは泣いている子を抱きあげ、舌を鳴らしてあやした。「あなたの息子はおなかがすいているだけよ。それに四カ月あとに生まれているから。さあ、もう大丈夫」彼女は赤ん坊を抱きあげて肩にもたれさせ、その髪から漂う甘いにおいを吸い込んだ。

「男の子か」ウォリングフォードがささやく。

「アーサーという名前にしたの」

「なぜそんな名前に?」

「赤ちゃんをにらむのはやめてくれない? あなたの息子なのよ。すごく繊細な子なんだから」

ウォリングフォードが唾をのみ込んだ。「ぼくの息子」

「触ってみて」腕の中で抱き直すと、赤ん坊は小さくしゃくりあげながら父親の顔を見あげた。

る。

彼はおそるおそる手を伸ばし、アーサーの手のひらに指を当てた。小さな手がすぐに閉じる。

「どこでも。手のひらに指を当ててみて」

「どこに触ればいい？」

「すごい力だ！」

アーサーが真っ赤な顔で、また泣きだした。

「かわいそうに、ごめんね。待たせちゃったわね」

「何を待たせたんだ？」

「おっぱいを。誰でも知っていることだけど、赤ん坊はおっぱいを飲んで育つのよ。ちょっと待っていてもらえる？　疲れているでしょうけれど」アビゲイルは感情を隠してきびきびと言った。小さなアーサーがようやく父親の指をつかむことができたのを見て、胸がぎゅっと締めつけられていた。ウォリングフォードは驚きと恐れ、それに間違いなく愛情を顔に浮かべて、息子の目を見つめている。

「待つ？」

「わたしがおっぱいをあげているあいだよ」窓際の揺り椅子に腰かけて、給仕のメイド用の衣装の胸元を押しさげた。もともと襟ぐりが大きいので、そうするのが一番手っ取り早い。

隅にいた女性が微笑みながら立ちあがった。「お茶をいれてくるわね」

「ありがとう、レオノーラ」アビゲイルは静かに感謝の言葉をかけた。その胸にアーサーの小さな口がむしゃぶりつく。

　妻が誰に話しかけたのか、ウォリングフォードは気づいてもいないようだった。壁に寄りかかって腕を組み、妻と息子を黙って見つめている。アビゲイルの心臓は胸を突き破りそうな勢いで打っていた。ウォリングフォードの体がどんなに大きいか、彼がいると部屋がどんなに狭く感じられるか忘れていた。旅のあいだに少し体重が減ったらしく前よりも頬骨が目立ち、腕や脚が長くほっそりして見える。旅で汚れた上着の下の肩はあいかわらずたくましいけれど、身頃に少しゆるみがあった。上着を脱がせて彼を抱きしめたい。戻ってきたそのままの体を、頬で、胸で、脚で感じたかった。

「ごめんなさい。赤ん坊が生まれたあとに手紙で知らせるべきだったんだけど、どこに送ればいいかわからなくて」

　ウォリングフォードは無言で首を横に振った。

「あまりロマンティックではない再会になってしまったわね。でも、この子は食事をするのが早いから。父親と一緒で」

　ウォリングフォードがくるりと背を向けて壁に腕をつき、顔を伏せた。静まり返った部屋に、彼のすすり泣きが響く。

　レオノーラが紅茶を運んできて、カップに注ぎ分けた。まるで英国で生まれ育ったように手慣れた仕草だ。「もうすぐよ」アビゲイルは息子を反対の胸に移した。ウォリングフォードは窓際に行って、月に照らされた外を見つめている。

アーサーの勢いがゆるみ、やがて口が離れた。母親の胸に頭をもたせかけてうとうとしている赤ん坊の体から、甘いミルクのにおいが立ちのぼる。アビゲイルは乾燥棚に行って布を取り、ウォリングフォードの肩にかけた。

「さあ」抵抗する隙を与えずに赤ん坊を渡した。

「何をすればいいんだ?」

「背中を叩いてあげて。そう、もっと強くていいのよ。壊れやしないわ」

ウォリングフォードは紫色の空を望む窓際に立ち、大きな手で息子の体を支えながら、もう一方の手で背中を叩いた。彼の手はすっかり日に焼け、かたくなった指にはたこができている。働く者の手だ。ウォリングフォードが顔をあげ、むさぼるような目で見つめると、アビゲイルは膝に力が入らなくなった。彼はまるで体の中に太陽を持っているかのように、顔まで焼けている。

ウォリングフォードがしゃがれた声で言った。「この子はちゃんと飲んでいるのか? ずいぶん軽いが」

「もう! わたしを見たらわかるでしょう? アーサーはたっぷり飲んでいるわ。昨日体重を量ったら、五七〇〇グラムだったの。生まれて二カ月にしてはじゅうぶんすぎるほどよ」

母親の言葉を裏づけるように、アーサーが口を開けて大きなげっぷをした。

ウォリングフォードが驚いて、危うく赤ん坊を落としそうになった。

「なんだ、今のは! この子が出したのか?」心配そうに肩のほうを見る。

「ほら、言ったとおりでしょう？」アビゲイルは両手が震えないように懸命に抑えながら、赤ん坊を夫の胸から受け取った。布をはずし、彼のくたびれた上着をそっと叩く。「あとは毛布でくるんで、ベッドに連れていけばいいだけよ」

レオノーラが近づいてきて両手を差し出した。「わたしに任せて、アビゲイル。あなたはだんなさまをベッドに連れていって、心地よく眠れるようにしてあげたらいいわ。長旅から戻って、疲れ果てているように見えるから」

「ああ、もうくたくたさ」ウォリングフォードは同意した。

呆然としたまま、ウォリングフォードはよく知っている廊下を歩いた。小さなアーチ形の窓から、中庭の喧騒や調子はずれのチューバの音がかすかに聞こえてくる。足元のすり減った石の廊下が涙でかすんだ。

〝あなたの息子なのよ〟とアビゲイルは言った。ぼくには息子がいたのだ。かけがえのない愛の行為の結果、ぼくの種がアビゲイルの中で育ち、小さな命としてこの世に誕生した。息子。心の中で慣れない言葉をそっと味わう。

彼は足を止めて目を閉じた。するとアーサーのつぶらな黒い瞳がまぶたの裏に浮かび、小さくてあたたかい頭の重みを胸に感じた。

何かが手をぎゅっと包んだ。「何か言って」アビゲイルの声だ。

目を開けると、かたわらに彼女が立っていた。神の前で結ばれて妻になった彼女が、ミルクとろうそくと何かぬくもりに満ちた香りを漂わせて、ウォリングフォードの手を握っている。

彼は頭を振り、疲れた腕でアビゲイルを抱きあげた。無言のまま、彼女の部屋がある東棟へと歩きだす。以前は女性たちが占有していた翼棟へと。

記憶のとおり、アビゲイルの部屋は廊下の突き当たりに近い角にあった。待ちきれずにキスをはじめながら階段から一番遠い部屋へ向かい、薄く開いていた分厚い木製の扉を蹴り開ける。アビゲイルはうめき声をあげ、性急にキスを返してきた。両手を彼の髪に差し入れたあと背中を撫でおろし、ふたたび襟元まで戻して、くたびれた上着を引っぱる。彼女の勢いにウォリングフォードが思わずよろめくと、背後で扉がかちりと音をたてて閉まった。

アビゲイルが彼の顔に唇を滑らせた。「帰ってきてくれたのね。ちゃんとわたしのところに」涙で声がくぐもっている。

「帰らないと思っていたのか?」

「わからなかったの。わからなかったのよ。だから毎日、毎晩、必死で祈って……」言葉が途切れ、彼女はウォリングフォードの肩に顔を伏せて泣いた。

「泣かないでくれ。帰ってくるに決まっているじゃないか」彼はアビゲイルを床にそっとおろした。胸に顔をうずめ、あたたかい涙でシャツを濡らしている生身の彼女の感触に、ウォリングフォードの体は喜びに震えた。彼女の背中や髪を撫でていると、幸せな気持ちが胸の中からどんどん広がって、繭(まゆ)のようにふたりを包み込んだ気がした。「帰らないはずがない。

愛するきみが待っているんだから」

アビゲイルが彼のウエストに両手をまわして抱きつくと、挑発的な衣装の襟ぐりから今にもこぼれそうな胸が押しつけられた。一年前、ウォリングフォードはボート小屋でまさにこのドレスを脱がせたのだ。月明かりが湖面を照らしていたあの晩を思い出しながら、背中の留め具を探り当てる。

それをはずすとドレスがゆるんだ。アビゲイルが首をのけぞらせて、窓からかすかに差し込む銀色の光に美しい喉が浮かびあがる。そこに唇をつけてあたたかな脈動を感じてから、顎や耳にキスしていった。そのあいだもドレスを脱がせる手は止めず、もつれる指でコルセットと格闘する。

ドレスとコルセットが次々に床に落ちると、あとは薄いシュミーズだけだった。ウォリングフォードは胸の先端が白い生地から透けているのを見つめ、長かった一年がようやく終わったことを実感した。アビゲイルをゆっくり味わいたいし、今すぐ自分のものにもしたい。相反するふたつの思いに襲われて両手が震える。

彼女が目を開けた。手を伸ばしてウォリングフォードの肩からズボンつりをおろし、シャツのボタンを引きちぎるようにはずしていく。「そんなふうに見つめてばかりいないで、早くベッドへ連れていって」

ベッドという言葉に、彼の頭は真っ白になった。アビゲイルの唇をとらえ、ふたりしてよろめきながらベッドに向かう。身につけていたものを点々と落とし、キスを繰り返しながら、焦っている自分たちがおかしくて笑い声をあげた。たどり着いたときにはどちらも裸で、ウォリングフォードは彼女を組み敷く形でベッドに倒れ込んだ。体じゅうの血が一気に沸きたつ感じがして、激しくキスをする。「ああ、やっとだ」彼はつぶやいた。

アビゲイルが彼の下で脚を開く。「お願い、今すぐ来て」

ウォリングフォードは唇を合わせたまま笑った。「なんだって？　早すぎないか？　きみはもっとゆっくりするのが好きだと……」

「今すぐよ、ウォリングフォード！」

夫たるもの、妻を失望させてはならない。彼は肘をついて上半身を起こした。アビゲイルが愛おしむようにこわばりを両手で包み、秘所へと導く。そこはすっかり潤っていて、彼女は待ちきれないように腰をあげていた。

「もういいのか？　出産からは回復したのか？」歯を食いしばって確かめた。

「大丈夫よ」

ウォリングフォードは彼女を貫いた。アビゲイルが声をあげる。

彼は頭がくらくらした。最後の行為から一年が経つ。アビゲイルのしなやかな体に触れ、そのやわらかさを肌に感じ、彼女の中に何度も押し入ってきつく締めあげられてから一年だ。このままではあっという間にのぼりつめてしまいそうで、彼は動きを抑制した。アビゲイルの半分閉じた目を見つめ、甘いあえぎ声を少しでも聞きもらすまいとして耳を澄ます。

「毎晩こうすることを夢見ていた。いつもきみを思っていた。きみだけだよ、アビゲイル」

彼女が切なげに声をあげる。

同じリズムを刻みつつ、ウォリングフォードは突き入れる強さを増していった。

「きみだけだ。愛する妻であるきみだけだ」

「わたしはあなたのものよ」アビゲイルもリズムに合わせて腰を突きあげ、身をよじりながら声を絞り出した。

「アビゲイル、きみだけだ」

締めつけが強くなったのを感じ、ウォリングフォードは彼女が限界に近づいているのがわかった。上半身を起こして腰の角度を調節し、ペースをあげる。そして互いの欲望をぶつけあうように、何度も全力で体を叩きつけた。どこまでも高まっていく快感に、彼も一気に限界まで押しあげられる。それでも、ぎりぎりのところで踏みとどまっていた。

「きみしかいない」その言葉とともに、アビゲイルが思いきり体をそらして大きく叫んだ。それを見届けてあとに続いたウォリングフォードも、激しいけいれんに体を揺さぶられた。吠えるような叫び声が遠くに聞こえる。アビゲイルの上に倒れ込みながら、彼はそれが自分の喉から出たものだと悟った。

「おかえりなさい」まだ少し息を切らしながら、彼女がささやいた。

ウォリングフォードは動けなかった。シーツの上に顔を伏せたまま目を開け、また閉じる。

「ただいま」帰ってこられてうれしいと言いたかったのに体じゅうが重く、しゃがれた声でそう言うのが精いっぱいだった。

アビゲイルが彼の背中に両手を滑らせる。「痩せたわね。余分な肉がまったくないわ」

ウォリングフォードは彼女のほうに顔を向けた。心臓はまだ胸の内側を激しく叩いている。

「きみは丸みを帯びたな。すっかり熟れて、どこもかしこもやわらかい」体をずらして、彼女の胸に手を置いた。「いい感じだ」

「気にしない？」

「何を？」彼は頭をあげた。アビゲイルが心配そうに目を見開いている。「気にするだって？ まさか。自分の姿が見えないのか？　一年前はまだ少女のようだったのが、一人前の女性になった。すっかり花開いたんだ。きみは完璧だよ。そして母親でもある。ぼくの子どもの」最後の部分で声がかすかに割れた。まだ中に入ったままだった部分をそっと引き出し、彼女を抱き寄せる。

胸の上に感じるアビゲイルの頭の重みが心地よかった。シルクのような髪を素肌に感じるのは、言葉にできないほど贅沢（ぜいたく）な気分だ。

「あの子が生まれるとき、あなたにいてほしかったわ。ミスター・バークが、モンゴルの草原まであなたを探しに行くと言ってくれたのよ。だけど彼に言ったの……」

「なんと言ったんだ？」

「帰ってきたら、ずっと一緒に過ごせるんだから大丈夫だって。生まれたばかりの赤ん坊はおっぱいを飲んで眠るだけでしょう？　それに……うまくいけば、このあともまた子どもが生まれるでしょうし」

ウォリングフォードは月の光を浴びてつややかに輝く彼女の髪を撫でた。震えないように注意しながら声を出す。「ぼくを信用してくれていたんだね」

「ええ、信じていたわ。あなたのことはわかっていたもの。どんなに強い意志を持っているか、どんなに誠実な人かわかっていた。そしてときどき、つらくてたまらなくなると……」

アビゲイルが言葉を切る。彼は髪を撫でながら、黙って先を待った。中庭の喧騒はすでに聞こえなくなっている。楽師たちは楽器を片づけ、村の人々はふたりひと組で果樹園や葡萄畑に消えていったのだろう。ウォリングフォードの腕の下で、彼女の背中が大きく上下した。

「ひとりぼっちでいるときにおなかの子が動くのを感じて、あなたが恋しくて息ができなくなると……」

言葉がまた途切れた。ウォリングフォードの目から涙がこぼれ、頬を伝ってアビゲイルの髪の中に落ちる。彼女を慰めたいのに、言葉が出てこなかった。

アビゲイルがささやいた。「シエナでわたしだけを愛すると誓ってくれたときの、あなたの顔と目を思い浮かべたの。そして自分に言い聞かせたわ。ウォリングフォードは絶対に約束を破ったりしないって」

彼は自分の涙を吸い込んだばかりのアビゲイルの髪に唇をつけ、声を絞り出した。

「ぼくは絶対に約束を破ったりしない」

「ええ」アビゲイルが片膝をあげ、自分のものだというように彼の脚に脚を絡めた。

「ただ、ひとつには、毎日疲れ果てて、それどころじゃなかった」冗談めかして言う。「自分の手で食いぶちを稼ぐのは本当に大変だとわかったよ。収穫作業は日の出から日の入りまで休みなしだ。皮なめしもやった。冬に一カ月ね。あれはポーランドだったな。いったい何を考えて、あんなことに手を出したんだか。倒れるかと思うくらいきつかった」

アビゲイルがくすくす笑う。「それだけの価値はあった？」

「ああ。きみにすてきな手袋を持って帰ってきた。鞄のどこかに入っている」

彼女がウォリングフォードのほうに体を向け、首に腕を巻きつけた。「もう一度愛して」

低く笑う。「こんなにすぐ？　今あれほど堪能したところなのに？」

「そうだけど、二、三時間後にはまたアーサーに授乳しなくてはならないの。その前に少しは寝ておかないといけないし。だから今すぐにもう一度するか、今晩はもうなしか、どちらかよ」

「だったら、きみは体を休めなくてはだめだ」ウォリングフォードはアビゲイルにキスをした。「さあ、眠って。アーサーがおなかをすかせたら、ぼくがここに連れてくるから」

「だけどあなたが欲しいわ」

彼は笑った。「ぼくもきみが欲しいよ。でも、これからはたっぷり時間がある。そして今、きみには休息が必要だ」

「あなたにも必要でしょう」アビゲイルが彼の胸の上に頭を戻した。

「ああ、そうだ」背中の下から毛布を引っぱり出し、狭いベッドで身を寄せあっている妻と自分の上にかけた。毛布の下で、汗で湿った体と体が溶けあう。「次は娘を作ろう」

彼女があきれたように言った。「娘なんて、どう扱ったらいいかわからないくせに」

「もちろんわかるさ。ぼくほどよくわかっている人間はいないよ。鍵をかけた部屋に閉じ込めて、厳格な審査を通った求婚者しか認めない。とくに公爵は絶対にだめだ。それだけは譲れないな」

「公爵って、ひどい人種ですものね。わたしも同感よ」

体は彼女を求めてまだうずいていたが、ウォリングフォードは幸せな気分で安らかな眠りへと引き込まれていった。トスカーナのあたたかくて気持ちのいい毛布に包まれ、アビゲイルの香りのする空気を吸い、絡みつくやわらかな体を感じながら。一年間の禁欲のあとの解放の歓びに、体の隅々までほてらせたままで。

「ここで娘を育ててもいいな。丘の上のイタリアの城で……」

「そうね……」

開け放した窓から笑い声がかすかに響いてきて、そのまま夜気に吸い込まれていく。ウォリングフォードは暗くなった空に目をやった。さっき彼とアビゲイルがあげた情熱の叫びは、谷じゅうの人々に聞こえていたかもしれない。

だが、それをアビゲイルに言うのはやめておいた。

安らかな沈黙が落ちる。こんなふうに妻のベッドで眠るのは、なんと心地いいものなのだろう。うるさく馬車が行き交うロンドンでの生活が、遠い夢の中の出来事のように思える。子どもをここで育てることを本気で考えたほうがいいのかもしれない。もしかしたら……。

ふいにアビゲイルが飛び起きた。「あなたさっき、〝もうくたくたさ〟と言ったわ！」

「そうだったかな？」

彼女が両手でウォリングフォードの肩を押す。「子ども部屋で言ったでしょう！　〝もうくたくたさ〟って。絶対よ！」

「それがどうしたんだ？」

「レオノーラがアーサーを受け取って、あなたは長旅で疲れただろうからベッドに連れていったほうがいいと言ったときよ。あなたにもレオノーラの声が聞こえたのね！　返事をしたんだもの！　〝もうくたくたさ〟って」

ウォリングフォードは少しむっとしながら、肘をついて体を起こした。

「レオノーラというのは誰なんだ？　子ども部屋にいた女性か？　あの子の世話をしてくれていた……」

そこで凍りついたように口をつぐむ。

「そうよ、あれがレオノーラなの。シニョリーナ・モンテヴェルディよ」

ウォリングフォードは妻の枕の上に仰向けに倒れ込み、天井の古びた木の梁を見つめた。レオノーラの姿を思い出す。静けさを目に見えない輝きのようにまとった年齢不詳の美しい女性が、アビゲイルの腕の中から彼の息子をうやうやしく受け取っていた姿を。

ウォリングフォードと同じく黒に近い色合いの彼女の目は、愛情を宿してやさしく輝いていた。

「彼女はぼくに腹を立てているだろうな」彼はささやいた。

アビゲイルは起こしていた上体をウォリングフォードの胸の上に戻し、唇にキスをした。涙に濡れた頬を彼の頬に重ねる。

「いいえ」彼女は言った。「その逆よ」

訳者あとがき

ジュリアナ・グレイの『はじめての恋は公爵と（原題：A Duke Never Yields）』の邦訳をお届けします。『空高き丘でくちづけを』『星空のめぐり逢いに』に続く三部作の最終作です。

一作目と二作目をお読みの方はすでにご存じでしょうが、このシリーズ、じつはイタリアの古城を舞台に六人の男女が織りなす三つのロマンスが同時進行しています。今回の主役を務めるのは、気鋭の科学者フィニアス・バークに誘われて、弟のローランド・ペンハロー卿とともにイタリアの古城を訪れたウォリングフォード公爵。これまで自堕落な生活を送ってきた彼は、やむにやまれぬ事情があってロンドンを離れ、一年間の禁欲生活に入ろうとしています。

対するヒロインのアビゲイル・ヘアウッドは、一作目でバークと恋に落ちた侯爵未亡人、アレクサンドラ・モーリーの妹。姉やいとこのリリベットの結婚生活を目にして、自分は一生結婚するまいと心に誓っています。とはいえ、情熱的な恋には憧れていて、なんとか今年じゅうに恋人を見つけようと焦るアビゲイルはウォリングフォード公爵に狙いを定め……。

頑固で皮肉屋のウォリングフォードと、好奇心旺盛で自由奔放なアビゲイル。まるで正反対なふたりが繰り広げる物語には随所にユーモアがちりばめられていて、気難しいウォリングフォードが年下のアビゲイルに翻弄されるさまがなんとも愉快です。ロマンティックな場面でさえ、訳していて思わず笑ってしまうほどでした。また、同時進行しているほかのふた組のロマンスに思いをはせながら読み進めるのも一興です（先に本作を手に取られた方は、ぜひ前の二作も読んでみてください。面白さが倍増、いえ、数倍になると思いますので）。

さらに本作ではついに、ミステリアスな雰囲気に包まれたセント・アガタ城の古い呪いの謎が明らかになります。物語の後半では、古城からシエナという町にある修道院に舞台を移し、ウォリングフォードとアビゲイルがふたりで謎の真相に迫ります。

甘いロマンスはもちろん、ミステリーあり、ファンタジーの要素もあり、と盛りだくさんの本書ですが、著者のジュリアナ・グレイはシリーズ第一作目の『空高き丘でくちづけを』がデビュー作というから驚きです。ほどよいユーモアのセンスとよく練られたプロット、読者へのサービス精神にあふれるこの作家、今後の活躍に大いに期待したいところです。

最後になりますが、本書を手に取ってくださったみなさまに、心からの感謝を。花と果実と緑に囲まれたトスカーナで繰り広げられるロマンスを堪能していただけたら幸いです。

二〇一六年八月

ライムブックス

はじめての恋(こい)は公爵(こうしゃく)と

著　者　ジュリアナ・グレイ
訳　者　如月(きさらぎ)　有(ゆう)

2016年9月20日　初版第一刷発行

発行人　成瀬雅人
発行所　株式会社原書房
〒160-0022東京都新宿区新宿1-25-13
電話・代表03-3354-0685　http://www.harashobo.co.jp
振替・00150-6-151594
カバーデザイン　松山はるみ
印刷所　図書印刷株式会社

落丁・乱丁本はお取替えいたします。
定価は、カバーに表示してあります。
 ISBN978-4-562-04487-0　Printed in Japan